蓋婭與烏拉諾斯生下獨眼巨人與百腕巨人，但烏拉諾斯將他們都扔進地獄深淵——塔耳塔洛斯。

克羅諾斯一把奪走了瑞雅的假寶寶小石，準備一口吞下。

宙斯正在對付怪物坎佩。坎佩舉起手中長鞭，大吼：「哇嗚——吼！」

普羅米修斯從荷絲提雅的爐火中偷走火種，送給人類。

狄蜜特瞬間變得非常巨大，嚇跑了那些想砍伐樹木的人。

黑帝斯從冥界駕著馬車接近正在專心摘花的泊瑟芬。

希拉派出不死的巨龍拉頓看守她的金蘋果樹。

波塞頓舉起他的三叉戟，大海開始變形，變出雄壯威武的馬。

宙斯劈下閃電，瞬間將許多凡人炸成碎片，接著把薩爾摩尼亞從地圖中抹除。

雅典娜在戰鬥練習中快要輸給精靈好友帕拉斯，這時宙斯高舉埃癸斯，讓梅杜莎的臉孔顯現在天空，把帕拉斯嚇呆了。

科爾奇斯國王埃厄忒斯將阿瑞斯的巨龍龍牙種在土中，於是地面生出了一支骷髏戰士軍隊。

阿瑞斯一身武裝衝進火神的店鋪，這時赫菲斯托斯正在打造一只茶壺。

阿波羅舉起弓箭射向巨蛇匹松的雙眼之間，為他母親報仇。

卡呂東國王俄紐斯忘了獻祭給阿蒂蜜絲，於是阿蒂蜜絲召喚出史上最致命的巨大野豬來處罰他們。

剛出生的荷米斯寶寶偷走了阿波羅的五十頭牛。他跋涉過草原，還把其中最肥美的牛分出來。

羊男安普洛斯爬到樹上，費力拉起藤蔓，並將藤蔓的另一端丟向戴歐尼修斯，讓他緊緊抓住。

Percy Jackson
波西傑克森

希臘天神報告

Rick Riordan
雷克・萊爾頓 ◎著
約翰・洛可 John Rocco◎圖　王心瑩◎譯

遠流

獻給我的父親，老雷克·萊爾頓。
我的第一本神話書，是他讀給我聽的。

——雷克·萊爾頓

獻給我的插畫英雄們：
N.·C.·魏斯、邁斯菲爾·派瑞許、亞瑟·瑞克漢，
以及法蘭克·弗拉茲塔

——約翰·洛可

波西傑克森 希臘天神報告

【目錄】

序章

寫了這本書，眞希望可以幫我的成績單多加幾分。

紐約有一家出版社請我把我所知道的希臘天神故事寫下來，而我的反應就像這樣：「可以匿名出版這本書嗎？因爲我不需要那些奧林帕斯天神再來對我發飆一次！」

不過呢，如果這本書能幫助你了解那些希臘天神，並且等到哪天他們出現在你面前時，這書還能幫助你在與他們狹路相逢之後存活下來，那我想，把所有故事寫下來，可能會是我這個星期的好人好事代表作喔。

也許你還不認識我，我叫波西．傑克森。我是現代的混血人，是海神波塞頓（Poseidon）的兒子，有一半天神、一半凡人的血統；但是我不打算講太多自己的事。已經有人把我的故事寫成好幾本書，那些書完全是瞎掰的小說（眨眼、眨眼），我也只是故事裡的一個角色而已（咳咳，是啊，沒錯，咳咳）。

我講天神故事的時候，請不要對我太嚴格好嗎？那些神話故事大概有四千多萬種不同的版本，所以請不要擺出那種態度說：「喂，我聽過的故事不是這樣講，所以你是錯的！」

現在要講的是對我來說最合情合理的一種版本。我發誓，這絕對不是我瞎掰出來的；我所知道的這些，全都是由古希臘和古羅馬時代第一手寫下故事的那些老兄流傳下來。相信我，我絕對瞎掰不出這麼詭異的事。

所以要開始講故事了。首先，我要講的是這個世界怎麼樣創造出來，然後按照順序介紹一系列的天神，並對每一位天神提出我個人的淺見。只希望這不會惹得他們大發飆，決定把我燒成灰，害我……

啊啊啊啊啊啊啊啊啊啊啊！

開玩笑的，我還在這裡啦。

總之，我會從希臘的創世故事開始講起，附帶一提，那根本是一場大混亂。請戴好你的護目鏡，穿上雨衣，接下來的故事將會是一場腥風血雨。

1 故事的開始

故事的一開始，我本人並不在現場。我也不認爲古希臘人當時在現場啦，那時沒有任何一個人有紙和筆可以記下事情，所以我不能擔保接下來要說的事情一定正確，不過我可以告訴你，希臘人認爲事情就是這樣發生的。

一開始，眞的可以說是空無一物。完完全全空無一物。

第一個神是「混沌」，如果那可以稱之爲神的話……那是一團陰暗、濃密的朦朧雲霧，包含了宇宙的所有物質，全都飄盪在附近。提供你一個實際的資訊：「Chaos」（混沌）這個詞字面上的意思其實是「Gap」（間隔），我們可不是在講那家服飾店喔。

後來，混沌漸漸變得比較不那麼混沌了，也許它很厭倦自己一直那麼陰暗、朦朧吧。因此，它所包含的一些物質聚集起來凝固成大地，不幸的是同時也發展出鮮明強烈的性格。她稱呼自己爲「蓋婭」（Gaea），也就是「大地之母」。

於是，蓋婭成爲眞實的大地，有岩石、山丘、谷地，就像完整的墨西哥捲餅。不過她也可以呈現出很像人類的形體。她喜歡以高貴女性的形體走過大地（基本上是走過她自己身上），身穿飄逸的綠色連身裙，頂著鬈曲的黑髮，臉上露出莊嚴的微笑。這微笑的背後其實隱藏著令人厭惡的可怕性格，你很快就會徹底看透。

歷經長久的孤獨歲月之後，蓋婭抬頭望著大地上方朦朧模糊的一片虛無，自言自語地說：「你知道怎麼樣會比較好嗎？有一片天空會比較好。我眞的很希望有一片天空。而如果天空剛好是我會愛上的英俊男性，那就更好了，因爲我在下面這裡只有一堆石頭作伴，實在有點孤單啊。」

無論是混沌聽見她的心聲而配合她，或者只是蓋婭的意志力讓這件事成眞，總之，在大地的上方，天空成形了，那是一個很像防護罩的圓頂，白天呈現藍色，夜晚則變成黑色。天空稱呼他自己是「烏拉諾斯」（Ouranos）；只要你唸出這個名字，大部分人聽了都會偷笑。聽起來就是很怪啊。他爲什麼不幫自己取個比較酷的名字，像是「奪命者」或「荷西」之類的，眞是搞不懂，不過這也許可以解釋烏拉諾斯的脾氣爲何老是那麼暴躁。

烏拉諾斯也像蓋婭一樣，可以變成人形造訪大地；這樣很不錯，因爲天空遠在高處，而遠距離的戀愛註定不會長久。

烏拉諾斯構成實體形狀時，看起來是個高大健美的傢伙，留著一頭長長的黑髮。他只圍著一塊纏腰布，皮膚不斷變換顏色，有時候是藍色皮膚還有白雲飄過肌肉表面，有時候則是黑色皮膚閃爍著燦亮星辰。嘿，蓋婭夢想中的男性就是要長這副模樣，不要怪我喔。你看到烏拉諾斯的圖像時，有時候會畫他手裡拿著黃道帶輪，顯示所有的星座都會一次又一次橫越天空，直到永遠。

不管怎麼樣，烏拉諾斯和蓋婭結婚了。

從此過著幸福快樂的生活嗎？

並沒有。

有一部分的問題是，混沌創造出烏拉諾斯，心裡有一點小小的得意。它那朦朧陰沉的性格似乎這樣想：嘿，大地和天空，這樣很好玩嘛！不知道我還可以創造出什麼東西。

過不了多久，它就創造出各式各樣的其他問題……喔，我是說其他的神啦。混沌的雲霧凝結成水，蓄積在大地最深處的一些地方，形成了最初的海洋，而且自然而然發展出意識，這就是老海神澎濤士（Pontus）。

接著，混沌變得超狂熱，他心想：我知道了！不妨來個很像天空的圓頂，不過是大地的底部！那樣一定超讚的！

所以又有一個圓頂出現了，位於大地的下面，不過它很黑暗又陰鬱，而且通常非常不美好，因爲那裡永遠接收不到來自天空的光線。這就是塔耳塔洛斯（Tartarus），指的是「邪惡的深淵」；光從這名字你也猜得到，等他發展出神的性格之後，無論參加任何比賽，他都絕對拿不到「最佳人氣獎」。

這下子問題來了，澎濤士和塔耳塔洛斯都很喜歡蓋婭，這對蓋婭和烏拉諾斯的關係造成一些壓力。

另外還有一堆最初的神也蹦了出來，不過如果我一一介紹他們，恐怕光是卡在這一段就要花好幾個星期啦。總之，混沌和塔耳塔洛斯生出一個小孩（不要問他們是怎麼生的，我不知道），叫作妮克斯（Nyx），是夜晚的化身。然後，妮克斯不知用了什麼方法，自己生出一個女兒叫作赫墨拉（Hemera），是白晝的化身。她們兩位永遠不能相聚，因爲她們之間的差異就像……嗯，你知道的嘛。

根據一些傳說，混沌也創造出厄洛斯（Eros），即生產之神……換句話說，媽媽神和爸爸神會生出一大堆寶寶神。故事的其他版本則宣稱厄洛斯是阿芙蘿黛蒂（Aphrodite）的兒子，我們之後會提到阿芙蘿黛蒂。我不曉得哪一種說法才是眞的，不過我能確定的是，蓋婭和烏拉諾斯開始生出許多小孩，最後產生了非常非常混亂的結果。

首先，他們生出第一批十二個小孩，有六個女孩和六個男孩，稱爲泰坦巨神（Titans）。這些小孩看起來像人類，不過身材高大許多，也比較強壯有力。你可能會想，不管對誰來說，生了十二個小孩都已經夠多了吧？我的意思是說，建立了這樣一個大家庭，基本上你都可以製作自己的電視實境秀了。

然而，這群泰坦巨神出生後，烏拉諾斯和蓋婭的婚姻開始出現裂痕。烏拉諾斯花更多時間在天空晃來晃去，不太去探望蓋婭，也不幫忙照顧小孩。蓋婭忿忿不平，於是雙方開始吵架。隨著孩子們長大，烏拉諾斯還會對他們大吼大叫，基本上就像個可怕糟糕的老爸。

有幾次，蓋婭和烏拉諾斯想辦法修補婚姻的裂痕。蓋婭暗想，說不定再生另一批小孩，他們的關係會變得比較親密……

我知道你在想什麼，對吧？這眞是個餿主意。

她果然又生了三胞胎。問題來了：這三個新生兒剛好可以用來定義「醜」這個字。他們長得像泰坦巨神一樣高大強壯，可是既笨重又粗野，而且體毛多到非常需要脫毛蜜蠟。最慘的是，這三個小孩都只有一隻眼睛，位於額頭的正中央。

說到這樣的長相，只有他們的媽媽才會無條件疼愛他們吧。嗯，蓋婭很愛這三個孩子，爲他們取名叫「大獨眼巨人」（Elder Cyclopes），而後來他們又繁衍出一整個族群叫「小獨眼巨人」（Lesser Cyclopes）。不過那是很後來的事了。

烏拉諾斯一看到獨眼巨人三胞胎，不禁皺起眉頭。「這些不可能是我的小孩！他們看起來根本就不像我！」

「你這個死無賴，他們當然是你的孩子！」蓋婭尖叫回應。「看你敢不敢丟下我一個人照顧他們！」

「別擔心，我不會！」烏拉諾斯大吼。

他如旋風般衝出去，回來的時候帶著粗重的鎖鍊，是用夜空的純然黑暗做成的。他綁住三個獨眼巨人，把他們拋進塔耳塔洛斯，只要扔進那個地方，烏拉諾斯就再也不必看到他們。超狠的，對吧？

蓋婭尖聲狂叫、哀嚎痛哭，但是烏拉諾斯拒絕釋放獨眼巨人。誰都不敢違背他的命令，因爲這時他已經得到「超可怕男子」的稱號。

「我是宇宙之王！」他狂吼。「難道不是嗎？我確確實實高居萬物之上！」

「我恨你！」蓋婭哭喊著。

「呸！你會乖乖聽我的話。我是第一個也是最厲害的原始之神。」

「我比你還早出生耶！」蓋婭出言反駁：「你本來不會在這裡，要不是我……」

「不要考驗我，」他咆哮著說：「我還有一大堆黑暗鎖鍊！」

你也猜得到，蓋婭氣得引發超級大地震，但除此之外，她根本不曉得該怎麼辦才好。她的第一批孩子，也就是泰坦巨神們，如今差不多長大了，他們很痛心媽媽的處境。他們本來就不太喜歡爸爸，蓋婭也老是說他的壞話（當然她有很好的理由啦），不過泰坦巨神還是對烏拉諾斯心存敬畏，實在無力阻止他。

蓋婭心想：爲了孩子們，我要振作起來；也許我應該再測試烏拉諾斯一次。

她安排了一頓很棒的浪漫晚餐，有蠟燭、玫瑰花、輕柔的音樂。這一切肯定施了某些傳統魔法。幾個月之後，蓋婭又生了三胞胎。

彷彿她需要更多的證據，來證明她與烏拉諾斯的婚姻已經走到了盡頭一樣……

這批新生兒長得比獨眼巨人更畸形，每個孩子的胸膛四周都長出一百隻手臂，就像海膽觸手，而且肩膀上冒出五十顆小小的頭。對蓋婭來說這根本無所謂，她好愛他們的小臉蛋，無論一百個或五十個都愛。她稱這批三胞胎為「百腕巨人」（Hundred-Handed Ones），可是她還來不及為他們個別取名字，烏拉諾斯就衝過來，看了他們一眼，然後從蓋婭懷裡把他們抓走。他一句話也沒說，只是用鎖鍊纏住他們，像丟回收垃圾袋那樣把三胞胎扔進塔耳塔洛斯。

天空男的意思很明顯了。

嗯，這對蓋婭來說也很夠了。她痛哭失聲、呻吟哀嚎，又引發大量的地震，於是她的泰坦巨神孩子們紛紛跑來關心究竟發生什麼事。

「你們爸爸是徹底的————！」

我不知道她到底說了什麼，不過可以感覺得到，史上第一句詛咒的話是在那一刻發明的。

她說明完究竟發生什麼事，接著高舉雙臂，讓她腳下的地面隆隆作響。蓋婭從她的大地領域召喚出最堅硬的物質，用內心的憤怒將之塑造成有史以來最早的武器，那是大約九十公分長的彎曲鐵刃。她又以附近的樹幹製作成木質把手，將鐵刃固定在把手上，然後將這項發明拿給泰坦巨神們看。

「看啊，我的孩子們！」她說：「這是我的復仇工具。我稱它為『長柄大鐮刀』！」

泰坦巨神們彼此竊竊私語：「那是要做什麼用的？為什麼彎彎的呢？『長柄大鐮刀』五

個字要怎麼寫啊？」

「你們其中一個必須挺身而出！」蓋婭大喊。「烏拉諾斯沒有資格當宇宙之王，你們其中一個必須殺了他，取代他的地位。」

泰坦巨神們看起來都很緊張不安。

「那麼……解釋一下『殺』這件事吧。『殺』是什麼意思呢？」歐開諾斯（Oceanus）說。他是頭一個出生的泰坦巨神男孩，不過他大多數時間都與最早的水神一起待在遠方的大海，他稱呼那水神爲「澎濤士舅舅」。

「她要我們消滅我們的爸爸。就像是，讓他永遠不存在。」忒彌斯（Themis）猜測說。她是最聰明的女孩之一，馬上就領悟到「爲了某某某的罪行而懲罰他」的意思。

「那有可能辦得到嗎？」她的姊妹瑞雅（Rhea）問。「我以爲我們都是永生不死的。」

蓋婭覺得很挫折，氣得大吼一聲。「不要那麼膽小好不好？很簡單啊，你們拿這把又尖又利的刀刃把你們的爸爸剁成碎片，他就再也不能來煩我們了。無論你們哪一個完成這件事，就能成爲宇宙的主宰！而且，我會做你們喜歡吃的餅乾，上面還會撒很多配料喔。」

如今，在現代社會裡，我們有一個名詞來描述這種行爲，叫作「神經病」。以前那個時代的行爲規範實在非常鬆散。說不定這樣一來，你會覺得自己的親戚也沒那麼糟糕啦，因爲這下子你就知道，創世之初的第一個家庭也是第一個不正常的家庭。

泰坦巨神們開始互相指來指去，喃喃說著像這樣的話：「嘿，你很適合去殺老爸耶。」

「喔，不對，我覺得你才應該去。」

「說眞的，我很想殺死老爸，可是我還有這件事得做啊，所以……」

「交給我吧！」後面傳來一個聲音說。

十二泰坦巨神中最年輕的一位，用肩膀頂開其他巨神向前走來。克羅諾斯（Kronos）比哥哥姊姊們都矮小，而且既不是最聰明、最強壯，也不是速度最快的那個，不過他最渴望得到權力。我猜想，如果你在十二個小孩中年紀最小，一定也會想盡辦法找機會挺身而出，贏得別人注意。這位最年輕的泰坦巨神很喜歡「接管世界」這個主意，特別是這意味著可以成爲哥哥姊姊們的頂頭上司，何況還有撒上配料的餅乾可以吃。

克羅諾斯站直身子大約有兩百七十公分高，就泰坦巨神來說算是很矮。這孩子不像有些哥哥看起來那麼凶神惡煞，不過他詭計多端，已經在哥哥姊姊之間得到「邪惡者」的綽號，因爲他會在摔角比賽中使出陰險的賤招，而且你永遠猜不到他會從哪裡冒出來。

他遺傳了媽媽的笑容和黑色鬈髮，也遺傳到爸爸的殘酷。他看著你的時候，你絕對看不出他究竟是要一拳打倒你，還是準備說笑話。他的鬍子也會讓你覺得很緊張。他才剛長出鬍子，但已經著手把臉頰的鬢角修成尖尖的形狀，很像烏鴉尖尖的嘴喙。

克羅諾斯一看到大鐮刀就雙眼發亮。他很想要那把銳利的鐵刃。在所有的兄弟姊妹之中，他最了解那把刀刃的殺傷力有多大。

至於要殺死他爸爸……有何不可？烏拉諾斯根本沒有注意過他；就這方面來說，其實蓋婭也對他不聞不問。他的父母可能連他的名字都叫不出來。

克羅諾斯恨透了這種被忽視的感覺。他再也不想當老么，只能穿那些蠢蛋泰坦巨神一個接一個傳下來的衣服。

「交給我，」他又說了一次，「我會把老爸剁成碎片。」

「我最愛的兒子！」蓋婭大喊：「你眞是太棒了！我就知道你很可靠，呃……再說一次你叫什麼名字？」

「克羅諾斯。」他勉強保持微笑。嗯哼，爲了那把大鐮刀，爲了餅乾，也爲了執行謀殺的好機會，克羅諾斯可以把自己眞正的情緒隱藏起來。「媽媽，我很榮幸可以爲了你去殺戮，但是要照我的方法進行。首先，我要請你騙烏拉諾斯來找你。對他說你很抱歉，對他說這一切全是你的錯，而你要爲他準備一頓豐盛的晚餐向他道歉。只要能騙他今天晚上來這裡就好，然後表現出一副你還很愛他的樣子。」

「噁！」蓋婭差點吐出來，「你瘋了嗎？」

「只要假裝就好，」克羅諾斯很堅定地說：「一旦他變成人形坐到你身邊，我就會跳出來攻擊他。不過我還需要一些助手。」

他轉身看看哥哥姊姊，所有泰坦巨神突然全部低下頭，對自己的雙腳變得很感興趣。

「各位，聽好了，」克羅諾斯說：「如果這次失敗了，烏拉諾斯一定會對我們報仇，一個都逃不掉。我們不能有任何閃失。我需要你們其中四位去壓制他，確保他不會趁我還沒殺死他之前逃回天空。」

其他泰坦巨神默不吭聲。他們可能正在努力想像那樣的畫面，想像最矮小的弟弟克羅諾斯殺死他們那位既巨大又殘暴的爸爸，實在很難想像有成功的機會啊。

「噢，拜託！」克羅諾斯咒罵著：「眞正要劈要剁是我的事，你們只要有四位壓住他就好。等我當上宇宙之王，一定會大大獎勵那四位！我會讓他們負責掌管大地的四個角落，北邊、南邊、東邊和西邊。這麼好的機會只有一次！誰要跟我來？」

女孩們都太聰明了，不想參與謀殺計畫，於是紛紛找藉口很快溜走。年紀最大的兒子歐開諾斯則緊張兮兮地咬著自己的大拇指。「我得回大海去，因爲有一些……呃，水裡的要緊事。抱歉……」

於是只剩下克羅諾斯的另外四位哥哥，科俄斯（Koios）、伊阿珀特斯（Iapetus）、克里奧斯（Krios）和海波利昂（Hyperion）。

克羅諾斯對他們微笑。他從蓋婭的手中接過大鐮刀，試一試刀尖的鋒利程度，一滴金色血液從他指尖滴落。「好啦，四位志士！很好！」

伊阿珀特斯清清喉嚨。「呃，說實在的……」

海波利昂用手肘頂頂伊阿珀特斯。「克羅諾斯，我們參加！」他承諾著：「一切包在我們身上！」

「太好了。」克羅諾斯說。這是這位邪惡天才第一次說出「太好了」這句話。他把自己的計畫告訴他們。

那天晚上，烏拉諾斯居然現身了，眞令人驚訝啊。

他晃進平常與蓋婭見面的山谷，一看到豪華大餐鋪排在餐桌上，不禁皺起眉頭。「我接到你的訊息，你是眞心想要復合嗎？」

「那當然啦！」蓋婭穿著她最美的無袖綠色連身裙，一頭鬈髮綴滿了無數珠寶（身爲大地之母，要拿到這些珠寶還不簡單？），而且全身散發著玫瑰和茉莉花香。她斜倚在沙發上，全身籠罩在蠟燭的柔和光線中，在在吸引她丈夫走近。

烏拉諾斯覺得自己只圍著一塊裹腰布未免太寒酸了，而且他既沒有梳頭髮，也沒有稍做打扮。他那夜晚的皮膚深邃黝黑，布滿了點點星光，但是若要搭配這麼一頓豪華晚餐，那似乎連「半正式禮服」都稱不上。他突然覺得至少應該刷刷牙才對。

他有起疑心嗎？不知道。各位要記得，當時在全宇宙的歷史上，還沒有誰曾經受到引誘而落入埋伏，最後遭到碎屍萬段。他會是有史以來第一位。這傢伙眞幸運啊，況且他已經孤孤單單在天空中晃蕩太久，與他作伴的只有滿天星斗、一位其實腦袋空空的傻蛋空氣之神埃忒耳（Aither），還有妮克斯和赫墨拉那對母女，她們每天清晨和黃昏都吵個不停。

「所以……」烏拉諾斯的掌心微微冒汗。他早已忘記蓋婭有多麼美麗，只要她不對著自己的臉大吼大叫的話。「你再也不生氣了嗎？」

「完全不生氣了！」蓋婭向他保證。

「還有……即使我把我們的孩子纏上鎖鍊，全部丟進無底深淵，你也不在意？」

蓋婭露出雪白皓齒，勉強擠出笑容。「都沒問題啊。」

「很好，」烏拉諾斯咕噥著說：「因爲那些小傢伙實在太醜了。」

蓋婭伸手拍拍沙發。「來嘛，坐在我旁邊，老公。」

烏拉諾斯開心地笑了，踏著重重的步伐走過去。

等他一坐定位，克羅諾斯就在最靠近沙發的一顆巨石後方低聲說：「行動。」

他的四位哥哥紛紛從各自的藏身地點跳出來。克里奧斯僞裝成一棵灌叢，科俄斯則爲自己挖一個洞，上面蓋一些枝葉。海波利昂把自己塞進沙發底下（那是個非常巨大的沙發），而伊阿珀特斯則將手臂伸長裝成樹枝，想辦法看起來像一棵樹。不知爲何，他們的僞裝好像滿管用的。

這四個兄弟緊緊抓住烏拉諾斯，各抓一隻手或一隻腳，把他們的爸爸扭壓在地上，他四肢伸展的模樣活像大鵬展翅。

克羅諾斯從陰影中現身，手上的大鐮刀在星光下閃閃發亮。「哈囉，父親。」

「這是什麼意思？」烏拉諾斯大吼：「蓋婭，叫他們放開我！」

「哈！」蓋婭從她的沙發上站起來。「老公，你對我們的孩子連一點憐憫之心都沒有，所以你也不值得同情。還有，誰會只圍一塊裹腰布就來吃豪華晚餐？我都快吐了！」

烏拉諾斯拚命掙扎，但是徒勞無功。「你們好大的膽子！我是宇宙之王啊！」

「再也不是了。」克羅諾斯舉起手上的大鐮刀。

「警告你喔，如果你動手的話，呃……再說一次你叫什麼名字？」

「克羅諾斯！」

「克羅諾斯，如果你真的動手，」烏拉諾斯說：「我會詛咒你！總有一天，你自己的孩子也會殺掉你，奪走你的王座，就像你對我做的一樣！」

克羅諾斯放聲大笑。「那就讓他們試試看啊。」

他揮下了大鐮刀。

刀刃直直揮中烏拉諾斯的……嗯，你知道是哪裡嗎？我實在說不出口。如果你是男生，請想像一下那個被打到會最痛最痛的地方。

是啊，就是那裡。

克羅諾斯揮刀狂砍，烏拉諾斯痛苦號叫。你可以想像，那就像是最噁心、拍片預算最低的恐怖片。鮮血噴向四面八方……只不過神的血是金色的，稱爲「神血」。

大量的血滴噴濺到岩石上；那些神血的力量非常強大，後來沒人看見的時候，有些生物從他的神血裡生長出來，是三隻會嘶嘶叫的有翅惡魔，叫作「復仇女神」（Furies），她們是掌管刑罰的神靈。她們立刻飛入塔耳塔洛斯的黑暗深淵。天空的其他神血滴落在肥沃土壤上，最後變成充滿野性但性格溫和的生物，稱爲「精靈」（nymphs）和「羊男」（satyrs）。

而大多數的神血就這樣濺灑在萬物之上。其實啊，克羅諾斯的衣服也沾滿血漬，往後永遠都無法清除掉。

「兄弟們，做得好！」克羅諾斯咧嘴大笑，手上的大鐮刀盡是溼淋淋的金血。

伊阿珀特斯當場就吐了。其他幾位則是笑嘻嘻，猛拍著彼此的背。

「喔，我的孩子們！」蓋婭說：「我眞是太驕傲了！大家來點餅乾和雞尾酒吧！」

慶賀勝利之前，克羅諾斯把父親散落在桌布上的遺骸收集起來。也許是因爲他對大哥歐開諾斯沒有幫忙殺父親而懷恨在心，克羅諾斯把這些遺骸搬運到海邊，全部丟進海裡。神血與鹹鹹的海水混合在一起，然後……這個嘛，之後你就會知道有什麼東西從裡面冒出來了。

這時，你一定想問：好啦，如果天空被殺了，爲什麼我抬起頭還是可以看到天空？

答案是：我不知。

我的猜測是這樣的：克羅諾斯殺死烏拉諾斯的肉身形體，於是天空之神再也不能現身於大地，並宣稱自己是王；基本上，這等於把他驅逐到空中。所以嚴格說來他並沒有死掉，但是現在他不能再爲非作歹，只能乖乖做個無害的天頂，俯瞰整個世界。

總之，克羅諾斯回到山谷，所有的泰坦巨神開心舉辦慶祝勝利的宴會。

蓋婭任命克羅諾斯為宇宙主宰，也為他做了一頂舉世無雙的典藏版金色王冠，還有其他林林總總的東西。克羅諾斯堅守承諾，讓四位伸出援手的哥哥統御大地的四個角落，於是伊阿珀特斯成為西方泰坦巨神，海波利昂占據東方，科俄斯拿下北方，克里奧斯得到南方。

那天晚上，克羅諾斯高高舉起斟滿神飲（永生不死的神最愛這種飲料）的玻璃杯，努力擠出自信的微笑，因為王者應該要永遠看起來很有自信的樣子，只不過在他心底，他已經開始擔心烏拉諾斯的詛咒了，也就是總有一天，克羅諾斯自己的孩子們會把他從王位上拉下來。

儘管如此，他還是激情大喊：「哥哥姊姊們，乾杯！我們已經開啓了『黃金時代』！」

嗯，如果你喜歡數不盡的謊言、竊盜、卑鄙陷害和同類相殘，那麼就繼續讀下去吧，因為接下來，絕對是所有壞事的「黃金時代」。

2 同類相殘的黃金時代

剛開始，克羅諾斯沒有那麼壞。他必須一路走來作惡多端，才會變成徹頭徹尾的大壞蛋。

他把大獨眼巨人和百腕巨人從塔耳塔洛斯釋放出來，這讓蓋婭非常開心。結果，那些長得像怪物的傢伙的確派上很大的用場，他們以前所有的時間都在深淵裡學習鑄造金屬、建築石砌構造（我猜在那裡大概也只有這些事情可以做吧），於是為了對於重獲自由表示感激，他們在奧特里斯山頂為克羅諾斯建造了一座巨大恢宏的宮殿；當時，奧特里斯山是希臘境內最高的一座山。

這座宮殿是用虛空黑色的大理石建造而成，列柱高聳入雲，大廳寬廣無邊，全都在魔法火炬的照耀下閃閃發亮。克羅諾斯的王座是用一整塊堅實的黑曜石雕刻而成，上面鑲嵌著黃金和鑽石，聽起來好像很厲害的樣子，但是坐起來恐怕不太舒服吧。不過克羅諾斯根本不在乎，他可以在那上面坐一整天，掃視著腳底下整個世界，並不懷好意地咯咯發笑說：「這是我的！全都是我的！」

他的五位泰坦巨神哥哥和六位泰坦巨神姊姊不會和他爭這一點。他們已經各自占據自己最喜歡的領地；更何況，眼睜睜看過克羅諾斯揮舞那把大鐮刀之後，誰都不想與他為敵啊。

而除了成為宇宙之王，克羅諾斯也變成掌管時間的泰坦巨神。他是不能像「超時空博士」那樣在時間流之中跳來跳去啦，不過偶爾真的可以讓時間慢下來或是加快速度。每當你坐在超無聊的課堂上，感覺好像永遠不會下課，那都要怪克羅諾斯。或者你老是覺得週末太短，那肯定全是克羅諾斯的錯。

他特別著迷於時間的毀滅性力量。他擁有不死之身，因此不相信凡人那短短幾年的生命能做出什麼了不起的事。爲了尋求刺激，他經常穿梭於世界各地，把樹木、植物和動物的生命向前快轉，於是可以看著那些生命快速凋萎、死去。這樣的事，他永遠都看不膩。

至於幫忙殺死烏拉諾斯的那四位哥哥，則獲賜大地的四個角落；這點其實有些奇怪，因爲希臘人認爲整個世界是一個巨大、平坦的圓形，就像盾牌一樣，所以應該沒有四個角落才對啊，不過隨便啦。

克里奧斯是掌管南方的泰坦巨神。他以白羊作爲自己的標誌，因爲白羊星座會從南方天空升起。他有一塊海軍藍的盾牌，上面點綴著點點星辰，而且他的頭盔還伸出一對白羊角。克里奧斯的性格陰鬱而沉默，他鎮守在遙遠的世界南端，觀察星座的起起落落，思索著深刻的議題……也或許他只是在想，自己應該做些比較刺激的工作吧。

科俄斯，掌管北方的泰坦巨神，住在世界的另一端，與克里奧斯遙遙對望（這是當然的啦）。他有時候也稱爲波留斯（Polus），因爲他控制著北極的極點（pole），當時耶誕老人還沒有搬去那裡住呢。科俄斯也是第一個擁有預言能力的泰坦巨神，事實上「科俄斯」這名字的意思就是「問題」。他可以向天空發問，有時天空會低聲說出答案。聽起來很毛骨悚然嗎？沒錯。我不曉得他是與烏拉諾斯做靈魂溝通還是怎樣，總之他這種窺見未來的能力很有用處，所以其他泰坦巨神開始來問他一些十萬火急的問題，像是「星期六的天氣怎麼樣？克羅諾斯今天會殺我嗎？我該穿什麼衣服去參加瑞雅的舞會？」等等之類的事情。之後，科俄斯會將預言能力傳給他的孩子們。

海波利昂，掌管東方的泰坦巨神，是四兄弟中最閃亮的一位。因爲每天早晨白晝的光線都由東方射出，於是他稱自己爲「光之王」。但是在他背後，其他的神都偷偷叫他「低卡克羅諾斯」，因爲克羅諾斯交代的事情他全部照辦，基本上就像是卡路里減半、吃起來沒味道的克羅諾斯。總之，他身穿燃燒的金色盔甲，大家也知道他不時就會燒起來變成一團火焰，這也讓他成爲宴會的餘興節目。

與他遙遙相對的是掌管西方的泰坦之神，伊阿珀特斯。他的個性比較閒散。一般人想到漂亮的夕陽，總是會希望放輕鬆、變得平靜吧。儘管如此，你還是不會想要讓這傢伙對你生氣，因爲他是非常優秀的戰士，善於使用長矛。伊阿珀特斯這名字的意思是「穿刺者」，而他並不是因爲在購物中心幫顧客穿刺耳洞才得到這個名號喔，這點我滿確定的。

至於克羅諾斯的最後一位哥哥，歐開諾斯，他負責掌管包圍整個世界的外側水域，正是因爲他，環繞在大地周圍的廣大水域才會依照他的名字稱做 Ocean（海洋）。本來可能會更糟，假如是由伊阿珀特斯來掌管水域，今天我們講的「大西洋」就會變成「大西伊阿珀特」，或者會說「航向藍色的伊阿珀特」，說法就完全不一樣了。

好吧，還沒介紹六位泰坦巨神小姐之前，讓我先打個岔，說明一些低級噁心的事。

想像一下喔，後來那些泰坦巨神傢伙會開始想，嘿，老爸有蓋婭當老婆，我們又會娶誰當老婆呢？然後他們就看著幾位泰坦巨神小姐，心裡想，唔……

我知道啦，你現在已經開始尖叫著：「超──噁──的！」因爲這些兄弟竟然想要和自己的姊妹結婚?!

是沒錯，我自己也覺得滿噁心的，不過重點來了：泰坦巨神對家庭關係的看法和我們很不一樣。

首先，就像我之前說過的，那時候的行爲規範確實比較鬆散；況且，當時要挑選結婚對象實在是沒有太多選擇，你不可能只是跑去登入「泰坦巨神交友網」，就能找到最完美的靈魂伴侶吧。

最重要的是，永生不死的神眞的與我們人類很不一樣。他們會永遠活著，差不多就是這樣。他們擁有強大的力量，又有神血取代了血液和DNA，所以他們不在乎自己的血統有沒有好好的混血過，也就不用擔心「近親繁殖」這回事。也因爲如此，他們眼中的「兄弟姊妹」與我們所想的完全不同。你和你喜歡的女孩可能是同一個媽媽所生，反正你和她都已經長大成年，就不需要再把她想成是自己的姊妹了。

這是我的推論啦。或者，說不定那些泰坦巨神根本全是一群怪胎。關於這一點，我讓你自己判斷好了。

不管怎麼樣，最後也不是所有的兄弟都和所有的姊妹結了婚，以下就一一說明囉。

大姊是忒伊亞（Theia）。如果你想吸引她的注意，只要在她面前揮舞亮晶晶的東西就行了，她超愛閃閃發亮的東西和燦爛的景致。每天早晨看到日光重返大地，她都會開心地手舞足蹈。她還會爬到山頂，因爲這樣就可以看到周圍綿延好幾公里遠的美麗風景；她甚至會鑽到地底下挖掘珍貴的寶石，並且運用她的魔法力量讓寶石閃爍燦亮。忒伊亞正是讓黃金顯露光澤、讓鑽石閃耀光彩的神。

於是，她成為代表視野清晰的泰坦巨神。也因為她這麼愛好明亮和光彩，最後她與海波利昂（也就是那位光之王）結婚。你可以想像他們兩個真的很速配，只不過，海波利昂會整晚發出耀眼光芒，而忒伊亞則會興奮地咯咯笑說：「閃啊！閃啊！」這樣他們兩個到底要怎麼睡覺呢？我實在想不透。

而她妹妹忒彌斯呢？和忒伊亞完全不同。她個性沉靜，思慮周密，而且從來就不想吸引誰的注意，總是以一塊純白的大披巾包住頭髮。年紀還很小的時候，她就意識到自己天生擅長分辨對與錯，也了解什麼是公平而什麼不是；如果有所懷疑，她也宣稱自己能夠直接從大地汲取智慧。我認為她的意思不是指她會向蓋婭求取智慧，因為蓋婭根本就是非不分。

總之，兄弟姊妹們都很尊敬忒彌斯，她經常居中協調其他神之間的可怕爭端。最後她成為掌管自然律法和公平正義的泰坦巨神。她沒有嫁給自己的六位兄弟，這剛好證明了她多麼有智慧。

第三位姊妹是蒂賽絲（Tethys），我保證這是英文名字以「T」字開頭的最後一位女孩啦，因為連我都快要搞混了。蒂賽絲熱愛河川、泉水，以及任何一種會流動的清澈水域。她非常親切體貼，總是讓兄弟姊妹們有東西可以喝，只不過其他神每每聽她說起「泰坦巨神平均每天要喝二十四大杯水才能保持水分充足」的論調，都快要煩死了。無論如何，蒂賽絲將自己視為整個世界的保母，畢竟所有活著的生命都需要喝水。她最後嫁給歐開諾斯，這好像不用大腦都想得到。「嘿，你喜歡水嗎？我也喜歡水喔！我們真的應該一起出去約會！」

菲碧（Phoebe），第四位姊妹，剛好住在世界的地理中心。對希臘人來說，所謂的地理中心是指發布德爾菲神諭（Oracle of Delphi）的地方，當地有一座神聖的噴泉，如果你懂得聆聽的話，有時候會在那裡聽到未來世界的低語聲。希臘人將這個地方稱爲「奧姆法洛斯」（omphalos），字面意思是「大地的肚臍眼」，不過他們從來沒有特別說明究竟是凸的肚臍，還是凹的肚臍。

最早弄懂該如何聆聽德爾菲聲音的神祇就是菲碧，但她並不是個性陰鬱、愛搞神祕的那種算命仙。她的名字代表的是「光明」，因爲她總是看到事情的光明面。聽她的預言很像是吃幸運餅乾，只提供好的訊息。假如你只想聽好消息，我想這樣是不錯啦，但如果碰到很棘手的問題，這樣恐怕不太好。譬如你明天就要死了，菲碧可能只會告訴你：「噢，嗯，我預見你下個星期不必擔心數學考試會考幾分！」

菲碧最後嫁給科俄斯，就是北方那位老兄，因爲他也擁有預言的天賦。不幸的是，他們每隔好一陣子才能看到對方，因爲兩人住的地方相隔非常遙遠。再附贈一項事實：過了很久以後，菲碧有個孫子名叫阿波羅（Apollo），這傢伙接管了神諭。由於阿波羅遺傳了菲碧的力量，大家有時候也叫他「菲碧的阿波羅」。

泰坦巨神姊妹五號是寧默心（Mnemosyne）。這個嘛，老天，由於我有閱讀障礙，每次拼寫這個名字都要檢查個二十次左右，而且很可能還是拼錯了。唯一確定的是，她的名字唸起來是「寧默心」。總之，早在沒有半個人知道什麼是「照相」的年代，寧默心天生就擁有照相般的記憶力，眞的喔，包括她姊妹的生日、她的家庭作業、倒垃圾和餵貓的時間等等，每件事她都記得。就某些方面來說，這樣是很好啦，她保存了家族成員的每一項紀錄，而且從來不曾忘記任何一件事。不過就另一些方面來說，有她在身邊簡直是累贅，因爲她絕對不會「放任」你忘記任何一件事。

你八歲的時候做過什麼超丟臉的事嗎？沒錯，她都記得。你三年前曾經答應要還她錢？她也記得。

更糟的是，寧默心希望大家也都有同樣的好記性。爲了幫助記憶，她發明了字母和書寫系統，於是我們這些沒有完美記憶力的可憐大笨蛋就可以把每一件事永久記錄下來。她成爲掌管記憶的泰坦巨神，特別是死記硬背的這類記憶。下一次你又得準備拼字測驗，或者沒什麼好理由就要把美國全部五十州的首府硬背下來的時候，都要感謝寧默心啦，這類作業全是她的主意。結果沒有半個同輩的泰坦巨神願意與她結婚。猜也猜得到吧。

最後是姊妹六號：瑞雅。可憐的瑞雅。她是最甜美、最漂亮的泰坦巨神小姐，這當然就意味著她的運氣最差，命運也最坎坷。她的名字代表的是「流動」或「輕鬆」，兩個意思都很符合。她凡事順其自然，個性也讓大家覺得輕鬆自在、不受拘束。她會在大地的山谷裡漫遊，到處去拜訪兄弟姊妹，並與精靈和羊男們談天說地，精靈和羊男是從烏拉諾斯噴出的神血生出來的。她也很愛動物，最愛的是獅子，所以如果你看到描繪瑞雅的圖像，她身邊幾乎總是帶著兩隻獅子，因此即使去附近最危險的地區四處漫遊，她也非常安全。

瑞雅成爲掌管母性的泰坦巨神，她熱愛小嬰兒，姊妹們分娩生產時總是有她在身邊幫忙照料。最後等她有了自己的孩子，她會贏得「偉大母親」的頭銜。可是說來不幸，在此之前，她必須先結婚，而所有天大的麻煩都是從她結婚開始的……

咦，不過每一件事看起來都這麼棒啊！怎麼可能會出問題呢？

大地之母蓋婭的心裡也是這樣想。看著自己的孩子們掌控整個世界，她實在太開心了，於是決定沉回地底一陣子，只要當個，呃……大地，就好了。她之前經歷了那麼多事，總共生了十八個孩子，理當好好休息一下。

她很確定克羅諾斯會掌控一切，而且永遠都是最好的宇宙之王（嗯，最好是啦）。於是她躺下來，很快打個盹，但「很快」這個詞在地質學上的意義其實是好幾千年。

在這段期間，泰坦巨神們開始生下自己的孩子，也就是第二代泰坦巨神。歐開諾斯和蒂賽絲，就是水先生和水太太，生了一個女兒叫作克呂墨涅（Klymene），後來成為掌管名聲的泰坦巨神。她之所以這麼熱愛追求名聲，我猜是因為她成長的海底環境平靜無波、太過無聊，長大後才會超級熱中於談論八卦、閱讀小報、掌握最新的好萊塢緋聞……喔，應該說是當時如果有好萊塢，她一定會超級投入。就和許多汲汲於名聲的人一樣，她也前往西邊（好萊塢就在美國西岸），結果愛上了掌管西方的泰坦巨神，伊阿珀特斯。

我知道啦，嚴格說來，伊阿珀特斯算是她的叔叔和舅舅。太噁了。不過就像我之前說過的，泰坦巨神和我們很不一樣。我的忠告是：在這方面不要想太多。

總之，伊阿珀特斯和克呂墨涅生了一個兒子叫阿特拉斯（Atlas），他後來成為非常優秀的戰士，同時也是一個怪胎。他長大之後成為克羅諾斯的得力助手，也是主要的執法者。

接著，伊阿珀特斯和克呂墨涅又生了一個兒子名叫普羅米修斯（Prometheus），他和克羅諾斯幾乎一樣聰明。根據一些傳說所述，普羅米修斯創造出一種較小的生命形體，你可能也聽說過，就是人類。有一天，他在河邊無所事事，拿起溼溼的泥巴隨便亂堆，最後捏出兩個看起來很滑稽的人形，形狀類似泰坦巨神，不過體型小很多，而且一不小心就會捏碎。也許是泥巴裡面帶有一點烏拉諾斯的血液，也或者是普羅米修斯故意吹口氣，讓兩個人形有了生命，到底是怎樣我也不知道。總之，那兩個小泥人活了起來，變成最早的兩個人類。

普羅米修斯有沒有因爲這樣而獲頒獎狀呢？才沒有。人類在泰坦巨神的眼裡，恐怕就像小沙鼠在我們眼中一樣微不足道。有些泰坦巨神覺得人類有點可愛，不過死得太快了一點，實在沒什麼用；另一些泰坦巨神認爲人類是討厭的小老鼠；還有一些泰坦巨神根本對人類不屑一顧。至於人類呢，他們多半只是畏畏縮縮躲在洞穴裡，即使到附近蹓躂也要快去快回，免得被踩扁。

泰坦巨神們繼續生出更多的泰坦巨嬰，我就不一一列舉了，免得卡在這裡的時間就像蓋婭打盹的時間一樣冗長，不過科俄斯和菲碧，也就是那對預言夫婦，後來又生了一個女兒名叫麗托（Leto），她決定負責照顧年輕的泰坦巨神。她是全世界第一位保母，所有泰坦巨神爸媽看到她都樂不可支。

海波利昂和忒伊亞，也就是閃亮先生和閃亮太太，則是生了一對雙胞胎，名叫赫利歐斯（Helios）和西倫（Selene），他們分別掌管太陽和月亮。這還滿有道理的吧？你找不到其他東西比太陽和月亮更閃亮了。

赫利歐斯每天都駕著太陽戰車飛越天空，累積的里程數應該高得很恐怖。赫利歐斯認爲自己看起來超帥，而他有個非常討人厭的習慣，居然說太陽是他的「把妹神器」。

西倫則沒有這麼愛放閃。到了晚上，她駕著銀色月亮戰車飛越天空，多數時候只有她自己，不過有一次她眞的墜入愛河，那是最最悲傷的一段故事，不過那要留到以後再說了。

回歸正題。只有一位很特別的泰坦巨神既沒有結婚，也沒有生小孩……那就是克羅諾斯，宇宙之王。他老是坐在奧特里斯山宮殿裡的王座上，看著大家過著幸福快樂的日子，性情變得非常非常乖戾。

還記得烏拉諾斯警告他的那個詛咒吧？就是總有一天，克羅諾斯自己的孩子會把他拉下王位。克羅諾斯無論如何都沒辦法把那句話趕出腦海。

剛開始他告訴自己：「哼，沒什麼大不了的，我就是不要結婚，不要生小孩！」

可是他看到身邊的親人都安頓下來，各自建立了家庭，只剩下自己孤孤單單，真的很痛苦。克羅諾斯用公平公正的方法掙得王位，但那個詛咒卻把剁碎老爸的所有樂趣剝奪殆盡。如今眼看著大家享受幸福快樂的生活，他卻得時時刻刻擔心遭到反叛，這樣一點都不酷。

他的親人不再那麼常來探望他。蓋婭一回到大地裡面，他們就不再到宮殿來參加星期天的餐會。大家都說自己很忙，但是克羅諾斯懷疑，他的哥哥姊姊、姪子姪女、外甥外甥女只是因爲非常怕他。他確實遺傳了父親的暴躁脾氣和殘酷天性，他的大鐮刀也令人望而生畏；再加上每次有誰惹他發火，他動不動就嚇死人地尖叫著：「我要把你們全都殺了！」但，那全是他的錯嗎？

有一天早上，他真的氣炸了。一陣釘槌聲把他吵醒，有個獨眼巨人竟然就在他臥室窗戶的外面釘上一塊青銅片。才早上七點，而且是週末！

克羅諾斯曾經答應媽媽，說他會把大獨眼巨人和百腕巨人從塔耳塔洛斯裡面釋放出來，不過他真的快受不了那些醜八怪親戚了。他們長大以後變得愈來愈噁心，身上的氣味聞起來像流動廁所，個人衛生程度完全是「零」。而且他們不斷製造噪音，不是在蓋東西、敲打金屬，就是在切割石頭。當年要蓋這座宮殿，他們確實派得上用場，不過現在簡直煩死人了。

克羅諾斯叫了阿特拉斯、海波利昂和其他幾位來當打手。一群泰坦巨神把獨眼巨人和百腕巨人團團圍住，說要載他們去鄉間兜風、好好欣賞野花，然後他們一個個跳到那些可憐傢伙身上，再次用鎖鍊捆住他們，把他們丟回塔耳塔洛斯。

假如蓋婭醒來，她一定很不高興……但那又怎樣？克羅諾斯現在是宇宙之王，就連媽媽也不得不接受這一點。

在那之後，宮殿又變得更安靜了，但是克羅諾斯依舊不時暴怒、牢騷滿腹。他不能交女朋友實在太不公平了。

事實上，他一直對一個特別的女孩念念不忘。

他偷偷暗戀瑞雅很久了。

她是那麼完美。每一次泰坦巨神家族團聚在一起，克羅諾斯都偷偷看著她。如果發現有其他傢伙對她調情，克羅諾斯會把他們拉到旁邊來個私下談話，手裡還拿著那把大鐮刀，警告他們好膽再試試看。

他好喜歡瑞雅笑起來的模樣。她的微笑比赫利歐斯的把妹神器還要明亮……呃，我是說比太陽還明亮啦。他好喜歡瑞雅的黑色鬈髮拂過肩膀的樣子，她的雙眼宛如草地般翠綠，而她的雙唇……嗯，克羅諾斯幻想著有一天能親吻她。

除此之外，瑞雅既溫柔又親切，大家都喜歡她。克羅諾斯心想，如果能娶到像她那樣的妻子，我的家族成員就不會那麼怕我了，他們會比較常到宮殿來，瑞雅也會教我變成一個比較好的泰坦巨神。生活一定會變得很棒！

然而，他內心有另一個聲音說：「不行！我不能結婚，都是因為那個超蠢的詛咒！」

克羅諾斯因挫折而咕噥抱怨。他是這該死宇宙的王啊！他可以為所欲為！說不定烏拉諾斯只是在耍他，根本就沒有什麼詛咒；也說不定他很走運，不會生下孩子。

先幫我自己做個筆記：假如不想生小孩，就千萬不要和掌管母性的泰坦巨神小姐結婚。

克羅諾斯努力克制自己的心情，但是到最後，他再也受不了了。他邀請瑞雅共進浪漫晚餐，席間盡情傾吐他的愛意。克羅諾斯當場就求婚了。

唉，我不曉得瑞雅究竟愛不愛這傢伙。如果不愛，我想她一定是因爲太害怕才那樣說，畢竟眼前這位可是「邪惡者」克羅諾斯，是殺了他們爸爸的那位老兄，也是這個該死宇宙的主宰啊。

更別提他們共進晚餐的這整段時間，克羅諾斯的大鐮刀就掛在他正後方牆壁的鉤子上，鋒利刀刃在燭光下閃爍發亮，彷彿依舊沾滿了金色神血。

瑞雅答應嫁給他。

也許她認爲自己能讓克羅諾斯蛻變成更好的傢伙，說不定連克羅諾斯也這麼想。總之他們度過了美好的蜜月時光，而幾星期後，克羅諾斯聽說瑞雅懷了他們的第一個孩子（好驚喜，大驚喜唷），他努力讓自己深信一切都會非常好。他好快樂啊！他絕對不會是烏拉諾斯那樣失職的父親，而寶寶究竟是泰坦男孩或泰坦女孩都沒關係，克羅諾斯一定會很愛他或她，而且完全忘卻那古老詛咒的一切。

然後孩子誕生了，是個漂亮的小女嬰。

瑞雅一直偷偷擔心她的孩子會是獨眼巨人或百腕巨人，也許克羅諾斯心裡也有同樣的壓力。但是沒有，孩子非常完美。

事實上，她有一點太完美了。

瑞雅為寶寶取名為荷絲提雅（Hestia）。她用柔軟的毯子裹住小嬰兒，抱給寶寶的驕傲老爸看。剛開始，克羅諾斯笑了，這孩子不是怪物，眞是太開心了！不過隨著他逗弄嬰兒的臉頰，定睛看著她的雙眼，嘴裡發出逗弄嬰兒的可愛咕嘰聲，克羅諾斯突然間意識到，荷絲提雅其實並不是泰坦巨神。

她比一般的泰坦巨嬰小得多，但是體重比較重，而且身材比例非常完美。她的眼神遠比普通的新生兒慧黠得多，而且渾身散發著力量。以克羅諾斯對時間的了解來看，他輕而易舉便看出這個女孩長大之後會是什麼模樣。她的體型會比泰坦巨神嬌小一些，但是有能力做大事。她能夠打敗任何一位她選中的泰坦巨神。

荷絲提雅就像是進化的泰坦巨神，泰坦巨神二．〇版，下一代的殺手級產品。事實上，她根本就不是泰坦巨神。她是「天神」，是永生不死的神祇演化出全新分枝的第一個成員。

克羅諾斯看著她，覺得自己像是一具舊式手機，正呆呆盯著最新機型的智慧型手機。他知道自己的日子進入倒數計時了。

他臉上那驕傲老爸的笑容消退。他不能允許這孩子長大，否則烏拉諾斯的預言必定會實現。克羅諾斯的動作得快一點。他知道瑞雅絕對不會同意讓自己的孩子死掉，而她又像平常那樣隨身帶著兩隻笨獅子。他無法在王座廳裡發動攻擊，更何況他抱著嬰兒，根本沒辦法去拿那把大鐮刀。他必須立刻除掉荷絲提雅，而且必須無法挽回才行。

他張開嘴巴，張得超級超級大，大到連他自己都想不到。他撐開下顎，簡直就像是可以吞下一整頭牛的大蛇一樣。於是，他把荷絲提雅塞進嘴裡，整個吞下去。

就這樣咕嚕一聲，荷絲提雅不見了。

你也想像得到，瑞雅整個大發狂。

「我的寶寶！」她尖叫著：「你……你竟然……」

「噢，哇嗚，」克羅諾斯打了個嗝，「我的錯，對不起。」

瑞雅氣得雙眼圓睜，繼續尖叫了一會兒。她大可撲向克羅諾斯，對他飽以老拳，或者命令獅子攻擊他，可是她很怕會傷到目前塞在克羅諾斯肚子裡的寶寶。

「把她咳出來！」瑞雅命令他。

「沒辦法，」克羅諾斯說：「我的胃超級有力，一旦有東西跑下去，絕對不可能吐出來。」

「你怎麼可以把她吞下去？」她大叫：「那是我們的孩子啊！」

「是喔，關於這個……」克羅諾斯努力裝出很抱歉的樣子，「聽我說，寶貝，有那個孩子絕對行不通。」

「行不通？」

「因為有那個詛咒的關係，」克羅諾斯把烏拉諾斯的預言告訴她，「我的意思是，好了啦，小甜心，那個寶寶甚至不算是夠格的泰坦巨神。她是個大麻煩，我看得出來！下一個孩子會更好，我敢保證。」

對克羅諾斯來說，這些話聽起來合情合理，但是不知怎的，瑞雅完全不能接受。她氣呼呼地宛如旋風一般衝出去。

你一定會認為瑞雅絕對不可能原諒他。我的意思是說，你的丈夫竟然像吞下迷你漢堡一樣，把你剛出生的寶寶吞下去……一般的媽媽不會忘記這種事吧。

但是瑞雅面臨的情況很複雜。

首先，克羅諾斯是把「整個」小嬰兒荷絲提雅吞下去。荷絲提雅應該會像她的父母親一樣，嚴格來說是永生不死的。她不可能死掉，就算在她父親的肚子裡也一樣。那裡面應該超噁的吧？沒錯。會有點幽閉恐懼症嗎？那當然。可是會致命嗎？不會。

「她還活著，」瑞雅這樣安慰自己，「我一定能找到方法把她救回來。」

這樣一想，讓她稍微冷靜了一點，雖然其實還想不出方法。她不能用蠻力來達成目的。瑞雅是個性溫和的泰坦巨神，就算她想發動攻擊，大多數最強壯的泰坦巨神，像海波利昂和那個重要打手阿特拉斯，都會助克羅諾斯一臂之力。

她也不能冒險偷偷攻擊，像是用刀子、大鐮刀，或甚至派出她的獅子，因爲這樣可能會傷到寶寶。

也許你會想：「等一下，如果小孩是不死之身，瑞雅爲什麼要擔心會傷到她？」不過呢，永生不死的神也可能會受重傷、殘廢，甚至終生癱瘓，了解吧。受點傷也許不會置他們於死地，然而不一定都能復原，也有可能永遠處於殘廢狀態。到了後面你就會看到一些這樣的例子。瑞雅不打算切開克羅諾斯，因爲那樣會冒著同時切到寶寶的風險；遭到大卸八塊根本不能算是活著，特別是如果你可以永生不死的話。

她也不能和克羅諾斯離婚，因爲當時還沒有發明「離婚」這種事。而就算他們眞的能離婚，瑞雅也實在太害怕而不敢嘗試。你能怪她嗎？你可能也注意到了，克羅諾斯是個不折不扣的瘋子，而瑞雅早就認清了這個事實，因爲他用大鐮刀把他們爸爸剁成碎片，接著還能在事後的宴會上昂首闊步，穿著沾滿神血的衣服大聲喊叫著：「各位，這場謀殺眞是棒透了！擊掌慶祝！」

她也不能逃跑，因為克羅諾斯是整個世界的主宰，除非她願意跳進塔耳塔洛斯（而她又不想），否則根本沒有地方可以逃。

最好的方法就是繼續撐下去，靜待時機，直到找出救荷絲提雅的方法為止。

克羅諾斯努力想對她好。他買了很多禮物，也帶她出去吃晚餐，彷彿這樣就可以讓瑞雅忘記她的寶寶還在他肚子裡。

等到克羅諾斯認為時間已經久到足夠遺忘一切（大概過了三、四天吧），他又堅持他們應該要努力多生幾個小孩。

這是為什麼呢？說不定他其實一心求死；也許他變得非常執迷於烏拉諾斯的預言，很想知道下一個孩子究竟是真正的泰坦巨神，或是另一個非常可怕、力量超強、過於完美且身材嬌小的「天神」。

於是瑞雅生了另一個寶寶，一個小女嬰，甚至比第一個女嬰更可愛。瑞雅為她取名為狄蜜特（Demeter）。

瑞雅抱著很大的希望，狄蜜特這麼可愛，說不定可以融化克羅諾斯的心。這個令人開心的小傢伙，不可能讓克羅諾斯覺得深受威脅吧。

克羅諾斯把孩子抱在懷中，立刻就看出狄蜜特又是一位天神。她渾身散發光芒，甚至比荷絲提雅的力量更強大。她絕對是天大的大麻煩。

這一次他毫不猶豫，張開血盆大口把狄蜜特吞下肚。

鏡頭切到媽媽的尖叫聲。再把鏡頭切到道歉聲。

這一次，瑞雅很認眞地想把兩隻獅子叫來，不過現在的賭注又更大了，克羅諾斯的肚子裡有兩個小孩。

我知道，你一定會想，泰坦之王的肚子裡也太擠了吧，不過天神的大小還滿有彈性的，有時候很巨大，有時候沒有比人類大多少。

我沒有待過克羅諾斯的肚子，眞是謝天謝地，不過我猜那兩個永生不死的小嬰兒應該會讓自己變小。他們會繼續成長，但是體型不會變大，就像彈簧那樣扭轉得愈來愈緊，期盼終有一天能夠「碰」的一聲膨脹回完整的大小，而且他們每天都要祈禱克羅諾斯吃晚餐時沒有吞下辣醬。

可憐的瑞雅。克羅諾斯堅持他們要再試一次。

「下一個孩子會更好，」他向瑞雅保證，「我絕對不再吞寶寶了！」

第三個孩子呢？還是小女孩。瑞雅幫她取名爲希拉（Hera），她最沒有泰坦巨神的特性，最像個天神。瑞雅那「偉大母親」的稱號眞是當之無愧；事實上，她也太厲害了一點，生下來的每一個孩子都更好，而且比前一個孩子的力量更強大。

瑞雅不想帶小希拉給克羅諾斯看，但這是當時的一項傳統，爸爸一定要抱抱小寶寶。這是忒彌斯一直很堅持的自然法則之一。（其實也有一項自然法則是規定不可以吃自己的孩子，但是忒彌斯太害怕了，根本不敢對克羅諾斯提起。）

於是瑞雅只好鼓起全部的勇氣。「陛下，謹讓我獻上您的女兒，希拉。」

咕嚕。

這一次，瑞雅離開王座廳時沒有鬧彆扭，她已經因爲痛苦、悲傷和懷疑而變得麻木。她嫁給一個病態的騙子，也是劊子手和凶殘的吃嬰怪客。

情況還有可能更慘嗎？

噢，等一下！克羅諾斯同時也是宇宙之王，擁有許多力量強大的忠誠追隨者，所以她無法反擊，也不能逃走。

沒錯，所以情況還會更悽慘。

接下來兩次，她都生下完美可愛的天神寶寶。第四個是男孩，叫做黑帝斯（Hades）。瑞雅很希望克羅諾斯能讓他活下來，因為每一個父親都希望生個兒子一起玩傳接球，是吧？才不是。哈，咱們有默契，乾杯！

第五個孩子也是男孩，波塞頓。情況一樣，唰的一聲不見了。

到了這個關頭，瑞雅從宮殿逃走。她淚流不止、嚎啕大哭，不知道該如何是好。她跑去找其他兄弟姊妹、姪子姪女、外甥外甥女，找願意聆聽的任何神，懇求他們幫助她。然而，其他泰坦巨神要不是太怕克羅諾斯（像是忒彌斯），就是站在克羅諾斯那邊（像海波利昂），叫她不要再發牢騷了。

最後，瑞雅去找她姊姊，德爾菲神諭的菲碧，但是結果令她傷心，連神諭都說沒能給她任何建議。瑞雅奔向最近的草地，撲倒在地上開始哭泣。突然間，她聽見大地的低語聲，是蓋婭的聲音；蓋婭依舊在沉睡，但即使在睡夢中，大地之母也不忍心聽到自己的寶貝女兒嚎啕痛哭。

「等你準備生下一個孩子時，」蓋婭的聲音喃喃低訴：「就去克里特島生產吧！你會在那裡找到幫手！這個孩子會不一樣！他能夠拯救其他天神！」

瑞雅吸吸鼻子，努力振作起來。「克里特島在哪裡？」

「那是南方的一個島嶼，」蓋婭的聲音說：「沿著愛奧尼亞海往南走，到了差不多是卡拉馬塔那裡，然後向左轉……知道怎麼樣嗎？你就會找到那裡了。」

等到生產時間接近且瑞雅的肚子變得很大的時候，她深呼吸幾次讓自己鎮定下來，然後邁著蹣跚的步伐走進王座廳。

「克羅諾斯陛下，」她說：「我要去克里特島。我會帶著寶寶一起回來。」

「克里特島？」克羅諾斯沉下臉，「爲什麼要去克里特島？」

「嗯，這個嘛，」瑞雅說：「你知道科俄斯和菲碧有時候可以看見未來吧？」

「是又怎樣？」

「我很不想破壞這份驚喜，不過他們預言說，如果我在克里特島生下這個孩子，絕對會讓你大大高興！而當然啦，陛下，我最最希望的就是能讓你開心！」

克羅諾斯皺起眉頭。他起了疑心，不過同時心想：「嘿，我都已經吃了五個孩子，而瑞雅還在這裡，沒有離開。如果她打算做些偷偷摸摸的事，一定早就做了。」

再說這時克羅諾斯的腦袋變得有點遲鈍。他的肚子裡有五個小天神動來動去，彼此爭奪空間，所以他老覺得自己好像剛吃完一頓超級豐盛的晚餐，只想好好打個盹。

我是說，肚子裡有五個天神耶，眞是見鬼了。那樣都可以打網球雙打了，還有一個可以當裁判。他們在裡面待了那麼久，可能很希望克羅諾斯吞下一副撲克牌或是大富翁遊戲。

總之，克羅諾斯看著瑞雅，然後說：「你會馬上把寶寶帶回來給我看？」

「當然。」

「那好，你去吧。克里特島在哪裡？」

「不太知道，」瑞雅說：「我會找到的。」

她眞的找到了。一到那裡，她馬上就遇到一些前來幫忙的精靈，她們也聽見蓋婭的聲音了。她們帶著瑞雅前往艾達山的山腳下，那裡有個舒適、隱密的洞穴，精靈的溪流從附近流過，所以瑞雅有很多乾淨的泉水可以用，而豐饒的森林也提供了充足的飲食。

沒錯，我也知道，永生不死的神主要是靠神飲和神食爲生，不過若是碰到緊急狀況，他們也可以吃其他食物。如果不能偶爾享受一下披薩，當個天神應該不會太好玩吧。

瑞雅生下一個健康的男寶寶天神，他是至今最漂亮也最完美的一個孩子。瑞雅爲他取名叫宙斯（Zeus），意思可以是「天空」或「閃亮」，或者也可以指「活著」，這主要是看你問誰而定。我個人投票支持最後一個意思，因爲我認爲到了這個節骨眼，瑞雅對這個孩子只抱著最簡單的希望，只求他能繼續活著，遠離那個深懷敵意的肚子。

宙斯哭了起來，可能是因爲感受到媽媽的焦慮吧。哭聲在洞穴裡反覆迴盪，最後傳了出去……那聲音實在太過響亮，所有泰坦巨神和他們的母親都知道有個嬰兒已經誕生了。

「噢，這下可好，」瑞雅咕噥著說：「我答應克羅諾斯要立刻帶孩子回去，這下子很快就有誰會傳話回去給克羅諾斯，說吞寶寶的時間到了。」

洞穴地面隆隆作響，一塊巨大的石頭從土裡冒出來。那是一塊光滑的卵圓形岩石，剛好與寶寶天神的大小和體重一模一樣。

瑞雅並不笨，她知道這是蓋婭送來的禮物。一般說來，如果你媽媽送來一塊大石頭當禮物，你應該不會太興奮才對，可是瑞雅馬上就了解自己該怎麼做。她用嬰兒包巾把石頭包起來，再把眞正的嬰兒宙斯交給精靈們照顧。她只希望回到宮殿後，自己能夠應付任何突如其來的狀況。

「我會盡量抽空來這裡，」瑞雅向精靈們保證，「不過，你們要怎麼照顧這寶寶呢？」

「別擔心，」其中一個叫涅達（Neda）的精靈說：「我們可以從附近的蜂巢拿蜂蜜餵他吃。還有羊奶，我們有一頭很棒的不死山羊。」

「啊？有一頭什麼？」瑞雅問。

精靈把他們的山羊「阿瑪爾席亞」（Amaltheia）帶進來，這隻山羊可以生產非常棒的魔法山羊奶，有各式各樣的不同口味，包括低脂、巧克力，還有嬰兒配方奶。

「真是好羊，」瑞雅連聲稱讚，「不過萬一寶寶哭了呢？克羅諾斯在奧特里斯山什麼聲音都聽得見。你們可能也注意到了，這個孩子肺活量很不得了，克羅諾斯會起疑心。」

關於這點，涅達也考慮過了。她帶瑞雅走到洞口，大聲叫喚大地之母：「噢，蓋婭！我知道你在睡覺，一時半刻不會醒來。真抱歉打擾你。不過我們需要一些助力來守護這個孩子！最好是非常響亮的助力！」

地面再度隆隆作響，隨之冒出三個新來的幫手，他們也是從烏拉諾斯血液噴到的泥土中生出來的（就像我之前說的，烏拉諾斯的血液噴得到處都是）。新來的三個傢伙都非常高大，留著一頭長髮，長得像人類，身上穿的東西是以毛皮、羽毛和皮革製成，一副正要前往雨林深處參加什麼原始慶典的模樣。他們以長矛和盾牌武裝自己，所以看起來比較像獵頭勇士，而不是保母阿姨。

「我們是庫瑞忒斯（Kouretes）！」其中一位聲嘶力竭大喊：「我們會幫忙！」

「謝謝，」瑞雅說：「你講話一定要這麼大聲嗎？」

「我是在講悄悄話啊！」戰士大吼著說。

嬰兒宙斯又開始哭了起來。三位戰士立刻衝過去，擺出某些可愛的部落舞蹈動作，一邊拿長矛刺向他們的盾牌，一邊喊叫和歌唱，恰恰好把嬰兒哭聲掩蓋過去。

不知道是什麼原因，嬰兒宙斯似乎很喜歡這樣吵鬧的聲音。他在精靈涅達的懷裡沉沉睡去，庫瑞忒斯就不再唱跳了。

「好吧，那麼，」瑞雅一邊說著，一邊豎起耳朵，「看來你們能夠掌控這裡的情況。」她高高舉起自己手上的假寶寶。「祝我好運吧。」

瑞雅一回到奧特里斯山，立刻帶著包在襁褓裡的石頭旋風似地衝進王座廳。她很怕自己的計畫會失敗，但是嫁給克羅諾斯這麼多年了，她一直學習當個演技精湛的女演員。她邁開大步，直直走向「食嬰國王」的面前大聲喊著：「這是到目前為止最棒的寶寶！是個可愛的小男孩，名叫……呃……小石！而且我猜你會把他吃掉！」

克羅諾斯做了個鬼臉。坦白說，對於要吞下另一個嬰兒天神，他一點都不興奮。他實在太飽了！但是身為國王，有些事情你非做不可。

「是啊……對不起，親親，」他說：「我必須這麼做。就是因為預言啊，就那一大堆的。」

「我恨你！」她尖叫著：「烏拉諾斯是個可怕的父親，但他至少沒有把我們吞下去！」

克羅諾斯咆哮著說：「把那小孩給我！」

「不要！」

克羅諾斯怒吼一聲。他使勁張開下巴，展現出極其恐怖的血盆大口絕技。「馬上！」

他一手抓過那個包在襁褓裡的巨石，連看都沒看立刻塞進喉嚨，完全如同瑞雅的盤算。

在克羅諾斯的肚子裡，那五個還沒消化的小天神聽到石頭一路滾下食道的聲音。

「來了！」波塞頓大叫。

他們趕緊挪動位置，在那個狹窄的空間內盡可能移動。結果，「小石」就掉在他們五位的正中央。

「這不是小嬰兒啊，」黑帝斯注意到，「我覺得是一顆石頭。」

他的觀察力就是這麼敏銳。

同一時間，瑞雅在王座廳裡大發脾氣，演技足以獲頒奧斯卡金像獎。她尖叫、跺腳，用各式各樣難聽的名稱痛罵克羅諾斯。

「小——石——！」她大聲哭喊：「不————！」

這時，克羅諾斯的肚子開始痛了起來。

「那孩子吃起來好撐，」他抱怨說：「你到底餵他吃什麼啊？」

「你幹嘛關心這種事？」瑞雅繼續哭喊：「我再也不要生孩子了！」

那對克羅諾斯來說沒問題。他已經塞飽了。

瑞雅一邊哭叫，一邊跑出王座廳，克羅諾斯沒有阻止她。

終於，宮殿裡的騷動漸漸平息。克羅諾斯這下子深信自己已經平安度過烏拉諾斯的詛咒。他的孩子們絕對沒辦法取代他，因為他完全知道所有孩子的動向。他是宇宙之王，永遠沒有人能夠推翻他！

接下來的這段期間，瑞雅只要有空就會去艾達山。她的小男嬰漸漸長大，而瑞雅一定要他聽很多床邊故事，是關於他的可怕父親，以及五位還沒有消化掉的兄弟姊妹，正在等待有誰把他們從克羅諾斯的肚子裡救出來。

所以你就知道，等宙斯長大到某個年紀，肯定會上演一場史詩般的父子暴力摔角情節。

如果你期待看到克羅諾斯和那些泰坦巨神的故事結局是「從此過著幸福快樂的日子」，我會勸你不要繼續讀下去，因爲到了下一章，故事的核心要角會變成宙斯。

3 奧林帕斯天神大反擊

宙斯在艾達山度過快樂的童年時光，經常與精靈和羊男在鄉間到處嬉戲玩耍，並向那些大嗓門朋友庫瑞忒斯學習戰鬥技巧，也喝飽了蜂蜜和魔法山羊奶（好喝！），而且當然從來沒有去上學，因爲當時根本還沒有發明出學校這種東西。

等到他長成青少年天神時，宙斯已經是個很帥氣的男孩，有著他那個時代生活在森林和海灘會有的古銅色皮膚和健美身材。他留著一頭短短的黑髮，臉上的鬍髭修剪整齊，眼珠像天空一樣湛藍，只不過他生氣時，眼睛瞬間就會蒙上雲霧。

有一天，他媽媽瑞雅搭乘她那輛由獅子拉動的戰車來看他。

「宙斯，」她說：「你需要找個暑期工作。」

宙斯抓抓鬍子。他很喜歡「暑期」這個字眼，但是不太確定「工作」是什麼意思。「你有什麼想法呢？」

瑞雅的雙眼射出光芒。她打算向克羅諾斯復仇已經有好一段時間了。如今，看著她的兒子如此自信、強壯、英俊，她知道時候到了。

「宮殿正在徵選一位斟酒侍者。」她說。

「可是我沒有端酒杯的經驗啊。」宙斯說。

「那很簡單，」瑞雅向他保證，「每當克羅諾斯國王要喝一杯的時候，你就端給他。薪水不多，但這份工作的附加價值很不錯，像是可以推翻你父親，還可以成爲宇宙之王等等。」

「我是沒差啦，」宙斯說：「但是克羅諾斯不會認出我是天神嗎？」

「這一點我早就想過了，」瑞雅說：「這麼多年來，你的哥哥姊姊們一直住在克羅諾斯的肚子裡，而他們也像你一樣，如今都長大了，那就表示他們一定擁有某種力量，可以改變自己的體型大小。你應該也有這樣的力量。試試看吧，讓你自己看起來比較不像天神一點，而是比較像……泰坦巨神的樣子。」

宙斯思索了一會兒。他已經發現自己擁有改變身形的能力，有一次他變身成一隻熊，把他的保母精靈全都嚇壞了；另一次他變成一匹狼，與一些羊男比賽競走，結果贏了。那些羊男說他作弊，但他才沒有呢，那是競走比賽，而狼也是用腳走路啊，又不是說他變成一隻飛鷹（他也可以變成那樣）。

宙斯曾經近距離看過的泰坦巨神只有他母親，不過他知道，泰坦巨神的體型通常比他自己大得多。泰坦巨神不像他渾身散發出力量，而是流露出稍微不一樣的氣質……比較粗暴，個性也比較大刺刺的。他在心裡想像自己是泰坦巨神。等到睜開眼睛時，他頭一次變得比媽媽還高，也感覺好像是一整天忙著勒死敵人沒有睡飽。

「好極了！」瑞雅說：「走吧，準備去面試這個工作吧。」

宙斯看到奧特里斯山的第一眼，下巴都快掉下來了。這個宮殿超級大，閃閃發亮的黑色巨塔高聳入雲，活像想要抓住天上星星而伸出的貪婪手指。

眼前這堡壘是刻意要激起他的恐懼，宙斯一眼就看出來了。然而這堡壘似乎也顯得十分孤獨、憂鬱，在這裡當國王不像是什麼好玩的事。宙斯暗自決定，假如有一天他建立自己的住所，一定會比奧特里斯山酷得多。他不想搞得像「黑暗之王」這麼沉重，他的宮殿將會明亮、炫目、淨白無瑕。

「一次做好一件事，」他告訴自己：「我得先把酒杯端好才行。」

瑞雅護送兒子進入宮殿大廳，「食嬰老國王」正在他的王座上打盹。歲月並沒有饒過克羅諾斯，這說來還滿諷刺的，畢竟他自己是時間之王啊。其實他並不是真的變老，只不過顯得很疲累，一副無精打采的樣子。讓凡間的生命凋萎、死亡，再也無法娛樂他了；至於踩踏人類雖然能讓他們發出可愛的小小尖叫聲，卻也不再像以前那樣能令他發笑。

他因為暴飲暴食而變胖，即使肚子裡有五個天神也無法阻止他吃吃喝喝。這些年來，那五個天神變得愈來愈大，體重也增加了，而且不停地想從克羅諾斯的喉嚨爬出來。他們的嘗試始終沒有成功，卻害克羅諾斯有嚴重的胃食道逆流症狀。

瑞雅走向王座。「陛下，我帶了一個神來見你！」

克羅諾斯哼了一聲，睜開眼睛。「我沒有睡著啦！」他看到站在面前的泰坦巨神既英俊又年輕，不禁眨了眨眼。「這是誰……？」

年輕的不死天神深深一鞠躬。「我是宙斯，陛下。」宙斯早已決定用自己的真實名字，因為……為什麼不用呢？克羅諾斯又沒聽過他的名字。「我很樂意成為您的斟酒侍者。」

克羅諾斯端詳著這個陌生神祇的臉龐，似乎有什麼地方隱約覺得很熟悉，像是他雙眼閃爍的光芒，還有他笑起來時的一臉壞樣。當然啦，所有泰坦巨神彼此都是親戚，說不定是因為這樣；這些日子以來，克羅諾斯多了那麼多的姪子和姪女，他不可能全看著他們長大。然而，他還是覺得這個年輕的神讓他有點不安……

他看看四周，努力回想剛才到底是誰帶這個男孩進來，但是瑞雅早就躲進陰影中。克羅諾斯的肚子太撐，腦袋也變得呆滯，因此他的懷疑並沒有維持太久。

「那麼，」他對男孩說：「你有沒有端酒杯的經驗？」

宙斯露出了微笑。「沒有，國王陛下，不過我學得很快。我也會唱歌、跳舞，還會說羊男的笑話。」

宙斯突然唱起精靈教他的一首歌，然後露一手庫瑞忒斯教他的舞步。奧特里斯山已經很久很久沒有出現這麼有趣的把戲了，其他泰坦巨神也擠進王座廳爭相目睹。大家很快就歡呼大笑，連克羅諾斯的臉上都露出笑容。

「你得到這個工作了，」克羅諾斯說：「事實上，我現在好渴。」

「一杯飲料，馬上來！」宙斯連忙跑去找廚房，他在那裡用金色的高腳酒杯斟滿了冰冰涼涼的神飲。

過沒多久，宙斯就成為宮殿裡最受歡迎的侍者。他端起酒杯非常順手，無人能出其右；他的歌聲宛如艾達山的溪水一樣清澈，而且他說的羊男笑話超級麻辣，在這本適合闔家閱讀的書裡，我實在說不出口。

他總是知道克羅諾斯究竟想要喝什麼，像是香料口味的熱神飲、加了一條螺旋狀檸檬皮的冰神飲、神飲汽泡水加一點蔓越莓果汁等等。他也邀請泰坦巨神們參加「競飲大賽」，這在以前艾達山的羊男之間非常受歡迎，就是桌上的每位參賽者同時開喝，最快喝完的就贏了。會贏得什麼呢？嗯，其實什麼也沒有，不過這是最佳的炫耀方法，畢竟有神飲從臉頰滴答落下，而且滴得整件上衣都是，看起來最有男子氣概（或最有泰坦巨神氣概）。

這些比賽重新喚醒了克羅諾斯的一點好勝心。沒錯，他是宇宙之王，但他的心態依舊是十二個小孩之中的老么，不能容許自己的哥哥或姪子們有任何事情比他強。儘管永遠處於吃太撐的狀態，他依然練就一身功夫，只要三秒鐘就能把整杯神飲一飲而盡；要知道，泰坦巨神的酒杯可是有一個冰桶那麼大！

克羅諾斯很信任宙斯幫他倒飲料，只要喝下去順口的飲料他都喝。

而這正是宙斯的計謀。

一天晚上，克羅諾斯與他最喜愛的左右手共進晚餐時，宙斯混合調製了一些特調飲料端給大家舉行競飲比賽。以前艾達山的精靈曾經教他很多香料方面的知識，他知道哪些植物能導致昏昏欲睡、哪些能引起頭暈目眩，而哪些植物又能造成超痛苦的感覺，覺得肚子簡直要脫離自己的身體了。

宙斯在要端給國王賓客的飲料中混入一些很有催眠效果、令人超暈眩、一喝就說晚安的神飲。至於克羅諾斯，他則調配了一種特殊配方的神飲，另外又加入芥末。這故事的有些版本說宙斯是用葡萄酒，但那不可能是對的，因爲當時根本還沒有發明葡萄酒。關於這點，我們以後會再提到。

不管怎麼樣，克羅諾斯酒杯裡的東西實在是超噁的。宙斯把酒杯放到一旁，等待適當的時機再端出來。

晚餐開始的時候一如往常，大夥兒吃吃喝喝，同時大聊本日的泰坦巨神新聞。宙斯不斷端上神飲，並用他的笑話和歌聲娛樂賓客。到了晚宴的尾聲，每個神都很滿足、放鬆且昏昏欲睡時，宙斯開始吹噓國王的喝酒技巧。

「克羅諾斯是喝酒之王！」他大聲嚷嚷：「你們眞應該看看他那個樣子。這傢伙太瘋狂了，我是說他的紀錄啦，是多少……三秒鐘嗎？」

「呃。」克羅諾斯說。他已經吃撐了，其實有點希望這時候不要來個競飲大賽。

「只要他願意，」宙斯說：「絕對可以喝得比你們任何一位都快！我敢打賭，今天晚上他會締造全新的世界紀錄。你們想要瞧瞧嗎？」

阿特拉斯、海波利昂、科俄斯和其他賓客紛紛鼓噪歡呼，大喊著來場比賽吧。

克羅諾斯實在沒有這種心情，但是他不想示弱。他認爲自己是「超級快飲手」的好勝心占了上風。他向宙斯示意再上一輪飲料。

宙斯跑到廚房端出他的特調飲品。他爲賓客們呈上特製的催眠神飲，最後才端上克羅諾斯的飲料，而且趁國王還來不及聞聞手上的飲料就急忙大喊：「準備好了，預備，開始！」

每位泰坦巨神紛紛大口喝下手中的可口飲料。克羅諾斯立刻就發現他的神飲喝起來很詭異，不過比賽已經開始了，他不能停下來。比賽的整個重點就是一飲而盡啊！說不定只是因爲他的味蕾有點問題，畢竟宙斯從來沒有把事情搞砸過。

克羅諾斯只花了兩秒半就喝乾手上的神飲。他轟的一聲把酒杯倒扣在桌上，大喊著：「我贏了！我……」

從他嘴巴發出來的下一個聲音，卻像是海象被壓住肚子施行哈姆利克急救法的聲音。

你實在很難用輕鬆的語氣描述當時的情景。克羅諾斯大吐特吐，吐到驚天動地，不愧有宇宙之王的稱號。那絕對是「王者的狂吐」。

他的肚子拚命要從喉嚨裡翻出來，嘴巴也自動張得老大（親愛的，這樣才能吐得徹底一點啊），終於他嘔出了五個天神、一塊非常黏的石頭、非常大量的神飲、一些餅乾，還有一塊戰車牌照。（哇，眞不曉得他的肚子裡怎麼擠得下這所有的東西。）

他吐出來的那五位天神立刻長大成正常的大小，一個個站在晚餐桌上。泰坦巨神賓客們看得目瞪口呆，他們的腦袋也因爲喝了特調神飲而變得糊里糊塗。

至於克羅諾斯，他還忙著把肚子裡的東西噴吐到王座廳的另一頭去。

「抓住⋯⋯」他一邊吐、一邊說：「他們！」

第一個反應過來的是阿特拉斯，他大吼：「衛兵！」然後想要站起來，但是頭實在太暈了，他一整個倒在海波利昂的大腿上。

宙斯想要撲向他父親的大鐮刀，想把這個老殺人魔就地劈成兩半，然而其他泰坦巨神開始從震驚之中回過神來。他們也許動作遲緩且昏昏欲睡，但身上都配備了武器，而此時宙斯手中唯一的武器只有端菜的托盤。宙斯的部隊則由五個全身黏答答、手無寸鐵的天神組成，他們跑到肚子外的時間只有一下子而已，戰鬥力非常薄弱。

衛兵開始湧進王座廳。

宙斯轉身看著他那五位糊里糊塗的哥哥姊姊們。「我是你們的弟弟宙斯。跟著我，我會讓你們得到自由和復仇的機會。還有蜂蜜和羊奶喔。」

對天神來說，這些條件未免太棒了。趁著克羅諾斯還吐個不停、他的戰士們也還在笨手笨腳摸索武器時，宙斯和哥哥姊姊們變身成一隻隻飛鷹，雙腳一蹬飛出宮殿。

「再來要怎麼辦？」黑帝斯問。

六位天神齊聚在宙斯位於艾達山的祕密藏身處，他的哥哥姊姊們拒絕稱這個地方為「宙斯洞」。宙斯向他們簡單描述世界上發生了什麼事，而大家都知道絕對不能在艾達山停留太久。透過大地的低語聲，精靈們已經聽說了各種謠傳：克羅諾斯派遣他手下的泰坦巨神徹底搜索整個世界，誓言要抓到逃亡者。他要親眼見到這些天神，無論是用鍊條綁起來或是碎屍萬段，都要把他們帶回去。他對處理手法一點都不挑剔。

「我們就正面迎戰吧。」宙斯說。

波塞頓咕噥一聲。他脫離克羅諾斯的肚子不過才一天，就已經開始討厭這位最小的弟弟宙斯，這個傲慢自大的傢伙。他只不過因為救了哥哥姊姊，就覺得自己應該當帶頭的老大。

「我全心全意要對抗老爸，」波塞頓說：「可是那需要武器。你有什麼武器嗎？」

宙斯抓抓耳朵。他還真的沒有想到那麼遠。「呃，沒有……」

「也許我們可以進行和平談判。」荷絲提雅建議。

大家不可置信地瞪著她，覺得她瘋了。荷絲提雅是大姊，也是個性最溫和的天神，但她的弟弟妹妹們壓根沒把她的話當真。你不免會想，假如是由荷絲提雅當家作主，這個世界可能會變得很不一樣吧，但是，唉，她沒機會啊。

「呃，不行，」狄蜜特說：「我永遠都不會原諒我們父親。說不定我們可以去偷他的大鐮刀，像他對付烏拉諾斯那樣把他碎屍萬段！然後我就可以用那把大鐮刀做些好事，像是收割麥子之類的！你們有沒有看見之前飛過的那些漂亮麥田？」

希拉對姊姊皺起眉頭。「你和那些農作物是怎樣？在克羅諾斯的肚子裡待了那麼多年，你開口閉口都是植物，其實在今天之前你根本連看都沒看過！」

狄蜜特臉紅了。「我也不曉得爲什麼，我老是夢到綠油油的田野，它們看起來好平靜、好漂亮，而且……」

「我的孩子們！」有個聲音從樹林裡傳來。

母親瑞雅走進林間的這塊空地。她深情擁抱每一位寶貝兒子和女兒，爲了他們重獲自由而流下開心的眼淚。接著，瑞雅把他們拉在一起，說：「我知道你們可以在哪裡取得武器。」

她對孩子們講述百腕巨人和大獨眼巨人的故事，克羅諾斯將他們第二次放逐到塔耳塔洛斯去了。

「那些百腕巨人是非常厲害的石匠，」瑞雅說：「他們幫克羅諾斯建造了那座宮殿。」

「那相當強大啊。」宙斯讚歎著說。

「他們很強壯，而且非常討厭克羅諾斯，」瑞雅繼續說：「他們會很願意參與戰鬥。至於獨眼巨人，他們是很有才華的鐵匠，如果有誰能夠打造出比你們父親的大鐮刀更強的武器，一定就是他們。」

黑帝斯的黑眼珠閃閃發亮。一想到能夠遁入全宇宙最危險、最邪惡的地方，對他就有種莫名的吸引力。「那我們去塔耳塔洛斯吧，把獨眼巨人和百腕巨人帶回來。」

「就像吃一小塊蛋糕那麼簡單嘛。」希拉說。她知道什麼是蛋糕，因爲克羅諾斯吃了一大堆，蛋糕屑和糖霜老是黏在她頭髮上。「走吧。」

對你或對我來說，塔耳塔洛斯的越獄行動聽起來可能不是簡單的任務，但是對六位天神來說，只要他們認眞起來，沒有什麼事情是辦不到的。黑帝斯找到一個洞穴系統可以通往冥界深處，他似乎對於在地道裡辨別方向很有一套。他帶領兄弟姊妹們沿著一條稱為「冥河」的地下河流向前走，直到河流從一道峭壁奔流而下，落進塔耳塔洛斯的虛空之中。於是天神們紛紛變身為蝙蝠（你可能會跟我吵說，他們本來就像蝙蝠一樣怪裡怪氣啊，不過你知道我的意思啦），飛進深淵裡。

到了底部，他們發現一片陰鬱可怕的景象，放眼望去盡是尖銳石塔、灰暗荒原、火熱坑洞以及劇毒霧氣，而且有各式各樣的噁心怪物和邪惡靈魂隨處晃盪。情況很明顯，塔耳塔洛斯這個深淵的魂魄，已經在下面這個黑暗的地方繁衍出更多的原始神祇，而他們也已經生出自己的小孩。

六位年輕的天神躡手躡腳緩慢前進，最後終於找到一個高度戒備的區域，周圍環繞著高聳的黃銅城牆，也有許多惡魔巡邏看守。變身成蝙蝠的天神們大可輕易飛越高牆，但是飛進去之後，一看到裡面負責看守的獄卒，害他們嚇得差點失了魂。克羅諾斯親自僱用塔耳塔洛斯裡最恐怖的可怕怪物，以確保他最有價值的囚犯永遠無法逃脫出去。

這可怕怪物的芳名叫作坎佩（Kampê）。

我不知道克羅諾斯是不是在分類廣告網站找到她的，不過如果你的惡夢中最可怕的怪物自己也會作惡夢，它們很可能會夢到坎佩。她的腰部以上長得很像人類的女性，頭髮則是一條條的蛇（如果覺得聽起來很熟悉，是因為後來確實有很多其他怪物模仿她的髮型）。至於她的腰部以下是四隻腳的巨龍，而且有好幾千條小蛇從她的四隻腳冒出來，活像穿著草裙。她的腰帶是用五十種超可怕野獸的頭顱串成，包括熊、野豬、袋熊，你說得出名稱的都有，而且牠們不斷猛咬、怒吼，拚命想咬住坎佩的上衣。

另外有一對巨大、黝黑的爬蟲類翅膀從她的肩胛骨向外伸展，而且尾部像蠍子一樣前後揮動，不斷滴出毒液。基本上，不會有太多人想邀坎佩出門約會吧。

天神們躲在一堆巨岩後方，看著眼前的怪物獄卒踏著重重的步伐前後走動，不時對著大獨眼巨人揮舞一條火焰鞭子，並用她的蠍子尾巴戳刺百腕巨人，不讓他們越線一步。

受到嚴密看管的可憐囚犯被迫不斷工作，不能休息；他們沒有水喝、不能睡覺、沒有食物，什麼都沒有。百腕巨人的所有時間都待在廣場遠端，從堅硬的火山岩層地表採挖石塊；獨眼巨人則在比較近這一端工作，他們每一位都有一座鑄鐵爐可以熔解金屬，並將青銅和鐵塊搥打成片狀。如果獨眼巨人想要坐下，或者稍微停下來喘口氣，坎佩都會在他們背後留下嶄新的火燙鞭打印記。

更慘的是，囚犯手上的工作絕對不准做完。只要百腕巨人將建築材料堆疊出很可觀的樣子，坎佩就會強迫他們把採挖出來的這些石塊全部敲碎成小石子。而每當獨眼巨人即將完成一件武器或盾牌，或甚至只是一件可能具有危險性的工具，坎佩也會立刻沒收，把它丟進洶湧翻騰的岩漿坑洞裡。

你可能會這樣想：「喂，你們有六個大傢伙，而坎佩只有一個啊，怎麼可能打不過她？」但是坎佩有可怕的鞭子，而且如果遭到她尾部的毒液刺入身子，就連大獨眼巨人都會好幾個小時動彈不得，只能痛苦地扭來扭去。巨龍女士真的極度恐怖，更何況囚犯們的腳上都有腳鐐，不可能跑遠。

除此之外，百腕巨人和獨眼巨人的性情都很溫和。儘管長成那樣，但他們都是工匠，不是戰士。如果拿一桶樂高積木給這些老兄，他們肯定會樂上好幾天。

宙斯耐心等待，直到坎佩邁開大步走向監獄廣場較遠的那端。然後，他偷偷溜到距離最近的獨眼巨人身邊。

「噗嘶！」他出聲叫道。

獨眼巨人放下手中榔頭，轉身看著宙斯，但他那大大的單一獨眼已經盯著火焰太久，根本看不清眼前說話的究竟是誰。

「我不叫『噗嘶』，」獨眼巨人說：「我叫布戎提斯（Brontes）。」

噢，救命，宙斯心想，看來要費一番工夫了。

「嗨，布戎提斯，」宙斯慢慢地說，語氣愉悅，一副想要誘騙小狗狗離開牠的木箱那樣，「我叫宙斯，我是來救你的。」

布戎提斯面露慍色。「這種話我以前就聽過了。克羅諾斯要了我們。」

「是啊，我知道，」宙斯說：「克羅諾斯也是我的敵人。我們一起合作可以報仇，把他丟到下面這裡來。聽起來怎麼樣？」

「聽起來不錯，」布戎提斯說：「可是怎麼做呢？」

「首先，我們需要武器，」宙斯說：「你可以幫我們做一些武器嗎？」

布戎提斯搖搖頭。「坎佩一直監視著，她不會讓我們把任何東西做完。」

「你們每一位分別做武器的不同零件，怎麼樣？」宙斯提議：「然後你可以在最後一秒鐘把所有零件組合起來，把武器丟過來給我們。坎佩永遠不會發現。」

「你很聰明哦。」

「我知道，不錯吧？把這些話傳給你的朋友們。」宙斯又躡手躡腳爬回巨石堆後面。

布戎提斯把這個計畫偷偷告訴他的兄弟阿爾戈斯（Arges）和斯特羅佩斯（Steropes），於是他們用榔頭在鐵砧上敲打自己發明的密碼，傳送訊息給廣場另一端的百腕巨人，布萊爾斯（Briares）、科托斯（Kottos）和古阿斯（Gyes）。

我知道這堆名字聽起來頭很昏，不過各位記得嗎？蓋婭還沒有太多時間能好好抱一抱她的兩對怪物三胞胎，烏拉諾斯就把他們丟進塔耳塔洛斯了。但至少他們最後沒有取成像是休伊、杜伊和路伊之類的名字。

天神們躲在黑暗中，耐心等待獨眼巨人把新武器的各個零件鍛造成型，每一件看起來都像是沒有害處也不完整的小玩意兒。我不知道這些東西能不能通過機場的安全檢查，不過看起來已經夠好了，絕對能騙過坎佩。

等到那隻母龍下一次再背過身，邁步朝廣場遠端走去時，布戎提斯快手快腳地把第一件魔法武器組裝起來，拋給宙斯。看起來像是一具青銅火箭，大約一百二十公分長，兩端都有彈鼻錐體。宙斯以單手握著火箭中央，感覺非常稱手。他一舉起火箭，全身就充滿了力量，甚至感到微微刺痛。

波塞頓皺起眉頭。「那是什麼啊？又不是大鐮刀。」

火箭的兩端飛散出點點火花，電弧從一端竄出，射向另一端。宙斯拿著這件武器對準附近的一塊巨石，於是有數千條閃電細絲迸射而出，把那石塊轟成一堆塵土。

「噢，好耶，」宙斯說：「我可以用這個。」

說來幸運，坎佩似乎沒注意到爆炸的騷動。也許東西爆炸在塔耳塔洛斯是家常便飯。

再過幾分鐘，布戎提斯又拋給他們第二件武器，是一把有著三支尖刺的長矛。波塞頓接住了它。

他立刻愛上這把三叉戟。他好愛尖尖的東西啊！而且，他可以感受到風暴的力量呼嘯穿越這把長矛。只要他集中注意力，就會有一個迷你龍捲風在三支尖刺之間旋轉起來，隨著他愈集中精神，龍捲風就轉得愈快、聲勢愈浩大。一旦把長矛插在地上，地面就會開始跟著搖晃、爆裂。

「最棒的武器，」他大聲說：「就是這個了。」

布戎提斯又丟給他們第三件武器。黑帝斯接住這一件，那是一個閃閃發亮的青銅戰士頭盔，上面的裝飾圖案畫的是死亡和毀滅的情景。

「你們拿到的是武器，」黑帝斯抱怨著說：「我則是拿到一頂帽子。」

他戴上頭盔，結果突然就消失不見了。

「老兄，我們看不見你了。」宙斯說。

「是啦，」黑帝斯可憐兮兮地嘆口氣說：「我早就習慣你們沒看見我了。」

「不是啦，我是說，我們真的看不見你，你隱形了。」

「哈。」黑帝斯讓自己再度現身。

「這一頂帽子還滿嚇人的。」狄蜜特說。

「對，」黑帝斯附和著說：「沒錯，真的很嚇人。」

他決定試試其他把戲。他盯著兄弟們看，於是頭盔散發出一陣陣的恐懼浪潮。宙斯和波塞頓變得臉色蒼白，開始冒汗，宙斯剛拿到的閃電製造器差點掉到地上。

「住手！」宙斯咬著牙說：「你快把我逼瘋了！」

黑帝斯咧嘴而笑。「好啦，也許這頂帽子沒那麼糟。」

希拉交叉雙臂，輕蔑地哼了一聲。「男孩子都有各自的玩具了，我猜女孩子就沒有武器囉？難道你們三個上前戰鬥時，我們只要站在後面當啦啦隊嗎？」

宙斯對她眨眨眼。「別擔心嘛，寶貝，我會保護你。」

「我覺得我快吐了。」希拉說。

其實獨眼巨人有可能幫女孩們製造武器，但就在這時，坎佩轉過身，朝獨眼巨人這邊大步走來。說不定她已經注意到宙斯的閃電爆炸造成的煙霧，或者是發現到波塞頓那把三叉戟製造的漩渦雲團，甚至感受到空氣中有著黑帝斯頭盔所散發出的恐懼餘波。無論是什麼因素觸動她，總之她察覺到天神的存在了。

她舉起手上的長鞭，仰天長嘯：「哇嗚——吼！」

她衝向天神們的藏身處，尾部猛力掃動，腿上的數千條小蛇不斷滴下毒液。

「好極了。」希拉低聲抱怨。

「這個交給我。」宙斯一肩扛下。

他站起身，高舉他的青銅閃電火，將自己所有的能量都集中於手上的武器。

喀——碰！

一道驚人的白熾能量射向坎佩，那是塔耳塔洛斯有史以來最炫目的亮光。

坎佩只來得及心想：「喔哦！」閃電就把她炸成一百萬片火燙發熱的爬蟲類五彩碎片。

「我就說吧！」宙斯得意洋洋地大吼大叫。

波塞頓放下手中的三叉戟。「老兄，留一點機會給我們嘛。」

「你們去放開獨眼巨人和百腕巨人。」宙斯提議。

波塞頓咕噥了一聲，不過還是用他的三叉戟敲斷囚犯腳上的黑暗腳鍊。

「謝謝你們，」布戎提斯說：「我們會幫你們攻打克羅諾斯。」

「太讚了！」宙斯說。

希拉清清喉嚨。「好啦，不過說到要給小姐們的武器……」

青銅高牆的外面傳來怪物的吼叫聲，在整個深淵反覆迴盪。塔耳塔洛斯的每一個靈魂和野獸可能都看見剛才的閃電光芒了，此刻它們正湧過來查看情況。

「我們該離開了，」狄蜜特說：「意思就是，立刻閃人。」

這是狄蜜特有史以來與穀類最不相關的想法。於是黑帝斯帶領兄弟姊妹們回到上面的世界，同時帶著他們的六位新朋友一起走。

克羅諾斯可不是那麼容易打敗的傢伙。

根據傳說，泰坦大戰足足耗費了十年光陰；這也可能只是克羅諾斯使出他的時光控制伎倆，讓那段時間「感覺起來」很漫長，希望逼得天神們知難而退。如果眞的是這樣，最後這個伎倆顯然無效。

「偉大母親」瑞雅盡可能去拜訪每一位泰坦巨神，努力說服他們站在宙斯這一邊。多數的泰坦巨神都願意聆聽，畢竟克羅諾斯並不是最受歡迎的領袖。幾乎所有的女性泰坦巨神要不是對宙斯伸出援手，就是不阻礙宙斯的行動。普羅米修斯，也就是人類的創造者，他算是夠聰明，保持中立。歐開諾斯一直躲在海洋深處。赫利歐斯和西倫，即太陽神和月亮神，兩位達成協議不要選邊站，畢竟他們必須堅守崗位執行任務。

於是另一邊剩下克羅諾斯和大多數的男泰坦巨神，由阿特拉斯擔任克羅諾斯的將軍和首席戰士。

天神陣營和泰坦巨神陣營來來回回爆發了幾次零星戰鬥，在這裡炸沉某個島嶼、在那裡蒸發掉某片海洋等等。泰坦巨神非常強悍，而且武裝配備極爲精良，因此一開始就掌握了優勢。天神們即使握有獨眼巨人製造的魔法武器，也還不太適應戰鬥；當你看著阿特拉斯從高空急速向你衝來，還高聲尖叫揮舞長劍，你實在很難不扔掉手中的三叉戟，嚇得逃之夭夭。

然而天神們終究學會了戰鬥。獨眼巨人總算爲宙斯的所有盟友配備了最精良的武器；百腕巨人也練習扔擲密集的石彈攻勢，很像活體行動投石機。

你這時候會想：「只不過是扔扔石頭，到底有什麼難啊？」

很好，那你就試試看同時用兩隻手扔擲石頭，而且都要打中目標喔。不像聽起來那麼簡單吧。好，接著再想像一下你要協調一百隻手，全部一起投擲像冰箱那麼大的岩石！你只要一個不小心就會把岩石扔得到處都是，結果不是壓扁自己，就是壓扁自己的盟友。

等到天神們學會戰鬥後，戰爭還是持續了很長的時間，因爲兩邊的每一位戰士全都打不死！你不能只是刺中一個傢伙、轟炸他，或者扔擲一整棟房子壓扁他，然後拍拍屁股就結束了。事實上你得抓住每一個敵人，確定他受傷得非常嚴重，絕對不可能痊癒；接下來你還得想好該怎麼處理敵人那殘廢的身體。就宙斯所知，即使把某位神祇扔進塔耳塔洛斯，也不能保證他會永遠待在那裡無法出來。

小規模的零星戰鬥並不能產生任何定局。

到最後，宙斯終於想出一個大計畫。

「我們必須猛攻奧特里斯山，」在每週的戰鬥會議上，宙斯對他的哥哥姊姊們說：「針對他們的總部全面發動正面的攻擊。一旦發動這樣的攻勢，敵方的泰坦巨神就會集結起來去保護克羅諾斯，於是可以立刻一舉攻垮他們。」

「換句話說，」希拉說：「你是要我們去送死囉。」

波塞頓倚著他的三叉戟。「就這一次，我同意希拉的看法。假如我們衝上奧特里斯山的山坡，阿特拉斯一定早就準備好等著我們，而且他的部隊必然有很高的戰鬥水準，絕對會把我們打扁。而假如我們打算飛進去，也會遭遇防空式的攻擊，他們早就準備了大量的『反天神飛彈武器』。」

宙斯的眼睛閃閃發亮。「可是我想的是另一種方案。能夠削弱他們戰鬥力的方法，是從隔壁的另一座山頭發動攻勢。」

「到底要怎麼做啦？」狄蜜特問。她全副武裝，雖然是自己設計的，但她看起來很不自在。她在盾牌上畫了一束大麥和一朵雛菊，至於主要武器呢，她選了一支園藝專用的鏟子，看起來好可怕唷。

宙斯在泥土地上畫了一幅希臘本土的地圖，奧特里斯山旁邊還有另一座希臘山頭，沒有奧特里斯山那麼高，也沒那麼有名。那座山叫作奧林帕斯山。

「我們爬上奧林帕斯山，」宙斯說：「他們根本不會想到，但是奧特里斯山會在我們飛彈武器的射程範圍內。百腕巨人可以連番發射大量的巨石，我射出一道道閃電，波塞頓也可以召喚風暴和地震。」

「而且我可以隱形。」黑帝斯低聲咕噥一句。

宙斯拍拍他這位哥哥的肩膀。「你也有很吃重的任務。你要發送一陣陣的恐懼浪潮穿過敵軍的陣列。等到摧毀他們的防線，我們全都一起飛到那邊……」

「包括我們三個女神嗎？」狄蜜特立刻說：「我們也可以加入戰鬥啊，你知道的。」

「那當然！」宙斯神經兮兮地微笑。「你以為我忘了你們嗎？」

「是啊。」狄蜜特說。

「呃，總之，」宙斯繼續說：「我們飛過去奧特里斯山，只要還站著的就全部擊倒，然後把他們統統關起來。」

荷絲提雅裹著一件素面的棕色披肩。「我還是覺得應該和平談判。」

「不行！」其他天神同聲大喊。

希拉輕敲泥土地上的地圖。「這個計畫很瘋狂。我喜歡。」

於是那天晚上，在夜色的掩護下，天神和他們的盟友第一次爬上奧林帕斯山。

隔天早上，赫利歐斯駕著他的「把妹神器」橫越天空時，克羅諾斯國王被一陣像是雷聲的轟隆巨響吵醒。可能因為那根本就是雷聲吧。

暴風雨雲從四面八方席捲而來。宙斯射出一道閃電，把宮殿最高的高塔炸成一堆黑色的大理石碎片。克羅諾斯望向窗外，看到百腕巨人朝向奧特里斯山扔出好多巨石，簡直像是許多大型家電如雨滴般不斷落下。

漂亮的宮殿圓頂爆炸開來，湧起的大團塵埃有如一朵朵蕈狀雲。高牆坍垮粉碎，列柱就像骨牌一樣一根根倒下。百腕巨人親手建造出奧特里斯山，也很清楚該怎麼徹底摧毀它。

隨著宮殿開始搖晃，克羅諾斯趕緊抓起他的大鐮刀，喊著要他的兄弟們展開反擊。但實情是這樣的：一，面對巨石和閃電，大鐮刀其實發揮不了太多作用；二，周遭實在太吵雜，根本沒有誰聽見克羅諾斯的喊叫聲；三，他周圍的宮殿建築瀕臨崩潰瓦解。正當他開口說出「泰坦巨神，咱們上！」的時候，一塊三噸重的天花板從他的頭頂崩垮下來。

這次戰役眞是一場大屠殺，如果你可以接受大屠殺沒有半個誰死掉的話。

少數幾個泰坦巨神力圖反攻，但終究遭到山崩般落下的瓦礫堆和巨石堆徹底掩埋。

最初一波攻擊結束後，天神們飛過去，把殘餘的反抗勢力徹底掃蕩殆盡。波塞頓召喚了地震，把敵方全數吞沒。黑帝斯不斷從各個地方突然現身，嘴裡大喊：「喝哈！」他那頂恐懼頭盔（或者說是他的「喝哈帽」，大家都這麼叫）讓許多泰坦巨神恐懼莫名，從懸崖邊直直掉下去，不然就是被等在一旁的大獨眼巨人逮個正著。

等到塵埃落盡，風暴雨雲也漸漸散開，就連天神們也對自己的成果感到嘖嘖稱奇。

不只是克羅諾斯的宮殿完全消失，連奧特里斯山的整個山頭都被削掉了。

我之前不是說過，奧特里斯山曾經是希臘境內最高的山頭嗎？這下子再也不是了。以前比較矮的奧林帕斯山，如今海拔高度超過兩千七百公尺，至於奧特里斯山呢，只剩下海拔一千五百公尺，連山頭的形狀也變了。基本上，宙斯和百腕巨人把那座山削去了大半，讓它只剩下一半的高度。

獨眼巨人把泰坦巨神們從瓦礫堆裡挖出來，開始爲他們捆上鎖鍊。沒有任何一位泰坦巨神逃得掉。阿特拉斯將軍以及掌控大地四個角落的兄弟們，全部被拉到宙斯面前跪下。

「啊，我親愛的伯伯舅舅們！」宙斯輕聲笑著說：「科俄斯、克里奧斯、海波利昂、伊阿珀特斯，你們四位要直接去塔耳塔洛斯，從此以後永遠待在那裡！」

四兄弟垂著頭，滿懷恥辱，但是阿特拉斯將軍對著俘虜他的天神們縱聲大笑。

「小不點天神！」他大聲怒吼，即使全身捆著鎖鍊，他依舊令大家望而生畏。「你們對宇宙的運作方式一無所知。如果把這四位送進塔耳塔洛斯，整個天空就會掉下來！除非有他們鎮守在大地的四個角落，烏拉諾斯那片無盡伸展的天空才不會垮下來把我們壓扁。」

「也許是吧，」宙斯咧嘴而笑，「但是啊，阿特拉斯，幸好我想到一個解決方法！你老是吹噓自己有多強悍，所以從現在開始，你要靠自己的力量，單獨把整片天空撐起來！」

「什麼？」

「布戎提斯、阿爾戈斯、斯特羅佩斯，」宙斯喊著：「他就交給你們全權處置了。」

三位大獨眼巨人拉著阿特拉斯前往遙遠的山頂上，天空距離那裡非常近。我不曉得他們是怎麼辦到的，總之他們讓天空形成一根全新的中央支撐柱，其實是單獨一道漏斗雲，看起來很像旋轉陀螺的底部尖端。他們把阿特拉斯用鎖鍊拴在山頂，再叫他用肩膀頂住整個天空的重量。

好啦，你一定會這樣想：「他爲什麼不乾脆拒絕撐住天空，就讓它掉下來呢？」

我剛才提到鎖鍊了，對吧？而且他也不可能逃跑，因爲一逃跑就會被天空壓得扁扁的。其實啊，你很難體會那種感覺，除非眞的經歷過（就像我一樣）。話說撐起天空有點像是躺在舉重練習凳上，被沉重的槓鈴壓住而動彈不得，你只能集中所有精神不讓那東西把你壓扁。

你不可能舉起它，因爲實在太重了；你也不可能鬆手，因爲它一掉下來就會立刻壓扁你。你無計可施，唯一能做的只是就定位撐住它，汗流浹背，全身緊繃，小小聲哭著說：「救命！」希望有誰剛好經過健身房，發現你正慢慢被壓扁成一塊鬆餅，同時拚命想把沉重的槓鈴抬離身上。可是，萬一沒有人經過怎麼辦？那就想像一下卡在這種情況永世不得脫離的感覺吧。

那就是阿特拉斯所受的懲罰。至於參與戰爭的所有其他泰坦巨神則是很輕易就脫身了，他們都是頭下腳上被扔進塔耳塔洛斯。

於是，接下來要問的是獎金一百萬德拉克馬古金幣的問題：克羅諾斯後來怎麼了？

流傳後世的故事有好多種不同說法。大多數的版本都同意，有人把這位「邪惡者」從瓦礫堆裡挖出來，送到宙斯面前。大多數的版本也說，他像其他泰坦巨神一樣遭到鎖鍊五花大綁，拋入塔耳塔洛斯裡。

而根據一些後來流傳的說法（我比較喜歡這樣的版本），宙斯拿了克羅諾斯的大鐮刀，把他父親剁成碎片，就像克羅諾斯對烏拉諾斯碎屍萬段一樣。最後，他們把克羅諾斯的一塊塊身體碎片扔進塔耳塔洛斯。大家都聽過帶著大鐮刀的「時間之父」（Father Time）在每年一月一日遭「新年寶寶」（Baby New Year）拉下台的故事，據說克羅諾斯就是這故事的由來，只不過我們很難想像宙斯包著尿布、頭戴新年小花帽的模樣就是了。

有些說法則宣稱宙斯在許多年後把克羅諾斯從塔耳塔洛斯釋放出來，於是克羅諾斯要不是在義大利過著退休生活，就是在冥界的埃利西翁負責管理安魂島。就我個人來說，我才不買帳呢，如果你相信克羅諾斯遭到碎屍萬段，這樣講就很不合理了。而且假如你夠了解宙斯，就會知道他絕對沒有這種「不念舊惡」的美德。

總而言之，克羅諾斯下台一鞠躬，泰坦巨神的時代也就此完結。沒有起而對抗天神的那些泰坦巨神則獲准繼續生活。有些泰坦巨神，像是赫利歐斯和西倫，保住了他們的工作；另外有些泰坦巨神甚至和天神通婚。

宙斯任命自己爲新任宇宙之王，不過他比克羅諾斯聰明多了。他與哥哥們一起坐下來，並對大家說：「各位，我希望這件事處理得很公平。我們何不擲骰子，用這種方法來決定由誰掌控世界的哪一個部分？擲出最大的數字就先選。」

黑帝斯皺起眉頭。「我的運氣超爛的。我們要討論的是哪些部分？」

「天空、海洋和冥界。」宙斯提議說。

「你是說塔耳塔洛斯？」波塞頓問。「太糟了吧！」

「我是指上面一點的冥界，」宙斯說：「你們也知道，冥界比較靠近地面，是比較好的部分，沒那麼差啦；那裡有很大的洞穴、大量的珠寶，冥河的岸邊還有河畔第一排景觀絕佳的不動產喔。」

「嗯哼，」黑帝斯說：「那麼大地本身呢？就是希臘和所有其他土地？」

「那會是中立的領域，」宙斯提議說：「我們可以共同統御大地。」

兄弟們都同意了。大家有沒有注意到，他們的幾位姊妹沒有獲邀參加這個小型的擲骰子遊戲？我知道，完全不公平，不過故事流傳下來就是這樣說的。

毫無意外，宙斯擲出最高的數目。他選擇天空作爲他的領域，由於他握有閃電以及相關總總，所以這樣很合理。波塞頓擲出第二高的數目，他選了海洋，於是成爲水域的最高天神，地位高於歐開諾斯，也就把歐開諾斯擠到世界的更邊緣去了；他的地位也比老海神澎濤士要高，反正澎濤士大多數時間都在一團混亂的環境裡昏昏欲睡。

黑帝斯擲出的數字最少，正如他的預期。他選了冥界作爲領域，不過那還滿符合他的陰鬱個性，所以他並沒有抱怨（太多）。

在奧林帕斯山頂，百腕巨人爲宙斯建築他朝思暮想的輝煌宮殿。接著，宙斯把他們送回塔耳塔洛斯，但這一次是請他們擔任獄卒，負責看守泰坦巨神們。百腕巨人不是太在意，至少現在手握鞭子的是他們了。

大獨眼巨人則是爲天神工作。他們在蘭姆諾斯島附近的海底設置了一座工廠，因爲那裡有豐富的火山熱源，可以作爲鑄鐵工廠的熱力來源。他們製作出數以噸計的特殊武器和其他好玩的收藏品，而且獲得很不錯的健檢套裝方案，每年也有一星期的帶薪特休假。

至於天神們呢，宙斯邀請大家和他一起住在奧林帕斯山。每一位天神都在主廳擁有自己的王座，所以即使是由宙斯掌管事務，感覺上還是比較像議會制度，而非獨裁統治。他們稱自己是「奧林帕斯天神」（Olympians）。

嗯……我是說宙斯很歡迎他們大家去奧林帕斯山，但只有黑帝斯沒那麼受歡迎。這傢伙老是讓他的兄弟姊妹們覺得毛骨悚然，如今他成爲冥界之王，每次去任何地方，身上似乎也帶著死亡和黑暗的氣息。

「你要了解，」宙斯私下對黑帝斯說：「在奧林帕斯山，我們不能設置一個冥界的王座，那樣會讓其他天神覺得不舒服，況且骷髏頭和黑色岩石眞的和這裡的裝潢風格很不搭。」

「噢，當然啦，」黑帝斯喃喃抱怨著：「我看得出來。」

無論如何，這就是奧林帕斯山諸位天神的開端。後來，議會廳裡總共有十二個王座，還有一大批天神在這裡沒有王座。

於是，奧林帕斯天神認為他們終於可以安頓下來，和平統治這個世界了。

只剩下一個問題。還記得這段時間以來，大地之母蓋婭一直在小睡片刻嗎？這個嘛，她終究會醒過來，而等她回到家裡，發現她心愛的孩子們，就是那些泰坦巨神已經全被丟進塔耳塔洛斯，到時候小宙斯必須對這一切好好解釋一番。

不過那又是另一則故事了。

接下來則是要好好認識這些天神啦，靠近一點，一個一個仔細了解。但是我要先警告各位，他們的故事有些可能會讓你覺得很不舒服，害你像克羅諾斯喝了一大杯芥末神飲那樣大吐特吐一番。

4 宙斯

為什麼宙斯總是排第一個？

坦白說，談論希臘天神的每一本書都是從這傢伙開始講起。難道是把字母順序反過來排列，所以字首是「Z」的宙斯要排第一個嗎？我知道他是奧林帕斯山和宇宙的王啦，但是請相信我，絕對不需要讓這位老兄的「自我」再繼續膨脹下去了。

你知道我會怎麼做嗎？先把他丟到一邊去吧。

我們要以天神的出生順序一一介紹他們，而且女士優先。宙斯，請去後座休息一下，我們要從荷絲提雅開始聊起。

4 荷絲提雅選擇單身漢零號

就許多方面來說，荷絲提雅非常像她媽媽，瑞雅。

她有著眞誠的笑容、溫暖的棕色眼眸，一頭黑髮襯得她的臉龐非常小巧。她個性溫和、敦厚，從來沒有說過誰的壞話。你走進奧林帕斯山的宴會場合，荷絲提雅絕對不是第一個吸引你目光的女孩，她既不耀眼、招搖，也不古怪，比較像是鄰家女神，屬於風格內斂的甜美和漂亮。她通常把一頭秀髮塞在亞麻布披肩裡，身穿素面的端莊衣裙，也從來不用化妝品。

我之前說過，其他天神都不把她當一回事，也沒有眞正好好聆聽她的建議。克羅諾斯第一個吞下肚子的是荷絲提雅，所以她是最後一個被吐出來的，也因此，她的弟弟妹妹們老是把她當作老么而非大姊，因爲她到最後才從克羅諾斯的肚子裡冒出來。她比弟弟妹妹們都要安靜，也比較愛好和平，但這並不表示弟弟妹妹們不愛她。荷絲提雅就像瑞雅一樣，很難有誰會不愛她。

然而，在很重要的一方面，荷絲提雅與瑞雅非常不一樣。眾所週知，荷絲提雅的媽媽是一位……呃，好媽媽，人稱「偉大母親」，終極好媽媽。

荷絲提雅則是一點都不想當媽媽。

她一點都不介意其他天神建立自己的家庭。她很愛自己的弟弟妹妹，等到他們生了自己的孩子，荷絲提雅也很愛那些孩子。她最大的願望就是整個奧林帕斯大家庭團聚在一起，大家圍繞在爐床邊和樂融融，一起聊天、吃晚餐、玩繞口令遊戲，總之只要是有益身心健康的活動都可以。

荷絲提雅只是自己不想結婚。

仔細一想，你可能看得出眞正的原因。荷絲提雅在克羅諾斯的肚子裡待了好多年。她的記憶力非常好，甚至記得當初還是小嬰兒時，克羅諾斯把她吞下去的過程，也記得當時媽媽絕望哭喊的聲音。荷絲提雅經常作惡夢，夢見同樣的事情也發生在自己身上。她不希望結婚之後才發現自己的丈夫其實是會活吞嬰兒的食人魔。

她也不是偏執狂。她有充分的證據顯示，宙斯很可能像克羅諾斯一樣壞。

你瞧，天神與克羅諾斯的戰爭結束之後，宙斯認爲自己與某位泰坦巨神結婚會是個好主意，藉此顯示彼此之間沒有嫌隙和芥蒂。於是，他與歐開諾斯的一個女兒結婚，那女孩名叫梅蒂斯（Metis），是掌管忠告和計畫的泰坦巨神，有點像是泰坦巨神的人生導師。

梅蒂斯非常聰明，善於提供忠告和建議，但是她對自己的生活顯然沒有那麼機靈。梅蒂斯懷了第一個小孩時，她對宙斯說：「老公，我有好消息要告訴你！我預見這孩子是女孩。但是如果再生一個孩子，就會是男孩。而且啊，你聽了這個一定會很高興，他註定總有一天會統治這個宇宙！那不是很棒嗎？」

宙斯嚇壞了。他覺得自己的結局一定會像烏拉諾斯和克羅諾斯那樣遭到碎屍萬段，於是他決定參考克羅諾斯的劇本。他張開血盆大口，製造出龍捲風，把梅蒂斯吸進喉嚨裡，而且把她整個人壓縮得很小，就可以把她完整吞下肚。

這種瘋狂舉動簡直把其他的奧林帕斯眾神嚇壞了，尤其是荷絲提雅。

那麼，梅蒂斯和她那未出生的寶寶在宙斯的肚子裡怎麼樣了？這我們以後會再提到。不過，荷絲提雅目睹了整件事，於是對自己說：「結婚眞是太危險了！」

宙斯吞了梅蒂斯以後，對其他泰坦巨神和天神們道歉，也答應再也不會做這種事。他決定要和另一位泰坦巨神結婚，不過你也猜得到，自願與他結婚的人實在不太多。只有一位同意了，她是忒彌斯，掌管神聖律法的泰坦巨神，也剛好是荷絲提雅最喜歡的阿姨。

忒彌斯在戰爭中站在天神這邊。她能明辨是非，也知道與克羅諾斯比起來，天神會是比較好的統治者。（請注意，我說的是「比較好」，而不是「很好」。）

忒彌斯和荷絲提雅一樣端莊、內斂，而且對婚姻不感興趣，特別是在看到梅蒂斯的遭遇之後；但是爲了和平，她同意與宙斯結婚。

（而且，沒錯，理論上忒彌斯是宙斯的阿姨，所以聽到他們要結婚，請各位放輕鬆一點，千萬別吐出來。不過我們就跳過這部分吧。）

這段婚姻沒有維持太久。忒彌斯生了兩組三胞胎，第一組沒有太差，稱爲荷萊（Horai）三姊妹，後來負責掌管季節的變化。

（你一定會想，且慢，一年只有三個季節嗎？不過要記得喔，那裡是希臘，我猜他們的冬天不是太明顯。）

至於第二組三胞胎呢……她們令大家忍不住寒毛直豎。她們稱爲摩伊賴（Moirai）三姊妹，也就是命運三女神（Three Fates），一生出來就老態龍鍾。才剛脫離襁褓時期，她們就從三個皺巴巴的嬰兒變成三個皺巴巴的老太婆，喜歡坐在角落用魔法紡車編織絲線。每次她們揮刀剪下一段絲線，下面世界就會有一些凡人隨之死去。

奧林帕斯眾神很快就發現，命運三女神不只可以預見未來，還能「控制」未來。命運三女神可以讓某人的生命與她們的魔法絲線聯繫在一起（事實上那絲線就是生命線），一旦她們揮刀砍斷那條線？莎喲娜啦！誰都不確定她們能否對這些不死神祇如法炮製一番，因此就連宙斯都有點怕這三個女孩。

成為命運三女神的父親後，宙斯把忒彌斯拉到一旁，對她說：「你知道嗎？我不知道這段婚姻行不行得通。如果我們繼續生出像命運三女神那樣的小孩，到最後一定都會惹上大麻煩。接下來會是什麼？世界末日三炸彈？還是三隻小豬？」

忒彌斯假裝很失望的樣子，不過其實鬆了一口氣。她再也不想生小孩了，而且也絕對不想被吸進宙斯喉嚨的龍捲風裡面。

「你說的對，陛下，」她說：「我很願意退位，讓你娶另一位太太。」

荷絲提雅把這一切看在眼裡，她心想：「我絕對不想讓這種事發生在自己身上。像我運氣這麼差，可能會與某位天神結婚，生下『三丑角』。不，結果可能還會更悽慘吧。」

她決定最好還是保持單身，專心幫忙弟弟妹妹照顧他們的家人。她可以當個酷阿姨啊，單身的阿姨，沒有既可怕又皺巴巴的老太婆嬰兒的阿姨。

問題只有一個：有些天神傢伙不懷好意。波塞頓老是盯著荷絲提雅看，心想：「嘿，她還滿漂亮的，個性又好，很容易相處，我應該和她結婚。」

是啊，我們又回到整個兄弟和姊妹彼此通婚的故事了。讓咱們來好好發洩一下……來，大家一起喊，一，二，三：「超——噁——的！」

一位比較年輕的奧林帕斯天神，阿波羅，也想與荷絲提雅結婚。以後我們還會多講一點他的事，不過這實在是很詭異的配對，畢竟阿波羅是最騷包的天神之一，為什麼他會想要與個性文靜、說話直率的荷絲提雅結婚呢？這我實在不知道。也許他希望自己的太太永遠不要蓋過他的鋒頭吧。

結果，兩位天神在同一天跑去找宙斯，請求他准許與荷絲提雅結婚。這看起來實在很奇怪，他們竟然是去取得宙斯的同意，而不是問荷絲提雅的意見。你可能也注意到了，男生對這種事情老是少一根筋；而宙斯因爲身爲宇宙之王，對所有的婚姻有最終的決定權。

在此同時，荷絲提雅則坐在王座廳正中央的大爐床邊，對眼前的情況不屑一顧。回顧當時，主廳裡需要有中央爐床，那就像一個開放式的火堆，寒冷的日子裡需要有它提供溫暖。通常大家也在那裡煮飯、煮水、聊天、烤麵包、烤棉花糖，甚至要把襪子烘乾也是在那裡。基本上，這裡是家庭生活的中心。

荷絲提雅總是在那裡打發時間，她似乎認爲自己有責任讓家裡的火堆持續燒旺，那讓她覺得安心，特別是家人們聚集在一起用餐的時候。

宙斯大吼：「嘿，荷絲提雅，來這裡！」

她謹慎地靠近宙斯的王座，看著波塞頓和阿波羅，兩位天神都對她咧嘴而笑，手裡拿著花束和糖果盒。她心想，喔哦。

「好消息，」宙斯說：「這兩位優質天神都想和你結婚喔。由於我是堂堂正正的王，而且最深思熟慮、顧全大局，我決定讓你自己挑選。單身漢第一號，波塞頓，喜歡在海灘上走很遠的路慢慢散步，也喜歡潛水。單身漢第二號，阿波羅，喜歡音樂和詩歌，閒暇時間努力鑽研德爾菲神諭的預言。你比較喜歡哪一位？」

荷絲提雅害怕得哭起來，這令兩位單身漢非常驚訝。她撲向宙斯腳下，哭喊著說：「求求您，陛下。不要！兩位都不要！」

阿波羅皺起眉頭，檢查看看自己有沒有口臭。

波塞頓則懷疑自己是不是又忘了在腋下噴止臭劑。

趁著他們都還沒有暴怒，荷絲提雅整理自己的情緒，想要好好解釋。「我不是特別針對這兩位天神，」她說：「只是不想和任何人結婚！我想要永遠保持單身。」

宙斯搔搔頭。他從來沒想過還有這種選項。「所以……『永遠』不結婚？你不想生小孩？不想當個妻子？」

「完全正確，陛下。」荷絲提雅說：「我……我會永遠照顧好爐床，讓爐火永不熄滅，也會準備一頓頓大餐，只要能夠幫助家人，我什麼事都願意做。只有一點，請答應讓我永遠不必結婚！」

阿波羅和波塞頓有點生氣，但是你實在很難對荷絲提雅一直生氣。她是那麼甜美、眞誠又樂於助人啊，一開始他們就是因爲這樣才想和她結婚，這時又因爲同樣的原因而原諒她。她眞是善良的女孩，在奧林帕斯眾神之中，「善良」是一種很稀有也很寶貴的特質。

「我撤回結婚的提議，」波塞頓說：「不只如此，我也要支持荷絲提雅不結婚的權利。」

「我也一樣，」阿波羅說：「如果她想要這樣，我會尊重她的願望。」

宙斯聳一聳肩。「呃，我還是不太懂，不過好吧。她確實把爐床照顧得很好，況且也沒有其他的天神知道該怎麼把棉花糖烤得剛剛好，不會太軟，也不會太焦脆。荷絲提雅，你的願望獲得准許！」

荷絲提雅鬆了好大一口氣。

她正式成爲掌管爐火的女神，這看起來可能沒什麼大不了，不過確實是荷絲提雅的心願。之後人們流傳一則故事，關於荷絲提雅原本在奧林帕斯山擁有王座，後來因爲有個名叫戴歐尼修斯的新天神來到，於是她放棄了自己的王座。這個故事很棒，可是古老的傳說裡並沒有提到這件事。荷絲提雅從來不想要有王座，她實在太謙虛了。

後來，每當奧林帕斯眾神發生爭執時，荷絲提雅的爐床便成爲爭執風暴的冷靜中心。大家都知道爐火周圍是中立的領域，你可以去那裡喊個暫停，喝杯神飲，或者與荷絲提雅聊一聊。你可以讓自己喘口氣，不會受到誰的挑撥……有點像玩「紅綠燈」抓人遊戲時喊了「紅燈」一樣。

荷絲提雅細心照顧大家，所以大家也都很照顧她。

最有名的例子是什麼呢？有一天晚上，他們的母親瑞雅在艾達山舉辦盛大宴會，慶祝奧林帕斯眾神打敗克羅諾斯的週年紀念，所有的天神和泰坦巨神盟友都獲邀參加，同時邀請了很多精靈和羊男。氣氛非常熱烈，大家狂喝神飲、大啖神食，也和庫瑞忒斯一同瘋狂跳舞，天神們甚至說服宙斯開講他最拿手的一些辛辣羊男笑話。

荷絲提雅向來不太習慣宴會的場合，大概到了凌晨三點，她就因爲跳舞和喝神飲而頭重腳輕，搖搖晃晃走進樹林裡。她撞到一隻拴在樹上的野驢，可能是某位羊男爲了宴會而藏起來的。不知爲何，荷絲提雅竟然覺得這隻驢子超好玩。

「哈囉，驢子先生！」她咯咯笑著說：「我要……嗝！……我要在這裡躺下來，呃，稍微睡一下。你要照顧我，好嗎？好。」

女神臉朝下趴在草地上開始打呼。驢子不曉得該怎麼辦，不過沒發出任何聲音。

幾分鐘之後，有個名叫普里阿普斯（Priapus）的自然界小神在樹林裡閒晃。你在古老傳說裡可能沒聽過普里阿普斯的什麼故事，坦白說他不是很重要，只是負責保護菜園的鄉間小神而已。我知道啦……你很興奮，對吧？「噢，偉大的普里阿普斯，請用您偉大的力量保護我的小黃瓜吧！」或許你看過有些人在園子裡放這類灰泥做的愚蠢花園小精靈，那是古早年代的習慣，當時人們會在菜園裡放置普里阿普斯的雕像，祈求保護他們的收成。

總之，普里阿普斯最愛參加宴會，也喜歡與小姐們調情。他那天晚上喝了很多，跑到樹林裡晃盪，看能不能找到一些意想不到的精靈或女神偷抱一下。

他來到空地，看到一位可愛的女神趴在草地上不省人事，在月光照耀下微微打鼾，看起來好誘人，他心想，好耶！

普里阿普斯躡手躡腳走到荷絲提雅身邊。他不知道這是哪一位女神，反正他也不在乎。他只確定，如果他親暱地依偎在女神身旁，等她醒來一定會很高興，因為呢，嘿，誰不想和蔬菜之神來上一段羅曼史啊？

他跪在女神的身旁。她聞起來好香啊……就像是木材的煙燻味，還有烤棉花糖的香氣。他伸手撫摸了女神的黑髮，嘴裡喃喃說著：「嘿，你瞧，寶貝，我們來緊緊抱在一起吧，你說怎麼樣啊？」

在附近的黑暗中，驢子顯然認為這聽起來是個絕妙的主意，於是粗聲大叫：「呵呵噢噢噢喔喔！」

普里阿普斯大喊：「啊啊啊！」

荷絲提雅嚇得醒過來，驚恐萬分地發現蔬菜之神竟然躺在她身邊，一隻手還放在她的頭髮上。她尖聲大叫：「救命啊！」

聲音傳回宴會現場，其他天神都聽見她的尖叫聲，大家立刻放下手中正在做的事，衝過去救她。因爲沒有誰會想讓荷絲提雅不高興。

他們一發現普里阿普斯，所有天神圍上去開打，把酒杯扔到他頭上，或痛毆幾拳，順便咒罵他幾句。普里阿普斯差點沒辦法保住小命逃離現場。

後來，他宣稱自己一點都沒有想要挑逗荷絲提雅，他以爲她只是個精靈。不過，普里阿普斯從此成爲奧林帕斯宴會的拒絕往來戶，而且自那次事件之後，大家都更小心地保護荷絲提雅的安全。

好啦，關於荷絲提雅的故事，只剩下一個部分還算有點重要，不過我得在這裡加入一點推測，因爲你不會在古老傳說裡找到這部分。

剛開始，全世界只有一個爐床，屬於天神所有，「火」就像是他們註冊過商標的財產。渺小的人類並不知道該如何起火，他們依舊蜷縮在洞穴內，一邊呼嚕出聲、一邊挖鼻孔，而且用棍棒彼此互毆。

普羅米修斯，也就是用黏土捏出小小人類的泰坦巨神，覺得對人類非常不好意思，畢竟他所創造的人類看起來很像不死的神，他本來也很確定人類是可以長生不死的啊。可能還需要一點助力才能開始吧。

每一次普羅米修斯造訪奧林帕斯山，都會看到天神們聚集在荷絲提雅的爐床周圍。這座宮殿之所以有家的感覺，「火」是最重要的一環。你可以用火保持溫暖；你可以用火烹煮食物，你可以溫熱飲料；你可以在夜晚點亮火炬；你可以用熱呼呼的木炭玩任何搞笑的惡作劇遊戲。要是人類能得到一些火，那該有多好啊……

最後，普羅米修斯鼓起勇氣向宙斯開口。

「嘿，宙斯陛下，」他說：「呃，我在想，我應該向人類展示一下如何生火。」

宙斯沉下臉來。「人類？你是說那些每次踩到都會發出尖聲怪叫的髒髒小傢伙？他們爲什麼會需要火？」

「他們可以學得比較像我們一點，」普羅米修斯說：「他們可以學蓋房子、建設城市等等所有的事。」

「那個啊，」宙斯說：「眞是我所聽過最爛的點子了。接下來，你該不會想要助蟑螂一臂之力吧？給人類用火，下一步他們就要接管整個世界了，他們會變得盛氣凌人，自以爲像不死的神一樣厲害。不行，我絕對不准。」

但是普羅米修斯沒有輕言放棄。他坐在荷絲提雅的爐床邊，一直盯著她看，很羨慕她能用神聖的火焰讓奧林帕斯大家庭凝聚在一起。

這實在不公平啊，普羅米修斯在心裡暗想。人類理應得到同樣的舒適生活。

接下來怎麼樣了呢？

這個故事的大多數版本是說，普羅米修斯從爐床裡偷了火燙木炭，藏在小茴香這種植物的中空莖桿內……不過你可能會想，像他這樣帶著悶燒的植物偷偷溜出宮殿，聞起來又有燃燒乾草的香味，一定有誰注意到吧？

這故事沒有任何一種版本提到荷絲提雅幫助普羅米修斯，但實情是，她怎麼可能不曉得普羅米修斯做了什麼好事？她老是待在爐床邊啊，普羅米修斯根本不可能瞞著荷絲提雅偷取爐火，而完全不讓她發現。

我個人認為，她很同情普羅米修斯和那些小不點人類。荷絲提雅就是有這樣的好心腸。我認為，要不是她出手幫忙普羅米修斯，那至少也是睜一隻眼、閉一隻眼，任由他偷走一些燒紅的木炭。

無論實情是哪一種，普羅米修斯都帶著他的祕密悶燒甘草棒，偷偷摸摸地溜出奧林帕斯山，把火種交給人類。人類花了好一番工夫才學會使用這種高熱火焰，同時不會燒傷自己；但他們終究變得很熟練，用火的概念也散播開來，頗有……呃，野火燎原之勢。

一般來說，宙斯不太會注意下面的大地發生了什麼事，畢竟他的領域是天空。但是某個晴朗的夜晚，他站在奧林帕斯山的陽台上，注意到整個世界閃耀著點點亮光，就在許多房子裡、城鎮裡，甚至已經有好幾個城邦了。人類已經踏出他們原本棲身的洞穴。

「那個小瓜呆，」宙斯低聲抱怨：「普羅米修斯還真的助蟑螂一臂之力啊。」

在他身旁，女神希拉說：「唔，你說什麼？」

「沒什麼。」宙斯嘀咕了一聲。他轉身對衛兵們大喊：「去找普羅米修斯，把他帶來這裡。快點！」

宙斯非常不高興，他不喜歡有誰違背他的命令，更何況這位又是泰坦巨神，戰爭之後宙斯還慷慨饒恕他呢。宙斯實在是太生氣了，他決定用大家永遠不會忘記的方法懲罰普羅米修斯。宙斯把這位泰坦巨神帶到世界的東方邊界處，用鎖鍊把他拴在高加索山的岩石上，然後召喚出一隻巨大的飛鷹，那是宙斯的神聖動物，他命令那巨鷹啄開普羅米修斯的肚子，吃掉他的肝臟。

喔，對不起。眞是有點噁心。我希望你現在不是剛好要去吃午餐。

日復一日，飛鷹都會再把普羅米修斯的肚子撕扯開來，大快朵頤一番。而夜復一夜，普羅米修斯又會自動痊癒，再次長出新的肝，剛好趕上隔天早晨飛鷹來臨的時間。

其他天神和泰坦巨神從中得到清楚的訊息：千萬不要反抗宙斯，否則壞事會降臨在你身上，很可能包括鎖鍊啦、肝臟啦，還有飢不擇食的凶猛飛鷹等等。

至於荷絲提雅，沒有誰站出來指控她，不過她一定對普羅米修斯感到非常內疚，因爲她深深相信普羅米修斯的犧牲並非只是一場空。她變成掌管所有爐灶的女神，勢力遍布全世界；在每一個凡人的家中，中央壁爐都用來獻祭給她。如果你需要保護，像是有人追趕你，或者要痛毆你一場之類的，都可以跑到最靠近壁爐的地方，這樣就沒有人敢碰你一根寒毛了。無論是誰住在那間房子裡，只要你開口請求避難，每個人都會義務提供協助。家人們會聚在壁爐旁發表重要的誓言，而只要人們將一些食物拋入壁爐燒祭給天神，都會有一部分的祭品送到荷絲提雅那裡去。

隨著鄉鎮和城邦逐漸發展，它們的運作方式也像每個人的家一樣。每一個小鎮都有一個中央爐龕受到荷絲提雅保護。如果你是從另一個城邦前來的使者，一定會先去祭拜爐龕，並聲明你是爲了和平目的而來。假如你惹上麻煩，只要前去鎮上的爐龕表達懺悔，則城鎮裡不會有人傷害你；事實上，城邦的人民還會認爲在道義上應該要保護你。

結果證明普羅米修斯是對的，人類確實開始表現得很像天神，無論是好的方面還是壞的方面。到最後，天神們也漸漸習慣了，甚至坦然接受。於是，人類開始爲天神建造神廟、焚燒氣味芳香的獻祭品，也頌讚奧林帕斯眾神有多麼令人敬畏。那眞的滿窩心的。

然而，宙斯還是不能原諒普羅米修斯違背他的命令。後來普羅米修斯獲得釋放，但那又是另一則故事了。

至於荷絲提雅呢，她大多數時候都能維持奧林帕斯的和平……但不是永遠都可以。

舉例來說，有一次她的弟弟們惹得妹妹狄蜜特氣瘋了，差點引發第零次世界大戰……

5 狄蜜特變身「穀吉拉」

哇，狄蜜特耶！

請盡量不要太興奮，因爲這一章完全是要介紹這位掌管小麥、麵包和早餐麥片的女神。只要談到碳水化合物，狄蜜特就會徹底陷入狂熱。

不過我這樣說她實在不太公平。

沒錯，她是掌管農業的女神，不過她也會投注熱情於其他事物。三位年紀較大的女神之中，狄蜜特排行中間，所以她既有姊姊荷絲提雅的甜美溫柔性格，也兼具妹妹希拉令人印象深刻的潑辣急躁。狄蜜特留著一頭金色長髮，正是成熟小麥的顏色。她的頭上戴著玉米葉編成的王冠，那或許不是大多數人公認的時尚表徵，不過她樂在其中。她喜歡用罌粟花裝扮自己，因爲穀物田裡經常可以看到罌粟花。據我所知是這樣啦，我自己不大去穀物田裡走走。她的亮綠色連身裙外面披了一件深色長袍，因此只要一走動，看起來很像從肥沃土壤冒出來的植物新芽，渾身聞起來則像是暴風雨掃過茉莉花圃的氣味。

由於荷絲提雅決定終生不婚，狄蜜特就成爲第一位眞正吸引男孩天神注意的女神。（希拉也長得很美，但她的個性呢……呃，關於這個，我們等到後面再聊。）

狄蜜特不僅長得好看，心地也很善良（大多數時候啦），又知道如何烤出超好吃的麵包和餅乾，而且出征時總顯露出驚人的好戰形象。她駕著由一對雙胞胎巨龍拉的金色戰車，身旁配戴了一把閃閃發亮的金色大刀。

事實上，她有個希臘文名字叫做狄蜜特．克力沙羅斯（Demeter Khrysaoros），意思是「佩戴金色刀刃的女士」。聽起來很適合當武術電影的片名。根據一些傳說，她的刀刃其實就是克羅諾斯的大鐮刀，她拿那把鐮刀去重新鑄造，打造成全世界最強大的收割工具。她最常用那把刀收割小麥，不過如果生氣到一個程度，她就會用那把大刀出征作戰……

無論如何，男孩天神們都很喜歡狄蜜特，宙斯、波塞頓和黑帝斯全都向她求婚，但是狄蜜特一一拒絕了。她還寧可漫遊大地，把荒蕪的不毛之地變成肥沃的田野，並使果樹結果、開花、生長繁茂。

有一天，宙斯堅持不懈。他才剛和忒彌斯離婚，還沒有再婚，形單影隻。不知道是什麼原因，他對狄蜜特極度迷戀、念念不忘，決心無論如何都要與她在一起。

宙斯在一片麥田裡找到狄蜜特（一點都不意外）。狄蜜特大喊著要他滾遠一點，但是宙斯像跟屁蟲一樣跟前跟後。

「好嘛！」他說：「親一下就好。然後也許再親一下。然後也許就……」

「不要！」她大叫：「你很煩耶！」

「我是宇宙之王，」宙斯說：「如果我們在一起，你就是王后喔！」

「沒興趣。」狄蜜特好想拔出她的金色長刀，但宙斯是最有力量的天神，違逆他的人都會惹上很多麻煩。（咳咳，瞧瞧普羅米修斯吧，咳咳。）更何況她的金色戰車停在麥田遠遠的另一端，她沒辦法立刻跳上戰車跑走。

宙斯繼續糾纏她。「我們生的小孩一定既有力量又有魅力。」

最後，狄蜜特厭惡到都快吐了，於是讓自己變身成一條大蛇。她判斷這樣可以躲在麥田裡趁機溜走，藉此甩掉宙斯。

這主意眞爛。

宙斯也可以變身成動物啊，於是他變成另一條蛇，跟在狄蜜特後面。這樣更簡單，因爲蛇的嗅覺非常靈敏；而且就像我先前說過的，狄蜜特身上有暴風雨掃過茉莉花的濃濃香氣。

狄蜜特溜進一個泥土洞。這又是另一個很糟糕的主意。

宙斯跟在她後面溜進洞裡。地道很窄，於是宙斯一旦擋住洞口，狄蜜特就無法出去，裡面也沒有足夠的空間再度變身。

宙斯困住她，不讓她走，直到……呃，請運用你自己的想像力吧。

幾個月後，狄蜜特生下她的第一個小孩，是個女孩，名叫泊瑟芬（Persephone）。她是個好可愛、好甜美的小嬰兒，讓狄蜜特幾乎要原諒宙斯逼她變成蛇的陰謀詭計，幾乎啦。他們沒有結婚，而且宙斯是個很不負責任的父親，不過這小女孩還是成爲狄蜜特的生活重心。

我們等一下會再多談一些泊瑟芬的事……

我實在很想告訴大家，那是狄蜜特唯一一次落入男性設下的陷阱，但是說來不幸，那並不是唯一一次。

過幾年後，狄蜜特去海邊度假。她沿著海邊散步，享受著獨自一人不受打擾和新鮮的海風，這時波塞頓偶然發現她。身爲海神，他常常會特別注意沿著海邊散步的漂亮女士。他從海浪中現身，身穿最漂亮的綠色長袍，手裡握著他的三叉戟，頭上戴著貝殼串成的王冠。（他很確定那頂王冠讓他看起來魅力無法擋。）

「嘿，小妞，」他說著，一邊挑挑眉毛，「你一定是海浪，因爲你捲走了我的心。」

這句搭訕的開場白，波塞頓已經練習了好幾年，他很高興終於派上用場了。

狄蜜特一點都不感興趣。「走開啦，波塞頓。」

「有時候海水會退開，」波塞頓表示同意，「可是永遠都會再回來。咱們不妨去我的海底宮殿共進浪漫晚餐如何？」

狄蜜特暗暗提醒自己，以後再也不要把她的戰車停得那麼遠，她實在應該讓那兩隻巨龍隨時備戰。她決定變形然後逃走，不過她很清楚，這一次絕對不能變成蛇。

我需要跑快一點，她心想。

這時她沿著海邊望去，看到一群野馬奔馳過岸邊的浪頭。

那太適合了！狄蜜特心想，一匹馬！

說時遲那時快，她變成一匹雪白的母馬，沿著海灘奔馳而去。她跑進那群馬中與其他匹馬混在一起。

她的計畫其實有嚴重的漏洞。首先，波塞頓也可以變成一匹馬，而且他立刻就變成一匹強壯的白色種馬。波塞頓趕緊追上狄蜜特。其次，波塞頓是創造出馬的天神，不但對馬瞭若指掌，更可以控制牠們。

爲什麼海神會創造出像馬兒這樣的陸地動物呢？我們以後會再談到。總之，波塞頓追上那群馬，開始往前擠，尋找狄蜜特的蹤影，其實根本只要嗅聞她那甜膩的獨特香水氣味就行了。果然很容易就找到她。

狄蜜特看似完美的馬群僞裝計畫，結果變成落入完美的陷阱。其他馬兒紛紛讓路給波塞頓，同時把狄蜜特團團圍住，不讓她移動。她實在是嚇壞了，不但擔心遭到傷害，還發現要變身成其他東西也不可能。波塞頓害羞地走到她身旁，發出嗚嗚低鳴，彷彿是說：「嘿，美女，要和我一起跑嗎？」

狄蜜特實在太過震驚，波塞頓比她原本想像的還要討人喜歡，令她忍不住想抱……

這事如果發生在現代，波塞頓的行爲應該會遭到逮捕；我的意思是說……假設他沒有變成一匹馬的話。你總不能逮捕一匹馬吧。無論如何，回顧當時，整個世界是比較大而化之、比較粗野的地方，更何況狄蜜特不能向宙斯舉發波塞頓的惡行，因爲宙斯也一樣壞。

幾個月後，既尷尬又生氣的狄蜜特生下一對雙胞胎。最詭異的是什麼呢？其中一個寶寶是女神，另一個寶寶則是一匹種馬！我實在不想把背後的原因搞清楚。小女嬰取名爲戴絲波因（Despoine），不過你很少在古老神話裡聽說她的事。戴絲波因長大後，工作是看管狄蜜特的神廟，有點像是玉米魔法的最高女祭司之類的。而她的兄弟，就是那匹種馬，名叫阿里昂（Arion）。他長大後成爲一匹速度超快的永生不死駿馬，也曾經幫助海克力士（Hercules）和其他一些混血英雄。他是一匹相當漂亮的駿馬，但我不確定狄蜜特有沒有眞心以這樣的兒子爲榮，畢竟他每隔幾個月就需要更換新的馬蹄鐵，而且老是挨在她身邊吵著要吃蘋果。

到了這時，你一定認爲狄蜜特會徹底遠離那些低俗、噁心的男性，加入荷絲提雅的「永恆單身俱樂部」。

說也奇怪，幾個月以後，她居然與一位名叫埃森（Iasion）的人類王子墜入情網。由此可以看出，自從普羅米修斯把火種交給人類之後，人類已經發展到這種程度了，如今他們有語言，也能書寫，不但會刷牙也會梳頭髮，平常穿著衣服，偶爾也會洗洗澡。有些人甚至長得非常英俊，足以吸引女神與他們相戀。

這個名叫埃森的老兄（不是傑生喔，他們是不一樣的人）是克里特島的英雄，他長得很英俊，舉止端正文雅，而且總是很關心當地的農人，肯定就是因爲這樣才擄獲了狄蜜特的芳心。有一天，埃森出門視察一些剛犁過的田地，狄蜜特則剛好打扮成凡人少女的模樣。他們開始聊天：「噢，我喜歡小麥。」「我也是耶！小麥最棒了！」或者是像這類的對話，於是他們就墜入了情網。

他們在田裡見了好幾次面。幾星期之後，狄蜜特就徹頭徹尾沉浸於愛河中。而當然啦，這一定會出問題的。下一次狄蜜特又去田裡時，宙斯剛好在奧林帕斯山上目睹一切，他看到狄蜜特和那個凡人男孩相處得很愜意，在麥田裡摟抱、親吻、聊天，這讓宙斯嫉妒得發狂。

這完全不公平，對吧？宙斯和狄蜜特又沒有在一起。然而，宙斯看到有凡人英雄竟然與「他的」女孩消磨時間，簡直氣炸了。

天神對凡人生氣，最棒的事情在於：他們是凡人。這就表示天神可以殺死他們。

狄蜜特給了埃森一個長長的吻，這時天空開始隆隆作響，雲層破開一個洞，閃電大作。

「噼——啪！」突然之間，麥田裡只剩下狄蜜特一個，她的衣服冒出小小火苗，腳邊則有一堆英雄的灰燼。

狄蜜特悲痛哭嚎，尖叫咒罵宙斯，但除此之外根本無計可施。她躲在奧林帕斯山的私人公寓裡生悶氣，一待就是好幾個月。等她終於出來，手上同時抱著她生下的最後一個孩子，是個男孩，取名叫普路托思（Plutos），不是普魯托（Pluto）喔，那是另一個傢伙。你在古老神話裡面也找不太到普路托思的事情，不過他後來成為掌管農業財富的小神。他在希臘各地漫遊，到處尋找收穫豐碩的農人，賜予一袋袋的現金以獎勵他們的辛勤工作，聽起來有點像是「王老先生種田獎」的評審巡邏隊。

到了這時，狄蜜特覺得夠了就是夠了。她偶爾還是會出去約會，但永遠不結婚，也絕不再生小孩，而且她與男性天神之間的關係一直都很緊張。

狄蜜特的這些經歷，讓她原本溫柔可愛的個性多多少少變得有一點乖戾。你可能會覺得，掌管穀類的女神不會討人厭到哪裡去吧，但是眞該死，你應該看看她是怎麼對待「厄律西克同」（Erisikhthon）這位老兄。

我知道，這簡直是有史以來最蠢的名字，超難唸的，眞是見鬼了，我也只能猜想可能是這樣唸。總之，這傢伙是地方上的王子，而且自以為是青銅時代以來最酷最帥的男人。他想從附近的森林砍伐木材，為自己建造一座巨大的宅邸。

問題是什麼呢？話說最巨大、品質最好的樹木（也就是他認為好到能夠蓋他的宅邸的樹木），都位於獻祭給狄蜜特的樹林裡。那些巨大的橡樹和白楊樹從地面拔高三十公尺左右，每一棵樹都有一位自然界的精靈負責看守，也就是樹精靈（dryad）。樹精靈會在樹木周圍跳舞、歌詠狄蜜特、編製花環，或者做些樹精靈閒暇時會做的事。

整個國家的每個人都知道那片樹林是獻祭給狄蜜特的，但是那個叫厄律什麼鬼的傢伙一點都不在乎。（你知道的，我想我乾脆叫他「厄律」好了。）於是厄律召集大約五十位最高大、最強壯的朋友，給他們一人一把鋒利的青銅斧頭，大家一起出發進入樹林裡。

樹精靈一看到他們過來，嚇得尖叫示警，召喚狄蜜特來保護他們。

他們一定是按下電話的快速撥號鍵，因為狄蜜特以迅雷不及掩耳的速度到達現場。

狄蜜特以人類少女的模樣現身在路中央，剛好擋住了厄律和他那群揮舞斧頭的暴徒幫眾的去路。

「噢，天哪！」她說：「這麼強壯威武的男人！你們要去哪兒啊？」

「別擋路，小姐，」厄律氣呼呼地說：「我們要砍一些東西。」

「可是，你們幹嘛要攻擊那些手無寸鐵的可憐樹木呢？」

「我需要木材啊！」厄律氣得大吼：「我要建造全世界最宏偉的豪宅！」

他的朋友們喊叫歡呼，手裡揮舞著斧頭，頗有威嚇的意味。

「你們應該要選擇其他樹林，」狄蜜特說著，努力想要保持冷靜，「這片樹林是獻祭給狄蜜特的。」

「呸！」厄律說：「這些是大地上最高大的樹木啊，我需要用高大的樹木來蓋我的大廳，我和朋友們每天晚上都要在那裡辦桌請客。我們會舉辦盛大的宴席，我會在整個希臘都變得很有名！」

他的朋友們大聲鼓譟說：「一定好吃！」然後舔舔舌頭發出嘖嘖聲。

「不過這是很多樹精靈的家，他們很無辜啊。」狄蜜特繼續說。

「如果那些樹精靈想要阻止我，」厄律說：「我也會把他們砍成兩半！」

狄蜜特氣得咬牙切齒。「如果是狄蜜特想要阻止你呢？」

厄律仰頭大笑。「就讓她試試看啊，我才不怕什麼愚蠢的農作物女神。好啦，小姐，閃邊一點，否則我也會把你剁碎。」

他用肩膀把女神頂開，大步走向最高大的那棵樹，那是一棵巨大的白楊樹。他揮舞手上的斧頭時，一道猛烈的熱風灌向他的屁股。

狄蜜特瞬間長成驚人的高度，宛如「穀吉拉」一般拔高聳立，在樹林間鶴立雞群。她身上還是穿著那件綠黑相間的長袍，她的玉米葉王冠在滿頭金髮間冒出蒸氣，她的鐮刀刃投射的陰影完全籠罩住那群凡人。

「那麼，」巨大的狄蜜特怒聲隆隆地說：「你真的不怕？」

厄律率領的五十名幫眾紛紛扔掉自己手上的斧頭，像小女孩一樣四處尖叫逃竄。

厄律拚命想站起來，但一雙膝蓋比果凍還要軟。「我，呃，我只是……呃……」

「你想要舉辦盛大宴席而出名是吧！」狄蜜特怒吼著：「那麼，厄律西克同，你會吃得超撐；每天晚上都會有你想要的超撐宴席！我是掌管收穫的女神，也是所有食物的女主人，你的下半輩子就去一直吃、一直吃、一直吃，不過你的飢餓感永遠不會獲得滿足！」

綠寶石色的光芒一閃，狄蜜特失去了蹤影。

可憐的厄律抽抽噎噎地哭著跑開，同時向眾神發誓這輩子再也不會碰這片神聖樹林。但是這已經不重要了。那天晚上，他吃完晚餐後，還是覺得像沒吃東西一樣餓，於是吃了第二份晚餐，然後第三份，不過一點都沒有覺得比較飽。他拚命喝水，差不多喝了四、五公升那麼多吧，但是依舊無法解渴。

過沒幾天，飢餓和口渴就變得難以忍受，唯有睡覺的時候才能稍微減輕痛苦，但即使是睡覺，他還是不斷夢見食物。等到醒來，他又開始餓得發狂。

厄律是富有的人，但過不了幾個星期，他已經變賣掉大部分的財產，只爲了購買食物。他一直吃、一直吃、一直吃，一整天、每一天都不斷吃吃喝喝，但是一點飽足感也沒有。到最後，他失去了自己擁有的一切，變得一無所有。朋友們也棄他而去。他感到極度絕望，甚至想要把自己的女兒賣去當奴隸，只爲了拿到錢買食物。幸虧狄蜜特沒有殘酷到眼睜睜看著這種慘事發生。厄律的女兒懇求有人能救救她，而波塞頓回應了她的求救。或許他覺得自己在馬兒抱抱事件裡虧欠狄蜜特吧，也說不定他只是不介意對漂亮的凡人女孩伸出援手，總之，波塞頓出手保護那個女孩，讓她在海底宮殿當女管家。至於厄律西克同呢，他最終瘦成皮包骨，極度痛苦而死。眞是快樂的結局啊。

這件事很快就傳開了。凡人都覺得，也許應該好好認眞看待狄蜜特；掌控食物的人可以保佑你，但也可能會把你詛咒得非常非常悽慘。

經歷過這次風波，狄蜜特覺得自己的怒氣發洩得夠多了，她決定放鬆一下，好好享受生活，而這世上能讓她感到最幸福的，是她的大女兒泊瑟芬。喔，沒錯，狄蜜特很愛自己所有的孩子，但泊瑟芬是她最疼愛的小孩。

「我這輩子已經夠戲劇化了，」狄蜜特對自己說：「現在只想平靜下來，與我的好女兒一起享受閒暇時光！」

你可能也猜到了，事實並不如想像中那麼美好。

6 泊瑟芬嫁給跟蹤狂（或狄蜜特續集）

我必須說實話。我永遠搞不懂泊瑟芬到底有什麼了不起；我的意思是說，就一個差點毀掉整個宇宙的女孩來說，她實在有點平凡啊。

沒錯，她是長得很漂亮，遺傳了媽媽的金色長髮和宙斯的天藍眼珠，整天無憂無慮，一心覺得整個世界是爲了取悅她而發明出來的。我猜啊，假如你的父母親都是天神，你可能也會深信這一點。

她熱愛戶外活動，成天與她的精靈和女神朋友們在鄉間到處漫遊、溯溪、在陽光普照的草原採擷花朵、品嘗剛從樹上採下的新鮮水果……見鬼了，這些全是我亂掰的，但我猜想那個年代還沒有發明智慧型手機，青少年天神應該會做這些事啦。

事實上，泊瑟芬並沒有哪方面值得大書特書。她既沒有非常亮眼，也不勇敢，實在沒什麼目標或嗜好（除了採花之類的事）。她每天就只是無所事事地享受人生，當個備受寵愛保護、享有太多特權的孩子。我想，如果你能夠得到這一切，也算是很不錯，然而我不是那樣長大的，所以不會太同情她。

雖說如此，狄蜜特還是以女兒爲生活重心，她對女兒這樣保護過度，實在是不該怪她。狄蜜特和那些鬼鬼祟祟的男天神之間有太多不好的經驗，更何況泊瑟芬之所以來到這世界，都是因爲那場大蛇埋伏事件。泊瑟芬沒有因此從蛇蛋裡孵出來，已經是不幸中的大幸了。

既然狄蜜特明令禁止任何人接近泊瑟芬，想當然所有的男天神都會注意到她，而且覺得她超辣的。他們都想和泊瑟芬結婚，但也知道狄蜜特絕對不會允許。只要有其中一位天神靠近泊瑟芬，狄蜜特就會不知道從哪裡冒出來，駕著她的雙龍戰車，手裡握著邪惡的黃金大刀。

大多數的天神就此放棄，他們覺得還是去找其他女神約會比較保險。

然而，有一位天神對泊瑟芬念念不忘……他是黑帝斯，冥界之王。

他們很速配吧？一位陰沉的老兄，住在全世界最巨大的洞穴，裡面滿是死去的亡靈，而他愛上了一位年輕漂亮的女孩，喜歡陽光、花朵和「荒野大進擊」戶外用品專賣店。這樣的配對怎麼可能會有問題呢？

好啦，其實黑帝斯知道自己毫無希望。他和泊瑟芬的個性相差十萬八千里，況且狄蜜特不會讓任何天神靠近她女兒一步，更別提讓黑帝斯與泊瑟芬在塔耳塔洛斯裡約會了。

黑帝斯拚命想忘了她，但他在冥界深處實在太寂寞了，那裡只有數不盡的死人陪伴他。他經常戴上隱形頭盔偷溜到凡人世界，這樣才能偷看泊瑟芬到處嬉戲。換句話說，他是有史以來第一位跟蹤狂。

我不知道你有沒有這麼迷戀某人的經驗，不過黑帝斯真的非常執著。他的口袋裡一直放著泊瑟芬的素描畫像，也用刀子在他的黑曜石餐桌上刻了她的名字，那可是花了好一番工夫呢。他不斷夢見泊瑟芬，也曾想像自己向她示愛時的兩人對話，想像著泊瑟芬坦承說她一直很喜歡令人不寒而慄的老傢伙，如果他剛好住在滿是死人的洞穴裡就更棒了。

黑帝斯實在太心煩意亂，根本無法專心工作。他的工作是每當有死人到達冥界時，要根據這些亡靈的屬性幫他們分類；然而，現在鬼魂開始逃回人間，或是跑錯冥界社區。冥界大門口的交通更是堵塞得一塌糊塗。

最後黑帝斯受不了了。你不得不稱讚他喔，他既沒有試圖哄騙泊瑟芬，也不想強行帶走她，至少他一開始不想這樣做。他心想：「嗯，既然狄蜜特聽不進我說的話，也許我應該和泊瑟芬的爸爸談一談。」

黑帝斯要造訪奧林帕斯山並不容易，他知道那裡不歡迎他。說實在的，他根本不想去求那個討厭的小弟宙斯施與半點恩惠，但他終究還是裝出一臉不在乎的表情，大步走進奧林帕斯山的王座廳。

他碰巧遇到宙斯心情很好的時候。這位天空之王剛結束本週所有天神工作，包括規劃雲朵變化、安排風勢，以及身為天空之神一定要做的事。此刻，他舒舒服服靠在椅背上啜飲神飲，享受這美好的一天。他正在作白日夢，想著他很渴望娶到的另一位漂亮小姐，就是希拉；所以黑帝斯走過來見他時，宙斯好像不曉得在對誰傻笑。

「宙斯陛下。」黑帝斯深深一鞠躬。

「黑帝斯！」宙斯大叫：「老哥，怎麼了？好久不見啊！」

黑帝斯很想提醒宙斯，他應該是要說「好久，不要見」才對吧，因為宙斯曾經對他說，奧林帕斯山不歡迎他。不過他覺得最好還是別提那件事。

「呃，其實……」黑帝斯緊張地拉拉自己的黑長袍，「我需要一些建議。關於一位女性。」

宙斯咧嘴笑了。「那你就來對地方了。女士們都很愛我！」

「很好……」黑帝斯開始懷疑來這裡到底對不對。「是關於一位很特別的女士……是你的女兒，泊瑟芬。」

宙斯的笑容變得僵硬。「噢，你要說什麼？」

黑帝斯這份感情在心裡壓抑太久了，這下子全部爆發出來。他滔滔不絕說出一切，就連偷窺跟蹤這類的事都說了。只要宙斯允許他們結婚，他答應一定會當泊瑟芬的好丈夫，也會全心全意對待她，她想要什麼都會得到。

宙斯摸摸自己的鬍子。通常碰到這麼荒謬的請求時，他一定會暴跳如雷。他會拿出自己的閃電火讓黑帝斯的長袍著火，讓他頭髮直豎還冒煙，並把他送回冥界。但今天宙斯的心情不錯，看到黑帝斯帶著這樣的問題來找他，而且這麼坦白眞誠，他還眞有點感動。宙斯爲這位令人不寒而慄的跟蹤狂哥哥感到難過，而他自己完全了解深深迷戀一位女性是怎麼回事。

沒錯，泊瑟芬是他的女兒，然而宙斯曾和一堆不同女士生下一堆女兒，再說泊瑟芬並不是他特別喜歡的孩子，因此他傾向表現得慷慨一點，把她送出去。

他在王座扶手上敲打手指。「問題在狄蜜特。呃……那是狄蜜特的女兒吧？我忘了。」

「是的，陛下。」黑帝斯說。

「是她最疼愛的女兒，」宙斯想起來了，「不但照亮她的生命，她也絕對不會讓那個女兒離開她的視線，諸如此類的。」

「沒錯，陛下。」黑帝斯開始覺得很不自在。「我應該和狄蜜特談談嗎？也許您可以幫忙打破僵局，讓她答應聽我說明。或是說不定我應該直接向泊瑟芬告白？」

「什麼？」宙斯看起來驚呆了，「要對女生那麼誠實嗎？那樣絕對行不通的，兄弟。你一定要強勢一點，想要什麼，拿走就對了。」

「呃……眞的嗎？」

「對我來說一直都很有效啊，」宙斯說：「我建議乾脆綁架吧，趁沒有人看見的時候抓住泊瑟芬，把她帶回你的小屋去。狄蜜特不會知道發生什麼事。等到她終於搞清楚……已經太遲啦！泊瑟芬早就是你的了。你會有很多時間說服這位年輕小姐和你一起待在冥界。」

黑帝斯開始懷疑宙斯的頭腦到底有沒有問題。「唔，你確定這是好主意嗎？」

「那當然！」宙斯說。

黑帝斯咬緊嘴唇。整個綁架計畫似乎有點冒險，他也不確定泊瑟芬究竟喜不喜歡遭到綁架，但是他對這位女性了解不深。也許宙斯說得沒錯。

（鄭重聲明：不對，他大錯特錯！）

「陛下，只有一個問題，」黑帝斯說：「泊瑟芬永遠不可能一個人獨處，她要不是和狄蜜特在一起，就是有些精靈或守護女神作伴。我該怎麼祕密綁架她呢？就算我用隱形頭盔也不能把她一起變不見，更不能阻止她尖叫啊。」

宙斯淘氣地眨眨眼。「這件事交給我就行了。去把你的戰車準備好吧。」

宙斯耐心等待，一直等到狄蜜特忙著去遠方處理一些農務，像是去利比亞讓大麥成熟之類的事。其實我不太確定是哪些事。

總之，泊瑟芬留下來由她的守護精靈陪伴。通常這種模式運作得很好，然而精靈不見得有能力擔任保鏢，因此要分散她們的注意力相當容易，泊瑟芬也一樣。

如同以往，女孩們去草原上漫步。她們整個早上都在山丘玩耍，也在河邊打水仗，懶洋洋地吃過美味午餐後，躺在陽光下曬乾衣裳。這時泊瑟芬決定要去採一些花朵。

「不要跑太遠喔！」一個精靈大喊。

「不會啦。」泊瑟芬答應她。

她一點都不擔心。整個世界都是她的遊樂場啊！大家都很愛她，更何況她只是要去草原採花，怎麼可能會出差錯呢？

精靈們吃完午餐肚子飽飽的，又讓太陽曬得暖洋洋，昏昏欲睡，於是躺下來小睡片刻。

泊瑟芬在山坡上到處閒晃，從附近的玫瑰花叢採了一大束花。不知什麼原因，這些玫瑰花竟然沒有尖刺。花香令人迷醉，讓泊瑟芬覺得有點頭暈。她又晃盪到更遠一點的地方，發現了一大片紫羅蘭。

「噢，好美啊！」

她穿過那片紫羅蘭花海，摘下最漂亮的一些花朵，相形之下，先前採摘的玫瑰花顯得蒼白無光，於是她丟下那些玫瑰花。

嗯，你可能已經看出故事進展到哪裡了，但是泊瑟芬毫無所悉。她並不知道這些花是宙斯變出來的，他讓每一叢花都比前一叢更加繽紛、更加芳香，就這樣帶領泊瑟芬愈來愈遠離陪伴她的守護精靈。

然而，宙斯是天空之神啊，怎麼能讓花朵生長出來呢？我也不知。最合理的猜測是這樣的：他還是與大地之母蓋婭有一點關連，雖然蓋婭還在沉睡。我想宙斯偶爾可以召喚出她的力量，在大地上促成一些事情；不是像造山這樣了不起的大事，只不過是讓大地長出一些花，這很輕而易舉啦。

泊瑟芬從一片花海流連到另一片花海，嘴裡喃喃說著：「噢，好美啊！噢，太美了！」

同時繼續採著她最喜歡的花。

她還沒意識到自己跑了多遠，卻早已離開那些沉睡的精靈朋友好幾公里了。她慢慢走進一個與世隔絕的山谷，裡面開滿了風信子。

她繼續向前走，摘下一枝漂亮的紅色風信子，這時大地開始隆隆作響，她的腳下出現一道裂隙，四匹黑色駿馬拉著一輛巨大戰車，轟隆隆衝出來奔進陽光下。駕駛馬車的人身穿黑色長袍，長袍在風中飄動。他戴著鐵製手套，身旁佩戴一把巨大的劍，手上握著長鞭。一頂精緻的青銅頭盔遮住他的臉，頭盔上雕刻著死亡和拷打的圖像。

事後回想起來，黑帝斯才發覺，他第一次約會就戴著那頂恐懼頭盔似乎不是什麼好主意，不過反正已經太遲了。

泊瑟芬失聲尖叫，向後跌坐在草地上。

她應該要拔腿就跑，不過實在驚嚇過度，連眼前究竟發生什麼事都搞不清楚。她向來認爲世上的每一件事都以她爲中心、凡事都按照她的需求，她不可能身陷險境。不過，泊瑟芬很確定自己從來沒有祈求過這樣一個惡魔般的傢伙，居然駕著巨大的黑色戰車前來這裡踐踏她的風信子。

坦白說，她偶爾會作作白日夢，夢想有位英俊的年輕男子拜倒在她的石榴裙下。她和精靈們曾不時聊起這件事，笑得花枝亂顫。

但她所想像的絕不是眼前這個人。

黑帝斯摘下頭盔。他的臉色比平常還要蒼白，髮型讓頭盔壓得醜醜的，而且滿頭大汗，緊張得不斷眨眼，像是有什麼東西跑進眼睛裡。

「我是黑帝斯，」他用尖銳的聲音說：「我愛你。」

泊瑟芬再次尖叫，而且叫得比剛才更大聲。

黑帝斯不知道該怎麼辦，只好抓住泊瑟芬的手臂把她拉上戰車，然後踢一踢他的馬。他的黑暗戰車消失在大地上，裂隙在他身後關閉起來。

只有一個人親眼目睹這起綁架事件，就是泰坦巨神赫利歐斯。他在高空中駕著「把妹神器」太陽戰車，因此視線極佳，凡事都逃不過他的眼睛。不過，你覺得他會打電話到奧林帕斯山報案說有這場綁架事件嗎？

才不會。首先，他們根本沒有電話。其次，赫利歐斯不喜歡與天神的這些爛戲牽扯在一起，畢竟他是泰坦巨神，能夠保住一份工作、不被丟進塔耳塔洛斯，已經夠幸運的了。更何況他每天飛越天空，這才不是他所看過最瘋狂的事。那些天神老是瘋瘋癲癲的啊。哎呀，他可以跟大家講的那些精彩故事啊，改天應該可以寫成一本書喔。

於是赫利歐斯就當沒事一樣繼續前進。

至於應該要顧好泊瑟芬的那些精靈，她們在整場綁架事件期間都睡得很沉。唯一一個聽見泊瑟芬尖叫的，絕對是你最意想不到的人。

在附近山坡上的一個洞穴裡，有個名叫黑卡蒂（Hecate）的泰坦巨神正在忙自己的事。黑卡蒂很熱中於魔法、鬼魂，以及令人毛骨悚然的黑夜十字路口，算是最早的萬聖節頭號粉絲吧。她通常要到天黑之後才會離開洞穴，所以那天她正坐在洞穴裡，讀著咒語書或這類的書，就在這時，她聽見女孩的尖叫聲。

黑卡蒂或許是掌管魔法的黑暗女神，但她並不邪惡。她立刻衝出去伸出援手。等她到達草原時，綁架事件已經結束了。

白天的時候，黑卡蒂的魔法力量很微弱。她可以感覺到大地曾經裂開，有人被拉上一輛戰車拖到地底下去，但黑卡蒂不曉得綁架者是誰，也不曉得究竟是誰遭到綁架。

黑卡蒂不知道該怎麼辦才好，當時又不能打一一〇報警。由於不知道實際情況究竟如何，她決定回到自己的洞穴，等到夜幕降臨再說，到了那時，她可以施一些比較強的咒語，希望藉此得到更多訊息。

在此同時，精靈們紛紛從午睡中醒來，到處尋找泊瑟芬，但她似乎從地表上徹底消失了。精靈們陷入恐慌，因為狄蜜特一回來就發現寶貝女兒失蹤了。我不知道狄蜜特怎麼懲罰那些精靈，不過結局應該不太好。

總之，狄蜜特變得瘋瘋癲癲，到處尋找泊瑟芬，呼喊她的名字，叫到聲音都啞了。不管遇到什麼人，她都詢問有沒有看到任何蛛絲馬跡。

就這樣過了九天，狄蜜特都沒有換衣服，也沒有洗澡，而且不吃不睡；她唯一做的事就只有尋找泊瑟芬。一開始她肯定找錯了方向，因為她直到第十天才終於開始徹底搜查黑卡蒂洞穴附近的區域，等於繞了一大圈。

黑卡蒂聽見狄蜜特呼喚泊瑟芬的聲音，這位魔法女神立刻就將兩件事連在一起了。每天晚上，黑卡蒂都努力想弄清楚綁架事件的原委，但她的咒語沒有讓她得知半點訊息。似乎有人施加強力魔法將綁架事件掩蓋過去。黑卡蒂隱約意識到幕後可能有位力量強大的天神……或者不只一位。

黑卡蒂跑出去找狄蜜特，她對穀類女神描述自己聽到的尖叫聲，以及她相信有某位未知的天神綁架了泊瑟芬。

這位心急如焚的母親根本沒有把訊息聽得很清楚。她尖叫得好大聲，害得方圓八公里內的所有植物都枯死了，而且聲浪朝著四面八方延伸好幾百公里遠，讓希臘本土種植的每一穗玉米全部爆成爆米花。

「我會找出到底是誰帶走她！」狄蜜特哭喊著說：「我會殺了他！然後我會再殺他一次！」

碰到這種情況，大多數的人可能會對這種瘋女人退避三舍，但是黑卡蒂很能體會狄蜜特的痛苦。

「我今天晚上幫你找，」她對狄蜜特說：「我有火炬，而且我在黑暗中看得很清楚。」

她們一路從黃昏找到天亮，但不幸一無所獲。

黑卡蒂回到自己的洞穴稍事休息，也答應夜幕低垂後會再幫忙，但狄蜜特不肯停下來。

她獨自蹣跚前行，一直走到夜晚降臨，這時她來到一個叫作艾留西斯的王國。到了這個時候，就連擁有不死之身的女神都已經筋疲力竭。她決定進入鎮上，也許讓雙腳休息個幾分鐘，並與當地人聊一下，說不定他們曾經看見或聽說某些消息。

狄蜜特讓自己假扮成凡人老太太。她先走向鎮中央的爐龕，因爲陌生人如果想尋求當地人的協助，通常會先去那裡。廣場上聚集了一群人，其中有位女士身穿質料很好的長袍，頭戴金色王冠，似乎正在做某種演說。身爲一個有智慧的女神，狄蜜特心想，她一定是王后。

結果是王后墨塔涅拉（Metaneira）和她的家人與王室衛兵造訪當地，向諸神獻上祭品，以慶祝她的兒子德摩風（Demophoon）剛出生（也說不定她之所以去那裡，是爲了向眾神懺悔她幫兒子取了這種蠢名字）。總之，狄蜜特走過去時，墨塔涅拉王后剛好向狄蜜特唸出祈禱文；其實狄蜜特的心情十分絕望，但是聽到有人在向她祈禱，而且他們不曉得她就在人群之中，心情還是有點激動。

如果是我，我會等到王后說出：「噢，偉大的狄蜜特……」然後我會跳出來，順便放一把鞭炮和煙火，再對她說：「你叫我嗎？」

沒有人讓我變成天神可能是件好事。

不管怎麼樣，狄蜜特覺得這是個好兆頭。她在旁邊等待，讓王后唸完她對那個可愛寶寶的祈福話語。隨著群眾逐漸散去，狄蜜特準備走向王后，但是墨塔涅拉王后先注意到她。

「老太太！」王后叫她。

狄蜜特瞇起眼，看了看四周，猜想墨塔涅拉王后究竟是對誰說話。然後她才想起自己假扮成一個老太太。

「噢，是的！是的，王后陛下！」狄蜜特用最像老太太的聲音說話。

王后仔細端詳狄蜜特的臉孔和她身上的破爛衣服。即使假扮成這樣，狄蜜特看起來一定還是很疲累。經過十天的尋尋覓覓，她身上的氣味聞起來一定沒有平常的茉莉花香氣。

「我不認識你。」王后終於說。她的家人和隨從都圍繞在四周。

狄蜜特猶豫了一會兒，她究竟要不要突然變身成三十公尺高的穀類巨獸把他們嚇跑呢？不過王后只是面露微笑。「歡迎來到艾留西斯！我們永遠都很歡迎陌生人，因為你永遠不知道什麼時候會碰到假扮成凡人的天神，是吧？」

王后的衛兵咯咯笑起來。他們可能心想：「是啊，對啦，這位老太太其實是女神。」

狄蜜特深深一鞠躬。「非常睿智啊，王后陛下。真的非常睿智。」

「你需不需要休息的地方？」王后問：「需不需要食物？我們可以怎麼幫助你？」

「哇，」狄蜜特心想：「她是認眞的。」

經過那麼多天的焦慮掛念，並瘋狂跑遍整個希臘尋找寶貝女兒，突然間受到這樣的仁慈對待，讓狄蜜特震驚得差點說不出話來。這些弱小的凡人根本不認識她，還以爲她是再尋常不過的窮酸老太太，然而王后本人竟然很有耐心地善待她，事實上比狄蜜特自己的同胞天神們對她還要好。

狄蜜特身心俱疲，情緒崩潰地流下眼淚。「我的女兒，」她啜泣著說：「有人從我身邊偷走了我女兒。」

王后驚訝得倒抽一口氣。「什麼？這是犯法的啊！」

這時，一位英俊的年輕男子走向前來，他牽起狄蜜特的手說：「老太太，我是崔普托勒摩斯（Triptolemus），王后的長子。我保證會幫您找到您的女兒，我會盡我一切的努力！」

墨塔涅拉王后點頭表示贊同。「不過，親愛的客人，先休息一下吧，你顯然累壞了。如果爲了找她，讓你自己先因虛弱和飢餓而死，對你的女兒一點幫助也沒有啊。今天晚上請留在我的宮殿裡，把你的故事告訴我們。休息一下，吃點東西，到了早上，我們會決定用最適合的方式幫助你。」

狄蜜特很想婉拒，她想繼續前進。由於她有不死之身，顯然沒有死亡的危險，不過她眞的累壞了。這些人心地很好，而且歷經十天的奔波，狄蜜特身上的髒衣服已經開始長出各式各樣的黴菌和眞菌，就連掌管植物的女神都認不得那些菌種。

她向王后表示感謝，決定接受王后的殷勤招待。

好好洗了個熱水澡、換上新衣服後，狄蜜特覺得好多了。她與王室家族共進晚餐，對他們述說自己遇到的麻煩，不過她保留一些小細節沒說，例如她其實是女神之類的。她說明自己的女兒是與朋友們一起去草原踏青時不見的，有位住在附近的女人曾聽見尖叫聲，所以她女兒顯然遭到綁架了，不過狄蜜特完全不曉得是誰把女兒帶走，也不知道她目前人在何方。

王室家族集思廣益，努力提出有用建議，包括提供賞金、把泊瑟芬的照片印在牛奶盒的尋人專欄上、在鎮上張貼尋人啓事海報等等。最後，崔普托勒摩斯提出的點子脫穎而出。

「我會派人騎馬向四面八方出發，」他說：「我們會收集各種訊息，而且散播這次綁架事件的消息。尊貴的客人，請您留在我們這裡好好休息幾天。我知道您非常著急，但是如果要搜尋整個鄉間，這會是最快的方法，等我們的騎士回來，就會知道更多訊息。」

再一次，狄蜜特又想推辭。她爲自己的女兒擔心到發狂，可是又想不出更好的主意。她實在非常感激這個家庭的好心好意，況且也可以好好利用休息的這幾天。

經歷了剛得知綁架事件的驚慌之後，狄蜜特的心情已經開始轉爲冷靜判斷。她心裡知道泊瑟芬依舊安然無恙；雖然遭人擄走，但毫髮無傷。這是身爲母親的直覺。無論要花多久時間，狄蜜特都會找到泊瑟芬。而且等她親手逮到綁架者……噢，她的復仇手段一定很可怕。她會用肥料把那人埋起來，讓大麥從他身上的所有孔洞冒出新芽，看著他變成全世界最大的卡通造型盆栽，然後恥笑他那淒厲的尖叫聲。

狄蜜特對崔普托勒摩斯王子露出微笑。「謝謝您的好心，我接受您的提議。」

「太棒了！」

「咕咕。」新生小嬰兒德摩風說。他在王后的懷裡滿足地咯咯笑。

狄蜜特看著那個小男嬰，心裡暖暖的，她好懷念那樣的感覺。泊瑟芬那麼小的時候，感覺像是上個世紀的事了！

「請讓我回報您的好意，」狄蜜特對王后說：「我是很棒的育嬰保母，也知道剛生完孩子的媽媽有多辛苦。您可以多睡一點！今天晚上，請讓我幫忙照顧您的寶寶，我保證他會很安全。我會用特殊咒語保佑他不受惡魔侵擾，這樣他長大後會成爲強壯、英俊的英雄！」

我是從來沒有當過媽媽啦，不過假如有某個街上的老太太提議要在晚上照顧我的寶寶，我應該會很懷疑吧。不過你可能也看得出來，墨塔涅拉王后的心地非常善良，很容易信任別人。她覺得這位剛剛失去自己女兒的老太太有點可怕，不過自從小嬰兒出生後，墨塔涅拉也眞的很久沒睡好了。

「這是我的榮幸。」王后說著，把德摩風交給狄蜜特。

那天晚上，女神在爐火邊輕輕搖晃小嬰兒。她唱著奧林帕斯山的搖籃曲給小男嬰聽，像是〈小小羊男咩咩叫〉和〈我是小小獨眼巨人〉之類的歌。她餵德摩風喝神飲，也就是眾神喝的飲料，與原本喝的奶水混在一起。她低聲唸著很有力量的祈禱文，保護小男嬰的安全。

「小不點，我會讓你永生不死，」狄蜜特心想：「爲了你那位好心腸的媽媽，這是我最起碼的回報。我會讓你非常強壯，沒有人能夠綁架你，讓你不會像我的可憐女兒一樣。」

等這孩子打起盹來，狄蜜特把他放進熾熱燃燒的火爐裡。

你可能會想：啊！她要把那個小傢伙烤熟嗎？

不會的，那很酷。小孩子沒事。

狄蜜特的魔法可以保護他，他只會覺得火焰既溫暖又舒服。趁著德摩風熟睡時，火焰開始把他的凡人本質燃燒掉，也啓動了轉變成天神的過程。

到了早上，墨塔涅拉王后不敢相信自己的小嬰兒竟然長大了，他一夜之間就多了好幾公斤重，雙眼變得更明亮，雙手的抓握也更強而有力。

「你餵他吃了什麼？」王后不可置信地問。

狄蜜特輕輕笑了。「噢，沒什麼特別的，不過我答應要好好照顧他。他長大之後會是很優秀的年輕人！」

吃早餐的時候，崔普托勒摩斯宣布他的騎士們已經出發了，預計明後兩天會傳回消息。狄蜜特心急如焚，幾乎想要自己繼續踏上旅程，不過她終於還是同意等待騎士們回來。

那天晚上，狄蜜特再次幫忙照顧小嬰兒德摩風。她餵小嬰兒吃了更多神食，而且又讓他睡在火焰裡。到了早晨，她開心極了，因爲德摩風變成不死之身的進展很不錯。

「再過一個晚上應該就完成了。」她判斷說。

吃早餐的時候，她把孩子交還給王后，墨塔涅拉沒有像昨天那麼興奮。她的小嬰兒突然間看起來像是四個月大，再也不是新生兒了。她不曉得狄蜜特究竟用了什麼樣的魔法，也不曉得那種魔法有沒有通過安全測試，是不是眞的可以用在小嬰兒身上。也許這位老太太在德摩風的奶水裡偷偷摻入了某種生長激素；過幾天後，說不定這孩子會長出六塊肌，連腋下都長出腋毛！

然而，王后實在太有禮貌，不好意思對她的客人大呼小叫，或者拋出沒有證據的指控，只把自己的懷疑放在心底。她暗自希望騎士們今天就回來，這樣老太太也會繼續上路。

可惜的是，騎士們沒有回來。

「我確定他們明天早上就會回來，」崔普托勒摩斯向大家保證，「然後我們應該會得到更多訊息。」

狄蜜特同意再多待一個晚上。這一次，晚餐結束後，她連問都沒問就從王后手中接過嬰兒，自以爲沒有關係。墨塔涅拉的心臟猛力敲打肋骨，眼睜睜看著狄蜜特把德摩風帶回她的客房；王后只能自我安慰一切都會沒事，老太太應該沒有惡意。才不過一個晚上，老太太總不會把她的新生兒變成類固醇施打太多而脾氣暴躁的怪物吧。

但是王后整夜都睡不著。

她很擔心自己會失去寶寶的整個童年時光；很擔心明天一覺醒來會看到一個大塊頭的三歲小孩，臉上布滿鬍渣跑向她，還用低沉的聲音吼著說：「嘿！媽咪！怎麼了？」

最後，墨塔涅拉再也受不了。她偷偷沿著走廊前進，前往狄蜜特的房間查看寶寶的狀況。臥室的房門只打開一條細縫，火焰的光線照亮門檻。墨塔涅拉聽見老太太在房裡唱著搖籃曲，但是沒有聽見嬰兒的半點動靜。希望這樣表示一切都很好，他睡得很平穩。但是萬一他身陷危險呢？

她沒有敲門就打開房門……然後她使盡全力尖叫。那位老太太坐在搖椅上，靜靜看著小嬰兒德摩風在火焰裡燃燒！

墨塔涅拉衝到爐火旁，從火焰裡一把抓出小嬰兒，顧不得火焰燒得她的雙手和手臂有多痛。小嬰兒開始哭叫，對於有人把他從溫暖香甜的睡夢中吵醒而不高興。

墨塔涅拉轉身瞪著狄蜜特，一副準備把她的臉咬爛的樣子，不過老太太搶先對她大吼。

「你到底在想什麼啊？」狄蜜特一邊大喊，一邊從椅子上站起來，雙手握緊拳頭，「你爲什麼要那樣做？你把整件事毀了！」

墨塔涅拉嚇得說不出話來。就在這時，崔普托勒摩斯王子和幾個衛兵跌跌撞撞地衝進房間，準備查看尖叫聲的來源。

「發生了什麼事？」崔普托勒摩斯問。

「逮捕這個女人！」墨塔涅拉尖叫著，同時用滿是燙傷水泡的手臂緊緊摟著她的寶寶。「她想要殺死德摩風！他剛才在火爐裡燃燒！」

衛兵們蜂湧向前，但是崔普托勒摩斯大喊：「等一下！」

衛兵們停下腳步。

崔普托勒摩斯對母親皺起眉頭，然後又看著那個老太太。他夠聰明，能夠看出現場有點不對勁。小嬰兒大哭大叫，但除此之外似乎完好如初，看起來並沒有燒傷，包住他的毯子甚至連燒焦的痕跡都沒有。至於老太太，她看起來還比較像怒氣沖沖，而不是內疚或害怕。

「這到底是什麼意思？」他問那位客人。

「意思就是，」狄蜜特咆哮著說：「你母親剛剛毀了那個寶寶的好事。」

老太太突然開始發光。她的偽裝外表燒個精光，如今站在眾人眼前的是一位金髮女神，一身長袍散發出綠色光芒，大鐮刀在她身旁閃閃發亮。

衛兵紛紛扔下手中的武器，向後撤退。也許他們都聽說過厄律的故事吧。

王后嚇得倒抽一口氣。身為一個虔敬神明的女人，她對自己所敬拜的這位天神再熟悉不過了。「狄蜜特！」

「沒錯，」女神說：「你這個蠢女人，我是想要給你一點恩惠啊。只要在火裡再多燒幾個小時，你的小男嬰就會擁有不死之身！他長大之後會成爲年輕的優秀天神，爲你帶來無窮無盡的榮耀。而現在，你已經把魔法給毀了，他只會是個人類……沒錯，他會是偉大的英雄，強壯且高大，但註定只有凡人的生命。他只會是德摩風，不然本來可以是萬能的風神！偉大的風神！」

墨塔涅拉簡直喘不過氣。她不曉得自己究竟該道歉，還是該感謝女神。其實只要發現寶寶被安全救回，沒有燒傷，也沒有長出腋毛，她就鬆了好大一口氣，根本不在乎寶寶是否變成不死之身。對她來說，小男孩會變成偉大的英雄，聽起來就很棒了。然而，她覺得好像不應該對女神說這種話。

「我……我應該要相信您才對，」墨塔涅拉喃喃說著：「求求您，偉大的狄蜜特，請爲了我缺乏信心而懲罰我，但是不要傷害我的家人。」

狄蜜特不理會她說的話。「別傻了，我不會懲罰你，我只是很生氣。你很盡力在幫我尋找女兒，而且……」

「啊！」崔普托勒摩斯突然舉起手，一副他有燒傷的問題似的。

「怎樣？」狄蜜特問道。

「這讓我突然想起來，」崔普托勒摩斯說：「我的一位騎士剛剛帶了消息回來。」

「是我女兒嗎？」狄蜜特忘記自己的怒氣，緊抓住王子的肩膀，「你找到她了？」

崔普托勒摩斯不太習慣被不死天神用力搖晃，不過他努力保持冷靜。「呃，女士，不能說是。不過呢，那位騎士說，他遇到的某個人曾經遇到某個人，那個人在東邊遙遠地方的小酒館遇到一個傢伙，那個傢伙說他是掌管太陽的泰坦巨神赫利歐斯。他顯然想講一些故事吸引女人的注意。」

狄蜜特瞇起眼睛。「在小酒館裡和隨便什麼女人調情？聽起來眞的很像是赫利歐斯。嗯，其實大多數的天神聽起來都像這樣。他說了什麼事？」

「他說的一則故事顯然和您的女兒泊瑟芬有關。他宣稱自己目擊一場綁架事件，而且知道是誰做的。但是，呃，他沒有說出嫌犯的名字。」

「那是當然的啦！」狄蜜特實在太興奮了，以至於讓崔普托勒摩斯的衣服開始有青草冒出來。「噢，抱歉……不過這個消息超棒的！我應該早點想到去找赫利歐斯才對，什麼事都逃不過他的眼睛啊！」

她親吻崔普托勒摩斯的臉頰。「我親愛的男孩，謝謝你！我絕對不會忘記你的協助。等我找回女兒，一定會好好獎賞你。」

崔普托勒摩斯努力想擠出笑容，但實在擠不出來。他好擔心狄蜜特也要讓他睡在熊熊燃燒的火爐裡。「不用客氣啦，我是說眞的。」

「不行，一定要。可是現在我得飛走了！」

狄蜜特變成一隻斑鳩，那是代表她的神聖鳥類之一。她飛出窗外，留下滿臉困惑的艾留西斯王室一家呆立在原地。

一見到狄蜜特衝進他的王座廳，赫利歐斯就知道自己的麻煩大了。每個夜晚的最後幾小時，太陽泰坦巨神總是喜歡輕鬆一下，因爲等一下又得駕著他的火熱馬兒上工去了。

他正靠著椅背，回想著前一天駕車期間見到的一幕幕瘋狂鳥事。他眞應該好好寫本書啊。突然間，他那間視聽室的青銅大門猛然飛開，狄蜜特駕著她的雙龍戰車往他的王座衝上來。兩隻巨龍咆哮大吼，露出尖牙，還在赫利歐斯的金色鞋子上流滿了口水。

「呃，嗨？」他緊張兮兮地說。

「我的女兒在哪裡？」狄蜜特的聲音很冷靜，但嚴肅得要命。

赫利歐斯整個人縮了一下。他才不想捲進這些天神之間的紛爭，那根本就不值得。然而他覺得此時此刻並非隱瞞資訊的好時機。

「黑帝斯把她抓走了。」他說，並把自己的所見所聞全盤托出。

狄蜜特忍住不叫出聲，她實在不想再造成另一波爆米花連鎖效應。是黑帝斯？所有可能帶走她寶貝女兒的那些噁心、討厭的男性天神中，黑帝斯絕對是最噁心、最討人厭的一個。

「那你為什麼不早點告訴我？」她的聲音就像她的鐮刀一樣銳利。

「這個嘛，唔……」

「算了！」她厲聲說著：「我晚一點再來跟你算帳。宙斯如果聽說黑帝斯這樣羞辱我們的女兒，一定會氣炸了！」

她駕車衝出這座太陽神殿，直奔奧林帕斯山。

各位一定猜得到，狄蜜特與宙斯的對話絕對與她想的完全不一樣。她大步走進王座廳，開口大喊：「宙斯！你不會相信出了什麼事。」

她把整件事的來龍去脈告訴宙斯，要求他採取行動。

奇怪的是，宙斯似乎沒有氣炸，也沒有直視狄蜜特的眼睛，只是不斷敲打他的閃電武器末端。汗水從他的臉頰滴下來。

狄蜜特突然湧起一股寒意，還有一股憤怒，比她以前感受過的任何憤怒還要深刻。

「宙斯，你在幹嘛？」

「這個嘛……」宙斯怯生生地聳聳肩，「黑帝斯好像有提過，他想要和泊瑟芬結婚。」

狄蜜特的指甲掐進自己的手掌心，直到兩隻手開始滴下金色的神血。「然後呢？」

「然後他們很配啊！黑帝斯力量很強大，長得很帥……或者，唔，呃，他力量很強啦。」

「我要我女兒回來，」狄蜜特說：「現在就要。」

宙斯在他的王座上扭來扭去。「聽我說，寶貝……」

「不要叫我寶貝。」

「我不能收回我的諾言啊，那件事已經講好了。她到下面的冥界去，他們已經結了婚。故事的結局就是這樣。」

「不，」狄蜜特說：「故事的結局不是這樣。除非我女兒回來，否則整個大地一點東西都長不出來。農作物會枯死，人們會陷入饑荒，世上的每一種生物都要分擔我的痛苦，直到你做出正確決定，把泊瑟芬帶回來為止！」

狄蜜特轟隆打雷地走出房間（轟隆打雷通常是宙斯的工作，不過她實在是氣瘋了）。她回到艾留西斯，就是人們對她伸出援手的那個王國。她允許那裡的農作物繼續生長，但是整個大地的其他地方，萬物全部枯萎、死去，她果然說到做到。

宙斯對自己說：「她只是撂狠話啦。只要給她幾天時間，她就會慢慢釋懷。」

幾個星期過去了。然後過了幾個月。數以千計的人們陷入饑荒，而一旦人們餓肚子，他們就不會焚燒祭品獻給天神，也無法建造新的神廟，所有的人只能痛苦哭喊，一天二十四小時、一週七天、無時無刻地向天神祈求著：「救救我們啊！我們好餓啊！」這都讓宙斯頭痛得不得了。

同時，天神們也只能吃神食和神飲，這樣會老得很快。由於沒有穀類收成，他們沒有麵包可吃，也沒有希拉有時會做給大家吃的現烤美味布朗尼蛋糕了。

到最後，宙斯不得不屈服。他召來他的首席傳訊者，是個名叫荷米斯（Hermes）的天神。他說：「嗨，荷米斯，你去下面冥界對黑帝斯說，他必須立刻把泊瑟芬送回來，否則我們永無寧日……也沒有布朗尼蛋糕可以吃了。」

「收到，老闆。」荷米斯一溜煙衝到冥界去。

在此同時，泊瑟芬這段時間以來一直待在黑帝斯的宮殿裡。她適應得很辛苦，因爲整個世界再也不是繞著她旋轉。

無論她跺腳多少次、屏息以待多少次，或者尖聲叫她媽媽多少次，都不能再隨心所欲、要什麼有什麼。

她大發脾氣、搗爛床鋪（這樣又更難睡了）、亂踢牆壁（結果腳受傷），而每次黑帝斯的鬼僕人送來餐點，她都把盤子砸爛，拒絕吃任何東西，雖然她實在很餓。

「不吃東西」這一點還滿重要的。各位可知道，遠在古希臘時代，在別人的家裡吃東西，意思等同於簽署一份合約，代表你接受成爲「他們的客人」這樣的身分。他們必須好好款待你，不過你也必須舉止合宜。基本上，這代表你和請客的主人是基於友誼而來往。

泊瑟芬可不想簽署這樣的合約。門兒都沒有。

剛開始的幾天，她拒絕離開自己的房間。黑帝斯也沒有強迫她出來，不過試了幾次想要和她說話。

「你知道嗎？」他說：「你爸爸同意我們結婚喔。對於整個綁架事件，我真的很抱歉，不過說起來，那全都是你爸爸的主意；但是坦白說，我愛你。你眞是讓人感到不可思議，又漂亮，我保證……」

「滾出去！」她隨便抓個東西丟過去，剛好是一個枕頭，而且彈撞到黑帝斯的胸口。

黑帝斯看來一臉傷心，只好先離開。

到了第四天左右，泊瑟芬覺得很無聊，於是離開房間。沒有人攔阻她。她很快就知道原因了。冥王的宮殿外面根本沒有地方可以去。她被困在冥界，四面八方一片荒涼，只有灰撲撲的陰暗平原，到處都是死人，也沒有所謂的天空，放眼望去只有黑漆漆的濃霧。就算眞的逃離宮殿，她也不想步行穿越那些滿是死亡幽靈的原野，況且她也不知道該怎麼回到上面的世界。

而最令人火大的事情是什麼呢？黑帝斯一點都不生她的氣，無論她摔碎多少盤子、撕爛多少床單，或者用多少惡毒的名字咒罵他都一樣；不過她知道的罵人用詞其實沒幾個，因爲她成長在備受保護的快樂環境，連罵黑帝斯「豬頭」聽起來都不太有力。

黑帝斯默默接受她的羞辱，然後對她說，很抱歉讓她這麼生氣。

「我眞的好愛你，」他保證，「整個冥界沒有任何事物比你更閃亮。有你在這裡，我就再也不想念陽光了，你比太陽溫暖一百倍。」

「你是豬頭啦！」她尖叫著。

黑帝斯離開後，泊瑟芬才意識到他剛剛說的話其實很甜蜜……不過當然啦，他講話的方式讓人發毛，而且很可悲。

日子一天天過去了。泊瑟芬愈常在宮殿裡晃盪，就愈覺得讚歎。這棟宅邸極爲巨大，黑帝斯用黃金和白銀打造所有的房間。每一天，他的僕人會插好一束束嶄新的花束，那些花束全是用珍貴寶石做成，像是從鑽石花莖抽出十二朵紅寶石玫瑰、白金和黃金打造的向日葵花朵搭配鑲有綠寶石的葉子等等。就算是在奧林帕斯山，泊瑟芬也從未見過這麼炫目的財富。

她開始意識到，即使黑帝斯那麼令人發毛又恐怖，他還是擁有極爲巨大的力量。他控制數以千計的鬼魂，他能號令許多可怕的怪物和黑暗的生物，可以取得地底下所有財富成爲全世界最富有的天神。無論泊瑟芬摧毀多少東西，他都能立刻用更好的東西取而代之。

然而，她依舊痛恨這個地方。她當然痛恨啦！她想念陽光、草原和新鮮花朵。冥界是如此溼冷，她覺得永遠都無法感受到溫暖，而且持續的陰鬱氣氛，讓她都快得了嚴重的季節性抑鬱症。

之後有一天，她拖著蹣跚的步伐穿過黑帝斯的王座廳。黑帝斯坐在遠端，他的王座是用數千根骨頭雕刻而成，這時他正在與一個微微發亮的鬼魂說話。泊瑟芬猜想那是剛剛從凡人世界抵達此地的魂魄，似乎正在對黑帝斯說一些最新消息。

「謝謝你，」黑帝斯對那個靈魂說：「但是，我絕對不會讓步！我才不管有多少的凡人會死掉！」

泊瑟芬走到台座前。「你太可怕了，你到底在說什麼啊？現在你又殺了什麼人？」

黑帝斯大吃一驚。他對那個鬼魂揮揮手，於是他消失了。

「我……我不想告訴你，」黑帝斯說：「那會爲你帶來痛苦。這樣說只會讓她更想知道。「到底發生什麼事？」

黑帝斯深呼吸一口氣。「你媽媽生氣了。現在她知道了我要娶你爲妻的事。」

「哈！」泊瑟芬高興得心臟都快跳出來了。「噢，你惹上大麻煩了。她一定會立刻衝下來這裡，帶著一大群氣憤的自然精靈和穀類精靈，對吧？」

「沒有。」黑帝斯說。

泊瑟芬不可置信地瞇起眼睛。「沒有？」

「她不會跨進冥界，」黑帝斯說：「她非常討厭這裡。她非常討厭我。」

「她當然討厭啦！」泊瑟芬嘴裡這樣說，但其實有點失望。她一直指望媽媽來救她。狄蜜特當然會親自來救她，無論討厭不討厭冥界都一樣。「但是……我有點聽不懂，你們剛才說凡人死掉是怎麼回事？」

黑帝斯臉孔扭曲。「你媽媽想要逼迫宙斯帶你回去。狄蜜特讓整個世界陷入饑荒，讓成千上萬人餓死，直到你回到她身邊爲止。」

泊瑟芬差點跌坐在地。她媽媽到底做了什麼好事？

狄蜜特向來那麼溫和體貼啊。泊瑟芬難以想像她媽媽會讓一株玉米枯死，更別說成千上萬的人了。但是她有預感黑帝斯沒有騙她。

泊瑟芬的眼睛有點刺痛。她不確定自己究竟是悲傷、生氣，或者只是反胃。成千上萬的凡人死掉，都是因爲她？

「你必須讓我回去，」泊瑟芬說：「立刻回去。」

黑帝斯咬緊牙關。這是頭一次，他看起來既不會悶悶不樂，也不軟弱。他迎上泊瑟芬的目光，一雙黑眼珠閃耀著紫色火焰。

「你現在是我存在的最大意義，」黑帝斯說：「對我來說，你比地底下所有的珠寶還要珍貴。很遺憾你不愛我，但是我會當你的好丈夫。我願意盡一切的努力讓你開心。我不會讓你回去。必要的話，我會向狄蜜特奮力回擊。我寧可把冥界的大門打開、讓死人湧回世界上，也不要放你回去！」

得知這樣的訊息，泊瑟芬不知所措。她覺得自己的一顆心好像壓縮成小小的寶石，像鑽石一樣明亮，也一樣堅硬。

泊瑟芬轉身跑出去。她沿著一條以前沒有來過的走廊往前跑，打開一道門，踏出去，結果進入一座……花園。

她屏住了呼吸。她這輩子從來沒有見過這麼美妙的地方。頭頂上飄浮著鬼魅般的溫暖光線，也許那些是個性特別陽光的死人魂魄吧？她不知道，但是花園確實比冥界其他地方更溫暖也更明亮。美麗的地下花朵在黑暗中鮮豔奪目，仔細修剪的果樹蔚然成林，不但開出香氣甜美的花朵，也結著霓虹般閃亮的果實。

小徑是用紅寶石和剛玉排列而成。白樺樹高聳入天，彷彿冰凍的鬼魂。有條小溪蜿蜒穿過花園中央。附近一張桌子上擺了銀色的托盤，放著一瓶冰涼的神飲，同時附上泊瑟芬最愛的餅乾和新鮮水果。

她無法理解眼前看到的這幅景象。她在上面世界最愛的花朵和樹木全都出現在這個花園裡，不知爲何竟然在黑暗中生長綻放。

「這是什麼……？」她連完整的句子都說不出來，「怎麼會……？」

「你喜歡嗎？」黑帝斯站在她正後方說。他跟著泊瑟芬走到外面來，而他的聲音頭一次沒有讓泊瑟芬畏縮害怕。

她轉過身，看著黑帝斯臉上一抹淡淡的微笑。他微笑的時候，看起來似乎沒有那麼可怕。

「你……你爲我做了這些？」

他聳聳肩。「抱歉沒能更早做好。我請來冥界最好的園丁。阿斯卡拉弗斯（Askalaphos）！你在哪裡？」

一位瘦削的年輕人從樹叢裡冒出來，手上拿著修枝剪。他顯然也是死人，從他那薄紙般的皮膚和眼珠的蠟黃色調就看得出來，不過他努力擠出微笑。他看起來比泊瑟芬遇過的其他殭屍要機靈許多。

「只是在修剪玫瑰，陛下。」阿斯卡拉弗斯說：「尊貴的女士，很高興見到您。」

泊瑟芬知道自己應該要回應一下，像是說聲「哈囉」之類的話，但是她驚訝到說不出來。

就在這時，一個拍著翅膀的石像鬼飛進花園，附在黑帝斯耳邊說了些悄悄話，讓天神瞬間變臉。「有個訪客，」他說：「抱歉，親愛的。」

他離開後，阿斯卡拉弗斯作勢指指那張桌子。「尊貴的女士，您要不要吃點東西？」

「不要。」泊瑟芬下意識地說。面對綁架她的天神，儘管有這一切，她也知道自己不該接受這天神的好意和殷勤。

「請自便，」園丁說：「不過我剛剛摘了這些石榴，熟得恰到好處，眞的很好吃喔。」

他從工作服的口袋裡拿出一顆石榴放在桌上，然後用他的刀子把水果切成三等分。裡面有數百顆多汁的紫紅色種子閃閃發亮。

就我個人來說，我並不是很喜歡吃石榴，不過泊瑟芬很愛吃。這讓她回想起地面上最愉快的一些時光，那些與她的精靈朋友們一同在草原上開心嬉戲的日子。

她看著那顆美味多汁的水果，肚子開始低聲抗議。她已經有好多天沒有吃任何東西了。她擁有不死之身，所以不會死，但是感到非常飢餓。

「只是吃一小口，應該不會怎樣吧。」她對自己說。

她坐下來，拿起一小顆種子放進嘴裡，不敢相信竟然這麼好吃。她還沒意識到，就已經吃了三分之一顆石榴，要不是黑帝斯與他的訪客一起回來，她可能還會吃更多。黑帝斯的訪客是天神荷米斯。

「我的愛！」黑帝斯大叫，他的聲音聽起來好像剛剛哭過。

泊瑟芬嚇得跳起來，連忙把黏呼呼的紫色手指藏到背後，只希望臉頰上沒有沾到汁液。

「嗯哼？」她含糊說著，同時把還沒咬完的幾顆種子含在嘴裡。

「這位是荷米斯。」黑帝斯的表情看起來既絕望又沮喪。「他……他是來帶你回去的。」

泊瑟芬一口把種子呑下。「可是……你說……」

「這是宙斯的命令。」黑帝斯的聲音聽起來好悲傷，泊瑟芬差點忘了這是好消息。「爲了你，我願意與任何一位天神爲敵，即使如此，我還是不能與整個奧林帕斯議會爲敵。我……我是被迫放棄你的。」

泊瑟芬應該要開心得叫出來才對，這正是她想要的結果啊！但是，她爲什麼覺得很悲傷？她無法忍受黑帝斯臉上那種心力交瘁的表情。他完全是爲了她而建造這座花園，也對她非常好……至少經過一開始的綁架之後就對她很好，而那個手段畢竟是宙斯的主意。更何況爲了她，黑帝斯都已經準備打開死人的大門了。

荷米斯似乎沒有受到這一切的影響。「哎呀，那太好了！」他對泊瑟芬笑著說：「準備要走了嗎？我只有一些例行的問題必須先問一下。你也知道，就是關於跨越邊境的海關申報之類的事。你有沒有接觸過任何活體動物？」

泊瑟芬皺起眉頭。「沒有。」

「有參觀任何過農場嗎？」荷米斯詢問著：「你攜帶的外幣有沒有超過一萬德拉克馬金幣的價值？」

「呃，沒有。」

「最後一個問題，」荷米斯說：「你有沒有在冥界吃過任何食物？」他舉起雙手作勢道歉。「我知道這是個蠢問題。我的意思是，顯然你是很聰明的人，一定知道如果在冥界吃過任何食物，就必須永遠待在這裡了！」

泊瑟芬清清喉嚨。「呃……」

我不知道她有沒有打算說謊或怎麼樣，但她還來不及回答，園丁阿斯卡拉弗斯就說：「尊貴的女士，請讓他們看看您的雙手。」

泊瑟芬滿臉通紅。她伸出雙手，明顯染成了紫色。「吃了三分之一顆石榴，」她說：「只有這樣而已。」

「噢，」荷米斯說：「哎喲。」

「她可以留下來了！」黑帝斯手舞足蹈轉圈圈，笑得合不攏嘴，然後才意識到這樣顯得很不莊重。「呃，我是說，她必須留下來。我很……我很遺憾，親愛的，如果這樣讓你感到難過的話。但是，我不能假裝自己不高興，這消息棒透了。」

泊瑟芬的情緒實在太混亂，她不太確定自己究竟有什麼樣的感受。

荷米斯抓抓頭。「這樣情況變得很複雜耶。我得回去稟報一下，看看新的命令怎麼說。快去快回。」

他飛也似地回到奧林帕斯山，把他得到的消息告訴眾神。

狄蜜特一聽說這個問題，立刻暴跳如雷。她不知道用了什麼方法送出一個強大的咒語，直直穿過地面，深入黑帝斯宅邸裡的花園。她把園丁阿斯卡拉弗斯「咻」的一聲變成一隻壁虎，只因爲他告發了泊瑟芬。

爲什麼是壁虎呢？我也不曉得。我猜是因爲狄蜜特處於無法理性思考的盛怒狀態，她能想到的最可怕詛咒，就是一隻殭屍壁虎吧。

狄蜜特放話要讓整個世界繼續鬧饑荒，除非她女兒能回來。黑帝斯透過荷米斯送來一則新訊息，警告說死人會到世界上引發殭屍大災難，除非泊瑟芬能留在他身邊。宙斯光是想到自己的美麗世界即將四分五裂就頭痛欲裂，直到荷絲提雅想到一個解決方案。

「讓泊瑟芬把她的時間分配一下，」火爐女神提出建議：「她吃了三分之一顆石榴，那麼讓她每年花三分之一的時間待在黑帝斯身邊，另外三分之二則陪伴狄蜜特。」

所有的天神出乎意料地全都同意這個方案。黑帝斯很高興能得到他的妻子，即使一年只有三分之一的時間也好；狄蜜特更是喜出望外，雖然她從未眞正原諒黑帝斯，依舊在生他的氣。只要泊瑟芬待在冥界的時候，狄蜜特就會變得很冷酷、狂暴，而且不讓植物生長。

根據古老的傳說故事，這就是希臘區分成三個明顯季節的原因，而在秋冬比較寒冷的那幾個月，農作物都不能生長。

對泊瑟芬來說，這整段人生經驗迫使她有所成長。她與黑帝斯墜入愛河，也為自己在冥界找到位置安頓下來，不過她還是很享受在凡人世界與媽媽和老朋友們共度的時光。至於那位幫助狄蜜特尋找女兒的魔法泰坦巨神黑卡蒂，後來前往冥界成為泊瑟芬的隨從之一。黑卡蒂覺得這樣很酷，因為冥界更加黑暗，而且與通風良好的洞穴比起來，魔法在冥界也運作得比較好。

狄蜜特還記得自己對艾留西斯王子崔普托勒摩斯的承諾，她為王子打造了一輛戰車，以巨蛇驅動輪子，並且任命他為農業之神。狄蜜特叫他去環遊世界，將農業方面的知識傳授給人們。聽起來不像是非常炫的工作，不過我猜想，比起被丟進火堆裡燃燒，崔普托勒摩斯還比較喜歡這樣吧。

經過這個事件之後，狄蜜特終於真正平靜下來。她再也不會隨意發怒，這樣真的很好，因為等到她妹妹希拉的脾氣開始爆發，相形之下，狄蜜特的怒氣就顯得太溫馴了一點。

7 希拉撿到布穀鳥

先從好消息開始說起吧。希拉很辣。我的意思是她完全是個讓人留下深刻印象的大美女。她留著一頭甘草色的烏黑長髮，臉孔呈現出莊嚴、孤傲且難以親近的美，很像時尚伸展台上那些超級模特兒的臉孔。希臘人用「牛眼」形容她的眼睛，無論你相不相信，那眞的是讚美的話，意思是她有一雙溫柔的棕色大眼，有可能把你迷得神魂顚倒。我猜想，希臘人可能花很多時間盯著牛的眼睛看吧。

不管怎麼樣，在早期的奧林帕斯山，所有男性天神和泰坦巨神都覺得自己愛上了希拉，而這就要把我們帶向壞消息了。希拉的個性非常急躁，而且態度高傲。只要有哪個傢伙靠近她，她會很快把那傢伙糗一頓，像專家一樣指出他犯的錯誤，或對他說些垃圾話等等，最後讓那傢伙哭哭啼啼離開，再也不敢試著挑逗她。

她媽媽瑞雅認爲希拉去念女子寄宿學校比較好，她在那裡可以變得成熟一點，而且能學習不要太去傷害別人的感情。只可惜那時候女子寄宿學校還沒有發明出來。

於是瑞雅做了第二好的決定，把希拉送去最遙遠的海底，與她的歐開諾斯舅舅和蒂賽絲阿姨一起住。

於是有好一段時間，希拉遠離了雷達偵測螢幕。她與歐開諾斯和蒂賽絲一起度過幾年的愉快時光，和其他不死之神比起來，歐開諾斯和蒂賽絲的婚姻相當穩固。希拉很希望自己也能擁有這樣的婚姻，因此她會好好等待適合的傢伙出現。她不會因爲剛好有哪個天神出現就嫁給誰，除非他能證明自己會成爲忠實的好丈夫。

她曾聽說姊姊狄蜜特遇上的那些麻煩事。波塞頓、宙斯、黑帝斯全都是徹徹底底的大混蛋。荷絲提雅決定保持單身眞是太聰明了。

其實希拉並不想永遠當個未婚女子，她也希望有丈夫、有小孩，在郊區有棟房子……就是一整套的甜蜜家庭。她只是需要小心挑選丈夫而已。

過幾年後，她搬回奧林帕斯山，在宮殿裡有了一間自己的公寓。她比較能控制自己的壞脾氣了，不過男孩天神們還是覺得很難和她打情罵俏。如果他們太過魯莽，希拉很快就會叫他們閉嘴。

想要親吻希拉？各位呆瓜，門兒都沒有。除非你拿出結婚戒指和財力證明，表示你有能力養家，否則想都別想。

到最後，大多數天神和泰坦巨神都認爲希拉實在太難搞了，雖然她絕對是有史以來最美麗的女神（呃，到當時爲止是這樣沒錯）。

不過呢，有一位天神認爲征服她是一項挑戰。

宙斯不喜歡接受「否定」的答案，你可能也注意到這一點了。

吃晚餐時，他會溜到希拉旁邊的座位，講些他覺得最好笑的笑話。他會在火爐邊唱歌給她聽。看到她出現在走廊上，宙斯會突然冒出來，跳起庫瑞忒斯的舞步，只爲博君一笑。

暗地裡，希拉還滿享受這樣的殷勤。宙斯力圖表現的時候確實相當風趣。他的黑髮和藍眼珠眞的十分帥氣，而且他喜歡打赤膊走來走去，還會不時收縮肌肉，炫耀他的結實腹肌。

毫無疑問，他的身材非常好，而且，沒錯，他是宇宙之王，因此大多數女性會認爲他是個很好的對象。

但是希拉不這麼想。她完全知道宙斯老是耽溺於女色，而且至少結過兩次婚。他與狄蜜特生了一個小孩，還有傳言指出，他與無數的女神、泰坦巨神，甚至凡人鬧出很多緋聞。

希拉一點都不想成爲他的另一個愛情俘虜。她又不是什麼戰利品。她很清楚，如果眞的對宙斯讓步，宙斯沒過多久就會對她失去興趣，不再表現得那麼迷人，而且會去對其他女人甜言蜜語。希拉一想到這點就無法忍受。

一天晚上吃晚餐時，他又說了一個特別好笑的笑話，總之是關於驢子、天神和獨眼巨人走進一座神廟之類的，希拉聽了忍不住大笑。她笑得眼淚都流出來了，而且喘不過氣。

她望著對桌，迎上宙斯的視線，不小心凝視了太久。她清清喉嚨，把視線轉開，但宙斯已經瞥見她內心的情感。

「你喜歡我，」他說：「你知道你喜歡我。」

「我當然不喜歡你，」她說：「你是個笨蛋，老是玩弄女性，也是壞蛋、騙子！」

「完全正確！」宙斯說：「那些都是我最棒的特點！」

她努力忍住不笑出來。她從沒遇過哪個傢伙能夠對她的羞辱不爲所動，宙斯幾乎就像她自己一樣倔強。

「你什麼時候才要放棄？」她質問。「我一點興趣也沒有。」

「我永遠都不會放棄，」他說：「而且，你其實很感興趣。你和我……宇宙之王和宇宙之后，想像看看，我們會成爲所向無敵的一對！你顯然是全世界最美麗的女神，而我呢，當然是帥到無可匹敵！」

他又抖動自己的肌肉。眞是愛現到無可救藥的地步，不過希拉必須承認他非常健美。

她搖搖頭。「我該怎麼說服你，讓你知道這樣根本是浪費時間？」

「你無法說服我。我愛你。」

她嗤之以鼻。「只要是有穿衣服的你都愛吧。」

「那不一樣。你是我的眞命女神，我就是知道。其實你也知道。只要說出『我愛你』就好，你辦得到的。對自己誠實一點，感覺會比較舒坦。」

「想都別想，」她說：「我絕對不會對你說那種話。永遠不會。」

「噢，聽起來像是一項大挑戰！」宙斯笑開懷，「如果我能讓你承認你愛我的話，你會嫁給我嗎？」

希拉翻了個白眼。「那當然，宙斯。既然那根本不可能發生，我可以放心地說，假如我眞的承認了……呃，你也知道，就是你剛才說的那件事……那麼當然好，我就嫁給你。我之所以願意保證，就是因爲『根本不可能有那種事』！」

宙斯眨眨眼。「我接受挑戰！」

他離開餐桌，而希拉開始懷疑自己是不是犯了大錯。

過了幾個晚上，希拉幾乎已經忘了那次的對話；奇怪的是，宙斯也沒再提起。事實上，自從那天晚上之後，他已經完全不再注意希拉了；她理應大大鬆口氣，但不知爲何，她卻覺得很難受。

「忘了他吧，」希拉對自己說：「他終於得到教訓了，現在可能又跑去勾引其他可憐的女神了。」

她努力說服自己這是個好消息。她一點都不嫉妒，會嫉妒就太可笑了。

到了晚上，一場聲勢浩大的暴風雨席捲奧林帕斯山；希拉應該要起疑心才對，畢竟宙斯是天空之神。不過她只忙著關窗，免得雨水打進來。

她跑進臥房，正要關上最後一扇窗時，剛好有一隻小鳥撲打翅膀飛進來，筋疲力竭倒在地板上。

「唉呀！」希拉嚇得向後退，「你是怎麼飛來這裡的啊？」

小鳥躺在大理石地板上，無助地拍打翅膀。牠的胸膛不斷喘息，全身因爲寒冷而顫抖。希拉跪下來仔細查看，原來是一隻布穀鳥。

你有沒有看過眞正的布穀鳥？（不是從老爺咕咕鐘裡跳出來那種喔。）我沒看過，所以還得查查看。那是一種看起來怪怪的小傢伙，頭上的羽毛有點像摩霍克族的印第安人，而且和牠身上光滑的淺褐色翅膀或者長長的尾羽都不太搭。基本上，牠頭上的羽毛翹起來，很像遭到瘋狂科學家的裝置電擊過，也難怪布穀鳥（cuckoo）這個字有另外一個意思是「瘋子」。

總之，希拉跪下來，用雙手捧起那隻鳥。她的手掌可以感覺到小鳥的心臟怦怦跳。小鳥的其中一邊翅膀折成怪異的角度。希拉無法理解，這樣的一隻小鳥怎麼可能一路飛上奧林帕斯山呢？通常只有老鷹才會飛這麼高，因爲奧林帕斯山周圍的領空設有飛航限制。

但另一方面，希拉也知道暴風雨的風勢非常強勁，所以這隻可憐的小鳥可能只是被強大的風勢掃到這裡來。

「你還活著真是奇蹟啊，」希拉對鳥兒說：「別擔心，小不點，我會好好照顧你。」

她在床腳用毯子堆了一個窩，把鳥兒輕輕放進去。她把鳥兒的翅膀擦乾，餵牠喝了幾滴神飲，看起來似乎有用。布穀鳥的羽毛變得蓬鬆，牠閉上眼睛，開始發出呼呼般的打鼾聲，很像笛子吹奏的輕柔音符。希拉聽到那聲音覺得好開心。

「我只要照顧他過夜就好。」她對自己說（她判斷這隻鳥是男生）。「到了早上，如果他的狀況好一點，我就送他繼續上路。」

到了早上，布穀鳥似乎沒有想要飛走的樣子，他心滿意足地坐在希拉的手指上，吃著她手裡的種子和核果。希拉以前從來沒有養過寵物，忍不住微笑起來。

「你是個好朋友，對吧？」她對鳥兒喃喃說著。

「咕。」布穀鳥說。

希拉看著他那雙充滿信任的橘色眼睛，一顆心暖洋洋的。「我應該把你留下來嗎？」

「咕。」布穀鳥用嘴喙在她的手指上摩擦，顯然充滿感情。

希拉開心笑了。「那好吧。好啦，我也愛你。」

就在這一瞬間，布穀鳥飛跳到地板上。牠開始長大。希拉起先是擔心她餵小鳥喝了太多神飲，害牠要爆炸了，那不但令人傷心，也會搞得一團亂。沒想到，那隻鳥竟然變成天神的形狀；突然間，宙斯站在她面前，身穿雪白發亮的長袍，頭上戴著金光閃閃的王冠，一頭黑髮依舊是布穀鳥的亂糟糟髮型。

「好甜蜜的話啊，親愛的女士，」宙斯說：「『我也愛你。』很好，我相信你我之間曾經做了約定。」

希拉目瞪口呆，完全無法回應。憤怒淹沒了她。但是看到宙斯這種令人難以置信、毫不可取的壞蛋行徑，她卻感到一種微微的讚歎心情。她不曉得這時候究竟是該揍他、嘲笑他，還是應該吻他。他實在太可愛了。

「有一個條件。」她神情緊繃地說。

「提出來吧。」

「如果我嫁給你，」她說：「你會當個忠實的好丈夫。不再到處去玩，不再有緋聞，也不再追求漂亮的凡人。我不要當眾人的笑柄。」

宙斯扳動手指數一數。「那似乎超過一個條件了。不過管他的！我接受！」

希拉實在應該要求他對著冥河發誓，大多數天神如果很認眞看待自己的承諾，都會對冥河發誓。但是她沒有這樣要求。她答應嫁給宙斯。

那個事件之後，布穀鳥成爲希拉的神聖動物之一。你常常會在圖片中看到希拉握著一根權杖，頂端的如果不是一隻布穀鳥，就是一朵蓮花，蓮花則是她的神聖植物。如果你好奇的話，她的另一種神聖動物是母牛，因爲那是一種充滿母性的動物。就我個人來說，假如有人對我說：「哇，寶貝，你會讓我想到小母牛。」我恐怕不會當作那是讚美的話，但是希拉似乎不以爲意。無論什麼東西敲到你的牛鈴都沒關係吧，我猜。

宙斯和希拉開開心心宣布這項消息，於是眾神開始籌備史上最盛大的一場婚禮。

你必須可憐一下荷米斯這位傳訊之神，因爲他得負責遞送喜帖。全世界的每一位天神、泰坦巨神、凡人、精靈、羊男和動物全都受邀參加喜宴。我希望蝸牛能早一點收到喜帖，因為牠們得花一輩子才到得了現場吧。

關於那場婚禮在哪裡舉行，不同的人會告訴你不同的版本。我們這本書會說是在克里特島，在那裡舉行婚禮還滿合理的，因為宙斯還是小嬰兒時，就是躲在克里特島的艾達山，所以那個地方有很好的因果回報。

不過我還在努力弄懂婚禮背後的交通運輸方式……好啦，你邀請一隻住在義大利的野兔去克里特島參加婚宴，牠該怎麼辦呢？游泳過去嗎？牠的小小晚禮服可能會弄溼吧。

無論如何，接獲邀請的每一個人都出席了，唯一的例外是個非常蠢的精靈，名叫克蘿涅（Chelone），她住在希臘本土的阿卡狄亞，在河邊的一棟小屋裡，而她竟然把喜帖丟掉了。

「哼，」她說：「蠢婚禮，我還寧可待在家裡。」

荷米斯發現她沒有出席，簡直氣瘋了。（我猜啊，確定賓客名單也是他的工作。）他飛回克蘿涅住的地方，發現她在河裡洗澡。

「怎麼搞的？」他質問著。「你連衣服都沒穿，婚禮已經開始了！」

「呃……」克蘿涅說：「我，唔……我動作有點慢。我會到啦！」

「真的嗎？你要出現在故事裡嗎？」

「好吧，不要，」她坦白說：「我只想待在家裡。」

荷米斯的眼神變得很陰沉。「很好。」

他大步走向克蘿涅的小屋，把整棟屋子抬起來，就像超人那樣。「你想要待在家裡？那就『永遠』待在家裡吧。」

他把整棟屋子扔到克蘿涅的頭頂上，但是克蘿涅沒死，而是改變了形狀。那棟屋子在她的背上縮小，與她的背融合在一起變成外殼，於是克蘿涅變成這個世界上的第一隻烏龜，這種動物的動作永遠都很慢，而且背著自己的房子到處跑。也因此，「克蘿涅」這個名字的希臘文意思就是「烏龜」。嘿，未來會怎麼樣不知道喔，說不定你哪天去參加「危險邊緣」益智比賽就需要用到這個單字。

全世界的其他人都很聰明，大家全數出席。新娘和新郎搭乘一輛金色戰車進入神聖樹林裡，戰車是由伊爾絲（Eos）負責駕駛，她是掌管黎明的泰坦巨神，因此宙斯和希拉到達時，所有人都沐浴在玫瑰色的紅色晨光下，就像新的一天開始時的黎明色彩。命運三女神負責主持典禮，那會讓我有點緊張。那三位令人毛骨悚然的老太太不但能掌控未來，還可以喀嚓一聲剪斷你的生命線，所以如果你發了誓，一定要很認眞看待才行。

希拉和宙斯成爲彼此的妻子和丈夫，宇宙的王后和國王。

每個人都帶來令人驚奇的禮物，不過希拉最喜歡的禮物是最後一個。大地隆隆作響，突然間有一棵樹苗從地面冒出來，那是一株小蘋果樹，樹上長出結實的金色蘋果。樹上沒有附卡片，不過希拉知道這是她祖母蓋婭送來的禮物，蓋婭還在沉睡，但是她一定能感受到婚禮開始舉行了。

希拉命人把蘋果樹移到大地最遙遠的西方角落，把它重新種在泰坦巨神阿特拉斯腳下的一座美麗花園裡，阿特拉斯至今依舊獨力扛著天空。希拉也派出一隻永生不死的巨龍拉頓（Ladon）看守這棵蘋果樹，同時派去一群阿特拉斯的女兒們駐守當地，她們叫作赫斯珀里德斯姊妹（Hesperides），是守護傍晚天空的精靈。

我不知道希拉爲什麼把蘋果樹種到那麼遠的地方，而不是留在奧林帕斯山。也許只是想讓以後的混血英雄比較不容易偷到她的蘋果吧。如果真是這樣，那麼她的計畫……大致上算是成功。

宙斯和希拉的幸福婚姻維持了三百年，這對天神來說不是很長的時間，不過已經比一般的好萊塢明星婚姻久多了。他們育有三個孩子：一個是男孩阿瑞斯（Ares），這傢伙你會說他是個「問題兒童」；一個是女孩希碧（Hebe），她成爲掌管永恆青春的女神；還有另一個女孩叫艾莉西雅（Eileithyia），她則成爲掌管分娩的女神。這有點像是計畫不周的結果，怎麼會到最後才生出掌管分娩的女神？你都已經生到第三個小孩了。這幾乎像是希拉突然想到：「哇，關於分娩的事？很痛耶！我們應該有位女神來管這個。」

他們的第三個小孩出生之後，宙斯開始出現「四百年之癢」。他回想起以前還是單身小伙子的好時光，像是埋伏在蛇洞裡追逐女神之類的有趣經驗。於是，他開始留意其他女性，到處調情、劈腿。

他曾經承諾要當個好丈夫，而他也眞的當過好丈夫……一陣子。不過如果你擁有不死之身，那些所謂「至死不渝」的誓言就有了全新的意義。

他劈腿愈多人，希拉就愈心煩、愈多疑。

她最痛恨宙斯與其他女性生下的所有小孩，他們簡直像雜草一樣不斷冒出來。宙斯宣稱他們全是以前交的女朋友所生，不過這種藉口無法解釋所有的小孩。其中有些小孩是凡人，而他們看起來絕對沒有超過三百歲。每一次又有這種小孩冒出來，希拉就會想像其他天神都在她背後偷笑，竊竊私語說著她會相信宙斯的話簡直是白痴。

最後，她終於打翻醋罈子，勃然大怒。

她對宙斯大吼大叫：「你一直冒出小孩，卻不是我生的！你以為那樣很好玩嗎？你以為我會很欣賞你不遵守諾言嗎？」

宙斯沉下臉來。「這是腦筋急轉彎嗎？」

「那看看你喜不喜歡這樣啊！」希拉哭喊著：「我也要來生個小孩，不是和你生的，也不是和其他男人生的！我會完全靠自己生出一個嬰兒！」

宙斯疑惑地抓抓頭。「哦，蜜糖，我覺得應該沒有那種事吧。」

「呸！」希拉氣呼呼地大步走出王座廳。

我是不知道她要怎麼辦到。既然與宙斯結了婚，希拉就成為掌管婚姻和母性的女神，所以我猜想她擁有某種力量。無論如何，她藉由全然的意志力、一些非常有效的呼吸運動，可能還加上某些東方的冥想打坐以及適當的飲食之類的，她真的奇蹟似地懷孕了，完全沒有借助任何人的協助。

那算是好消息吧。

壞消息呢？等到小嬰兒出生時，他看起來似乎很需要一些協助。他的頭長得奇形怪狀，整個身體布滿了捲捲的黑毛，胸膛碩大，手臂也超強壯，不過雙腿萎縮而彎曲，其中一條腿比另一條腿稍長一些。而且他出生時沒有哭，反倒是發出呼嚕呼嚕的聲音，像是真的很需要去廁所一趟。

希拉從來沒有見過這麼醜陋的孩子。就算是自己的孩子，她也對這孩子完全無法產生母性；沒有母愛，只有無盡的難堪與困窘。

就我個人來說，事情的結局變得這麼糟糕，我其實一點也不意外。我的意思是說，你想生個孩子來復仇？那實在是相當糟糕的理由啊，況且又不是孩子的錯。

希拉對自己說：「我不能讓其他天神看到這個嬰兒，大家一定會嘲笑我。」她走到臥房的窗邊，從打開的窗子俯瞰奧林帕斯山的山坡。那道山坡一定向下延伸得很遠。如果這孩子消失了，誰都不會注意到吧？她絕對可以宣稱自己根本沒有懷孕，只是空歡喜一場。

她還來不及重新考慮這個相當糟糕的主意，就把小嬰兒拋向窗外了。

我知道，這實在太殘酷了，簡直像是在說小孩子是你可以隨便丟掉的東西。不過希拉在這方面的想法確實很複雜，某一天她是個完美的媽媽，隔天卻又可以把小嬰兒丟向窗外。

噢，不過那孩子並沒有消失。他的名字叫作赫菲斯托斯（Hephaestus），我們以後會知道他究竟發生了什麼事。

而在此同時，希拉還有其他問題要解決。

頭一次有凡人英雄造訪奧林帕斯山，那可是不得了的大事。這位英雄的名字叫作伊克西翁（Ixion），他發現在打仗的時候可以殺死其他人類，顯然成為有史以來第一個知道這件事的人。大大恭喜！你贏得大獎啦！

眾神聽說他學會用真正的刀劍與其他人戰鬥，而不只是朝對方丟石頭或亂喊亂叫，簡直快感動死了，於是他們邀請伊克西翁到奧林帕斯山來參加宴會。

你以為這傢伙會表現出最好的行為舉止嗎？才不。

他完全是大吃大喝。所有的讚美蜂湧而至，讓他開始覺得眾神確實是他的朋友、他的同儕、他的盟友。眞是大錯特錯。無論天神對你多麼好，都絕對不會把你看成與他們平等。要記住，對他們來說，我們人類只不過是會用火的小老鼠，或是會用武器的小蟑螂而已。我們只能算是他們的娛樂。有時候天神需要殺死大地上的小東西，那麼人類還算有點用處。但要說是「永遠的好朋友」？門兒都沒有。

整個晚上，伊克西翁一直含情脈脈地看著希拉，畢竟她是這餐桌上最漂亮的女士。宙斯因爲太忙於打點宴會而沒注意到，就別提他在不在乎了。到最後，希拉實在是受不了，終於藉故離開。

伊克西翁以爲希拉是在暗示他跟著一起離開。這傢伙已經學會殺人的方法，但是關於女神的種種，他顯然還有很大的學習空間。希拉離開後，伊克西翁繼續在餐桌旁等了幾分鐘，然後他對眾神大聲宣告：「嘿，喝了這麼多，總是要流出來的嘛。廁所在哪裡？呃，天神該不會沒有廁所吧？」

「走出大廳，」宙斯說：「右邊的第一道門，上面標示著『凡人和天神共用』。要確定你用的是正確的那一間喔。」

伊克西翁走向希拉剛才離開的方向，發現她站在陽台上，望著窗外的浮雲。

「嘿，美人。」他說。

她嚇得倒退一步。她本來可能會立刻把伊克西翁變成某種蝸牛，非常黏的那種，不過她實在太過驚嚇，完全沒想到這個凡人膽敢和她說話。

伊克西翁把她的沉默當作是害羞。「是啊，我知道你早就在注意我了，我也覺得你很棒。來親一下怎麼樣？」

他伸出手臂攬住希拉，想要吻她。希拉實在太過驚慌，只能把他推開，趕快跑掉。她在宮殿的走廊上甩開伊克西翁，把自己鎖在房間裡，一直等到脈搏漸漸平靜下來。

希拉爲什麼沒有把他燒成灰呢？或至少把他變成一隻黏答答的鼻涕蟲？

她實在是太震驚了。同時，也許吧，那些調情的甜言蜜語把她搞得有點困惑。她已經有好幾百年不必應付這種事了，自從結婚之後，她的心中就完全沒有其他男性。

無論希拉犯過什麼樣的錯，她都絕對不會說謊。在她永生不死的身軀裡，沒有流著任何一滴「不忠」的血液。她眞心相信婚姻恆久遠，無論是好是壞都一樣；也是因爲她這樣想，宙斯那些小小的「冒險」才會惹得她勃然大怒。

等到冷靜下來之後，她開始暗中策劃復仇行動。她當然可以自己去懲罰伊克西翁，可是何不叫宙斯代替她執行呢？讓宙斯吃一次醋也好。如果宙斯必須挺身捍衛她的名譽，說不定會開始比較認眞看待他的婚姻誓言。

希拉整理好自己的情緒，再度回到晚餐桌前。伊克西翁坐在那裡談天說地，一副什麼事都沒發生過一樣。眞是狡猾的傢伙。希拉給了她一個微笑，只是要表示她一點都不慌亂。接著，她靠在宙斯身上，悄聲對他說：「陛下，我可以和你私下說話嗎？」

宙斯皺起眉頭。「我惹了麻煩嗎？」

「還沒。」她甜滋滋地說。

希拉領著宙斯走出大廳，向他說明剛才發生的事。

宙斯沉著臉，一邊撫著鬍子，一邊思考。

希拉本來希望他會立刻回到餐廳把伊克西翁炸成一堆灰燼，但是他沒有。

「你有沒有聽到我說的？」希拉問：「你爲什麼不生氣？」

「喔，我聽到了，」宙斯清清喉嚨，「只是……呃，他是我請來的客人，也吃了我們的食物，如果沒有很好的理由，我不能把他燒成灰。」

「沒有很好的理由？」她大叫：「他挑逗你老婆耶！」

「好啦，好啦，那眞的很嚴重。可是，我需要得到沒辦法辯駁的確切證據。」

「我說的話還不夠嗎？」希拉都準備要把宙斯扔出陽台，自己去收拾伊克西翁了，不過宙斯舉起雙手安撫她。

「我想到一招，」他說：「我們來看看伊克西翁是不是眞的想要對你不禮貌，或者只是喝醉了，犯下很愚蠢的錯誤。一旦握有證據，所有的天神都不會反對我懲罰這個凡人，即使他是我的客人也一樣。相信我，如果他有罪，他所受的懲罰一定會很精彩。」

希拉握緊雙拳。「那就照你的想法去做吧。」

宙斯走到欄杆旁，召喚一朵雲飛下來。雲朵在宙斯的面前壓縮、旋轉，變成一股小小的白色龍捲風，然後將自己塑造成人形。它完完全全變成希拉的複製人形，只不過看來比較蒼白而冷酷。

我收回最後這句話。它完全就是希拉的複製人形。

假希拉看著眞希拉。「哈囉。」

「這實在太詭異了。」眞希拉說。

「你就在這裡等一下。」宙斯對眞希拉說。

他帶著假希拉回到宴會現場。

伊克西翁果然付諸行動，從他剛才停下來的地方繼續與假希拉調情。結果很讓他喜出望外，假希拉居然也回應了，她作勢要伊克西翁跟著她走出大廳。接下來一件事結束之後，又發生另一件事……

到了早上，睡眼惺忪的眾神拖著蹣跚的腳步，一個個走進餐廳準備吃早餐。他們很驚訝地發現伊克西翁居然待在這裡過夜，紛紛向他詢問原因。伊克西翁對大家說，希拉天后邀請他睡在她的公寓裡，然後……眨眼，眨眼，眨眼。

「她握著我的小小手指頭，」他自吹自擂地說：「說我比宙斯帥多了。她說要把我變成不死之身，這樣一來我們才能永遠在一起。」

他又繼續吹牛，誇獎自己有多酷，希拉又是多麼想離開宙斯，然後嫁給他。這時，宙斯自己也進入餐廳，靜靜走到伊克西翁的背後。

最後，伊克西翁終於發現餐桌旁所有的天神都安安靜靜不說話。

他說話變得結結巴巴。「他就在我背後，對吧？」

「唉呀，對耶！」宙斯興高采烈地說：「而且，假如你打算要偷其他男人的老婆，實在不應該在他的家裡胡亂吹噓。還有，你應該要確定你偷的是那男人眞正的老婆，而不是什麼雲朵充氣娃娃。」

伊克西翁差點噎住。「我猜我惹上麻煩了。」

「只有一點點啦！」宙斯附和著說。

沒有任何一位天神反對宙斯懲罰他的客人。宙斯叫人送來一個備用的戰車車輪，把伊克西翁綁在輪輻上，讓他的四肢伸展到最緊繃，一副隨時都會繃斷的樣子。接著，他放火燒輪子，然後把輪子像擲飛盤一樣扔進天空。好吧，伊克西翁眞的變成不死之身，然而正因爲變成不死之身，他才能遭受永恆的極度痛苦。到現在他還在地球軌道上不斷旋轉、燃燒，而且尖聲大叫：「希拉！我以爲你喜歡我啊！」

這故事最奇怪的部分是什麼呢？假希拉還眞的生下了一個嬰兒。一朵雲怎麼可能生小孩啊？我完全搞不懂，總之，他們的兒子取名叫森托勒斯（Centaurus），後來森托勒斯顯然愛上了一匹馬……關於這件事也一樣，我完全搞不懂。他們生下的孩子們就稱爲「半人馬族」（centaurs），也就是一半像人、一半像馬的族群。

就像我一開始對你說過的，我自己絕對掰不出這麼詭異的事。

歷經伊克西翁事件之後，希拉很希望宙斯會變成比較體貼的丈夫，然而她失望了。相反的，宙斯似乎認爲自己成功捍衛了希拉的名譽，所以現在可以好好玩一下。

一直以來，希拉都會對宙斯的眾女友採取報復行動，如果我努力細數這些報復行動，一定會卡在這裡講個一百年都講不完。這有點像是變成希拉的全職工作吧。

不過呢，其中有一位特別的凡人女孩還眞的徹底惹到希拉。瑟蜜蕾（Semele）是希臘城邦底比斯的公主，雖然沒有人敢大聲說出來，不過每個人都知道，那個時代最漂亮的凡人就是她，和女神一樣漂亮，說不定甚至比希拉還漂亮。

宙斯開始頻繁造訪底比斯，他說是「購物之旅」。希拉當然起了疑心，不過宙斯很聰明，絕對不會讓希拉抓到他和瑟蜜蕾在一起。後來有一天，希拉變成一朵金色的雲，飄浮在底比斯上空，剛好目擊到宙斯（他僞裝成凡人，不過希拉還是認得出來）從一棟房子走出來，位於鎮上最高級的地段。

過了一會兒，瑟蜜蕾也從門口走出來，在宙斯身後揮手。女孩只在門口站了一秒鐘吧，不過有一件事顯而易見：她鐵定懷孕了。

希拉自顧自地一下子大聲咆哮、一下子低聲咕噥，但是她不能就這樣當場殺了那女孩。即使宙斯是個壞事做盡的爛傢伙，他的力量仍舊非常強大。假如他發現希拉殺了他的某一個女朋友，一定會把各式各樣的痛苦和煎熬施加在她身上。她必須利用一些計謀才行。

希拉以她的金色雲朵形體向下飄到底比斯，然後變身成一位老太太。她敲了敲瑟蜜蕾的門，心想自己可以假裝成乞丐，或是到處兜售東西的婦人。

瑟蜜蕾打開門，嚇得倒抽一口氣。「波羅厄（Beroe），是你嗎？」

希拉完全不知道這女孩在說什麼，不過她就順著演下去。「啊，是的，親愛的！就是我，波羅厄，你的……呃……」

「我從小到大的保母啊！」

「完全正確！」

「喔，你的年紀這麼大了！」

「謝謝喔。」希拉嘀咕了一聲。

「不過，不管你活到幾歲，我都認得出來。請進！」

希拉逛了屋子一圈。她實在很生氣，因為發現這裡幾乎與她自己在奧林帕斯山的公寓一樣好，甚至更好。

她裝出無辜的語氣，詢問瑟蜜蕾如何得到這麼棒的住宅，即使是公主的住所，這裡都顯得特別雅致。

「喔，是我男朋友的關係。」瑟蜜蕾說著。她眉開眼笑，一副很得意的樣子。「他實在好棒啊，我想要的任何東西他都會給我。你看這條項鍊，是他剛剛買給我的。」

她給希拉看看項鍊上的翠玉、黃金和紅寶石墜飾，那比宙斯曾經送給希拉的任何禮物都還要好。

「好漂亮啊，」希拉拚命忍住想要用她的利齒咬穿公主的衝動，「那麼，這小伙子是誰？他是本地人嗎？」

「喔……我好像不應該說。」

「不過我是你的老保母，我是貝莉厄啊！」希拉說。

「波羅厄。」瑟蜜蕾說。

「我就是要說那個！你當然可以告訴我。」

瑟蜜蕾興奮到快要隱瞞不住。她非常渴望能告訴某個人，所以不太需要說服就說出口了。

「嗯……是宙斯。」她自己招認。「天空之王，萬物之王。」

希拉瞪著她，裝出不可置信的樣子，然後她滿心同情地嘆口氣。「噢，可憐的女孩，我這好可憐、好可憐的女孩。」

瑟蜜蕾驚訝地瞇起眼睛，她預期中的反應並不是這樣。「可是……可是我的約會對象是宇宙之王耶！」

希拉哼了一聲。「那是他說的。有多少男生用過這種把妹的台詞？差不多每一個男生都用過吧！你怎麼知道他是真正的天神，而不是什麼有錢的糟老頭子假裝成天神？」

瑟蜜蕾的臉漲紅起來。「可是他說他是宙斯，而且他似乎非常……像天神啊。」

「他有沒有證明過？」

「呃，這個嘛，沒有。」

希拉假裝努力思考這個問題。「他是你肚子裡孩子的父親，你應該要確定一下。你說他願意為你做任何事嗎？」

「是的！他答應過！」

「那就要他發誓，」希拉勸她，「然後，看他在妻子希拉的面前是用什麼模樣出現，就要求他也用那個模樣出現在你面前……也就是真正的天神樣貌。如果要確定他真的是天神，那是唯一的方法。」

瑟蜜蕾仔細想了想。「聽起來很危險。」

「如果他真的愛你就不危險啊！難道你沒有像希拉一樣好？」

「當然有啊。」

「而且一樣漂亮嗎？」

「更漂亮，這是宙斯告訴我的。」

希拉太用力地咬牙切齒，結果咬裂了一顆永生不死的恆齒。「那就沒問題了，如果希拉可以應付宙斯的天神形體，你當然也可以！親愛的，我希望他真的是宙斯。我是真心的喔！可是你一定要很確定，你孩子的未來都賭在這上面了。他什麼時候會回來？」

「很快就回來，真的。」

「嗯，看現在都幾點了！」希拉說：「要是能趕上就好了，不過我該走了。我有一些……

老太太的事要做。」

希拉離開那裡。一小時之後，宙斯回到瑟蜜蕾的房子。

「嘿，寶貝。」他一邊說著，一邊走進屋子。

他馬上就注意到有點不對勁。瑟蜜蕾不像平常那樣跑上前來，緊緊抱住他親吻一番。她氣呼呼地坐在沙發上，兩隻手臂交叉，抱住懷孕的肚子。

「呃……怎麼了？」宙斯問。

瑟蜜蕾噘著嘴。「你說你願意為我做任何事。」

「我願意啊！你想要另一條項鍊嗎？」

「不要，」瑟蜜蕾說：「我想要不一樣的禮物。只有一件事能讓我開心。」

宙斯笑起來。也許瑟蜜蕾這次想要一件洋裝，或者人類剛發明的一雙那種東西……他們是怎麼說的……鞋子嗎？

「你想要任何東西都可以。」宙斯說。

「你保證？」

他氣度恢宏地伸展兩隻手臂。「我向冥河發誓。只要向我要求任何禮物，那就是你的了。」

「很好。」她逼自己擠出微笑。「我希望你用真正的天神形體出現在我面前，就像你出現在希拉面前那樣。」

宙斯差點嗆到。「噢……這樣不太好，寶貝。要求其他事情吧。」

「不要！」瑟蜜蕾掙扎著站起來，「你說任何事情都可以啊。我要你證明你是真的天神。我和希拉一樣好吧！我想要看到她眼中的你。」

「可是天神的真實形體……那不能讓凡人看到，特別是懷孕的凡人。特別是想要活得久一點的懷孕的凡人。」

「我可以承受，」她說：「我知道我可以。」

宙斯可沒這麼有把握。說到以純粹的天神形體出現在凡人面前，他還真的從來沒有嘗試過，不過他心想，對凡人來說，那可能像是沒有戴護目鏡就直視太陽，或者看到早上剛醒來而沒化妝的素顏藝人。超危險的。

但另一方面，宙斯已經對冥河發誓了，沒辦法收回承諾。況且，瑟蜜蕾是個活潑外向的女孩，也是有名的英雄卡德摩斯（Cadmus）的女兒，如果她認爲自己可以承受天神的眞實形體出現在眼前，也許她眞的可以。

「好吧，準備好了嗎？」宙斯問。

「準備好了。」

宙斯的凡人裝扮瞬間燒得一乾二淨。在瑟蜜蕾的客廳裡，他以激烈旋轉的火柱和閃電顯現出全然的光芒，很像超新星。家具全部陷入一片火海，門板從鉸鏈處爆開，百葉窗板也炸飛出去。

瑟蜜蕾根本無法承受。她蒸發掉了，只在客廳牆壁留下一個燒灼後的殘留影像。然而，她肚子裡的寶寶倒是活了下來，可能因爲他有天神的血統吧。這個可憐的小傢伙突然懸在半空中，停留在他那位溫暖好媽媽原本站立的地方。宙斯連忙變回實體，剛好趕在小嬰兒落地之前及時接住他。

宙斯對於瑟蜜蕾的死當然非常震驚，不過他也意識到，眼前最重要的事是這個小嬰兒。

小傢伙還沒有成長完全，顯然還需要好幾個月的發育才能成熟並出生。

宙斯必須趕快思考對策。他拔出自己的閃電火，用力切開右大腿。那一定痛到快瘋掉，但是宙斯繼續把小嬰兒塞進大腿裡，像是放進工作褲的口袋裡那樣。然後他把皮膚縫起來。

各位觀眾……千萬不要在家裡嘗試這個。沒用的啦。

不過我想天神就不一樣了。不知為何，胎兒在那裡活得好好的，而且繼續成長，直到可以出生為止。

沒有文字記載顯示是否有其他天神說：「嘿，宙斯老兄，你的右大腿為何那麼巨大啊？你真的應該好好檢查一下。」

等到小嬰兒可以出生了，宙斯切開大腿把他取出來；於是那個孩子成為天神戴歐尼修斯（Dionysus）。我們以後會講到他的事，事實上，這段出生經過算是他最不奇怪的事了。

總之，希拉對瑟蜜蕾復仇成功，而我真希望告訴你，希拉再也沒做過這麼殘忍的事。說來不幸，她只是剛開始熱身而已。

宙斯的另一個女朋友，是一位名叫埃吉納（Aigina）的女士。埃吉納顯然聽說過瑟蜜蕾的故事，因為她並不急於成為宙斯的「密友」，即使宙斯不斷對她調情，而且禮物多到好像用倒的。最後，宙斯說服她一起飛去一個祕密島嶼。

「沒有人會知道啦。」他再三保證。

「那希拉呢？」埃吉納問道。

「特別是她絕對不會知道。」宙斯變身成一隻大鷹，載著埃吉納飛向一個島嶼，那個島嶼如今便以她的名字命名為埃吉納島。

宙斯差一點就隱瞞成功了。希拉一直到好幾年後才發現這件韻事，那時候埃吉納早已過世了。到了那時，埃吉納和宙斯的兒子已經是島上的國王，他就是在那個島上出生的。我不曉得希拉是怎麼發現的，不過等她發現後，她最氣憤的是沒辦法親自懲罰埃吉納。

「她居然敢這樣就死掉，害我不能殺了她！」希拉咆哮著說：「哼，那我就把氣出在她兒子身上。」

他的名字叫做埃阿庫斯（Aeacus，我覺得他名字裡的母音可以再多一點。不太知道到底該怎麼唸，所以我就叫他埃阿庫斯）。總之，埃阿庫斯國王就這樣瀕臨戰爭邊緣，他召集自己的軍隊保衛他的王國。

希拉則是召來一條巨大的毒蛇，把牠放進島上唯一一條河流的水源地。毒液擴散到整個飲水供應系統，過沒多久，整個島上大多數的人都死了。

嘿，這樣很公平，對吧？宙斯睡了一個凡人女性，於是希拉找到那位女性的兒子，殺掉他王國的每一個人。才不公平呢，那根本連神經病都還不足以形容。

你也想像得到，埃阿庫斯驚慌失措。他走向宮殿的花園，那裡可以看到蔚藍天空。他跪倒在地，對宙斯祈禱：「嘿，老爸，我這裡快要遭到入侵了，而你太太差不多殺了我軍隊的所有人和絕大多數的平民。」

宙斯的聲音從天上轟隆隆傳來：「倒霉死了。我可以幫什麼忙？」

埃阿庫斯想了想。他低頭看著花圃，發現許多螞蟻在四周活動，有幾千隻小傢伙，怎麼樣都不累，非常勤勞，就像是……像是一支軍隊。

「你知道怎樣會很酷嗎？」埃阿庫斯說：「如果你能把這些螞蟻變成效忠我的軍隊。」

「成交！」宙斯轟隆隆說著。

話剛說完，那整群螞蟻全部變成了人。有幾千名全副武裝的戰士，身穿閃閃發亮的紅黑色盔甲，已經訓練有素地排列成行，以完美的紀律準備投入戰鬥。他們勇敢無畏，他們極為強壯且難纏，他們號稱密耳彌多涅人（Myrmidones），而且他們成為希臘最有名的精銳戰鬥單位，就像是古代世界的海軍海豹部隊或陸軍綠扁帽部隊。後來，他們會有一位著名的指揮官名叫阿基里斯（Achilles）。也許你早就聽過他的大名，或至少聽過他的阿基里斯腱。

與希拉有關的最後一件事（這件事我完全無法理解），則是她可以一秒鐘從某人的敵人變成那人的朋友，反之亦然。就以波塞頓為例好了。

剛開始，他們兩個很不對盤。事實上，他們都同樣覬覦著希臘的一個王國，叫阿爾戈斯（Argos）。你知道嗎？在當時能夠成為某個城邦的守護天神可是大事一件，例如你如果能夠成為紐約市的守護天神，那真是莫大的榮耀。而假如你是美國賓州斯克蘭頓這種小城市的守護天神……嗯，榮耀就沒那麼大了。（好吧，住在斯克蘭頓的各位，抱歉啦。不過你們了解我的意思。）

我猜阿爾戈斯是個好地方，因為希拉和波塞頓都想成為那裡的守護天神。當地的國王決定追隨希拉，可能因為他不想讓自己的子民喝到毒蛇的毒液而全部死掉吧。

希拉非常高興。波塞頓則是很不高興，他讓洪水淹沒整個王國。希拉向他抗議，於是波塞頓說：「很好，我會讓水退掉。我會讓所有的水都退掉。」海水真的退去，但是整個國家所有的泉水和河水也都乾涸了。

希拉再次抗議。他們兩個幾乎要來上一場史詩般的摔角比賽了。到最後，波塞頓大發慈悲，恢復一些水源，不過阿爾戈斯依舊是非常乾旱的地方，除非下雨，否則許多河流都沒有水。希拉成爲阿爾戈斯的守護天神，這對一個名叫傑生（Jason）的小伙子很有幫助，傑生後來帶領了一群人，號稱「阿爾戈英雄」（Argonauts）。不過那又是另一則故事了。

我要說的重點是，在那之後，希拉的態度很快就有一百八十度的大轉變。她和波塞頓曾經坐下來懇談，他們判斷宙斯已經漸漸失控，不配擔任領導者了。他們準備策劃奧林帕斯山有史以來的第一次叛變。

不過關於這件事的詳情，我們會等到波塞頓那部分再談。

而接下來，我們得去冥界瞧一瞧，看看我們最愛的那位令人發毛的跟蹤狂死神黑帝斯過得怎麼樣了。

8 黑帝斯居家大改造

我很同情這傢伙。

嗯，我是認眞的。

黑帝斯可能令人毛骨悚然，不過他分配到整個宇宙最差的部分眞的很吃虧，這點毫無疑問。黑帝斯是瑞雅所生的長子，但別人總認爲他是老么，因爲天神們的排行是以他們從克羅諾斯肚子裡嘔吐出來的順序而定。

這還不夠慘。等天神們擲骰子瓜分整個世界時，黑帝斯又分到最沒人要的部分：冥界。

當然啦，黑帝斯本來就是有點陰沉的傢伙，所以你也可以說，他根本就是註定要住在冥界。他總是神祕莫測，穿得一身黑，一頭黑髮蓋住眼睛，很像日本漫畫裡面那種妖裡妖氣的美少年。一旦成爲冥界之王，黑帝斯的外表更是褪去所有色彩，因爲他把凡人世界徹底拋到腦後去了。

就算其他天神「有點」想要與他保持聯絡（其實他們不想），冥界的電話收訊也很差，而且完全沒有無線網路訊號。黑帝斯住在下面的時候，一點都不知道上面的世界發生什麼事，唯一的消息來源是剛死掉的亡靈，他們會幫他把最近發生的八卦消息補充齊全。

事實上在古希臘時代，只要你祈禱的時候提到黑帝斯的名字，就必須用拳頭敲打地面，因爲只有這樣才能引起他的注意。那就像是在說：「喂，我在跟你說話！」

為什麼會想要引起黑帝斯的注意啊？真搞不懂。

到最後，整個冥界就以天神黑帝斯之名而稱為「黑帝斯」，這樣讓名稱變得很混亂；冥界存在的時間其實比天神久遠多了，它原本的名字是「厄瑞玻斯」（Erebos）。等到黑帝斯接掌冥界的時候，那個地方是名符其實的百廢待舉。

那麼就從配置管線的工程開始說起吧。總共有五條河川流入冥界，你絕對不會想用這五條河的河水來洗澡或刷牙。最不危險的一條河是哀嘆之河，它看起來還真的很溫和，深藍色河水靜靜蜿蜒穿過厄瑞玻斯的一片片平原，途中經過河岸邊許多美麗景點，那些地方似乎很適合野餐；但是如果靠得太近，你會聽見許多痛苦靈魂的哭聲，在滔滔流水裡不斷翻騰。

懂了吧，哀嘆之河是由許多受詛咒靈魂的眼淚集合而成。只要靠近河邊，哀嘆之河就會讓你感受到深深的消沉和沮喪。假如你真的觸碰到河水……嗯，相信我，你絕對不會想碰，否則就連網路上的可愛小狗狗影片都再也無法讓你振作起來。

第二條河是地獄火河，它浩浩蕩蕩流過冥界的凹處，彷彿是燃燒的汽油所形成的滾滾洪流，流經黑色的火山熔岩切出河道，將萬物照亮成血紅色，也讓空氣中充滿濃密煙霧；到最後，河水宛如火焰瀑布一般筆直落下，墜入更深層的塔耳塔洛斯深淵，塔耳塔洛斯差不多就像是地下室的地下室。

所以呢，對啦……黑帝斯轉開蓮蓬頭的熱水時，淋得他滿頭滿臉的就是火熱的地獄之河河水。難怪這傢伙老是心情惡劣。

而最瘋狂的是什麼呢？即使你是凡人，地獄之河的河水也不會讓你送掉小命。嗯，說到那條河的火燙程度，確實是像帶有放射性的朝天椒加入強酸，再用大火炒過一樣，讓你很希望自己不如死掉算了。不過呢，那條河的眞正目的是要讓受害者活著，以便讓他們永遠受苦。哇，萬歲！許多受到詛咒的靈魂必須永遠在那條河裡奮力游泳，不然就是脖子以下永遠浸泡在火焰般的河水裡。

根據一些傳說的描述，如果你對自己做過的事情感到非常非常悔恨，地獄火河最終可以燒盡你的罪孽，放你自由。假如你眞的很想測試這個理論，那就跳進去吧；至於我嘛，我想我會放棄這個機會。

第三號河流是苦惱之河。假如你猜到這條河會令人苦惱、痛苦，恭喜你贏得小餅乾一塊！苦惱之河的源頭是在凡人世界，靠近伊庇魯斯一座祭拜亡靈的廟宇。可能就是因爲這樣，鬼魂會受到這條河的吸引，用他們的苦惱和痛苦塡滿這條河。苦惱之河曲折蜿蜒，到最後流入地下，滾滾湧入厄瑞玻斯。到了那裡，苦惱之河變成河道寬大、冒著蒸汽、遍布沼澤的黑暗大河，任何人只要運氣不好碰觸到河水，甚至只是聽見水流聲，都會變得苦惱不堪。流過一段距離後，苦惱之河分成兩條小支流，成爲哀嘆之河和冥河，而且分別流向相反的方向，最後都墜入塔耳塔洛斯。

第四條河流是我個人最不喜歡的一條，勒特河，這名字的意思是「遺忘之河」。（說到遺忘，我曾經有一些很不好的經驗。說來話長啊。）總之，勒特河看起來人畜無害，大多數地方是中等寬度，乳白色的河水流過一片片低淺石灘，發出輕柔的汩汩流水聲，讓你覺得眼皮好沉重。你會覺得似乎可以涉過河水，一定沒問題的。至於我的建議呢？千萬不要！

只要區區一滴勒特河的河水，就能掃除你的短期記憶，光是上星期才發生的事情都會忘得一乾二淨。要是喝下一整杯，或者涉水走過勒特河，你的心智更是會遭到清除殆盡。你不會記得自己的名字，不記得自己來自何方，甚至會覺得美國職棒紐約洋基隊的實力絕對比波士頓紅襪隊堅強許多。我知道，很可怕，對吧？

然而對一些亡靈來說，勒特河其實是一種恩惠。河岸邊總是聚集了成群的鬼魂，他們大口喝著勒特河水以便遺忘前世的生命，因爲只要是想不起來的事情，你就不會想念了。有時候，有些亡靈獲准轉世投胎，也就是在凡人世界獲得重生，開啓另一段生命。如果你得到這樣的機會，就必須先喝勒特河的河水，這樣才不會想起前世的生命。畢竟認眞說起來，要是你還記得以前在學校度過那麼無聊的十二年，誰會想要再經歷一次？

勒特河的沿岸長滿了罌粟花，正因如此，罌粟汁才能讓人們昏睡和減輕疼痛。（各位同學，我們稱之爲「鴉片」。還有，千萬不要吸毒喔，因爲毒品是壞東西。好了，我得在這裡立個警告標示。）勒特河流到一個地方會轉彎，繞過一個黑暗洞穴的入口，那裡是天神希普諾斯（Hypnos）居住的地方，他是掌管睡眠的神。那洞穴的裡面究竟長成什麼樣子？從來沒有人描述過，可能是因爲沒有人會笨到進去裡面，然後從此睡著，再也沒有出來。

冥界的第五條河流是冥河，就是「仇恨之河」。這絕對是最有名的一條河，不過光是它的名字就足以打消任何人前去觀光的念頭。「嘿，各位同學，我們春假的校外教學要去仇恨之河喔！」「喔耶！」

冥河流經冥界裡面最深層、最黑暗的部分。有些神話故事說，冥河是由掌管水源的泰坦巨神蒂賽絲創造出來的，它的水源來自海洋底部的鹽水噴泉。

冥河就像護城河一般環繞厄瑞玻斯，所以如果要進入冥界，你多半必須跨越冥河才能到達。（有些故事是說，要進入冥界，你必須跨越的河流是苦惱之河，而既然冥河是苦惱之河的支流，我猜兩種說法都是正確的。）

冥河的河水非常暗沉，而且流動緩慢，總是籠罩在一片氣味難聞的霧氣裡，而且河水會侵蝕凡人的肉體。把硫酸與骯髒的汗水混合在一起，再添加一點液態的仇恨，你得到的就是冥河了。

那麼，你一定很疑惑：為什麼有人會想進去冥界？我也不知道。不過呢，既然人類被創造出來，一旦死了，他們的靈魂有點像是出於本能，自然而然飄盪到下面的厄瑞玻斯去，那很像是旅鼠出於本能跳下懸崖，或者觀光客出於本能蜂湧到紐約的時報廣場。你當然可以告訴他們，這樣做根本是蠢斃了，不過他們還是前仆後繼。

問題在於，靈魂要跨越冥河並沒有可靠的方法。有些靈魂會奮力游過去，其他靈魂雖然試著游過去，但終究會溶解在河水裡。更多的靈魂只能沿著冥河的凡人世界這一側遊盪、哭嚎，指著冥河的對岸說：「我想去那一邊啊！」

最後，有一位名叫卡戎（Charon）的邪神自告奮勇投入這項事業。什麼是邪神呢？並不是手拿乾草叉、長出尾巴和紅皮膚、生性邪惡的那種惡魔；邪神是一種永生不死的精靈，有點像是次要的天神。有些邪神看起來很像怪物或凡人；有些邪神是好人，有些則是壞人；另外一些邪神則只是到處晃盪。

卡戎這位老兄是「夜之女神」妮克斯的兒子，他可以變換成不同的形體，但大多數的時候顯現成一位醜陋的老人，身穿破爛的長袍，一把鬍子黏膩不堪，頭上戴著一頂圓錐狀的帽子。如果我是卡戎，既然可以任意變形，那當然要以布萊德彼特的模樣行走江湖啊！不過我想，卡戎並不在乎是否能讓鬼魂們神魂顛倒吧。

無論如何，有一天，卡戎發現所有的凡人亡靈擠在冥河邊大聲叫嚷，吵著要去厄瑞玻斯，於是他自己造了一艘船，開始把人們運送到冥河的對岸去。

這一趟船程當然不是免費的。卡戎接受黃金、白銀，以及大多數主要的信用卡。既然冥界沒有訂定什麼規則，卡戎就依照自己的想法訂立收費標準。如果他喜歡你，可能會讓你只交幾個銅板就可以渡河；假如不喜歡你呢，他會敲你一大筆竹槓。要是你真的很不幸，下葬的時候沒有帶半毛錢……喔，這下可好！你就得在冥河的凡人世界這一側永遠飄盪；有些死者甚至會飄回到凡人世界，以鬼魂之身出沒在活人之間。

而就算你順利渡過冥河，也會發現厄瑞玻斯根本是一團混亂。理論上，所有的鬼魂應該要根據生前的好壞程度區分成不同類別。如果以前是人渣等級的超級爛人，就要去「刑獄」享受永恆的特殊酷刑。假如以前是好人，則可以去「埃利西翁」，那裡就像是天堂、拉斯維加斯和迪士尼樂園的綜合體。萬一亡靈的生前沒有特別好或特別壞，只能算是活著而已（大多數人都是這樣），那麼就要在「日光蘭之境」永遠漂泊；那裡並不是太可怕的地方，只不過超級無聊，無聊到令人發瘋。

理論上來說，亡靈就是這樣進行分類，但不幸的是，在黑帝斯接管冥界之前，那裡沒有人維持秩序，有點像是某個上學日，學校所有老師都生病了，只剩下一些不懂學校規矩的代課老師，所以學生們自然而然就徹底造反了。於是，註定要接受酷刑的亡靈從刑獄偷偷溜出來，跑進日光蘭之境，一路上都沒有人阻止他們。而日光蘭之境的亡靈則跑去毀了埃利西翁的派對。甚至有一些蠢到極點的高貴亡靈本來要去埃利西翁，卻轉錯了彎，最後誤入刑獄而困在裡面，要不是找不到路出來，就是因爲心地太善良而不敢抱怨。

這還不是最糟糕的呢。有些亡靈就算去了應該去的地方，但事實上根本不應該去那裡，因爲在黑帝斯接管冥界之前，你其實是在生前就接受審判，事先決定死後到底該去哪裡。

那種系統怎麼運作呢？其實我也不知道。顯然是有一個審判小組，由三個活人組成，你快要死掉的時候，他們會找你面談，決定你究竟該分派到刑獄、埃利西翁還是日光蘭之境。別問我那些審判官怎麼知道你快死了，或許他們也是亂猜的吧。說不定天神會通知他們，又或者那些審判官只是隨便對人們大叫：「喂，你啦！到這裡來！輪到你該死了！」

總之，三位審判官會聆聽你的證詞，藉此評判你死後的命運。你猜那會怎麼樣？人們當然就說謊啦，而且也賄賂審判官。他們出席時身穿自己最好的衣服，面帶笑容，阿諛奉承，舉止合宜，於是審判官會認爲他們品性良好。他們會讓審判官說出：「喔，對啊，這傢伙的人生過得太好了，幾乎不曾讓任何人痛苦。」這樣的評語。

許多邪惡的人們努力讓自己能去埃利西翁，但是有很多好人因爲沒有抱審判官的大腿，只能落入刑獄。

這樣你有概念了吧……冥界眞的是一團混亂。黑帝斯接管了冥界之後，四處巡視一番，說：「不行不行！這樣絕對行不通！」

於是他前往奧林帕斯山，向宙斯說明當前的情況。想到自己的計畫還必須得到宙斯的允許，黑帝斯其實有點忿忿不平，不過他心裡明白，他必須得到「大老闆」的贊成和支持，才能對死後的世界進行大刀闊斧的改革行動，特別是因爲人類也牽涉其中。眾神認爲人類是他們共有的財產。

宙斯仔細聆聽，皺起眉頭想了一會兒。「所以你打算怎麼做？」

「這個嘛，」黑帝斯說：「我們可以保留三人審判小組，不過……」

「觀眾也可以投票票選！」宙斯猜測，「而到了每一季結束時，獲勝的凡人可以加冕爲『埃利西翁偶像』！」

「呃，不是啦，」黑帝斯說：「其實呢，我是覺得審判官可以由死去的亡靈來擔任，而不是原本的活人。而且每一個凡人靈魂進入冥界的時候，只需要經過一次的審判就夠了。」

「那麼……不是要經過選秀大會喔？唔，太可惜了。」

黑帝斯努力保持冷靜。「你看，如果審判官都是我能控制的亡靈，就不可能受到外力的影響了。靈魂來到審判庭之後，一切因素都會排除在外，只評斷他們的本質。長得好看、穿著打扮入時，那些都沒用；他們也不能賄賂審判官，或者找人幫他們的品性做見證。所有好的行爲、壞的行爲，全都赤裸裸攤在眼前，因爲審判官可以一眼就看穿他們。說謊是不可能管用的。」

「這個我喜歡，」宙斯說：「你會選誰當審判官？」

「可能是三位死去的凡人，以前曾經在上面世界擔任國王，」黑帝斯說：「國王以前都有主持審判的經驗。」

「很好，」宙斯表示同意，「只要那些國王都是我的兒子就行了。同意嗎？」

黑帝斯氣得咬牙切齒。他不喜歡這位兄弟老是什麼都要干涉，不過既然幾乎所有的希臘國王都是宙斯的兒子，應該還是有很多人選可以挑吧。「同意。」

宙斯點點頭。「那你要怎麼確定審判過程能夠確實執行，讓每個靈魂都能前往他們應該去的地方？」

黑帝斯露出冷酷的微笑。「噢，別擔心，這方面我會掌控好。」

黑帝斯回到厄瑞玻斯後，指派三名前任國王擔任他的死者名聲審判官，他們全都是宙斯的半神半人兒子：米諾斯（Minos）、艾亞哥斯（Aiakos）和拉達曼迪斯（Rhadamanthys）。

接著，他召來三位復仇女神，就是好多年前從烏拉諾斯的血液裡生出來、負責掌管復仇的三個精靈。黑帝斯聘雇復仇女神擔任他的執行官，這項任命相當好，畢竟沒有人膽敢招惹某個有口臭、手拿鞭子的惡魔老奶奶。

復仇女神和大多數的邪神一樣可以變換不同形體，不過通常是以醜陋老太太的樣貌現身，她們留著黏膩的長髮，身穿黑色的破爛長袍，背上還有巨大的蝙蝠翅膀。她們手上拿著燃燒的鞭子，可以讓活人和死人同樣感受到極大的痛苦；她們甚至可以用隱形狀態飛行，所以你無法得知她們何時會朝你俯衝而來。

有了她們相助，黑帝斯就可以讓死者乖乖守規矩。有時候，他會讓復仇女神瘋狂設計全新的酷刑，用以對付罪大惡極的亡靈。如果有些活人犯下滔天大罪，像是犯下滅門血案、褻瀆廟宇，或者晚上在卡拉ＯＫ大唱「旅程」樂團的芭樂歌，黑帝斯甚至也會派遣復仇三女神尾隨在那些人背後。

黑帝斯對冥界的下一個改進計畫，則是讓死者的亡靈比較容易找到前往厄瑞玻斯的路。黑帝斯說服傳訊之神荷米斯，請他在冥河的凡人世界這一側設置一座瞭望台，如果看到有些鬼魂迷路且一臉困惑，荷米斯就會爲他們指引正確的方向，並提供一張使用起來很便利的全彩地圖，由冥界商業公會印刷致贈。

死者的靈魂順利到達冥河岸邊後，邪神卡戎就會用渡船把他們載到對岸，標準收費是一枚銀幣。黑帝斯也說服卡戎（背後的意思：威脅他），每一個人都收取同樣的價錢。

黑帝斯也向上面世界的凡人發布消息，請大家最好認眞進行喪禮儀式，否則可能無法獲准進入冥界。你過世了以後，你的家人應該要向眾神獻祭供品；他們必須爲你舉辦合乎禮儀的體面葬禮，並在舌頭底下放一枚銀幣，這樣才能支付擺渡費用給卡戎。如果你沒有那枚銀幣，最後就會變成鬼魂，永遠在凡人世界無所事事到處飄盪，無聊到極點。

黑帝斯又是如何在凡人世界發布這樣的消息呢？他手下有一群長著黑翅膀的惡鬼，叫作俄涅洛伊（oneiroi），或叫夢神，等到凡人睡著就潛入他們夢中傳送各種影像或惡夢。

你有沒有過這樣的經驗，就是從睡夢中突然驚醒，因爲覺得好像夢到自己一直往下墜落？那就是俄涅洛伊搞的鬼啦。他們可能會把你抓起來、往下丟，只是因爲想使壞。下一次又這樣的時候，你不妨掄起拳頭猛敲地板，大聲喊著：「黑帝斯，叫你那些笨蛋邪神不要再鬧了啦！」

黑帝斯進行的另外一項改造工程，就是加強厄瑞玻斯大門的維安工作。他跑去下面的塔耳塔洛斯動物保護協會，挑選了你所想像得到最巨大、最凶狠的狗，那種怪物的名字叫色柏洛斯（Cerberus），似乎是由比特犬、挪威納犬和凶猛的長毛象雜交而成。色柏洛斯有三個頭，所以如果像你這樣的凡人英雄想要偷偷溜進黑帝斯的地盤，或者哪個死人想要偷偷溜出去，那麼你被盯上而遭到生呑活剝的機會就暴增三倍。色柏洛斯除了有鋒利的獠牙和腳爪，據說全身的鬃毛根本就是一條條的蛇，尾巴更是一條大蛇。這一點我是沒辦法證明啦，我只遇過色柏洛斯一次，那時候四周一片昏暗，而且我只能努力不要哭出來或尿溼褲子。

總之，死去的亡靈只要一踏入冥界大門，就會由三位死者名聲審判官為他們分類，然後催促他們前往適當的地點。就像我先前說過的，大多數人在生前沒做過什麼太了不起的事，無論好事或壞事都一樣，所以最後的結局是前往日光蘭之境。在那裡，他們像是微弱的影子，只能像蝙蝠一樣發出細碎聲音，漫無目的四處飄盪，努力回想起自己究竟是誰，以前又做過什麼事；有點像學校老師們上第一節課，每個人都顯得咖啡因攝取不足的模樣。

假如你的人生確實過得很不錯，則可以前往埃利西翁；在黑暗的冥界裡，那裡是最好的去處。你會得到自己的住宅、免費食物和飲料，以及相當於五星級的所需服務。你可以四處拜訪其他幸運的好人，就這樣安安穩穩直到永遠。假如埃利西翁變得很無聊，你也可以選擇喝下勒特河的河水而重生，過起全新的凡人人生。

有少數的靈魂實在人品太好，連續三次都努力過著正直善良的人生。如果你就是這樣，則可以在安魂島徹底退休，那裡是加勒比海風格的私人小島，位於埃利西翁正中央的湖泊裡。並沒有太多人能夠如此幸運，或者一直都那麼正直善良，所以這有點像是中了「大好人威力樂透彩券」。

要是你生前過著邪惡的生活，則會得到特別恐怖的處置，像是永遠下油鍋啦、剝皮酷刑啦，或者在布滿碎玻璃的原野上有很多惡鬼死命追你，甚至讓你從超大型的剃刀刀刃滑下去，再掉進裝滿檸檬汁的池子裡。你也覺得吧，這些刑罰聽起來實在有點普通。大多數的刑罰並不是很有創意，不過如果你真的惹毛了黑帝斯，他絕對會想出全新的有趣懲罰方法，盡全力折磨你的不死靈魂。

要舉幾個例子嗎？

就說坦塔羅斯（Tantalus）好了。這位老兄眞的搞砸了。他是一位希臘國王，也是宙斯的兒子，這一點不意外；他受邀到奧林帕斯山，與眾神一同享用神食和神飲。很大的光榮，對吧？不過坦塔羅斯太貪心了。

「哇，」吃完晚餐後，他拍拍肚皮說：「都是些好東西哪！我能不能打包一些帶走，回家和我的朋友分享？」

「神聖的我啊！」宙斯大罵一聲，「絕對不行！這些神食和神飲是很稀有的東西，而且有魔法，你當然不能隨便和什麼人分享！」

「喔……」坦塔羅斯努力擠出微笑，「當然，我懂了。嗯……下一次，請大家到我那裡吃晚餐，好嗎？」

坦塔羅斯眞應該就這樣算了。他應該要想起普羅米修斯的下場，普羅米修斯也是想要從眾神手中拿東西與凡人分享。不過坦塔羅斯非常生氣，他自覺受到羞辱，認爲眾神不信任他，不想讓他把神食帶回大地，成爲因此而名留青史的凡人。

他想得愈多就愈是氣憤難消。他邀請眾神到他的宮殿享用盛宴，但是爲了報復，坦塔羅斯決定端出最羞辱人的菜餚，只是不確定該端出什麼菜色才好。

他站在廚房裡，瞪著空空如也的各種鍋具，這時他的兒子佩洛普斯（Pelops）走進來。

「爸，晚餐要吃什麼？」佩洛普斯問。

坦塔羅斯向來不喜歡這個兒子，我也不知道爲什麼。也許坦塔羅斯知道這兒子遲早都會接管他的王國。希臘的國王們對這方面老是非常偏執。好啦，不管怎樣，坦塔羅斯對兒子露出邪惡的笑容，然後拿出一把屠刀。「你應該問好玩一點的事啊。」

那天晚上，眾神齊聚在坦塔羅斯的宮殿裡吃晚餐，一鍋看似美味的燉煮料理端上桌。

「這是什麼肉？」狄蜜特一邊問，一邊吃了第一口，「吃起來很像雞肉。」

坦塔羅斯本來想要等到眾神全都吃了一口再說，但是他忍不住瘋狂大笑起來。「喔……這是家傳食譜啦。」

宙斯皺起眉頭，放下手中的湯匙。「坦塔羅斯……你做了什麼好事？」

希拉也把碗推開。「而且，你的兒子佩洛普斯在哪裡？」

「事實上，」坦塔羅斯說：「在燉菜裡面的就是他。很意外吧，你們這些白痴！哈！哈！哈！哈！」

坦白說，我不曉得他到底在想些什麼。他以為眾神會開心大笑，猛拍他的背，還說些「噢，坦塔羅斯，你這個老頑童，做得好！」這類的話嗎？

奧林帕斯眾神簡直嚇壞了，畢竟他們的父親克羅諾斯曾把他們全部吞進肚子裡，到現在眾神還有很嚴重的創傷後壓力症候群。宙斯拔出一道閃電，把坦塔羅斯炸成一堆灰燼，然後把這國王的靈魂交給黑帝斯。

「對這個人施以特別的刑罰，」宙斯說：「要包含食物的，拜託。」

黑帝斯樂於從命。他讓坦塔羅斯浸在一個水池裡，乾淨的水淹到他的腰部，兩隻腳像是用水泥固定在河床底部。而在坦塔羅斯的頭頂上，有一棵魔法樹的樹枝懸垂伸來，樹枝上長滿了各式各樣甜美多汁、香味濃郁的水果。

坦塔羅斯所受的刑罰，就只是永遠站立在那裡。

嗯，他心想，這樣沒有很差嘛。

然後他肚子餓了。他想要抓一顆蘋果，可是樹枝突然往上升到他搆不著的地方。他轉而想摘芒果，但是運氣一樣差。他想要跳起來，可是兩隻腳固定得緊緊的。於是他假裝睡著，心裡盤算著要突襲樹上的桃子，但是結果一樣，沒那麼好運。每一次嘗試，坦塔羅斯都確定這一次肯定能抓到什麼水果了，但是始終無法如願。

後來他覺得口渴，於是用手掌舀起水來喝，沒想到他的雙手一碰到嘴巴，水就奇蹟似地蒸發殆盡，雙手變得空空如也。他彎下腰，想直接喝池水，但是整片池水的水面突然降低，遠離他的嘴巴，無論他怎麼嘗試都喝不到半滴水。他覺得愈來愈餓、愈來愈渴，雖然食物和飲水都近在咫尺，卻可望而不可及。所以「可望而不可及」的英文 tantalize，就是從他的名字來的。下次你超想要某個東西卻碰不到，就可以說是「可望而不可及」。

這個故事帶給我們什麼教訓呢？我也不知。也許是這樣吧：「千萬不要把自己兒子剁碎，然後餵給你的晚餐客人吃。」對我來說，這個道理好像不用講也知道，不過隨便啦。

還有另一個傢伙遭受到特殊的懲罰，他叫薛西弗斯（Sisyphus）。他的名字唸起來很像 Sissy-Fuss（娘娘腔－大驚小怪），你一定會以為這傢伙有這方面的問題，不過至少他沒有把自己的孩子拿去燉煮。薛西弗斯的問題在於他不想死。

我可以認同這一點。我每天早上醒來，心裡都會想：「你知道今天怎麼樣會很好嗎？不要死掉。」

不過薛西弗斯做得太過頭了。有一天，死神出現在他家。這個死神呢，我指的是桑納托斯（Thanatos），手持鐮刀的那位死神，他是黑帝斯的得力助手之一。

薛西弗斯打開門，發現有個長了黑色羽毛翅膀的大個子向他逼近。

「午安，」桑納托斯查閱他的記事本，「我有一件快遞要交給薛西弗斯，是一次痛苦的死亡，需要簽收。你是薛西弗斯嗎？」

薛西弗斯拚命掩飾自己的驚慌。「呃……啊，是的！請進！讓我找枝筆。」

桑納托斯正要從低矮的門口擠進去時，薛西弗斯四顧一望，從最近的地方抓來最重的一件物品，是他用來磨麵粉的石杵，然後他用石杵猛敲死神的頭。

桑納托斯昏過去，不省人事。薛西弗斯把他綁緊，塞住嘴巴，然後把他拖到床底下。等到薛西弗斯太太回到家，她大概這樣問：「爲什麼床底下伸出那麼巨大的黑色翅膀？」

薛西弗斯說明剛才發生的事，結果他太太很不高興。

「這樣一來，我們兩個都會惹上麻煩，」她說：「你應該就去死一死啊。」

「我也愛你啦，」薛西弗斯咕噥一聲，「不會有事的，你看著好了。」

才不會沒事。一旦沒有桑納托斯堅守崗位，人們就不會死去。剛開始沒有人提出反對。假如你應該要死了，結果卻沒死，這有什麼好抱怨的呢？

接著，有兩個希臘城邦之間爆發大型戰爭，這時戰神阿瑞斯開始起疑。他像平常一樣在戰場上方來回盤旋，準備迎接這一天令人興奮的大屠殺。兩軍短兵相接後，竟然沒有半個士兵倒下，所有人只是不斷互相痛毆，想把對方碎屍萬段。情況一片混亂，到處血跡斑斑，卻沒有半個人死掉。

「死神跑到哪裡去了？」阿瑞斯大叫：「沒有死神就不好玩了啊！」

他從戰場起飛，開始到全世界各處詢問：「對不起，你有沒有看到死神？一個長了黑色羽毛翅膀的大個子？喜歡收割別人的靈魂？」

最後，有人提起他們曾經看到一個長得有點像的傢伙，走向老人薛西弗斯的家。

阿瑞斯前往薛西弗斯的家，破門而入。他把老先生推開，看到桑納托斯的左邊翅膀從床底下伸出來。阿瑞斯把死神拉出來，拍掉灰塵毛球，再把綁住他的繩子全部切斷。然後，兩位天神一起瞪著薛西弗斯。

薛西弗斯向後退到角落。「呃，聽著，兩位，我可以解釋……」

轟！

阿瑞斯和桑納托斯射出兩道天神的怒火，聯手把他蒸發掉。

薛西弗斯的靈魂找到路抵達冥界後，想方設法謁見黑帝斯本尊。

這個老人在天神的王座前深深鞠躬。「黑帝斯陛下，我知道我做了錯事，也準備面對自己的懲罰。可是我太太，她沒有為我舉辦合乎禮儀的喪禮啊！我老婆沒有遵照您的命令，沒有獻祭供品給天神表示敬意，我又怎麼能夠享受永恆的詛咒呢？求求您，請讓我回到上面世界，好好責罵我太太一頓。然後我會直接回來。」

黑帝斯沉下臉。他當然有點懷疑，不過他總是直覺認為亡靈不會說謊（他錯了）。況且，薛西弗斯說的事讓他非常憤怒。黑帝斯最氣的就是人們沒有把喪禮儀式當一回事，至於對眾神的祭品？那更加重要啊！

「好吧，」黑帝斯說，「去罵罵你太太，但是不要去太久。等你回來，我會準備特別的懲罰等著你。」

「我等不及了！」薛西弗斯說。

於是，他的靈魂回到上面世界。他找到自己那些蒸發後的遺骸，不知道用什麼方法，把它們拼湊成正常的身體。你可以想像得到，看到薛西弗斯從家門口走進來，而且像以前一樣活跳跳，他太太有多驚訝吧。「親愛的，我回來了！」

他太太當場昏倒。等她醒過來之後，薛西弗斯對她說明自己有多聰明又多聰明，能再次死裡逃生。

他太太可不覺得有趣。「你不可能永遠騙過黑帝斯，」她警告說：「你這是自討苦吃。」

「我反正已經註定要去刑獄了，」薛西弗斯說：「又沒有什麼可以損失的，更何況黑帝斯很忙，他每天要見幾千個亡靈，根本不會知道我不見了。」

過了幾年，薛西弗斯的計畫還真的有效。他保持低調，大多數時間都待在家裡，一定需要出門的時候，他就戴上假鬍子。黑帝斯真的很忙，他完全忘了薛西弗斯這回事，直到有一天，桑納托斯偶然問起：「嘿，把我塞進床底下的那個卑鄙小人，你後來怎麼對付他？」

「喔……」黑帝斯皺起眉頭，「喔哦。」

這一次，黑帝斯派遣傳訊之神荷米斯去找薛西弗斯。荷米斯戴了一頂頭盔，所以沒那麼容易被打昏頭。傳訊之神把薛西弗斯拖回冥界，丟在黑帝斯的王座腳下。

黑帝斯冷酷地微笑。「騙我喔，是嗎？噢，我準備了非常特別的刑罰來對付你！」

他把薛西弗斯帶到刑獄的正中央，那裡有一座貧瘠的山丘，約有一百五十公尺高，側邊是四十五度的陡坡，剛好適合溜滑板。山腳下有一塊大圓石，約莫小汽車那麼大。

「到啦，」黑帝斯說：「只要你想辦法把這塊大石頭推到山頂上，你就可以走了。你的懲罰就此結束。」

薛西弗斯鬆了一口氣，他以為懲罰會比這個糟糕很多。是沒錯，那塊巨石看來非常重，把它推上山丘一定會很痛苦，但至少不是不可能辦到。

「謝謝您，黑帝斯陛下，」薛西弗斯說：「您眞仁慈。」

「沒錯，」黑帝斯的黑眼珠閃閃發亮，「很仁慈。」

天神在一團朦朧雲霧中消失不見，薛西弗斯就上工了。

不幸的是，他很快就發現這個任務根本不可能達成。推動石頭就已經費盡他全身的每一分力氣，等到快要推到山頂上，他就沒辦法控制石頭了。無論他如何拚命，巨石都會滾回底部；不然就是從他身上壓過去，接著再滾到底部。

如果薛西弗斯停下來休息，其中一位復仇女神就會跑來，拿鞭子鞭打他，直到他繼續前進為止。薛西弗斯註定要永遠不停地把石頭推上山，但也永遠到不了山頂。

又是一個快樂的故事結局！阿瑞斯，就是戰神，他又可以看著人們戰死了。薛西弗斯太太得到一點平靜和安寧。至於死神桑納托斯，他決定再也不要按門鈴取得簽名了，從那件事以後，他決定隱藏行跡，偷偷溜進屋子，沒有事先警告就取走受害者的靈魂。所以，假如你打算永遠活著不死，準備把死神五花大綁、塞進你床底下，你可能再也沒有這樣的機會囉。

於是，黑帝斯就這樣讓冥界漸漸步上軌道。他在日光蘭之境的邊緣建設自己的黑暗宮殿，等到與泊瑟芬結婚後，他算是終於安頓下來，準備快快樂樂當個冥界天神。

他開始飼養一群黑牛，於是就有新鮮的牛排和牛奶可以吃吃喝喝，同時他指派一位名叫墨諾忒斯（Menoetes）的邪神負責照顧牛隻。黑帝斯也種了一片魔法石榴樹果園獻給太太。

奧林帕斯眾神很少前來拜訪，只有荷米斯除外，因爲他必須遞送訊息和靈魂。不過呢，假如你隨便選一天造訪黑帝斯的王座廳，你會發現桑納托斯逗留在那裡，或者會見到復仇女神，不然就是看到三位死者名聲審判官。最優秀的過世藝術家和音樂家也經常奉命從埃利西翁前來宮殿，爲冥王提供娛樂。

而泊瑟芬和黑帝斯是一對幸福夫妻嗎？這很難說。古老的神話傳說對於他們是否生了小孩沒有講得很清楚。顯然泊瑟芬有個女兒名叫梅莉諾伊（Melinoe），她是掌管鬼魂和惡夢的邪神，而黑帝斯有可能是她父親，也可能不是。有些故事說，她眞正的父親其實是假扮成黑帝斯的宙斯，這簡直讓我們進入一個全新的超噁境界。

另外有幾首詩提及瑪卡里亞（Makaria），說她是黑帝斯和泊瑟芬的女兒。她是祝福平靜死亡的女神，也就是與痛苦、悲慘、可怕的死亡相反。不過與她有關的故事並不多。

不管怎麼樣，黑帝斯對泊瑟芬並不是一直都很忠實。他是天神嘛，你能有什麼期待呢？有一次，黑帝斯去海底拜訪泰坦巨神歐開諾斯。我實在不知道他去那裡做什麼，也許是去視察流進冥河的鹽水噴泉吧。總之，他在那裡閒晃時，偶然間遇到一個漂亮的海精靈，她名叫露克(Leuke)，是歐開諾斯的一個女兒。她長得高挑、白皙又可愛，顯然讓黑帝斯留下非常深刻的印象。那次拜訪快結束時，黑帝斯綁架她，把她帶回冥界。

那只是一時出軌，短暫的意亂情迷，不過你也猜得到，泊瑟芬一發現自己丈夫帶了一個紀念品女孩回家時，她會有什麼樣的反應。

「不是她走就是我走，」泊瑟芬咆哮著說：「而且不能只是把她送回大海，她偷了我丈夫耶！她非死不可！」

「唔……好吧，」黑帝斯說：「我是說，沒問題！當然，親愛的！我到底在想什麼啊？」

黑帝斯跑去日光蘭之境，露克在那裡等他。

「怎麼樣？」露克質問著：「你綁架了我，把我帶來這裡，你打算怎麼安置我？」

「說老實話，可能沒辦法，」黑帝斯說：「我太太不准。」

「這是什麼爛戲啊？」露克氣呼呼地說：「那好，送我回家！」

「不行，」黑帝斯說：「泊瑟芬要你死。」

露克的臉色變得更蒼白了。「那……那樣不對吧！是你把我偷走的耶！」

「沒關係，」黑帝斯向她保證，「我有個主意。我不殺你，只是把你變成其他東西，像是一株植物之類的。那你就會永遠活著，我也可以永遠記得你。」

「這主意太可怕了吧！」

「也許變成一棵樹好了。」黑帝斯若有所思地說。

「不要！」

「一棵高高的、白皙的、白色的樹，」黑帝斯決定了，「一棵和你一樣漂亮的樹。」

「我……」

碰。

露克變成世界上第一棵白楊樹，黑帝斯抱住她的樹幹。「謝謝你理解我的苦衷。我會永遠永遠記得你。」

白楊樹很快就變得愈來愈多，後來日光蘭之境到處都布滿了白楊樹，這讓陰鬱的日光蘭之境變得稍微漂亮一點。白楊樹也成為黑帝斯的神聖樹木之一，而且漸漸在冥界幾條河流的沿岸生長得特別茂密，也許是因為露克記得自己來自海洋，努力想找到方法回到那裡吧。露克，祝你好運啊。

黑帝斯與白楊樹女孩的戀情失敗之後，變得有點抑鬱。有一天，他決定沿著哀嘆之河的河岸散步得遠一點；如果你想要讓自己高興起來，選擇在這種地方散步還滿奇怪的。

偶然間，黑帝斯看到一位可愛的年輕女性，她穿著淡綠色的連身裙坐在河岸邊。她身上的香氣順著地底下的微風向他飄來；那是一股甜美、微妙的香水味，他以前從來沒有聞過這樣的氣味。

他走過去，滿心驚奇地看著她。黑帝斯很容易驚嚇到別人，因為他是那麼黑暗而鬼祟，所以等那女孩終於注意到他，果然嚇了一大跳。

「你想做什麼？」她質問。

「呃……」黑帝斯發現自己幾乎無法思考。女孩的眼珠是淡綠色，就像她身上的衣服一樣。「我是黑帝斯。你聞起來好香啊。你是誰？」

女孩縮著鼻子吸了吸。「我是蜜絲（Minthe），這還用說。我是哀嘆之河的女兒。」

黑帝斯皺起眉頭。「冥界的河流還有精靈？我怎麼都不知道。」

「這個嘛，也許是因為我們自己覺得沒什麼好得意的，」蜜絲低聲說：「你也知道，身為一條哭泣之河的精靈沒那麼簡單，我還比較想待在上面的世界，在那裡可以享受陽光和新鮮的空氣。」

「我會帶你去那裡，」黑帝斯脫口說出：「只要給我一個吻，我就帶你去上面的世界。」

蜜絲皺起眉頭。「你為什麼要那樣做？」

「我愛你。」黑帝斯傻乎乎地說，不過他實在沒有遇過很多漂亮女性。況且，這時候是春天，泊瑟芬已經去凡人世界拜訪她媽媽，黑帝斯覺得很孤單。

蜜絲站起來。她不曉得該怎麼看待這位黑暗天神，不過如果能去上面的世界一遊，聽起來很不錯。她終於說：「好吧。」

她吻了黑帝斯。黑帝斯用雙手抱住她，兩人一起融入影子之中。

他們出現在一片山坡上，靠近希臘城鎮皮洛斯。蜜絲看到蔚藍的天空和太陽驚歎不已，綠色山丘彷彿綿延到天邊。

她開心笑了，伸展雙臂抱住黑帝斯，接下來的二十秒鐘，他們深深墜入愛河。蜜絲身上的香氣令人沉醉。

然後好像發生了一些變化。黑帝斯變得非常緊張。也許新鮮空氣讓他的腦子清醒過來。

「我到底是怎麼搞的？」他哀嚎著說，把蜜絲推開。「現在是春天，我太太會在這附近，讓植物生長之類的。她會發現我們！」

「有什麼關係嗎？」蜜絲問。「你說你愛我啊。」

「我……我……」黑帝斯吞了一口口水。

蜜絲的綠眼珠非常美麗。她長得很漂亮，聞起來又香，但此刻黑帝斯終於清醒過來，知道他們的愛沒有明天。他想起泊瑟芬聽說露克的事時，她的眼神所流露的殘酷光芒。

「我得回去厄瑞玻斯了，」黑帝斯說：「好好享受上面的世界吧。」

「你會回來吧？」蜜絲懇求著。

「唔……」黑帝斯臨陣退縮，說著說著便融入陰影裡。

蜜絲眞應該忘了他，畢竟她到凡人世界來了啊！她大可找到一條新的河流，讓自己的生命力與之融合在一起。她可以在希臘的美麗森林和山丘間過著永遠幸福快樂的生活。

但是不行。沒那麼簡單！

黑帝斯把她拋棄在山坡上，讓她覺得很生氣。她漸漸意識到，自己幾乎不費吹灰之力就把天神黑帝斯玩弄在股掌之間。她一定是眞的很漂亮，身上的氣味也很好聞。她應該要成爲王后才對。

「黑帝斯愛我！」她在風中大喊：「他會回來找我，讓我成爲冥界的王后！我比泊瑟芬更漂亮、更完美、聞起來更香，而且……」

山坡上隆隆作響，青草和花朵旋轉起來，變成由花瓣構成的巨大漏斗雲。女神泊瑟芬顯現出十五公尺高的巨大身形。

到了這個時候，蜜絲才明白自己犯了大錯。

「你，比我漂亮？」泊瑟芬的聲音轟隆作響，「是啊，沒錯！你聞起來確實比較香。也許我可以讓你在植物身上發揮一點功用！」

泊瑟芬高高舉起穿著綁帶鞋的巨大腳掌，把蜜絲踩得扁扁的。她拖著腳走過山坡時，有許多小小的植物冒出芽來，把它們的葉子揉一揉會散發很好聞的香氣。泊瑟芬決定把這種植物叫做「薄荷」（mint），就是由蜜絲（Minthe）的名字而來，而靠近皮洛斯的這座山丘是最早長出薄荷的地方，泊瑟芬稱它為蜜絲山。

所以呢，下一次你吃薄荷巧克力冰淇淋時，不妨感謝一下泊瑟芬，不過現在你就知道，薄荷是由踩扁河精靈而來的，要把它吃下去可能會有點困難喔。

經過這個事件之後，黑帝斯就沒有鬧出什麼緋聞了。多數時候他都待在宮殿裡，忙著處理自己的事。

然而，凡人的混血英雄老是不肯放過他。他們不時跑來，一下要求這個、一下子要求那個。有個英雄想要他的狗，就是色柏洛斯。另一個英雄則要求黑帝斯，讓他心愛的人死而復生。還有一個英雄甚至企圖綁架泊瑟芬。也許我會再找機會說說這些故事，不過冥界這一大堆烏煙瘴氣的事，都快要害我罹患幽閉恐懼症了。

呼，我需要一點新鮮的海風。咱們轉戰到地中海吧，我會向各位介紹我老爸，也就是那位獨一無二的波塞頓。

9 波塞頓老是惹事生非

我當然有偏見。

不過說眞的，假如你要挑一位希臘天神當爸媽，有誰會比波塞頓更好？是沒錯啦，我和他之間確實有些問題。他也不是最貼心的老爸，不過呢，喂，沒有哪一個希臘天神是貼心的父母吧。

至少波塞頓擁有無邊的法力，而且態度很輕鬆、悠閒（大多數時候是這樣）。一想到他還是年輕天神的時候有多麼辛苦，就覺得他眞是超酷的。他是排行在中間的男孩，大家總是拿他與兄弟們比較，例如這樣：「哇，你簡直和宙斯一樣帥！而且力量幾乎像宙斯一樣強大！」或者有時候像這樣：「你沒有像黑帝斯那麼遜嘛！」這種話眞的可以讓一個人氣憤好幾個世紀之久。

把鏡頭拉回到宙斯、波塞頓和黑帝斯擲骰子瓜分整個世界的時候，波塞頓擲出第二高分。他必須接受弟弟宙斯即將成爲宇宙之王、未來永遠都要聽命於弟弟的事實，但是波塞頓毫無怨言。他贏得海洋，那對他來說還滿不錯的，因爲他很喜歡沙灘，也喜歡游泳，更喜歡大啖海鮮。

說實在的，波塞頓不像宙斯那麼耀眼，力量也沒有那麼強大；他更是沒有閃電火，而閃電火就像奧林帕斯山的核子武器。不過波塞頓確實擁有一把魔法三叉戟，他可以激起颶風、召喚海嘯，甚至可以攪打出超棒的果昔。而既然海洋包圍著陸地，所以波塞頓也可以引發地震。假如心情不好，他可以讓整個城邦或島嶼淹沒在巨浪底下。

希臘人稱他為「撼地者」。他們總是想盡辦法逗他開心，一點都不嫌麻煩，因為無論你是住在陸地上或在海上謀生，都不會希望波塞頓生你的氣。

幸好波塞頓通常都很心平氣和。他的心情從地中海的海象狀況就看得出來，那是他居住的地方；大多數時候，地中海都很風平浪靜。波塞頓會讓船隻順利航向目的地，也保佑漁民收穫豐碩。他會在海灘上放鬆休息，捧著插了小雨傘的椰子殼啜飲冷飲，不會煩惱一些雞毛蒜皮的小事。

天氣好的日子，波塞頓會駕著他的金色戰車馭浪而行，那戰車是由一群白色海馬負責拉動，這種海馬長著金色馬鬃、青銅馬蹄和魚尾。無論去到哪裡，海裡的生物都會跑出來，在他的戰車周圍嬉戲玩耍，所以你會看到鯊魚、殺人鯨和巨烏賊全部嬉鬧成一團，開心大叫「各位觀眾！現在由波塞頓為大家演出！」之類的話。

然而，大海有時候會發怒，波塞頓也一樣。碰到這種時候，他就會完全變成另一個老兄。

如果你身為船長，而出海前忘了獻祭給波塞頓，你就是天字第一號大智障。每一艘船啓航時，波塞頓都期望至少能獻祭一頭牛給他，至於原因就不要問我了。可能是在某個時候，波塞頓曾對希臘人說：「只要倒給我一瓶『蠻牛』，我們就互不相欠。」結果希臘人以為他是想要一頭眞正的蠻牛。

如果你忘了獻祭，你的船隻就有很高的機會撞上岩礁、遭到海怪吞噬，或者被個人衛生習慣很差的海盜逮住。

即使你從來沒有航海過，也不表示永遠都很安全。要是你住的小鎮因為某種原因冒犯了波塞頓……呃，就等著向「智障颶風」說哈囉吧。

不過呢，波塞頓大多數時候還是很冷靜的。他儘量遵循宙斯的命令，雖然宙斯經常讓他火大。只要這兩個傢伙吵起來，其他天神就會趕緊扣上王座的安全帶，因為天空和大海之間一旦引發大戰，可是會把整個世界搞得天翻地覆。

他們的母親瑞雅一定很早就嗅到他們之間的緊張狀態。天神們剛接管這個世界不久，她就建議波塞頓離開奧林帕斯山，好好探索他的領地。她把波塞頓送去住在海床上，與一群叫作鐵勒金（telkhines）的水中怪物同住。

這個建議其實很奇怪，因為鐵勒金是一群古怪又瘋狂的小傢伙。他們曾經住在陸地上，後來做了某件事觸怒了宙斯，於是宙斯把其中最壞的幾隻扔進塔耳塔洛斯，並把其他的鐵勒金放逐到海底。

他們究竟做了什麼？不確定，不過鐵勒金最有名的是巫術，而且很會打造精巧且危險的東西。他們會召喚冰珠、雨水，甚至雪花（你在希臘不會看到太多雪），還會引來含有硫酸的酸雨，足以毀掉植物、燒蝕動物的肉體；這實在是滿噁心的，又會很臭。

有些傳說是說，鐵勒金發明出製造金屬物品的方法，甚至依照蓋婭的要求打造出克羅諾斯的大鐮刀。這可能是眞的，因為他們很貪婪，為了豐厚的報酬，有可能什麼事都肯做。

宙斯把鐵勒金趕進海裡之後，他們改變了形體，於是外形兼具了狗、海豹和人類的特徵，臉孔像狗，兩隻腳顯得發育不良，另外雙手有點像鰭狀肢，卻也十分靈活，還是很擅長金屬加工，同時也很適合當作乒乓球拍。

總之，波塞頓去和鐵勒金一起住，他們帶波塞頓到處參觀，認識海洋裡的環境：「這些是魚！這是珊瑚！」他們還教波塞頓一個很低級的把戲，教他用三叉戟當作槓桿。波塞頓學會把他的三叉戟尖端插入某個島嶼的底部，把島嶼翻過去，讓整個陸塊消失於海底。如果是打仗的時候，他還可以用這個把戲把陸地上的一座座山挑起來；好幾次他都把大山挑起來，蓋在敵人的頭頂上，把他們壓得扁扁的。看吧，我說過，他是掌握力量的老大。

後來，波塞頓厭倦了鐵勒金，決定建造自己的宮殿。（好主意喔，老爸。）

他前往愛琴海的海底，把他引發地震和海嘯的力量用來建造出巨大的宅邸，整體上是以珍珠、海底礁岩和鮑魚殼建造而成。他的花園滿是奇特的海洋植物，四周還漂浮著散發螢光的水母，宛如耶誕節的閃亮燈飾。他有許多巨大的白色鯊魚當看門狗，也有人魚擔任僕人；而且出入的門口非常巨大，因爲每隔一陣子都有很多鯨魚和海怪游進來，要向他表達敬意。

如果你問我的意見，我會說波塞頓的住所遠比黑帝斯或宙斯的住所酷多了，而波塞頓每次端坐在擦得亮晶晶的珊瑚王座上，自己也感到相當滿意。他掌控整個海洋，魚兒崇拜他，航行於地中海的所有水手也會向他獻上祭品，以祈求航行安全。似乎所有人都愛他。

於是波塞頓心想：「嘿，我應該去上面一下，提議成爲某個凡人城邦的守護神啊！」

就像我先前說過的，這對天神來說還滿重要的。敬拜你的凡人愈多，力量就愈強大。如果你能得到一整個城邦都敬拜你，包括爲你豎立雕像、建造神廟，以及所有的觀光客紀念品店都賣你的紀念T恤，這絕對是自吹自擂的大好機會。

波塞頓決定爭取希臘本土阿提卡地區的首都，那是整個希臘最大也最重要的城邦之一。嘿，要做就做得大一點，不然乾脆別做了，對吧？

他出現在那個城邦的衛城，那是位於附近最高山頂上的重要堡壘。大地開始搖晃，波塞頓從一道不斷旋轉的鹽霧柱中現身。他把三叉戟插在最靠近的一塊岩石上，巨石隨之裂開，化為一道鹽水噴泉。

「看呀！」他對群眾大喊：「我是波塞頓，來到這裡是要成為你們城邦的守護神！」

這個開場很不錯吧。但是他的運氣真差，掌管智慧的女神雅典娜（Athena），居然比他早個幾秒鐘現身在同一個地方，而且提出一模一樣的提議。她就站在附近，身穿她的灰色長袍，戰鬥頭盔塞在手臂底下，正與這個城邦的長老們談判協商。

「啊，」波塞頓咕噥著說：「這下尷尬了。」

城邦的長老們嚇得張口結舌，呆呆看著海神和他那把閃閃發亮的三叉戟，還有山頂上不斷噴發的巨大鹽水噴泉。

「波塞頓陛下！」其中一人說：「喔……呃……」

那些可憐的凡人來回張望兩位天神。他們會這麼緊張，我實在不能怪他們；你絕對不想被迫在天神之間做選擇，無論你選哪一位，另一位都很可能像踩蟑螂一樣把你踩扁。

其實波塞頓自己也不確定該怎麼辦才好。這個傲慢的女神雅典娜，第二代的奧林帕斯天神，竟敢偷他的點子？他準備用自己的三叉戟把她趕走，但他還來不及動手，雅典娜就大叫：「我知道可以怎麼樣讓這件事和平落幕！」

想也知道。雅典娜老是會出一些鬼點子。在這個當頭，波塞頓對於和平處理並沒有興趣，不過凡人看起來全都鬆了口氣，而他也不想在未來的追隨者面前表現得很沒有運動精神的樣子。

「怎樣？」他咕噥著說：「你有什麼打算？」

「來一場比賽，」雅典娜說：「我和你都為這個城邦創造一個禮物，由長老們打分數。哪一位天神能給這個城邦最有價值的禮物，就可以當守護神。另一位天神則要接受長老的評審結果，和平離開。同意嗎？」

幾千雙凡人的眼睛全都轉向波塞頓。他還是很想把雅典娜掃進大海裡，不過她害他騎虎難下。這下子是絕對不能拒絕了。

「好啦，」他含糊地說：「好吧。」

雅典娜很有禮貌地向他鞠躬。「紳士先請。」

波塞頓皺起眉頭。對這些凡人來說，什麼樣的禮物才有價值呢？一箱珍珠？一些寵物水母？還是一群訓練有素的鯨魚可以讓他們騎乘？嗯。在市中心要「停鯨魚」可能有難度。

也許考慮動物的另一種形式……既強壯又快速的動物，但是很適合給居住在陸地上的人類使用？

波塞頓凝視著遠方陣陣拍打岸邊的海浪。隨著浪頭湧上海灘又碎開，他心中冒出一個點子。他開始露出微笑。

「看清楚了。」他說。

他拿起三叉戟指向大海，只見海浪開始變形。海浪抵達岸邊時，已經變成雄壯威武的動物，有四隻長長的腳，鬃毛在風中不斷翻飛。牠們直直跑上海灘，一邊奔跑、一邊嘶嘶叫。

「我稱牠們為『馬』！」波塞頓大喊：「牠們跑得很快又強壯，你們騎著這些馬，要去哪裡都可以。牠們可以背負重物、拉動耕犁或武器，甚至可以騎著牠們去打仗，把敵人全部踩扁。喔，還有，牠們看起來也很酷。」

凡人竊竊私語，狀似禮貌地拍拍手。馬兒顯然是很有價値的禮物，但是有一些居民似乎很失望，一副本來比較想要寵物水母的樣子。

所有人都轉身看著雅典娜。

女神舉起一隻手。有一棵看起來弱不禁風的灌木從附近的岩石裡冒出來，葉子是灰綠色的，樹上長出小小的球狀綠色果實，差不多像樹瘤那麼大。

波塞頓忍不住笑起來。「那是什麼泡泡啊？」

「那是橄欖樹。」雅典娜說。

凡人有點不安地扭來扭去。橄欖樹並不是很吸引人，但是沒有人想對雅典娜說實話。

波塞頓咯咯笑起來。「好吧，嗯，還不錯啦。我猜大家都看得出誰贏得這次比賽！」

「別急嘛，」雅典娜說：「橄欖樹看起來可能沒什麼了不起，但是不需要花太多力氣照顧就長得起來。橄欖樹會在鄉間廣泛分布，到最後成爲希臘最重要的食物。」

「就憑那些黑黑的小球？」波塞頓質疑說：「它們長得那麼小耶！」

「不過它們會長出成千上萬顆，」雅典娜說：「而且放在披薩上面很好吃！這個城邦的凡人可以把橄欖出口到全世界，變得很富有！你們可以用橄欖油煮菜和點亮油燈，甚至可以把香味加到橄欖油裡，用來洗澡、潤膚，或者清掉廚房流理台上的陳年頑垢！」

她轉身看著凡人群眾。「你們現在願意付多少錢買這個東西？但是先不要回答！這是我送你們的禮物，完全免費。假如今天選了這樣禮物，你們的城邦還會得到我的守護，另外奉送無數的智慧、對戰爭的建議，還有各式各樣有用的工藝品。你們會是全希臘最富有也最重要的城邦！我只要求用我的名字爲這個城邦命名，而且爲我建造神廟，這只需要分三期付款就能辦到，非常輕鬆！」

波塞頓的信心開始動搖了。「可是，等一下……我的馬……」

凡人已經不想再聽了，他們對賺錢比較有興趣，況且他們城邦四周的鄉間很適合橄欖樹生長，對馬來說反而太多丘陵起伏、太多岩石，使用起來並不方便。

這實在滿諷刺的。後來這城邦的人們向外出口他們生產的橄欖油，最後成爲有名的海洋貿易商人，不過這是因爲當初拒絕了海神波塞頓的守護提議。假如波塞頓提出的禮物是訓練有素的鯨魚，結果可能會比較好。

於是，雅典娜贏得這場比賽，也因此這個城邦以她爲名，命名爲「雅典」，否則本來可能會取個很酷的名字，像是「波塞頓大都會」之類的。

波塞頓宛如暴風雨般席捲怒氣而去，這樣說一點都不誇張。他忘了自己承諾不會記仇，竟然掀起巨大的洪水，差點摧毀這個城邦的低窪地區，直到雅典人同意在衛城興建一座神廟敬拜雅典娜「以及」波塞頓爲止。

那座廟宇至今屹立不搖。去到那裡，你會看到波塞頓用三叉戟留下的痕跡，他就是在那裡敲碎岩石，製造出鹽水噴泉。那附近可能也還有橄欖樹，不過我是覺得應該看不到馬匹啦。

那件事之後，波塞頓有點沉迷於尋找贊助城邦，不過運氣並沒有變得比較好。他爲了阿爾戈斯與希拉打起來，結果希拉贏了。他與宙斯爭奪埃吉納島，宙斯還是贏了。他又與赫利歐斯爭奪科林斯，也差點贏了，但是宙斯說：「不行，你們兩個要平分。赫利歐斯，你可以擁有主城和衛城。波塞頓，你有沒有看到城邦旁邊那條細細小小的土地？那塊給你。」

波塞頓一直都遭受不公平的待遇，拿到閃電武器那時候是這樣，橄欖樹的時候也是。這種事發生愈多次，他的脾氣就變得愈暴躁。

這樣實在很不好，因爲波塞頓只要變得敏感易怒，就會想要懲罰那些羞辱到他的人。舉例來說，他非常以海中的五十位海精靈爲傲，她們的美貌可是聞名全世界。她們一頭飄逸的長髮宛如午夜一樣烏黑，眼珠是海綠色，身上則穿著白色的薄紗連身裙，長裙在她們周圍的水中隨著波浪翻騰飛舞。大家都知道她們一出現便能震懾全場，因此自己的地盤上有她們，讓波塞頓覺得非常有面子，很像你居住的小鎮有一支拿到全國冠軍的美式足球隊那樣。

然後呢，在南方的北非地區，有一位凡人王后名叫卡西歐佩亞（Cassiopeia），她開始吹噓海精靈遠遠比不上她的美貌。

波塞頓才沒有耐心處理這種無聊的蠢事。他召來一條會吃肉、會喝血、足足有三百公尺長、張開血盆大口可以吞下一座山的大海蛇，波塞頓派牠去威嚇非洲沿岸。那怪物激烈地上下翻騰，一下子吞掉船隻、一下子興風作浪淹沒村莊，而且吼叫聲大到根本沒人睡得著覺。

爲了阻止大海怪攻擊，卡西歐佩亞終於同意犧牲自己的女兒安朵美達（Andromeda），把她獻給大海怪。她就像是說：「喔，是啦，都是我的錯。我不該胡亂吹噓啦。拿去，你可以殺了我無辜的女兒！」

你可能感到很擔心，不過話先說在前面，我老爸沒有讓這種事成眞啦。他允許一位混血英雄去拯救安朵美達，並殺死大海怪（這又是另一則完整的故事了），不過就算卡西歐佩亞後來死了，波塞頓也從未忘記她的羞辱，於是把她放到夜空裡，變成「仙后座」那個星座，而且由於卡西歐佩亞撒謊說她比海精靈還漂亮，因此她在天上永遠都是向後旋轉。所以她連變成星座之後，看起來都很蠢。

經歷過那件事，海精靈很感謝波塞頓維護她們的面子。說不定這根本從一開始就是他的詭計，畢竟只有用這種方法，你才可能讓五十位漂亮女性全部覺得你很厲害吧。

大多數的海精靈都很願意嫁給波塞頓，只有一位海精靈躲開他，因爲她太害羞了，從來不曾想過結婚這種事。於是自然而然地，就只有她一個海精靈緊緊吸引住波塞頓的目光。

她的名字叫作安菲屈蒂（Amphitrite），在她的想像中，所謂的天堂就是在海底過著安靜的生活，不會每次要去水底購物中心時，總是有哪個天神打電話找她去約會，或者想盡辦法擠出他們自認最棒卻很老套的台詞向她搭訕。

然而說來遺憾，安菲屈蒂實在太美了。她愈想躲開眾神，那些傢伙就愈想追到她。她用珍珠和絲綢編成髮網固定住一頭烏黑秀髮，雙眼幾乎像摩卡咖啡一樣深邃，總是露出親切的微笑，而眞正笑起來更是顚倒眾生。通常她都穿著簡單的白色長袍，唯一的首飾佩戴在額頭上，是磨得晶亮的紅螃蟹螯頭冠；對我來說，那實在不是很吸引人，不過我猜想，海精靈可能認爲那是很時尚的打扮吧。

波塞頓想盡辦法要贏得她的芳心，包括做了鹽水太妃糖、委託鯨魚吟唱小夜曲、採來一大束海參，甚至弄來一個僧帽水母綁上漂亮紅絲帶。他獻上的所有殷勤，安菲屈蒂全部拒絕了，而且只要波塞頓靠得太近，她就立刻臉紅害羞，連忙游開。

到最後，她簡直像幽靈一樣，似乎徹底消失了。波塞頓到處尋找她的芳蹤卻一無所獲。

他開始覺得可能再也見不到她了，一顆心直往下沉，沉得比海軍潛水艇還要深。他在宮殿裡悶悶不樂，哭得像座頭鯨的鳴叫聲一樣悲戚，害所有的海洋哺乳動物一頭霧水，也讓巨烏賊偏頭痛得很厲害。

後來，海洋生物共同推舉一位名叫達分（Delphin）的天神去和波塞頓談談，弄清楚究竟發生什麼事。達分是永生不死的海豚王，也是海神的好朋友。達分到底長什麼樣子呢？就是海豚（dolphin）啦，拜託。

於是，達分游進王座廳，用海豚語吱吱叫著說：「波兄，怎麼了？為什麼臭著一張臉？」

「喔，因為安菲屈蒂啦。」波塞頓重重嘆了口氣。「我愛她，可是她跑掉了！」

「嗯。」達分覺得因為這樣而悶悶不樂實在是有點蠢。「你應該知道還有另外四十九位海精靈，對吧？」

「我才不管！」波塞頓抽抽噎噎地說：「我只要安菲屈蒂！」

「是喔，嗯，那還真慘，」達分說：「聽著，你的哭泣聲和哀嚎聲把所有人的聲納系統搞得一團亂。就在今天早上，有兩隻藍鯨迎頭撞上，害得愛琴海的早晨通勤車陣塞了好幾公里長。所以，乾脆由我去找出這位安菲屈蒂女士，說服她嫁給你，這樣好嗎？」

波塞頓的眼淚立刻就乾了，這實在很不可思議，畢竟他身在水底啊。「你真的可以幫我這個忙？」

「我是海豚啊，」達分吱吱說著：「我的大腦很巨大。馬上就回來。」

結果達分費了好一番功夫，不過終於定位到安菲屈蒂的位置，她在地中海的西方邊緣，靠近泰坦巨神阿特拉斯扛起天空的地方。

安菲屈蒂坐在珊瑚礁岩上，看著夕陽的光芒射入深層海水，在海藻森林裡產生一道道玫瑰色的光線。一尾海鱸魚停在她手掌上，她們兩個都好開心，因爲安菲屈蒂和魚類相處眞的很有一套。一般來說，我是不會很想緊緊抱住鱸魚啦，不過鱸魚眞的很愛她。

達分可以了解波塞頓爲什麼會喜歡她。她散發出一種仁慈和溫和的氣質，你在不死天神的身上不太會看到這種特質。說到眾神嘛，他們活得愈久，行爲舉止就愈像被寵壞的小孩。達分並不了解箇中緣由，然而人家不是說年紀愈大就愈有智慧？看來不見得喔。

達分浮上水面去找安菲屈蒂。「嘿，你怎麼了？」

安菲屈蒂並沒有打算逃走。她向來不覺得達分會帶來什麼威脅，也許是因爲他有著海豚的微笑吧。

「喔，波塞頓一直煩我，」安菲屈蒂嘆氣說：「他要我嫁給他。」

海鱸魚懶洋洋地在安菲屈蒂的手掌周圍游來游去，然後又停回她的手掌上。達分得拚命克制衝動，才不至於把那尾魚一口吞掉。鱸魚眞的很好吃啊。

「波塞頓不是什麼壞傢伙，」達分試圖說服她：「你還可能遇到更差勁的。」

「可是我誰都不想嫁啊！」安菲屈蒂提出反駁，「實在太麻煩了，而且很可怕。我聽過太多關於天神的事情，關於他們對待妻子的方式……」

「大多數的天神都是混蛋，」達分表示同意，「而且即使結了婚，也還是在外面交一大堆女朋友……」

「哼！」安菲屈蒂說：「那種事我根本不在乎，我不是會吃醋的那一型，只是不想受到惡劣的對待。我想要做自己，做我自己喜歡的事，不要有哪個男人很蠻橫地管東管西！」

「喔，只是因爲這樣嗎?」達分如釋重負地吱吱說著：「波塞頓很隨和啊。我不能保證他對你永遠都很忠實，不過他絕對會對你很好，讓你隨心所欲，想做什麼就做什麼。我可以提醒他，要他許下承諾。假如他沒有遵守諾言，『海豚先生』就會找他算帳。」

達分伸伸他的鰭狀肢，想讓自己看起來比較嚇人。

「你願意爲我這樣做?」安菲屈蒂問。

「當然啦!」達分說：「而最棒的是什麼呢?如果你嫁給波塞頓，其他天神就再也不敢和你調情或糾纏你了，他們得離你遠遠的，因爲波塞頓的力量非常強大。你也可以生小孩啊，小孩子好可愛，甚至比海鱸魚更可愛喔。」

「眞的嗎?」安菲屈蒂仔細看著在她手掌周圍翻滾游動的鱸魚，彷彿很難相信這世上有什麼東西會比鱸魚更可愛。「嗯……我想，假如你先去和波塞頓談談，要他保證……」

「相信我，」達分說：「海豚神會當你的靠山!」

於是達分回去找波塞頓，向他說明條件。波塞頓眞是喜出望外，立刻就同意了。他和安菲屈蒂舉辦了整個大海有史以來最盛大的婚禮，眾神、海怪、安菲屈蒂的全部四十九位海精靈姊妹，大家都列於賓客名單上。許多鯨魚游到頭頂上，吐出一大群發亮的磷蝦，排列成「恭喜!波塞頓+安菲屈蒂」的字樣，這可不是簡單的任務喔，因爲鯨魚的拼字能力非常差。海豚輪番上演雜技表演秀，大批水母在宮殿的庭院上方閃閃發亮，而海精靈和人魚們徹夜跳舞狂歡。

波塞頓和安菲屈蒂是一對賢伉儷，他們在一起很快樂，也生了三個天神孩子。老大是崔萊頓(Triton)，外貌很像人魚，不過有兩條魚尾而不是一條。他擔任波塞頓的傳令官，每當波塞頓出門，崔萊頓都會游在前面，吹響他的海螺號角負責開路，有點像是說：「老闆來了！大家要裝得忙碌一點！」

波塞頓和安菲屈蒂的第二個孩子是蘿德（Rhodes），她是海精靈，後來成為羅德島的守護女神（那個島當然就是以她為名囉）。她最後嫁給掌管太陽的泰坦巨神赫利歐斯。

他們的第三個孩子是女兒，名叫庫墨珀勒亞（Kymopoleia），她個子高大，手腳笨拙，嗓門又大，不像哥哥姊姊那樣得到父母寵愛。我老是為她抱屈。她名字的意思是「海浪巡邏員」，聽起來很像什麼運動休旅車的名字，不過她本人看起來比較像巨型卡車啦。其實她過得很幸福，成為掌管劇烈海洋風暴的女神，並嫁給布萊爾斯，也就是百腕巨人之一，他也是大個子，聲如洪鐘，而且不在乎自己的太太很像巨型卡車。

隨著時光飛逝，安菲屈蒂發現達分說得沒錯。她確實愛自己的孩子遠勝過海鱸魚，而且多數時候，波塞頓都是非常好的丈夫。他的確與精靈、凡人等一堆有的沒的傳出很多緋聞，但說也奇怪，安菲屈蒂對那些事並不是太在意。既然波塞頓並沒有嘗試要「擁有」她，沒有命令她該做什麼、不該做什麼，而且既然他對三個小孩都很好，安菲屈蒂覺得這樣也沒有什麼不好。

她甚至也很善待波塞頓所生的半神半人混血小孩，與我所熟知的其他女神很不一樣。（咳咳，希拉，咳咳。）有一次，混血英雄鐵修斯（Theseus）前來拜訪，安菲屈蒂把他當成尊貴的賓客一樣款待他，甚至拿了一件紫色披風給他穿，那可是國王的象徵啊。

她對我也非常好。我把骯髒的換洗衣服留在客房，她並沒有生氣；她還做餅乾給我吃，而且據我所知她從來沒有想要殺我。就一個永生不死的繼母來說，你不可能再要求更多了。

至於波塞頓呢，有這樣一位個性隨和的太太眞是好事一樁，因爲他有那麼多女朋友，也從各種關係生了那麼多小孩……我是要說，你以爲宙斯很忙嗎？波塞頓才是擁有最多半神半人小孩的紀錄保持者！

如果要把波塞頓約會過的所有女士列出來，我們可能還需要多講個三百頁，外加製作一份索引和一大堆表格，那不如獨立出來編一本《波塞頓的劈腿排行榜》吧。不過對我來說，要將我老爸所有的女朋友全部聊一次，感覺也太怪了，所以我只打算講幾則最精彩的故事。

打頭陣的是一位希臘公主，名叫克羅妮絲（Koroneis）。她有一頭宛如羽毛般輕軟的烏黑秀髮，而且永遠都穿著黑色連身裙，彷彿要去參加喪禮，但不知什麼原因，波塞頓覺得她實在太辣了。有一天，波塞頓尾隨她一路走到海邊，想和她調情，結果克羅妮絲嚇得跑掉了。波塞頓不希望她和安菲屈蒂一樣跑去躲起來，於是連忙跑步追趕。「嘿，回來啊！我只是想要親一下！不會殺你啦！」

假如你正在追一個女孩，恐怕不應該說這種話吧。

克羅妮絲超級驚嚇，尖叫著說：「救命啊！誰來救救我！」

她跑向城邦的大門，但那裡實在太遠了，她知道絕對跑不到。她轉頭看看四周，剛好看到遠方雅典娜神廟閃閃發亮的屋頂。

由於雅典娜是她第一個想到的奧林帕斯天神，於是克羅妮絲大喊：「雅典娜，救救我！隨便你怎麼做都可以！」

這句話也一樣，說出這種話恐怕不是太明智的決定。

話語聲一路傳上奧林帕斯山，雅典娜聽見克羅妮絲叫喚她的名字。只要有誰叫到天神的名字，他們的聽力就變得超級好。雅典娜看到波塞頓追著那個可憐無助的女孩，簡直氣炸了。

「我覺得這樣不對喔，你這討厭的跟屁蟲。」她咕噥著說。

她彈彈手指，於是在下方的海邊，克羅妮絲立刻變成一隻黑漆漆的鳥；那是世界上第一隻烏鴉，希臘文的「烏鴉」也就是從克羅妮絲的名字而來。烏鴉拍拍翅膀飛走，徒留波塞頓一個人在海灘上，既心碎又孤單，只剩下一根黑色的羽毛插在他的頭髮上。

波塞頓當然知道雅典娜要對克羅妮絲變成烏鴉負最大的責任。上次他們比賽看誰能當雅典城的守護神那件事，他已經對雅典娜感到很不爽，現在更是恨透她了。

他決定找機會羞辱雅典娜。他沒有等太久。很快的，他開始非常迷戀另一個漂亮女孩，她叫梅杜莎（Medusa）。

梅杜莎與克羅妮絲不一樣。一聽說海神喜歡她，梅杜莎心花怒放。

他們共進美好的燭光晚餐，然後一起在沙灘上漫步。最後波塞頓說：「嘿，我們何不找個比較隱密的地方？」

梅杜莎唰地臉紅。「噢……我不知道。我的姊妹們警告我，說像你這樣的海神很危險！」

「喔，拜託！」波塞頓說：「我知道有個地方很安靜，你會很喜歡。」

梅杜莎應該要拒絕，但波塞頓可能真的很有魅力，如果他真心要表現的話。

他帶梅杜莎進城，直接走到雅典娜神廟。晚上神廟並沒有開放，不過波塞頓輕而易舉就把門打開。

「你確定這樣真的好嗎？」梅杜莎悄聲說。

「當然啦，」波塞頓說：「整個地方都是我們的。」

好吧，我並不打算幫波塞頓的行爲找藉口。他很清楚雅典娜一定會很生氣，因此他是利用梅杜莎當作復仇的工具。他倒是沒想到一件顯而易見的事：喂，說不定雅典娜會把怒氣出在這個可憐的凡人女孩身上……

波塞頓和梅杜莎讓自己舒舒服服的在雅典娜雕像的腳下浪漫溫存，這對雅典娜來說可是莫大的羞辱，很像是有誰在你家門口丟下一袋很臭的狗大便，按按門鈴，然後趕緊落跑。當然啦，這不表示我做過類似的事喔。

雅典娜從奧林帕斯山向下看，目擊了事件經過。她好想高聲叫罵。「這眞是我所看過最最齷齪的事了，」她喃喃說著：「我想，我會讓波塞頓見識一下更齷齪的事。」

她發揮最大的想像力，唸出最可怕、最有創意的咒語……沒想到雅典娜還滿有創意的。

在神廟下面那裡，梅杜莎長出黃銅的蝙蝠翅膀以及黃銅的爪子，頭髮變成一大團不斷扭動的毒蛇，臉孔也扭曲成非常可怕的樣子，你只要看到她一眼就會立刻變成石頭。

波塞頓本來閉著眼睛，斜倚著身子，準備好好再來一個吻，嘴唇都嘟起來了，這時他聽見一種詭異的嘶嘶聲。

「寶貝，你是破洞漏水了嗎?」他開玩笑地說。

接著他睁開雙眼。他立刻向後跳，動作比鯨魚翻身還要快。「老天……搞什麼……噢天神啊！我親的是……啊啊啊！漱口水！漱口水啊！」

由於他有不死之身，才不至於變成石頭，不過他尖聲叫罵了一大堆其他的話，在這裡我實在不方便寫出來，然後他就快速逃離現場，對那位可憐的梅杜莎連一句道歉的話也沒有。

梅杜莎很快就發現自己變成什麼模樣。她用大披肩蓋住頭，偷偷摸摸溜走。最後，她只好住在洞穴遠離人群，只有兩位姊妹陪伴她。這三位姊妹合稱戈耳工姊妹（Gorgons）。過了幾年，梅杜莎的兩位姊妹只因爲靠近她，也變形成怪物，而且和梅杜莎一樣醜陋。兩位姊妹雖然不會把人變成石頭，但眾神決定讓她們也擁有不死之身；也許是出於同情，但也可說是一種殘酷的詛咒吧。於是，兩姊妹可以永遠照顧梅杜莎而不會被她變成石頭。

多年來，戈耳工姊妹對許多混血英雄造成各種可怕的悲劇，不過這又是另一番故事了。後來，梅杜莎的臉孔成爲雅典娜的象徵標記之一，那就像是在說：「如果你搞我，下場就會像這樣！」

波塞頓的一大堆風流韻事不全然都有那麼可怕的結果。他還曾經和一個名叫歐律諾墨（Eurynome）的女孩約會，她眞的是很好的女孩。附帶一提，她的名字唸起來很像英文的「你的敵人」（your enemy），我不曉得波塞頓唸出來的時候怎麼可能忍住不笑。「噢，你的敵人，親我一下吧！我的女朋友是你的敵人！我要和你的敵人出去約會！」總之，他們生了一個孩子叫柏勒羅丰（Bellerophon），後來成爲偉大的混血英雄。

波塞頓還有另一位女朋友叫埃特拉（Aethra），她生下另一位更偉大的混血英雄鐵修斯。所以，不要再以爲所有重要的混血英雄都是宙斯的孩子了，你會有那樣的印象，只是因爲宙斯的公關部門運作得比較好而已。

我最喜歡波塞頓的哪一方面呢？如果他眞的很喜歡你，可能會把他的變形能力傳授給你。他就曾經傳授給其中一位女朋友梅絲特拉（Mestra），所以她想要變成什麼動物都可以。

他也把這樣的力量傳給其中一位半神半人孫子，佩里克呂墨諾斯（Periclymenus），他戰鬥時可以變成一條蛇、一隻熊，甚至一大群蜜蜂。

至於我呢，我不能變形。多謝你喔，老爸。

另一方面，波塞頓有些孩子的下場不太好，也許要看他當下的心情怎麼樣，或者當天吃了什麼晚餐而定。不過有時候波塞頓會生出貨眞價實的怪物，他有一個兒子是會吃人的獨眼巨人，名字叫波呂斐摩斯（Polyphemus）。還有另外一個兒子是醜陋的巨人，名叫安提爾斯（Antaeus），他喜歡把人們折斷成兩半。你可能覺得自己的哥哥或弟弟也像他一樣壞吧。

又有一次，波塞頓與一位公主墜入情網，她名叫菲奧芬妮（Theophane），長得非常美麗，她王國裡的每一個年輕小夥子都想和她結婚。他們一點都不想放過她，不僅跟著她走在大街上，還破門闖入宮殿，吵著要見到她。他們甚至尾隨她進入浴室。她有點像是日以繼夜遭到狗仔隊包圍的超級巨星，一刻也不得安寧，而且完全沒有隱私可言。

到最後，情況實在太糟糕了，她只好向波塞頓祈禱，但其實波塞頓也想盡辦法要和她約會。「如果你可以把我從其他追求者身邊救走，」菲奧芬妮說：「我就會當你的女朋友。只要把我弄出去就好！」

大地隆隆作響，有個低沉的聲音說：「沒問題。今天晚上，去羊舍那邊。」

菲奧芬妮覺得這聽起來不像是多好的計畫，不過等到夜幕低垂，她還是依約戴上面紗，想辦法偷偷溜出宮殿。大家立刻發現她的行蹤，六十個年輕小夥子蜂湧而至，每個人都捧著花束，大喊著：「嫁給我！嫁給我！」

菲奧芬妮連忙跑向羊舍。她躲開一大群捧著巧克力盒的傢伙，但隨即又有十二個小伙子抱著吉他想要唱情歌給她聽。

終於跑到羊舍的時候，根本有一百多人跪在她腳旁準備求婚。情急之下，菲奧芬妮直直衝進羊舍。

砰！

在那電光火石的一刻，她突然變成一隻母羊，混入羊群之中。

那群被愛沖昏頭的傢伙停下腳步、四處張望，每個人都一臉困惑。他們在羊舍內尋找菲奧芬妮的身影，但是遍尋不著，最後眾人只好放棄，回到宮殿繼續站崗，他們認爲菲奧芬妮遲早都會回去。

「感謝眾神啊！」菲奧芬妮咩咩叫著說。

「不客氣。」一頭大公羊說，剛好就站在她旁邊。

菲奧芬妮嚇得差點噎住。（母羊會噎住嗎？）「波塞頓？」

公羊眨眨眼。「你喜歡我的新羊毛外套嗎？因爲我很喜歡母羊喔。你懂嗎？母羊？」

菲奧芬妮開始覺得噁心到想吐。「這下子，我猜我得當你的女朋友囉？」

「一言爲定！」波塞頓說。

他們兩個就這樣變成羊，度過了一段相當愉快的時光，細節我就不多說了，否則連我自己都會吐出來。幾個月後，母羊菲奧芬妮生下了一隻有魔法力量的公羊，叫做克律索馬羅斯（Krysomallos），因爲某些原因，他身上的羊毛是黃金做的。

後來，克律索馬羅斯的羊毛被剪下來，成爲著名的「金羊毛」，這表示我和一塊羊毛小地毯有點親戚關係。

也就是因為有這種事，你根本不會想要太認眞思考自己和希臘神話之間的關係。那會讓你瘋掉啊。

與波塞頓有關的最後一個故事還滿賺人熱淚的。他差點接管整個宇宙，最後卻淪爲只能拿最低工資的泥水匠。

事情是這樣開始的。希拉突發奇想，覺得眾神應該要起而反抗宙斯。說眞的，我不會怪她。宙斯根本就像用過即可丟棄的紙尿布。希拉斷定，假如宇宙能由整個奧林帕斯議會來管理，就像民主制度一樣，一定會好很多，於是她召集了幾位天神，包括波塞頓、雅典娜，以及阿波羅，也就是掌管箭術的天神，希拉把自己的計畫告訴他們。

「我們把宙斯綁起來。」希拉說。

波塞頓皺起眉頭。「你的計畫只有這樣？」

「喂，我和他睡在同一個房間裡耶，」希拉說：「等他陷入熟睡，打呼眞的很大聲的時候，我就叫你們幾個進來。我們把他綁得緊緊的，然後強迫他放棄王位，於是我們可以一起統治宇宙，組成聯合議會，大家擁有相同的權力。」

其他人看起來有點不確定的樣子，不過大家都有很多討厭宙斯的理由。他性格乖僻，翻臉速度超快，而且喜歡漂亮女性這個弱點讓大家都很頭痛。

除此之外，每位天神的心裡都竊想：嘿，我來統治宇宙可以比宙斯統治得更好。只要他下台，我就可以接管整個宇宙！

對此，波塞頓絕對是興致勃勃。有何不可？只要把他弟弟綁起來，波塞頓就會是全世界力量最強大的天神。

「聯合議會，」波塞頓說：「好，我喜歡。」

「是喔……」雅典娜以懷疑的眼光看了波塞頓一眼，「組成一個議會。」

「很好，」希拉說：「去找一些堅固的繩索……有魔法的，會自動調整鬆緊的那種。」

「要去哪裡買啊？」阿波羅有點疑惑，「五金大賣場嗎？」

「我本來就有一些。」雅典娜說。

「你當然有啦。」波塞頓低聲嘀咕。

「夠了！」希拉厲聲說：「今天晚上，你們三個躲在走廊上，等我的暗號。宙斯睡著以後，我會發出布穀鳥的叫聲。」

波塞頓不太確定布穀鳥到底怎麼叫，不過他覺得聽到的時候應該就會認得。

那天的晚餐，希拉確定讓宙斯吃得非常飽，而且只喝了不含咖啡因的神飲。他很快就睡著了，於是希拉叫其他人進去。他們連忙進入房間，把眾神之王緊緊綁住。

「嗯哼？」宙斯很不屑地說：「現在這是怎樣？」

他開始拚命掙扎。他想要伸手去拿閃電火，不過手臂很快就被束緊。他的閃電火放在房間另一頭的衣櫥裡。

「叛變啊！」他大吼：「放開我！」

他猛力扭動、嘗試變形，希望能掙脫繩索的束縛，但是每次試圖變形，繩索就收縮得更緊。他對其他天神大喊大叫，而且喊遍所有難聽的綽號。

「你們到底要怎樣？」他質問著。

雖然綁得非常緊，宙斯依舊令人望而生畏。眾神紛紛從床邊退開。

最後，波塞頓鼓起勇氣。「宙斯，你是很爛的領袖，我們希望你能退位，由我們組成聯合議會來統治整個宇宙。」

「什麼?!」宙斯大叫：「絕對不可能！」

希拉氣得哼了一聲。「很好！我們根本不需要你！我們會自己組成議會，讓你在這邊綁到爛掉！」

「你這忘恩負義的小……」

「我們走吧，」希拉對其他天神說：「過幾天再來，看他有沒有變得理智一點。」

把宙斯這樣丟著無人看守，波塞頓不確定究竟好不好，不過他也不想留在這個房間裡，和一個不斷尖叫的閃電天神待在一起。

天神們轉赴王座廳，舉行他們有史以來第一次（也是最後一次）的「奧林帕斯人民共和國」會議。

他們很快就發現，每件事情都要投票表決簡直是一團混亂，而且非常花時間，光是要決定如何設計奧林帕斯山的新旗幟就花了好幾個小時！

在此同時，一位名叫忒提絲（Thetis）的海精靈走到宙斯臥房附近的走廊上。海精靈跑到奧林帕斯山做什麼啊？也許她只是去那裡過一夜，或者拜訪朋友吧。

她對於剛剛發生的叛變行動一無所知，不過一聽到宙斯大喊救命，她立刻衝進臥房，發現宙斯遭到五花大綁，她還說：「呃……我是不是不該進來啊？」

「忒提絲，感謝命運女神！」宙斯大叫：「把我弄出去！」

他很快對忒提絲說明其他幾位天神的所作所為。「拜託，」他懇求說：「你是睿智的海精靈，放我出去，我會好好的感謝你。」

忒提絲說不出話。假如波塞頓也是叛變行動的一份子……嗯，他是大海之王，也是她的老闆耶。不過宙斯是萬物之王啊。看來無論她怎麼做，都將得罪力量最強大的敵人。

「如果我放你出去，」忒提絲說：「答應我，你會對其他天神仁慈一點。」

「仁慈？」

「只要不把他們丟進塔耳塔洛斯就好，或者不要把他們碎屍萬段，好嗎？」

宙斯氣得七竅生煙，不過他終於心不甘情不願地答應要「仁慈」。

忒提絲從衣櫥抓出一把剪刀試圖剪斷繩索，但運氣沒那麼好。那些魔法繩索太強韌了。

「用我的閃電火把繩子炸斷！」宙斯說：「稍等，我在繩索裡面。再想一下，可能不要炸斷比較好。」

「等一下，」忒提絲說：「我知道有人說不定可以幫忙。」

她變成一團鹽水蒸汽雲，立刻趕回大海，她在那裡找到百腕巨人布萊爾斯。由於宙斯把布萊爾斯從塔耳塔洛斯放出來，布萊爾斯欠他一次，所以很樂於幫他這個忙。忒提絲不知道用什麼方法把這個大塊頭偷偷運進奧林帕斯山，沒有讓眾神發現，然後布萊爾斯用他那一百隻很靈巧的手，三兩下就把魔法繩索解開了。

宙斯跳下床，抓了他的閃電火，然後三步併作兩步衝進王座廳，其他天神還在那裡努力設計他們的新旗幟。

轟！

宙斯打斷進一步的討論，也讓其他所有的天神大吃一驚。等他發完脾氣，拿奧林帕斯眾神當作打靶練習的目標炸完一輪之後，就開始懲罰參與叛變行動的成員。

他對忒提絲信守承諾，沒有把眾神碎屍萬段，也沒有把他們扔進塔耳塔洛斯。不過呢，他還是將希拉五花大綁，用繩索吊掛在混沌深淵的上方，讓她能夠好好思索，萬一掉進虛無之中而分解掉會是什麼感覺。每一天，宙斯都會帶著他的閃電火去看希拉，並說：「哎呀，今天可能是把繩索炸斷、看著你掉下去的好日子喔！」

這就是他們之間愛情關係的縮影。

希拉最終獲得釋放，不過這故事要等到以後再說了。

至於雅典娜呢，她則是逃過處罰。這樣完全不公平，對吧？不過雅典娜的口才非常好，她可能說服宙斯相信，她其實對整個計謀一無所知，而且一直在找機會幫宙斯鬆綁。宙斯簡直像白痴一樣，居然相信雅典娜說的話。

阿波羅和波塞頓則受到最嚴厲的懲罰，他們的永生不死力量暫時遭到剝奪。

我根本不知道宙斯擁有這種能力，不過他顯然辦得到。爲了讓這兩位「前天神」學到教訓，宙斯命令他們前去擔任特洛伊國王手下的勞工。這位國王名叫拉俄墨冬（Laomedon），阿波羅成爲他的牧羊人，負責看管王室豢養的羊群；波塞頓則必須獨力建造環繞整個城市的新城牆。

「你是在開玩笑嗎？」波塞頓抗議說：「那要花好幾年的時間耶！」

拉俄墨冬國王笑了。「是啊，嗯……我保證會好好酬謝你的辛苦工作，不過你最好趕快開始動工吧！」

事實上，拉俄墨冬國王根本沒有意思要付薪水給波塞頓。他並不喜歡海神，只想盡可能讓波塞頓做最多的免費工作，而且做得愈久愈好。

既然沒有選擇的餘地，波塞頓只好乖乖上工。即使失去了天神的力量，波塞頓依舊相當有威嚴。他比任何凡人都強壯，一次可以背負五到六塊巨大岩石。這項營建工程花了他好幾年的功夫，不過終究爲凡人城市建造出有史以來最堅固的城牆，讓特洛伊王國幾乎無法攻破。

最後，波塞頓拖著疲累、酸楚、疼痛的身軀，大步走進拉俄墨冬國王的王座廳。

「完成了。」波塞頓大聲宣布。

「完成什麼？」拉俄墨冬正在閱讀書本，聞言抬起頭來。已經過了好多年的光陰，他完全忘了波塞頓還在這裡。「啊，對喔！那些城牆！是啊，看起來很棒。你可以走了。」

波塞頓瞇起眼睛。「可是……我的報酬呢？」

「這就是你的報酬啊，你可以走了。我會讓宙斯知道你完成自己的誓言，他也會讓你重新成爲天神。還有什麼報酬比這個更好呢？」

波塞頓氣得高聲咆哮。「我讓你的城邦成爲大地上最堅固的城邦，我建造的城牆可以抵擋所有的軍隊。你答應要付我酬勞，而現在你不想付？」

「你還在這裡幹嘛？」拉俄墨冬問道。

波塞頓宛如旋風一般走出王座廳。

宙斯讓波塞頓重新成爲天神，但波塞頓永遠不會忘記拉俄墨冬對他的羞辱。他不能徹底摧毀特洛伊，因爲宙斯不准。於是，波塞頓派遣一隻海怪去威嚇特洛伊人，而且只要有機會就故意把特洛伊的船隻弄沉。後來發生所謂「特洛伊戰爭」這個小事件的時候……呃，波塞頓當然不會站在特洛伊那邊啦。

各位觀眾，這就是我老爸。大多數時候是個冷靜、隨和的老兄，不過你如果惹他生氣，他可是會記仇記很久很久喔。

唯一一個會記仇更久的天神……是啊，你也猜得到，就是放屁像閃電一樣大聲的那位。

我想，我們把他晾在旁邊也夠久了，該來聊聊宙斯啦。

10 宙斯殺了所有人

你想要聽恐怖故事嗎？

不妨想像一下這個：宙斯是掌管律法和命令的天神。這傢伙一生氣就亂射閃電，也沒辦法遵守自己的婚姻誓約，而同時這傢伙也負責督促各個國王要表現睿智、在長老會議要受人尊敬、誓言受到遵守，對陌生人要殷勤招待。

那就像是叫我要成爲掌管家庭作業和好成績的天神一樣。

我猜想，宙斯也不是樣樣都那麼糟。有時他會僞裝成流浪漢，出現在凡人家門外，看看人們會不會讓他進去家裡、提供食物給他吃。如果你對訪客很殷勤，恭喜你！那是你身爲希臘公民的義務。萬一你當著他的面甩上門……嗯哼，宙斯等一下會帶著閃電回來找你。

由於知道每個旅行者或無家可歸的人很可能是宙斯假扮的，這讓所有希臘人的生活都過得戰戰兢兢。

國王們也一樣。宙斯是掌管國王權力的天神，所以他負責監督這些凡人的統治者，確定他們沒有濫用自己的職權。很多國王顯然都會偷偷摸摸做些齷齪的事（可能是因爲宙斯忙著追求一些女孩而沒注意到），不過如果你做了一些眞的很邪惡或很蠢的事，總是有機會遇到宙斯帶著天神的雷聲和閃電轟隆降臨，把你炸得摔出王座。

要舉幾個例子嗎？就說說薩爾摩紐斯（Salmoneus）吧。這位老兄眞應該獲頒「最佳白痴獎」才對。他是七兄弟之一，他們是「色薩利」這個希臘王國的七位王子。宮殿內有太多王子晃來晃去，除了打電動以外無事可做，每天只等著繼承王國，於是他們的父王說：「你們七個統統給我滾出去！至少偶爾運動一下吧！你們爲什麼不全部出去建立新王國？不要再遊手好閒了，去找個工作吧！」

七位王子並不是很想建立新王國，那實在太辛苦了，不過他們的老爸很堅持，他手下全副武裝的衛兵們也很堅持，於是王子們只好各自帶著一群墾荒者，挺進希臘南部的大片荒野。

薩爾摩紐斯王子是個非常自以爲是的人，他將自己的新王國命名爲薩爾摩尼亞。他叫手下的墾荒者建造首都城市，但是人們幫他建造宮殿之前，希望先爲眾神建造神廟，這讓薩爾摩紐斯非常火大。

「國王陛下，」他們說：「我們必須先尊敬天神，否則他們會生氣！」

新國王大發牢騷。他其實沒有那麼信奉天神，他骨子裡認爲那根本是一堆無聊的垃圾故事，都是祭司自己編出來騙人們守秩序用的。

有一天晚上，薩爾摩紐斯坐在蓋到一半的宮殿裡，看著他的子民們工作到很晚，忙著爲宙斯的神廟完成最後的一些工程，搭蓋黃金屋頂和大理石地板。他聞到各式各樣美味食物的香氣，但那些食物全部扔進祭神儀式的火堆裡焚燒殆盡。

「他們不拿好吃的食物來給我，」薩爾摩紐斯對自己喃喃說著：「他們那麼怕天神，卻不怕自己的國王？假如我是天神，他們就不會這樣對待我了……」

薩爾摩紐斯突然萌生一個邪惡的想法。他想起以前小時候在色薩利，他們七兄弟經常玩一種遊戲，每個人各自打扮成混血英雄和天神。薩爾摩紐斯總是演得最像。

他叫來自己最信任的參謀說：「最信任的參謀，我們有事情要做。我們需要一些道具和化妝品。」

他的參謀皺起眉頭。「國王陛下，我們要演一齣戲嗎？」

薩爾摩紐斯咧嘴大笑。「算是吧……」

過了幾天後，薩爾摩紐斯準備好了。他化好妝，登上剛裝飾好的戰車，駕著戰車駛入首都的街道。

「注意！」他使出吃奶的力氣尖聲大叫：「我是宙斯！」

一位農夫嚇呆了，手裡的一整籃橄欖全部掉在地上。一位女士從她乘坐的驢子摔下來。還有許多居民尖叫逃跑，很怕國王的馬把他們踩扁。

薩爾摩紐斯的模樣實在很有威嚴，他身穿綴有金線的白色長袍，金色的王冠在髮際閃閃發亮；由於宙斯的神聖鳥類是神鷹，於是薩爾摩紐斯在他的戰車兩側都畫上神鷹圖案。在他身後，有兩座青銅製的定音鼓用防水油布蓋著，只要他舉起手，他的參謀（躲在油布底下，他在那裡實在很不舒服）就會用力打鼓，發出低沉的隆隆雷聲。

薩爾摩紐斯策馬穿越街道，尖聲叫著：「我是宙斯！拿好吃的食物來給我！」最後他停在宙斯新神廟的台階前，將戰車轉過去面對聚集的群眾。「你們要膜拜我！」他命令著：「因為我是天神。」

一位比較勇敢的臣民開口大喊：「您看起來很像薩爾摩紐斯。」

「沒錯！」薩爾摩紐斯沒有否認，「不過我也是宙斯！我已經決定棲身在你們國王的身體裡，你們膜拜我的時候就是膜拜他。這座神廟會是我的宮殿，所以你們把所有的祭品都拿來給我。但是再也不要把祭品燒掉了，那樣很浪費。我會把祭品全部吃掉。」

一些比較膽小的臣民開始聽從命令，把裝滿食物的籃子放在戰車旁邊的地上。

一個男人叫道：「您的戰車爲什麼要畫上雞的圖案？」

「牠們是神鷹！」薩爾摩紐斯大喊。

「看起來很像雞啊。」男人很堅持地說。

「安靜，你這個凡人！」薩爾摩紐斯踢了踢在防水油布底下的參謀，參謀連忙開始用力打起鼓來。

「聽見沒？」薩爾摩紐斯說：「我可以召喚雷聲！」

後面有一位女士說：「誰躲在你後面的毯子底下？」

「沒有人躲在裡面！」薩爾摩紐斯大喊，一串汗珠沿著他的脖子往下流。情況與他預期的不太一樣，所以他決定讓事先準備的道具派上用場。

他從身邊的桶子抓出一根燃燒的火把（這樣一桶在沃爾瑪百貨賣九十九點九九美元），扔向人群裡的那位女士。

人們一邊尖叫一邊推擠，努力避開那根火把，不過火把掉在人行道上，沒有傷到任何人。

「就在那裡！」薩爾摩紐斯大吼：「我向你射出了一道閃電！不准挑戰我，要不然我會把你射倒！」

「那是一根火把！」有人大叫。

「凡人，這是你自找的！」薩爾摩紐斯開始抓起一根根火把扔向群眾，同時伸腳猛踢防水油布底下的那位參謀要他擊鼓；但是過沒多久，那些新奇的東西就全都燃燒殆盡，群眾開始生氣了。

「遜！」有人大喊。

「冒牌貨！」另一個人大喊：「假宙斯！」

「真宙斯啦！」薩爾摩紐斯吼回去：「我就是宙斯！」

「你才不是宙斯！」群眾異口同聲大喊。

那麼多人一起喊著宙斯的名字，就連身在奧林帕斯山的大塊頭本尊都注意到了。他向下看，發現一個凡人國王畫著醜醜的妝，駕駛一輛車身畫著雞的戰車，亂扔火把還說那是閃電。

天空之神實在不曉得該大笑還是該生氣。

他決定要生氣。

暴風雨雲開始籠罩在薩爾摩尼亞這新城邦上空，真正的雷聲撼動建築物，天空之神的聲音也從高處隆隆傳來：「我是宙斯。」

一道曲曲折折的閃電劈裂天空，把薩爾摩紐斯和他那位可憐的參謀炸得血肉模糊。等到煙霧漸漸平息，原地已經什麼都不剩，只留下燒成木炭的戰車車輪和半熔燬的定音鼓。

薩爾摩尼亞的凡人歡呼慶賀。他們本來要舉辦宴會，一方面敬拜宙斯，另一方面慶祝除掉他們的白痴國王，不過宙斯還沒有就此罷休。

他的聲音繼續從空中隆隆傳來：「你們其中有些人送了祭品給他。有些人還真心相信那個笨蛋！」

「不！」凡人們大喊，同時伏地膜拜，害怕得瑟瑟發抖，「求求您！」

「我不能允許這個城邦繼續存在，」宙斯的聲音隆隆作響，「我必須拿你們殺雞儆猴，以後才不會再發生這種事。閃電即將降臨，倒數五秒，四秒，三秒……」

凡人們四散奔逃，但是宙斯沒有留給他們太多時間。有些人活著逃出薩爾摩尼亞，不過等到閃電劈下來，瞬間把大多數的凡人炸成碎片，或者把他們掩埋在炸碎的小石礫底下。

宙斯把薩爾摩尼亞從地圖上徹底抹除。沒有人膽敢重新聚居於這個地區繁衍下一代，這全是因爲有個不識好歹的傢伙，畫著醜陋的宙斯妝、駕駛小雞戰車，還帶了一整桶火把。

宙斯這樣也殺過頭了。確實沒錯，不過這還不是宙斯執行過最可怕的懲罰。有一次，他甚至決定要摧毀整個人類族群。

我根本不知道他爲何要這樣做，顯然是人類表現得很糟糕。也許他們沒有呈獻適合的祭品，或者沒有信仰眾神，或者罵太多髒話，而且超速開車開太快。

反正不管什麼原因，宙斯大發雷霆，決定毀滅整個人類族群。我是想說，拜託，人類以前可能會有多糟？我敢說，他們才沒有做出什麼以前從來沒做過的事，但是宙斯覺得夠了就是夠了，不需要有什麼理由。他的所作所爲就好像有些學校老師明明一整個學期都放水，讓你過關，然後有一天，沒有什麼顯而易見的理由，突然間就決定要好好整你一下，那就像是說：「好了，眞是夠了！每個人都給我留校察看！全班一起留下來！」

而我也想說：「老兄，拜託喔！在『沒什麼』和『氣炸了』之間，應該還有別的選項吧。」

總之，宙斯把眾神召集過來，宣布這項消息。

「人類噁心死了！」他大叫：「我要摧毀他們。」

王座廳內一片寂靜。最後狄蜜特終於說：「他們所有人嗎？」

「當然。」宙斯說。

「要怎麼弄？」阿瑞斯問道，戰神的眼中閃著急切的光芒。「用火燒？用閃電打？我們可以弄來一大堆鏈鋸，還有……」

「用噴霧式殺蟲劑好了，」宙斯說：「我們噴一堆殺蟲劑出去，讓整個世界籠罩個幾天，然後……」

「還沒有人發明噴霧式殺蟲劑啊。」希拉指出這點。

「噢，是喔。」宙斯皺起眉頭。「那就用洪水啊，我會打開天空，倒下傾盆大雨，直到所有人類全部淹死！」

波塞頓嘀咕幾聲。「洪水是我管的吧。」

「你可以幫忙啊。」宙斯提議。

「可是沒有人類以後，」荷絲提雅從火爐邊問：「國王陛下，誰會膜拜你？誰會幫你建神廟，又有誰會燒祭品給你？」

「我們會想出其他方案，」宙斯說：「畢竟，這又不是人類的第一個族群。我們永遠都可以製造出更多人類。」

根據古老的神話傳說，嚴格來說這是眞的。回溯到克羅諾斯的時代，那時候的人類稱爲「黃金族群」，據推測他們全都死光光了，取而代之的是「白銀族群」；至於奧林帕斯山早期的人類則稱爲「青銅族群」。那些人類與現在的我們有什麼不一樣？關於這點有很多傳說，不過主要的差別在於：他們都死了，而我們……還沒死。

「況且，」宙斯繼續說：「洪水很好啊，每隔一陣子，我們需要幫大地好好強力沖洗一番，把人行道上面的汙垢全部沖洗掉。」

眾神雖然心不甘情不願，最後還是同意他的計畫，不過很多天神與一些人類有特殊交情，於是他們透過夢境或預兆的形式，偷偷傳遞警告訊息給人類。由於這樣，少數人得以倖存，其中最有名的是希臘北部的色薩利國王和王后，是名叫杜卡利翁（Deucalion）的傢伙以及他太太皮拉（Pyrrha）。

杜卡利翁是人類，不過他老爸是泰坦巨神普羅米修斯，就是曾經帶火種給人類的那位老兄，如今他依舊被拘禁在遙遠山區，有隻大鷹會啄走他的肝臟。

普羅米修斯經歷了那麼多事情，我不知道他到底怎麼生出一個凡人小孩，畢竟你被鎖鍊綁死在岩石上、備受凌虐，實在不太可能享受任何的交友服務吧？無論他是怎麼辦到的，總之普羅米修斯也得知宙斯的計畫，而他對人類還有很大的眷戀，特別不希望自己的兒子杜卡利翁遭到洪水淹死，因爲杜卡利翁是好人，他總是非常尊敬天神，也很善待他的子民。

於是普羅米修斯在夢中警告他：「洪水要來了！找最大的箱子收拾一些補給品！快！」

杜卡利翁醒來之後一身冷汗。他對妻子述說夢境，而她想起閣樓裡收藏了一個巨大的橡木箱子。他們從廚房抓了一些食物和飲水，跑到樓上，沿途警告他們所有的僕人：「去找你們的家人！洪水要來了！去找地勢比較高的地方！」杜卡利翁和皮拉就是這麼好心的人。不幸的是，大多數的僕人沒有聽進去，因爲國王和王后年紀大了，那些僕人認爲他們可能瘋了。

杜卡利翁和皮拉把箱子裡所有的舊衣服和飾品全部清空，改放剛才拿來的存糧。雨水開始落下，過沒幾分鐘，天空就布滿了層層疊疊的灰色雨水。閃電破空而下，雷聲撼動大地，不到一小時，整個色薩利王國就遭到洪水吞噬。杜卡利翁和皮拉將裝滿補給品的箱子關上，把自己緊緊綁在箱蓋上，隨著箱子漂流到閣樓的窗子外面。

這趟旅程一點都不舒服，暴風雨肆虐時，水面上下翻騰，落差甚至高達十多公尺，四周還有大批的破瓦殘骸打轉流過，整個世界幾乎都遭到大水淹沒了。鹹鹹的海水一次又一次淹上國王和王后的口鼻，大概湧上來一百萬次有吧。不過這木製的箱子宛如一艘救生艇，讓他們不致往下沉。

驚人的雨勢彷彿永無止盡，但終究漸漸停了。雲層破開，陽光徐徐灑落。洪水慢慢地退去，杜卡利翁和皮拉隨著他們的箱子停泊在帕納薩斯山的山坡上。

看到這裡，你們有些人可能會想：「嘿，有個傢伙安全地漂來漂去，最終逃過大洪水，而整個壞蛋人類族群的其他人都淹死了。不是有另一個故事和這個故事很像嗎？就是名叫諾亞的那個老兄？」

是啦，嗯，每一個古老文化似乎都有像這樣的洪水故事，我猜那是相當嚴重的大災難，所以不同的人們用不同的方式傳述那件事。也許諾亞和杜卡利翁彼此在海面上擦身而過，杜卡利翁看了還說：「一艘方舟耶！每一種動物都有兩隻！我們怎麼沒想到？」

而他太太皮拉則像這樣說：「因爲牠們塞不進這個箱子啊，你這個傻瓜！」

不過這只是我亂猜的啦。

到最後，大水退回到海裡，陸地也漸漸變乾了。

杜卡利翁環顧四周空無一物的希臘山丘，說：「這下可好。現在我們該怎麼辦？」

「首先，」皮拉說：「我們向宙斯膜拜一番，請求他千萬不要再來一次。」

杜卡利翁同意這是個好主意，因爲這種洪水再來一次簡直是爛透了。

他們把剩餘的食物全部獻祭給宙斯，包括那個橡木箱子，統統用一把大火燒掉，懇求宙斯饒恕他們，不要再經歷像這樣的強力沖洗了。

而在奧林帕斯山上，宙斯心情大好。他很驚訝居然有人活下來，不過既然杜卡利翁和皮拉做的第一件事是敬拜他，他心裡覺得滿爽的。

「不會再有洪水了，」他的聲音從天上隆隆傳來：「因為你們是虔誠的人，而且我喜歡你們，所以你們可以要求任何賞賜，我都會同意。」

杜卡利翁匍匐在地，禮數周到。「謝謝您，宙斯陛下！我們懇求您，請告訴我們該如何在大地上重新繁衍！我太太和我已經太老了，生不出孩子，可是我們又不想成為最後活著的人類。請讓人類重新繁衍，而這一次，他們會好好守規矩。我向您保證！」

天空隆隆作響。「去找德爾菲的神諭，他們會給你建議。」

路途非常遙遠，但杜卡利翁和皮拉還是一路走去神諭處。當初洪水即將來襲時，有一批狼群高聲嚎叫，向德爾菲的人們提出警告；我不知道究竟是哪一位天神派了狼群過去，總之那裡的人們爬上德爾菲附近最高的山丘，躲過洪水的肆虐，如今他們已經回來堅守崗位，繼續發布預言和諸如此類的事。

杜卡利翁和皮拉進入神諭的洞穴，那裡有一位老太太坐在三腳凳上，並渾身籠罩在綠色煙霧中。

「噢，神諭，」杜卡利翁說：「求求您，告訴我們該如何在大地上重新繁衍。我的意思不是生孩子，因為我們已經太老，生孩子實在太蠢了！」

神諭發出的嘶嘶聲很像蛇的吐信聲：「你們離開這個地方的時候，把你們的頭包起來，一邊往前走，一邊往背後丟出你母親的骨頭，而且不要回頭看。」

「我母親的骨頭？」杜卡利翁不禁怒火中燒，「她過世了，而且早已下葬。我沒有隨身攜帶她的骨頭！」

「我只是宣讀預言，」神諭喃喃說著：「不負責解釋。好了，噓，快走！」

杜卡利翁和皮拉不是很滿意，但終究離開了神諭。

「我們該怎麼把母親的骨頭丟到背後啊？」杜卡利翁問。

皮拉也不知道，不過她用大披肩包住自己的頭，然後用另一條圍巾包住丈夫的頭，讓兩人能夠遵照神諭的命令。他們離開時低著頭，於是皮拉終於了解，由於用披肩包住頭，她就只能看著正前方的地面，而地面滿是散亂的岩石。

她怔住了。「丈夫，我有個想法。『我們母親的骨頭。』萬一神諭的意思不是字面上的我們母親的骨頭呢？說不定是……你是怎麼稱呼那些東西？『五行打油詩』嗎？」

「不是，五行打油詩是很低俗的詩句，」杜卡利翁說：「你的意思是，『隱喻』嗎？」

「沒錯！『我們母親的骨頭』會不會是一種隱喻？」

「好吧，不過那是什麼的隱喻呢？」

「『母親』指的是萬物之母……『大地之母』，」皮拉提議：「而她的骨頭……」

「可能就是指這些石頭！」杜卡利翁大叫：「哇，你好聰明！」

「所以你才會娶我啊！」

於是杜卡利翁和皮拉開始撿起地上的石頭，一邊向前走，一邊朝背後扔出石頭。他們沒有回頭看，不過可以聽見石頭撞到地面時，發出像是雞蛋碎裂的聲音。後來，國王和王后發現每一塊石頭都變成一個人類，杜卡利翁扔出的石頭變成男人，而皮拉扔出的石頭變成女人。

於是，宙斯又讓人類族群自行繁衍了。

這是否表示現在的我們還是青銅族群，或者我們算是「石頭族群」，或者說不定就是「搖滾一族」（rocker）？我也不曉得，但不管是哪一種情形，宙斯都很高興讓人類回到世界上，因爲若是沒有人類，他就沒有漂亮的凡人女孩可以追求了。

你在古希臘隨處走動，不可能碰不到任何一位宙斯的前女友。我們已經談了他的很多羅曼史，所以我覺得這裡不需要再聊太多位，只是要再提一下，他遇見很想追到手的女性時，絕對不會害羞，也會發揮無止盡的把妹創意。與每一位女朋友在一起時，他都會變身成某種奇特的形體，以吸引女孩的注意。他極少以同樣的外貌現身兩次。

有一次他遇到一位討人喜歡的女孩時，變身成天鵝的形體。又有一次他造訪一位女友，變身成宛如雨點般不斷灑下的點點金光。他也曾經變身成蛇、鷹、羊男和螞蟻去堵其他的女性。（說眞的，你如果是一隻螞蟻，到底要怎麼去堵人啊？而如果是……算了，隨便啦。）宙斯爲了調戲一些女性，甚至會變成她們的丈夫！那實在很低級。

他還有一次使出特別鬼祟的把戲，綁架一位名叫歐蘿芭（Europa）的小姐，她是一位公主。（當然啦，她們哪一個不是公主？）有一天，宙斯暗中跟蹤她到海灘上，歐蘿芭與她的朋友們去那裡玩耍。

宙斯不想以眞實的天神形態出現在她面前，因爲：一，希拉可能會注意到而大抓狂；二，天神現身時，女孩就有很好的理由嚇得逃跑；三，他眞的很想和歐蘿芭單獨說話。你也會覺得那樣很討厭吧，每次想和一個女孩單獨說話，她們卻老是成群結隊行動，像狼群一樣，是吧？那真的很煩。

於是，宙斯變身成一頭公牛，在沙灘上急速奔馳。他變成的公牛不會讓人驚慌害怕，牠有一雙溫和的灰眼睛，一身奶油黃色的牛皮，前額有一個白色的斑點，牛角帶著珍珠白的色澤。他走到海灘附近的草坡停下來，開始吃草，那模樣像是說：「哞哼，不必理我。」

所有的女孩都注意到他了。剛開始，她們不太知道該怎麼辦才好，但是那頭公牛沒有表現出任何威脅性。以公牛來說，牠看起來既可愛又溫和。

「我們去看看吧，」歐蘿芭說：「牠看起來好漂亮！」

於是女孩們圍繞在公牛旁邊，開始拍拍牠的背，也抓起一把把青草餵牠吃。公牛發出柔和的低沉叫聲，牠以大大的溫柔眼睛望著歐蘿芭，盡可能表現得既可愛又溫柔。

「哇喔——。」所有的女孩異口同聲發出驚歎。

歐蘿芭也發現公牛身上的氣味很好聞，有點像是混合了皮革和男性體香劑的氣味。她突然萌生一股難以抵擋的衝動，很想收養牠，帶牠回家。

公牛宙斯用鼻子磨蹭她的連身裙，然後低下頭，兩隻前腳跪下來。

「噢，天神啊！」歐蘿芭大叫：「我覺得牠想要載我去兜風耶！」

一般說來，公主實在不應該騎上公牛的，不過這頭公牛似乎既可愛又溫馴，於是歐蘿芭爬到牠的背上。

「來吧，女孩們！」歐蘿芭叫喊著：「大家一起……哇哇！」

她還來不及扶著朋友們爬上牛背，公牛就一個箭步衝向大海。歐蘿芭緊抓住牠的脖子，深怕自己會飛出去。公牛橫衝直撞時，她實在太害怕了，根本沒有機會嘗試爬下來。

過沒多久，公牛就已經深入大海跑了一百公尺遠。歐蘿芭的朋友們焦急叫喚她的名字，但是海灘變得愈來愈遠，況且歐蘿芭也不是很擅長游泳。她完全不曉得公牛要帶她去哪裡，唯一的選擇就是緊緊抓牢，希望最後有個好結局。

宙斯就這樣一路游到克里特島。一到達那裡，他立刻變回天神的形體說：「終於，我們可以獨處了！你還好嗎？我是宙斯。」

嗯，一件又一件事情緊接著不斷發生，既然歐蘿芭回不了家，她只好待在克里特島，與宙斯生了三個孩子。歐蘿芭的家鄉沒有人知道她究竟消失到什麼地方去了，於是她的名字就代表「我們所知不多的那些島嶼」的意思。也因此，希臘人開始稱呼北方那些土地為「歐蘿芭」（europa），最後就變成我們所說的「歐洲」（Europe）。

不過呢，宙斯追求女性也不是每一次都能隨心所欲。

歷經了眾神試圖推翻他的小叛變之後，他花了一些時間與海精靈忒提絲調情，當時這位女士把他從魔法繩索的束縛中解放出來。後來，宙斯聽到一個預言，說是忒提絲註定會生出一個兒子，未來將會比他的父親還要偉大。

那足夠讓宙斯嚇得屁滾尿流了。

「一個比我還要偉大的孩子？」他對自己喃喃說著：「沒這種事吧！」

於是他不再與忒提絲調情，他們的關係也從未再進一步。忒提絲最後嫁給一位名叫珀琉斯（Peleus）的偉大英雄，他們生了一個兒子，這位兒子果然成為比父親還要偉大的英雄。事實上，他成為希臘有史以來力量最強大也最有名的英雄。他名叫阿基里斯。所以我們要感激宙斯沒有與忒提絲結婚，沒有人需要一個什麼「超強宙斯二世」在世界上跑來跑去吧。

宙斯自己的力量已經強大到可以處理任何事了……嗯，幾乎任何事啦。

他唯一一次飽受教訓、愚弄、遭受擺布，是遇到一個叫「泰非斯」（Typhoeus）的怪物。關於泰非斯的神話故事還滿混亂的，連他的名字都不太統一，有時候叫泰非斯，有時候叫泰風（Typhon），有時甚至認為泰風和泰非斯是兩種不同的怪物。為了讓事情簡單點，我們就叫他泰非斯吧。

他看起來是什麼樣子呢？呃，很難描述。他老是藏身在暴風雨雲裡。非常巨大，這是確定的。可能是真的太巨大了，以至於他的頭似乎會刮到天空的頂部。他腰部以上的形體多少有點像人類，但是雙腿很像大蟒蛇的身體。他的兩隻手各有一百根手指頭，每一根手指尖都有一個蛇頭，而每一個蛇頭都有一雙燃燒的火眼，還會噴出毒液，所以他發狂的時候會像蓮蓬頭一樣把毒液噴得到處都是。也因為這樣，他完全不可能去給人修指甲。他還有巨大的皮革翅膀，一頭長髮糾結成團，聞起來有火山的煙味，而且臉孔不時扭動變化，所以簡直像是有一百張不同的臉，每一個臉似乎都比前一張更醜。喔，對了，他還會噴火，我剛才有沒有講過這個？

泰非斯是在塔耳塔洛斯的深淵內出生長大，因此深淵的靈魂，也就是最初的神祇塔耳塔洛斯，是他的父親。他的母親則是大地之母。我想，這樣就能解釋泰非斯為何既巨大又邪惡了，而他的父母想必為此感到非常驕傲。

泰非斯有個可愛的老婆，名叫艾奇娜（Echidna），也住在深淵裡面。好啦，她其實沒那麼可愛。她是非常可怕邪惡的女怪物，不過他們一定非常速配，因為他們生了一大堆小孩。事實上，幾乎你想得到的每一種可怕怪物都是泰非斯和艾奇娜的孩子。

儘管如此，有一天，泰非斯覺得煩躁不安，決定離開他那位於永恆詛咒深淵的舒適家園。「親愛的，」他對艾奇娜說：「我要去樓上毀掉那些天神，接管整個宇宙。我會盡量趕回來吃晚餐。」

「這是你母親的主意，對吧？」艾奇娜忍不住抱怨。「她老是指使你做這個、做那個！你眞應該乖乖待在家裡，許德拉（Hydra）需要他爸爸啊，斯芬克斯（Sphinx）也會吵著要找她的爹地！」

泰非斯無奈地聳聳肩。她說得沒錯，大地之母老是唆使他去摧毀那些天神。自從天神們打敗泰坦巨神後，蓋婭就恨透了他們。不過，這一趟其實是泰非斯自己的主意，他需要放假一下、喘口氣，暫時離開那一大群怪物小孩和他的女怪物老婆，而「接管宇宙」聽起來還滿剛好的。

「我會回來啦。」他保證。「如果我晚一點回來，你不用等門喔。」

於是，風暴巨人泰非斯強行進入上面世界，途經之處開始摧毀萬事萬物。對他來說，這實在簡單到有一點無聊。他扯起了一整座山，砸毀了一整個城市。他召來颶風，然後淹沒掉一整個島嶼。

「你們就只有這麼一點東西嗎？」泰非斯隔了老遠，對著奧林帕斯山大喊：「天神們都在哪裡啊？」

那些天神，事實上，正在集結起來準備作戰……直到他們親眼見識泰非斯的龐然體型，看到他是如何肆虐整個大地、弭平一個個國家、燒毀大片森林，甚至用他手指尖的蛇頭把海水變成一整鍋毒液。

「呃……」波塞頓幾乎說不出話，「那個傢伙好巨大。」

「超大的，」雅典娜說，她只有這一次同意海神說的話，「打贏的機率微乎其微，我不喜歡這樣。」

「各位！」宙斯語氣堅定地說：「我們有十二位，而他只有一個！我們曾經打敗泰坦巨神，這次也辦得到！」

其實啊，宙斯的雙腳在綁帶鞋裡抖個不停。他也想逃之夭夭，不過他是眾神之王，所以必須樹立良好的榜樣。

「來吧，」他說著，舉起最厲害的閃電，「進攻！」

眾神紛紛跳上各自的飛行戰車，尾隨著宙斯發動攻勢。他們嘴裡大喊「進攻」，可是骨子裡緊張得要死，因此聽起來語氣比較像是：「要進攻嗎？」

泰非斯一見到他們現身，立刻體驗到前所未有的感受……是喜悅！天神也小到太搞笑了吧！根本輕而易舉就能摧毀，這讓他覺得飄飄然。他已經能夠想像自己接收宙斯在奧林帕斯山的王座，進而掌管整個宇宙，不過他可能需要弄來一個比較大的王座。

「你們這些不死的天神，去死吧！」他大吼著，不過這句話聽起來還滿不合邏輯的，畢竟嚴格說來，不死的天神是不會死的；不過我猜，泰非斯應該是準備把他們炸成一小堆一小堆的灰燼，然後撒進深淵裡，那樣就和死掉相差不遠了。

總之，風暴巨人一下子吐毒液、一下子噴烈火，而且他挺直了身子，於是頭頂還真的刮到天空。大團烏雲在他身邊劇烈旋轉，地面融化掉，大海也在他的爬蟲腳下沸騰翻滾。眾神呼喊的口號改變了，變成「快跑啊！」「救命！」，還有「媽咪！」。

大家紛紛轉身逃走，只剩下宙斯一個。

這確實不是他們的得意時刻。有些傳說表示，眾神變身成各種動物以躲避巨人的瘋狂暴行。有一則神話甚至宣稱他們全都躲去埃及了；到了埃及以後，由於他們變成各種動物的形體，也就產生了如今所知的那些埃及神話，每個神祇都有不同動物的頭形。

我不知道埃及人聽了這種說法會作何感想，畢竟他們認為自己的神話故事遠比希臘神話早了好幾千年，不過希臘神話的說法就是這樣。

無論實情如何，總之現場只留下宙斯單獨面對泰非斯。

天空之神對著奧林帕斯眾神逃走的背影尖聲大喊：「你們不是開玩笑吧？快給我滾回來，你們這些懦夫！」

然而他的聲音淹沒在泰非斯的笑聲裡。「可憐的小宙斯，孤孤單單沒人陪！小不點天神，你最好快逃，不然我就要像捏死螞蟻一樣把你踩扁！」

宙斯曾經變成一隻螞蟻，為的是追求他的一位女朋友，所以他還滿喜歡螞蟻的。泰非斯怎麼可以這樣羞辱螞蟻！滿腔怒火給了他勇氣。

「大塊頭，你快要完蛋了！」宙斯大喊。他發動攻勢，準備宰掉對手。

他射出一道閃電，彷彿發射一顆五千萬噸級的氫彈，擊中泰非斯的胸膛。那個風暴巨人搖搖晃晃地向後退，但是沒有倒下。

宙斯一而再、再而三狂轟猛炸，爆炸的威力讓空氣為之燃燒、讓水全部蒸發，也把地表炸得坑坑洞洞，但是泰非斯持續挺進。

巨人掃中宙斯的戰車，把它轟得飛出九霄雲外。趁著宙斯跌倒，泰非斯用滿是蛇指尖的一隻手把他拎起來，開始用力擠壓。

宙斯連忙改變身形大小，盡可能讓體形變到最大，然而與泰非斯相形之下還是顯得非常迷你。宙斯拚命想要掙脫，但就算天神使出最大的力氣，還是無法與巨人相抗衡。

「放開我！」宙斯大吼著。

「好啊。」泰非斯咆哮著說，他這麼靠近宙斯的臉吐氣噴火，把宙斯的鬍子燒個精光。「但是我不能讓你惹麻煩，所以你需要支付一筆履約保證金。」

「一筆什麼？」

泰非斯的蛇指纏繞住宙斯的雙臂和雙腿，那些蛇頭把有毒的尖牙刺入了他的前臂、他的小腿，還有……

好吧，各位要有心理準備喔，那眞是超噁的。

……那些蛇頭扯出宙斯的肌腱。

那是什麼意思？這個嘛，肌腱讓你的肌肉可以和骨頭連在一起，對吧？至少我的棒球隊教練是這麼對我說的。所以肌腱是超級強韌的結締組織，有點像是體內天然的萬用膠帶。如果沒有這種萬用膠帶，一切都無法運作了。

泰非斯猛力扯出不死神祇的肌腱，只見那白白黏黏的天神肌腱結締組織微微發亮（我警告過了喔，眞的超噁的），於是宙斯變得像玩偶一樣，渾身軟綿綿。他沒辦法移動雙臂和雙腿，徹底無助，而且劇烈的痛楚甚至讓他無法向前直視。

「這樣就完成啦！」泰非斯叫著：「喔，我也順便把這些閃電帶走囉，這個拿來當牙籤最好用了。」

閃電掛在宙斯的腰帶上，巨人抓起那些閃電；然後他彎下腰，探向宙斯戰車上額外準備的一些閃電，毀壞的戰車傾倒在附近島嶼上冒著煙。「很棒！好，你可以走了。你可以好好欣賞我摧毀奧林帕斯山，接管整個世界。然後我等一下再回來，把你踩得扁扁的。」

泰非斯把宙斯丟到一旁，活像丟開一塊爛泥巴。宇宙之王掉在一道山坡上，變成歪七扭八的一團，只能低聲哀嚎：「哎喲。」

泰非斯宛如旋風般離開，直搗奧林帕斯山；他身上帶著宙斯的閃電，並把噁心的肌腱好好收在口袋裡（或者是收在男用包包裡，或者是當時打扮時尚的邪惡風暴巨人可能會穿戴的任何東西）。

嗯，各位觀眾，這下子情況看起來對眾神很不妙喔。對人類也是，或者對於住在地球表面的萬物都是如此。宙斯承受劇烈的痛楚，無助地躺在山坡上，只能眼睜睜看著泰非斯大步離開，前去摧毀奧林帕斯山。

宙斯心想：我爲什麼會想要當國王呢？實在是痛死了。

在此同時，其他天神全都躲起來了，泰非斯則是瘋狂掃蕩萬物，幾乎所向披靡。有一群波塞頓的海怪和鯨魚確實努力想阻止他，但是泰非斯只不過一出腳就把牠們踢得遠遠的，還順便在水域裡灑滿毒液。天空裡也有一些天神嘗試對抗他，包括星辰精靈，以及掌管月亮的泰坦巨神西倫。事實上，希臘人相信月亮的隕石坑就是西倫駕駛月亮戰車征討四方所留下來的疤痕。

但是一切都無濟於事。海洋持續沸騰，所有的島嶼悉數遭到摧毀殆盡，天空也因為高熱沸騰而變得又紅又黑。泰非斯不時重重踩踏大地，使地面裂開一條巨大的縫隙。他伸手進去拉出一些岩漿，活像從雞蛋裡面抽出蛋黃似的。他會把那些火燙的一團團岩漿扔向大地各處，在原野上縱火燃燒、融掉各個城市，甚至在山坡上書寫一些燃燒的塗鴉，像是「宙斯最爛」，以及「泰非斯到比一游」之類的錯字。

他會一路挺進奧林帕斯山，這點毫無疑問，但是，幸好有幾個天神決定繞回來看看宙斯怎麼樣了。

他們並不是最勇敢的天神，只是最鬼鬼祟祟而已。其中一位是傳訊天神荷米斯，他的飛行速度非常快，而且非常善於躲避雷達的偵測。另一位則是次要的羊男天神，名叫伊吉潘（Aegipan），他的毛毛腿和羊蹄很像山羊，基本上看起來很像一般的羊男，只不過他擁有不死之身。

伊吉潘本來已經變成長了一條魚尾的山羊，以躲避泰非斯的耳目。（為什麼是這麼詭異的偽裝啊？也許因為他實在嚇壞了，我也不知道。）不管怎麼樣，他潛入大海，逃之夭夭。但後來他心裡很難過，因為覺得自己是懦夫，於是他搭上荷米斯的便車，兩人到處飛來飛去，終於發現宙斯癱倒在地上。

「哎呀，」他們降落時，荷米斯說：「你怎麼啦？」

宙斯很想痛罵他們逃走真是沒種，竟然留下他單挑泰非斯，但他實在太痛了，急需他們的幫忙。

宙斯幾乎說不出話，只能勉強告訴他們閃電都被偷走的事，以及泰非斯把他雙臂和雙腿的肌腱全部扯掉了。

伊吉潘一副隨時都要吐出來的樣子。「所以我們完蛋了。遊戲結束。」

「我們不能放棄，」宙斯說：「必須把我的肌腱和閃電搶回來。如果我可以降落在泰非斯身上，用閃電近距離轟炸他，應該可以拿下他。可是要怎麼取回我的武器和我的肌腱……」

他盯著伊吉潘脖子上掛的排笛。

打仗的時候身上帶著魔法樂器，聽起來似乎很蠢，不過伊吉潘總是隨身攜帶他的排笛。他因爲擅長吹奏排笛而聞名。

突然間，宙斯想到一個瘋狂的點子。他想起很多年前，他是如何擺了克羅諾斯一道，促使他吐出其他奧林帕斯天神；還有，當年他又是如何冒充斟酒侍者，利用唱歌跳舞的伎倆贏得泰坦巨神的稱讚……

「力氣派不上用場的時候，」宙斯說：「奸詐的騙術可能有用。」

「我喜歡奸詐的騙術。」荷米斯說。

宙斯把自己的計畫告訴他們。

幸好荷米斯的飛行速度超級快。他抓起伊吉潘和「布娃娃」宙斯，加足馬力飛射而出，繞過泰非斯的摧毀途徑。三位天神降落在靠近奧林帕斯山腳下的希臘本土，那裡剛好是風暴巨人必經的路上。

荷米斯把宙斯放在附近的洞穴裡，無論計畫是失敗或成功，這位天空之王都只能像是一袋沒有用的石頭，在洞穴裡靜靜等待。

荷米斯藏身在最近的樹林裡，羊男天神伊吉潘則讓自己舒舒服服躺在一片開闊草地上，泰非斯不可能經過那裡而沒看到。然後伊吉潘開始吹奏排笛。

過沒多久，天空就暗了下來，地面搖晃，空氣聞起來有酸味和毒氣，樹木也開始悶燒起來。伊吉潘繼續吹奏他的甜美音樂旋律。

泰非斯的黑暗形體出現在地平線上，很像大金剛或是哥吉拉，或者那些邪惡的「狂派」變形金剛全部合而爲一。他一邊吼著自己的勝利口號，一邊接近奧林帕斯山。整片大地爲之顫慄震動。

伊吉潘繼續吹奏。他的旋律宛如早晨的陽光、流淌過樹林的沁涼溪澗，也像你的女朋友剛洗過頭髮的清新香氣……

對不起，我有點分心。我剛才說到哪裡？

對喔……那個羊男天神。他的樂音喚起萬物最良善、最美好的那一面。泰非斯逐漸靠近時，聽見那甜美的歌曲飄盪在空氣中，心裡疑惑到極點，不禁停下腳步。

「那聽起來不像尖叫聲，」巨人自言自語喃喃說著：「也不是爆炸聲。到底是什麼啊？」

塔耳塔洛斯裡面肯定沒什麼音樂，假如眞的有，走的路線恐怕也是送葬的安魂曲或死亡金屬搖滾吧。

泰非斯終於看到羊男天神愜意地躺在草地上吹著他的排笛。泰非斯大可一腳用力把他踩扁，但是伊吉潘一副完全不在乎的樣子。

泰非斯滿心狐疑。他跪下來，仔細端詳這個羊男。有好一陣子，整個世界陷入一片寂靜，只剩下巨人背後剛才摧毀一切的殘餘火勢，以及排笛的甜美樂音。

風暴巨人從未聽過這麼美好的聲音，絕對比他那位女怪物老婆的嘮叨碎唸聲和他那群怪物小孩的哭叫聲好聽多了。

不知是有意還是無意，泰非斯心滿意足地深深嘆了一口氣，他嘆氣的力道那麼強大，不但吹起伊吉潘的頭髮，也打斷他的樂曲。

羊男天神終於抬起頭來，但似乎一點都不害怕。

（事實上，伊吉潘怕得要死，不過他掩飾得很好，可能因爲他知道荷米斯在旁邊待命，假如情況變壞，荷米斯隨時準備挺身而出。）

「噢，哈囉，」伊吉潘說：「我沒注意到你耶。」

泰非斯歪斜他巨大的頭，滿心疑惑。「我像天空一樣高，覆蓋出巨大的陰影，而且我已經摧毀整個世界，你怎麼可能沒注意到我？」

「我想，因爲我忙著注意自己的音樂吧。」伊吉潘再度開始吹奏。泰非斯立刻覺得自己巨大的心充滿了喜樂，幾乎比他盤算著摧毀眾神的感覺還要好。

「我喜歡你的音樂，」泰非斯終於說：「我可能不會殺你。」

「謝謝你。」伊吉潘平靜地說，然後繼續吹奏。

「等到我徹底摧毀眾神之後，我會接管奧林帕斯山，然後任命你擔任我的宮廷樂師，於是你可以爲我演奏。」

伊吉潘只是自顧自地吹奏他那輕柔快樂的歌曲。

「我會需要好音樂，」泰非斯下定決心說：「你可以幫我寫一首偉大的民謠，歌頌我征服整個世界的壯舉！」

伊吉潘停止吹奏，突然變得很悲傷。「唔……除非……不。不行，那是不可能的。」

「什麼？」泰非斯的聲音隆隆地說。

對伊吉潘來說，有個超級巨大的風暴巨人逼近他面前，還有幾百個蛇頭手指不斷滴出毒液，用血紅色的眼睛盯著他，這種時候要記住整個計畫，而且保持冷靜，實在非常困難。

「荷米斯就在附近，」伊吉潘不停提醒自己，「我辦得到。」

「嗯，我很樂意為你寫一首歌，」伊吉潘說：「但是這麼崇高的曲調，實在不應該用排笛來演奏。我需要一架豎琴。」

「世界上所有的豎琴任你挑選。」泰非斯向他保證。

「陛下，您眞是非常親切，」伊吉潘說：「不過那豎琴需要用一些異常堅韌的肌腱來製作琴弦，要比牛腸線或馬腸線更加強韌才行。否則，我如果彈奏那些樂曲，歌頌您多麼強大和崇高，琴弦一定會繃斷。任何一種凡人的樂器都禁不起那樣的一首樂曲啊！」

泰非斯覺得聽起來還滿合理的，然後他萌生一個想法。

「我知道有這樣的東西！」泰非斯把他的背包放在地面上，從裡面挖出宙斯的肌腱。「你可以用這些來製作你的豎琴。」

「噢，那再適合不過了！」伊吉潘說著，但其實他好想放聲大叫，那眞是超噁的！「等您征服整個宇宙，我會做好一架豎琴，能夠配得上您的樂曲。」伊吉潘再度舉起手上的排笛，吹起一首輕柔搖籃曲的幾個音符。「不過那必定是異常困難的任務，我是說征服這整個世界，即使是像您這樣所向無敵的人，也很不容易啊。」

伊吉潘又吹奏了幾段，營造出下午的慵懶氣氛，像是在小溪旁的陰涼樹蔭下，躺在舒適的吊床上微微搖擺。泰非斯的眼皮開始變得好沉重。

「是啊……做起來眞累，」泰非斯表示同意，「沒有人會感激我的辛勞！」他坐了下來，四周的山丘爲之搖撼。「要摧毀一座座城市，讓海洋變成毒液，與月亮大戰一場。實在是筋疲力竭啊！」

「沒錯，陛下，」伊吉潘說：「如果您願意，我可以爲您吹奏一些樂曲讓您休息一陣子，因爲接下來要爬上奧林帕斯山奪取最後的勝利，那可是很辛苦的呢。」

「嗯。來點音樂吧。」泰非斯的眼皮垂下來。「也許稍微睡一下就……呼，呼，呼。」

他的大頭垂到胸前，這位風暴巨人開始打呼了。伊吉潘吹奏出最悅耳的搖籃曲，讓巨人沉浸於快樂的夢鄉。

在此同時，荷米斯躡手躡腳走出來，拿起肌腱，然後偷偷摸摸翻找泰非斯的男用包包，終於找到宙斯的閃電。他朝伊吉潘點點頭，像是說：「繼續吹！」然後飛也似地衝到宙斯藏身的洞穴。

結果搞得一團亂，他們忙著把肌腱黏回天空之神的雙臂和雙腿裡，用閃電小心焊接，把所有東西重新黏合在一起。有幾次，荷米斯甚至把肌腱裝反了，等到宙斯嘗試移動手臂時，用力一揮，結果打中自己的後腦勺。

「抱歉！」荷米斯說：「我可以修好！」

最後，宙斯終於恢復正常。身爲永生不死的天神，他恢復得非常神速；他再次高舉閃電，不禁湧起滿腔怒火，他覺得自己的力量比以前還要強大。

「該是討回來的時候了。」他怒吼著。

「我可以幫什麼忙？」荷米斯問。

「別擋路。」宙斯說。

「那我辦得到。」

宙斯從洞穴裡大步走出，身形逐漸變大，直到幾乎有泰非斯的一半高……對天神來說，這樣已經是極爲巨大了。荷米斯連忙把伊吉潘拉走，一溜煙飛到安全的地方，於是宙斯大喊：「給我醒來！」

他用閃電猛轟泰非斯一巴掌，那相當於一顆恆星在你的鼻孔旁邊爆炸成超新星。

泰非斯趴倒在地上，不過宙斯立刻再補上一轟。巨人大吃一驚，拚命想要站起來，其實他還半睡半醒，此刻頭暈腦脹、滿心困惑，正想說那個好羊男吹奏的好聽音樂跑到哪裡去了。宙斯正在以閃電轟炸他……不過那是不可能的啊，對吧？

轟隆！

喀砰！

巨人不得不全面撤退。閃電在他四周劈啪炸裂，把他手指尖的蛇頭炸掉，破壞他周遭的烏雲，也一次又一次讓他刺眼到看不見東西。

泰非斯還來不及恢復，就已跌跌撞撞摔進大海裡。宙斯從地面拔起一座大山，往泰非斯的頭頂砸下去。

「吃我的埃特納！」宙斯怒吼著。（因爲那正是那座大山的名字。）

他用埃特納山的重量壓扁泰非斯，於是風暴巨人從此困在大山底下，在幾百萬噸的岩石底下悶聲狂吼，不時引發火山噴發。

於是，宙斯就這樣拯救了整個宇宙，過程中有荷米斯和伊吉潘稍微幫了點小忙。我不知道荷米斯有沒有獲得獎賞，伊吉潘倒是受封爲一個星座，以表彰他的勇敢無畏。那個星座的形狀是一隻長出魚尾的山羊，紀念他要逃離泰非斯魔掌時變身的形體。後來，那個星座成爲組成黃道帶的符號之一，我們稱之爲摩羯座。

嘩，終於，謝天謝地，我可以不用再講宙斯的事了。

壞消息則是：接下來該談談一位女神，她既不喜歡我爸，也不是非常喜歡我。不過我會儘量持平一點啦，因爲，畢竟，她是我女朋友安娜貝斯的媽媽，那位詭計多端、絕頂聰明的老好人雅典娜。

11 雅典娜收養手帕

那麼，大概早在一百萬年前吧，我提過宙斯的第一任太太，泰坦巨神梅蒂斯。

還記得她嗎？連我都不記得了，還得翻到前面偷看一下。所有那些名字，包括梅蒂斯、忒提絲、忒彌斯和菲達起司……光是要把它們寫成一直線，我都覺得頭好痛。

總之，這裡再提示一下重點：

上週播出的《奧林帕斯眞神檔案》前情提要：梅蒂斯懷了宙斯的小孩。她接獲一道神諭，表示這孩子會是女孩，但如果梅蒂斯和宙斯在這之後又生下一個孩子，則會是男孩，而且長大之後會取代宙斯的地位。聽聞這道神諭之後，宙斯的表現非常合情合理：他驚慌失措，於是把他懷孕的太太整個吞下去。

哇嗚！

那接下來呢？

嗯，不死的天神不會死，即使被其他不死天神吞進肚子裡消化一番也不會，所以梅蒂斯就在宙斯的肚子裡生下她的女兒。

（請盡量大吐特吐吧。不然也可以等一下再吐，因爲還有更噁心的……）

梅蒂斯最後昇華成純粹的意念，畢竟她是掌管深刻思想的泰坦巨神。她變成沒有形體，只會在宙斯的心智深處不斷嘮叨碎唸。

至於梅蒂斯的女兒，她在宙斯體內漸漸長大，就像先前奧林帕斯眾神在克羅諾斯肚子裡長大一模一樣。等到這孩子長大成人（一個小小的、超級壓縮的、非常不舒服的成人），她開始想辦法逃進這個世界。但似乎不管什麼方法都不太好。如果她從宙斯的嘴巴噴出去，則每個人都會笑她，說她是嘔出來的，那樣一點尊嚴也沒有。假如她沿著宙斯消化道的另一端跑出去……不行！那就更噁心了。她是強壯的年輕女神，所以說不定可以衝破宙斯的胸口逃出去，可是那樣一來，大家都會認爲她是電影《異形》的那種怪物，所以結果還是一樣，那不是她想要的出口。

最後，她終於想到一個主意。她化爲純粹的意念（這是她媽媽梅蒂斯曾經教過她的小把戲），沿著宙斯的脊椎往上移動，直直進入他的大腦，然後她在那裡重新成形。她開始在宙斯的頭殼裡面亂踢、敲打、尖叫，極盡所能大吵大鬧。（她在那裡面也許沒有足夠的空間可以活動，畢竟宙斯的大腦那麼小。不要跟他說這是我說的喔。）

你可以想像，這讓宙斯頭痛欲裂。

頭殼裡面不斷有敲擊聲，害他整夜都睡不著。隔天早上，他拖著蹣跚的步伐去吃早餐，想辦法要吃點東西，但是他一直抽搐、尖叫，甚至拿叉子戳在桌子上，並尖聲大叫：「停止！停下來！」

希拉和狄蜜特互相使了個眼色，十分擔心。

「唔，我的老公？」希拉問：「一切……還好嗎？」

「頭痛啊！」宙斯吼著：「很糟糕，很糟糕的頭痛！」

像是要證明他說的話似的，這位宇宙之王用臉猛撞桌上的鬆餅，把鬆餅和盤子搗得稀巴爛，桌上到處散落著碎片，不過絲毫沒有減輕他的頭痛。

「吃點阿斯匹靈？」阿波羅建議。（他是掌管醫療的天神。）

「喝杯好茶？」荷絲提雅也提議。

「我可以把你的頭殼劈開來看看。」赫菲斯托斯提議，他是鐵匠之神。

「赫菲斯托斯！」希拉大叫：「不要那樣對你父親說話！」

「怎樣？」赫菲斯托斯疑惑地說：「他的那裡面顯然有問題啊。我可以把頭頂蓋打開，查看裡面的狀況，說不定能減輕腦壓喔。反正他有不死之身，那樣不會害死他啦。」

「不用了，謝謝。」宙斯齜牙咧嘴地說：「我……」就在這時，有好多紅點在宙斯的眼睛前面跳來跳去。劇烈的痛楚撕裂他的身體，而且有個聲音在他的腦袋裡面尖聲叫喊：「放我出去！放我出去！」

宙斯從他的椅子上摔下來，極度痛苦地扭動身子。「切開我的頭殼！」他哭喊著：「把那東西弄出來！」

其他天神全部嚇得臉色發白，連阿波羅都呆若木雞，而他大概，呃，大概曾因爲幫人急救領過十幾塊男童軍徽章吧。

赫菲斯托斯從他的椅子站起來。「好吧，我去拿我的尖鑽。」（那基本上是工業用強度的冰鑿，可以在很厚的表面上鑽洞，像是金屬表面啦，或者天神的頭骨。）「你們其他人，把宙斯帶到他的王座上緊緊壓住他。」

就這樣，奧林帕斯眾神準備進行緊急腦部手術。赫菲斯托斯去拿他的工具時，大家將宙斯拖到他的王座上，把他緊緊壓住。鐵匠天神完全沒有浪費時間，他大步走向宙斯，把尖鑽對準天空之神額頭的一個點，舉起手上的榔頭，然後敲出好大的一聲：「蹦！」

經過那次以後，大家都叫他「一擊男」赫菲斯托斯。

他用的力氣恰到好處，剛剛好只穿透頭骨，讓宙斯免於變成天神烤肉串。接著，從尖鑽的刺入點到宙斯的鼻梁之間出現一道裂縫，而且逐漸變寬，寬得剛好讓雅典娜從裡面擠出來。

當著大家的面，她從宙斯的額頭跳出來，然後身形逐漸變大，直到變成完整的成年女神身形。她身穿灰色長袍和戰鬥盔甲，頭戴青銅頭盔，手上握著長矛和盾牌。

我也不知道她從哪裡弄來這身裝備。也許雅典娜是用魔法力量把它們創造出來，也說不定是宙斯會吃衣服和武器當點心。無論如何，這位女神的登場方式還眞厲害。

「哈囉，大家好，」她語氣平靜地說：「我是雅典娜，掌管戰事和智慧的女神。」

狄蜜特當場昏過去。希拉則顯得極度震驚，畢竟她眼睜睜看著自己丈夫的額頭蹦出一個小孩，而且希拉十分確定雅典娜不是她的女兒。

戰神阿瑞斯開口說：「你不能掌管戰爭！那是我的工作！」

「我說的是戰事以及『智慧』，」雅典娜向他解釋，「我所掌管的是需要規劃、謀略和高度智能的戰鬥。你可以繼續負責那些愚蠢、血腥、很有『男子氣概』的那類戰爭。」

「噢，好吧，」阿瑞斯說。接著他沉下臉。「等一下……你說什麼？」

赫菲斯托斯把宙斯頭上裂開的傷口縫起來。儘管其他天神全都一臉疑惑，宙斯還是堅持要大家歡迎他的女兒雅典娜加入他們的行列。這就是雅典娜成爲奧林帕斯眾神一員的經過。

你剛才也聽到了，雅典娜是掌管智慧的女神，包括提供優質的建議和有用的技能。她把橄欖樹賜給希臘人，另外也教希臘人計算數字、織布、用牛隻拉動耕犁、吃完每一頓飯都用牙線清潔牙齒，還有其他一大堆有用的提醒。

而身爲戰事女神，比起進攻，雅典娜更擅長防守。她並不喜歡戰鬥，不過她知道有時候也需要戰鬥。她總是嘗試以優秀戰略和暗算詭計贏得勝利，也會盡可能減少嚴重的傷亡；在這方面，阿瑞斯就完全相反了，他熱愛暴力，而且遍地都是重傷屍體的戰場更是他的最愛。（對啦，他是個小可愛，那傢伙。）

雅典娜的神聖植物是橄欖樹，那是她送給雅典人的一份大禮。她的神聖動物則是貓頭鷹和蛇。根據傳說，貓頭鷹是來自天空的智慧象徵，蛇則是象徵著來自大地的智慧。我啊，我永遠都搞不懂，假如貓頭鷹真的那麼聰明，牠們爲什麼會一直飛來飛去，到處叫著「who」（誰），好像連自己的名字都記不住？蛇也從來沒有讓我覺得很聰明啊，不過希臘人顯然認爲，蛇的嘶嘶叫聲是低聲吐露重要的祕密。是啦，希臘老兄，有道理喔，那你就抓著響尾蛇更靠近你的耳朵一點，牠一定有什麼事要告訴你。

你很容易在古老的希臘雕像和繪畫中認出雅典娜，她幾乎都穿著同樣的裝束，頭盔上裝飾著公羊、馬、鷹頭獅身的葛萊芬、獅身人面的斯芬克斯，而且頭盔頂上有一根很炫的印地安摩霍克族樣式大羽毛。她通常會拿著長矛和盾牌，身穿無袖的斯巴達式連身裙，另外肩膀上披著一件魔法披風，稱爲「埃癸斯」。根據傳說，那件披風是用蛇皮縫製而成，而且上面釘著梅杜莎的青銅頭顱，有點像胸針裝飾吧。有時候你會聽說「埃癸斯」是這位女神的盾牌而不是披風，我猜從來沒人近距離看過它，也就無法確定哪一種說法才是對的，畢竟那上面有梅杜莎的頭啊……嗯，那整個神器的重點，就是要讓你嚇得尖叫逃走。

很多故事都說，雅典娜把埃癸斯當作禮物送給宙斯，所以嚴格來說那是宙斯的；但是雅典娜不時借去用，就像是說：「嘿，老爸，今天晚上可以把梅杜莎的斷頭借給我嗎？我要和朋友們出去玩。」

「好吧，親愛的，不過午夜之前要拿回來，而且不要把別人變成石頭唷。」

雅典娜身上的最大謎團，就是她爲什麼叫作「帕拉斯・雅典娜」（Pallas Athena）。有好長一段時間，我還以爲人們是叫她「Palace Athena」（雅典娜宮），很像什麼拉斯維加斯的飯店名稱，或者也許是雅典娜的祕密小窩之類的。

就連希臘人都對他們最喜愛的女神爲什麼有「帕拉斯」這個小名眾說紛紜，而我聽到的說法是這樣的。

雅典娜剛從宙斯的額頭蹦出來、還是年輕女神時，她老爸送她去北非沿岸的利比亞，與崔萊頓湖的精靈們住在一起。

「你會喜歡她們，」宙斯向她保證，「她們是好戰的女性，像你一樣。說不定她們會教你幾招戰鬥技巧！」

「我懷疑她們能教我什麼？」雅典娜說：「你爲什麼要把我送走？」

宙斯努力想要擠出笑容，但實在有一點困難，畢竟他的額頭還是很痛。「你看喔，我的戰爭小馬芬……」

「不要那樣叫我！」

「你過去一輩子都擠在我的肚子裡，」宙斯說：「去了那裡，你有機會學習認識這個廣大的世界。而且，這樣也讓其他奧林帕斯眾神有一點時間慢慢習慣你成爲眾神議會的一員。坦白說，你有一點嚇到他們啦，你既聰明又有力量。」

雅典娜覺得受寵若驚，所以她同意花一點時間待在非洲。

她果然很喜歡那裡，與宙斯預想的一樣。崔萊頓湖的精靈們是非常優秀的戰士和運動員，也許是因為她們住在那麼惡劣的環境裡。雅典娜向她們學到各式各樣超機密的忍者精靈戰鬥技巧，精靈們也認為這世上除了切片神食之外，雅典娜是最棒的了。

雅典娜最親密的朋友是帕拉斯，她是唯一能在短兵相接的戰鬥中偶爾打敗雅典娜的精靈。她們對盔甲和武器有相同的好品味，也有同樣的幽默感，而且兩人默契極佳，可以把對方沒說完的話接著說完。過沒多久，她們就成為彼此最要好的朋友。

然後有一天，雅典娜和帕拉斯在湖邊練習戰鬥技巧，剛好宙斯從空中俯瞰，想要看看雅典娜過得如何。

宙斯非常震驚。雅典娜和帕拉斯的打鬥兼具速度和強度，宙斯不相信那只是模擬戰鬥練習。雅典娜看起來好像快要被殺死了！（嗯，沒錯，我知道她有不死之身，所以她不可能真的被殺死，然而宙斯是對孩子保護過頭的父親。由於一時情急，他忘了雅典娜是不死之身。）

帕拉斯將標槍刺向雅典娜的胸口，結果宙斯反應過度，他突然出現在雅典娜背後的天空中，高高舉起埃癸斯（那時候剛好由他保管），帕拉斯根本不可能避開不看。

梅杜莎的青銅臉孔讓這位精靈嚇呆了。雅典娜把她朋友的標槍打到一旁，隨即反攻，手上的長矛直直刺向帕拉斯的腹部。

在正常情況下，帕拉斯一定會毫無困難地閃開，因此雅典娜預期帕拉斯會移動身子。

但這一次，帕拉斯的動作太慢了，雅典娜的長矛直直刺入精靈的肚子，而且從背後穿刺而出。帕拉斯彎下身子倒在地上。

精靈是有魔法的生物，她們的壽命很長，而且可以抵擋很多力量，甚至可以抵擋梅杜莎的注視。然而，她們沒有不死之身。假如你用長矛刺殺精靈，她會死去。

帕拉斯死了。

雅典娜跪倒在地，滿心震驚、恐懼，眼淚止不住地流下來。她抱起可憐朋友毫無生氣的身體，惡狠狠瞪著宙斯，他依舊拿著埃癸斯盤旋在空中。

「老爸！」雅典娜尖聲大叫：「爲什麼？」

看到女兒一雙狂暴的灰色眼睛，宙斯的驚嚇程度不亞於遭遇風暴巨人泰非斯的時候。「我以爲……我不是故意要……噢，慘了。」

他消失不見，溜回奧林帕斯山。

雅典娜極度悲痛。她好友的屍體化爲崔萊頓湖的湖水消散掉，這是水精靈一般的生命歸宿，但是雅典娜決心要爲帕拉斯豎立一座神聖的雕像來紀念她。女神爲帕拉斯雕刻了一座木質雕像，再運用高超的塗繪技巧，讓雕像顯得栩栩如生。接著，雅典娜割下了埃癸斯披風的一小角（話說，由於披風可以穿在天神身上，所以那一小角也算相當巨大了），披在帕拉斯雕像的肩膀上。

這座雕像成爲非常重要的工藝品。最後它到達特洛伊城，豎立在一間特別的神廟裡，那裡稱爲「帕拉斯守護神廟」。女性可以前往那裡尋求雅典娜的庇護，於是誰都不能傷害她們。至於男性則不准觀看那座雕像，一旦看到，唯一的懲罰就是死亡。

帕拉斯的雕像看起來與雅典娜非常相似，於是人們開始稱它爲「帕拉斯／雅典娜」。後來的人搞混了，結果開始稱呼他們的女神爲「帕拉斯．雅典娜」。

對此，雅典娜不以為意。藉由冠上她朋友的名字，女神也能讓帕拉斯永遠活在她心裡。

因此，你可以大大方方叫她帕拉斯．雅典娜，但是千萬不要問她是否能在「雅典娜宮」預訂一個房間喔，我可以用親身經驗告訴你，她覺得那一點都不好笑。

那麼就來討論這件事……一般說來，雅典娜的幽默感實在不怎麼樣。

就看她對付阿拉克妮（Arachne）的方法好了。那個例子怎麼樣？超嚴酷的。

阿拉克妮出生的時候完全沒有任何優勢。她住在名為呂底亞的王國，所在位置是今天的土耳其。那裡沒什麼特別，有點像古希臘的南達科塔州那麼荒涼（南達科塔州對不起喔）。阿拉克妮的父母都是低下階層的羊毛染房工人，意思是他們整天都在一桶桶臭氣沖天、熱氣蒸騰的紫色汁液裡面攪拌布匹，那大概和今天在麥當勞廚房裡翻煎漢堡肉差不多。

他們過世的時候，阿拉克妮年紀還很小，她變成沒有朋友、沒有家人也沒有錢的孤兒。然而，阿拉克妮後來成為整個王國最有名的女孩，因為她擁有非常純熟的織布技巧，厲害到沒有人比得上她。

我知道啦，你一定會想：哇，織布耶。聽起來南達科塔州開始令人興奮起來了。

不過啊，同學，你試過織布沒有？那超難的！我是說，你有沒有仔細看過自己衣服的布料構造？下一次去上無聊的化學課時，你不妨仔細觀察一下。布料是由許多絲線組成，總共有幾百萬條吧，上上下下、左左右右織成。這得有人拿著材料，像是羊毛、棉花或之類的，不斷用力刷，把所有的纖維刷成相同的方向，然後搓揉成細細的絲線。接著，他們還得把不計其數的絲線並排在一起，就是像吉他弦那樣一條條平行排列，然後讓上下方向的絲線穿越其中織在一起。

沒錯，我們現在有機器可以做這些步驟了，不過請想像一下，讓時光回溯到古希臘，當時全部都是手工，區區五公分平方的每一塊布面都要花費無數個小時才織得出來。在當時，大多數人只買得起一件衣服和一件褲子，因爲製作衣服簡直困難到要瘋掉。什麼，你說窗簾或床單？想都別想啦！

而且，剛才說的還是單色織法喔，像是白色布匹。如果想要有花樣和圖案呢？那麼你就得規劃好，哪些絲線要先染成哪些顏色，然後把染好色的所有絲線放在完全正確的位置上，那很像是超大型的拼圖。像我這樣有注意力不足過動症的人，根本永遠不可能辦到。

織布是唯一能夠製造布匹的方法，所以除非你想要一天到晚光著身子跑來跑去，否則最好幫自己找個優秀的織布工匠吧。

阿拉克妮則是讓織布這件事看起來輕鬆容易。她可以幫你做一件夏威夷衫，不但把花朵、青蛙、椰子等圖案織入布匹，而且短短五分鐘就可以完成。她可以用銀色和藍色絲線織成窗簾布，於是布料飄動時，看起來像是眞正的雲朵飄過藍天。她最喜歡的是製作掛毯，那是非常大型的織布藝術，你可以把成品掛在牆壁上。掛毯只用來做裝飾，對大多數織布匠師來說，製作掛毯的技術實在太困難了，況且也只有國王和職棒選手有能力購買，不過阿拉克妮製作掛毯只是因爲自己喜歡做，而且她居然像是贈送伴手禮一樣把它們送給別人。

因此，她變得很受歡迎，而且名氣非常響亮。

過沒多久，當地人每天都會聚集在阿拉克妮的小屋外，欣賞她的工作情形。就連精靈們都會從她們棲身的樹林和小溪走出來，瞠目結舌地望著她的織品，因爲她織造出來的掛毯甚至比大自然的景象還要美麗。

阿拉克妮的雙手像是會飛。她拾起一簇羊毛，撚成絲線，染成她想要的顏色，套上她的織布架，整個過程簡直像是花不到一秒鐘。她把一整排上下平行排列的絲線設置好之後，再將準備橫向穿越的絲線固定在一根長長的木塊上，那個木塊稱為「梭子」，有點像超大型的繡針。她讓梭子前後穿梭在絲線之間，速度快得好像網球賽中來回飛馳的網球，就這樣把所有絲線織合在一起，變成一塊堅實的布匹；也因為她把各種顏色的絲線安排得太完美了，圖案像是施了魔法一般出現在布上。

左穿、右穿、左穿、右穿：轟！

宛如一陣電光火石，你就看到一片海洋的景致織在布匹上，不過實在太眞實了，畫面上的海浪似乎即將在海灘上碎成細浪。她運用藍色和綠色的金屬絲線讓水面波光粼粼，而岸上的人形織得那麼細緻，你幾乎可以分辨出他們的面貌。如果拿放大鏡仔細觀看她織的沙丘，甚至可以數出一顆顆的沙粒。基本上，阿拉克妮發明了「高解析度織布技術」。

有一位精靈驚訝得倒抽一口氣。「阿拉克妮，你太不可思議了！」

「謝謝。」阿拉克妮聞言露出沾沾自喜的微笑，同時準備織造下一件傑作。

「雅典娜一定親自教你織布！」那個精靈說。

哎呀，這是很大的讚美啊。阿拉克妮實在應該只是點點頭，說聲謝謝，就算了。

可是阿拉克妮對自己的織布技術太自豪了。她對眾神一點好感都沒有。他們曾經幫過她什麼？阿拉克妮完全是從無到有，自己發展出這樣的能力。她的父母早已過世，沒有留給她半毛錢。她從來不曾有過什麼好運氣。

「雅典娜?」阿拉克妮嗤之以鼻,「這織布技術是我自學而成的,沒有人教過我。」群眾緊張地推來擠去。

「不過,說眞的,」一位男士說:「你應該感謝雅典娜賜給你這樣的天賦,畢竟織布技術是那位女神發明的。如果沒有她……」

「掛毯沒你的份!」阿拉克妮拿起一球紗線扔向那位男士的臉。「織布是我的專長!假如雅典娜那麼厲害,她可以到下面來,用她的技術和我一較高下。咱們來看看誰才是專家!」

接下來的發展你也猜得到。雅典娜聽到這項挑戰了。身爲女神,如果有人像這樣向你叫陣,你實在不能放他一馬啊。

隔天,雅典娜就下到大地,但她不是拿著噴火冒煙的長矛來興師問罪,而是決定偷偷摸摸去拜訪阿拉克妮,一探虛實。雅典娜在這方面還滿謹愼的,她喜歡把事實眞相攤開來看,也相信每個人都應該有第二次機會,畢竟她曾經意外殺死自己最要好的朋友帕拉斯。她知道每個人總有犯錯的時候。

於是她化身爲衰弱的老太太,腳步蹣跚走向阿拉克妮的小屋,加入圍觀的人群,觀看那位織布匠師的工作情形。

這個凡人確實厲害,這點毫無疑問。阿拉克妮織出山水瀑布的風景,一座座城市在午後熱氣中閃閃發亮,動物在森林裡埋伏潛行,海怪看起來也十分駭人,看似隨時都會跳出布面發動攻勢。阿拉克妮以非人類的速度織造出大量的掛毯,然後像是頒發獎品似的拋給群眾,彷彿用她的「T恤發射器」射出去,讓所有的圍觀群眾拿到貴重的伴手禮而樂不可支。

這女孩看起來並不貪婪,只是想與全世界分享她的作品。

雅典娜相當敬佩這一點。這位凡人阿拉克妮並不是出身富裕家庭，也沒有上過貴族學校，她的人生沒有任何優勢，不過她憑著自己的技能開創出一片天。雅典娜決定不計較阿拉克妮的過錯。

女神擠過人群走到前面，開始與阿拉克妮說話，年輕女孩手上的工作沒有停下來。

「親愛的，你也知道，」老太太雅典娜說：「我可能很老了，不過老人家總會多了點智慧。你願意接受一些勸告嗎？」

阿拉克妮只是咕噥了一聲。她忙著編織作品，並不想要聽什麼有智慧的話，不過她什麼都沒說。

「你很有天分，」雅典娜繼續說：「接受其他人的讚美絕對沒有害處，這是你應得的！不過呢，我希望你能把自己很有天分的功勞歸給女神雅典娜，畢竟她發明了編織，也把編織的天分賜給像你這樣的凡人。」

阿拉克妮停下手中的編織工作，抬頭直視老太太。「老奶奶，沒有人賜給我任何東西。也許你的視力已經變得很不好，但是看看這塊掛毯吧，這是我做的。辛苦工作的人是我，我不需要感謝任何人！」

雅典娜努力保持冷靜。「你很引以為傲，我看得出來。這也是理所當然的。不過你這樣對女神很不敬。假如我是你，我會立刻請求她的原諒，我也很確定她一定會原諒你。她非常仁慈，對所有……」

「老奶奶，滾開啦！」阿拉克妮厲聲說著：「省省吧，你的勸告去對你的女兒和繼女說，我才不稀罕。如果你那麼愛雅典娜，就去叫她來找我，咱們來看看誰的編織技藝比較好！」

完蛋了。

眼前爆出一陣閃光，雅典娜的僞裝燃燒殆盡。女神屹立在群眾面前，手上的盾牌和長矛閃爍著金光。「雅典娜在此，」她說：「而她接受你的挑戰。」

專家講評：假如你是凡人，有一位女神從你身邊冒出來，而如果你希望接下來的幾分鐘能夠僥倖存活，最正確的應對方法是立刻趴到地上，五體投地。

圍觀群眾完全就是這樣做，但阿拉克妮很有種。當然啦，她的內心很害怕，臉色一片慘白，然後唰地變紅，接著又變慘白，不過她還是勉強站起來直視女神。「很好。老太太，咱們來看看你有什麼能耐！」

「喔喔喔喔喔。」群眾紛紛出聲。

「我有什麼能耐？」雅典娜吼回去：「來自呂底亞的小女孩打算讓我瞧瞧什麼叫做織布嗎？等我露一手，這些群眾就會拿你的掛毯去當衛生紙！」

「發火啦！」群眾議論紛紛。

「哦，是嗎？」阿拉克妮聞言冷笑，「如果你認爲自己能織得比我好，肯定是在你爸爸的腦袋裡變得無知了。宙斯吞了你媽媽，恐怕就是爲了不讓你生出來，免得你自取其辱！」

「要爆炸啦！」群眾狂喊。

「哦，是嗎？」雅典娜咆哮著說：「嗯，你的媽媽……」女神深吸一口氣。「你知道嗎？垃圾話說夠了，該以織布一較高下了！一人織一塊掛毯，贏的人才有自吹自擂的權利。」

「嗯哼。」阿拉克妮握緊拳頭，兩手撐腰。「那麼誰來判定贏家？你嗎？」

「沒錯，」雅典娜簡潔地說：「我對冥河發誓，絕對公平公正。除非你想讓這些凡人來決定勝負。」

阿拉克妮看著那些驚恐萬分的凡人們，終於意識到自己陷入絕境。無論她織得有多好，這些凡人顯然會判定雅典娜獲勝。他們才不想惹惱女神，害自己被轟的一聲炸成灰燼，或者變成醜兮兮的疣豬。阿拉克妮連一分鐘都不相信雅典娜會公平公正，然而眾神如果敢對著冥河發誓，說不定他們眞的會信守承諾。

阿拉克妮知道自己沒有選擇的餘地，所以乾脆轟轟烈烈大戰一場吧。「那就來吧，雅典娜。你要借我的織布機，還是需要附加了輔助輪的特殊機種？」

雅典娜氣得咬牙切齒。「我有自己的織布機，多謝了。」

女神彈彈手指，於是阿拉克妮的織布機旁出現一架閃閃發亮的織布機。女神和凡人一同坐下，開始熱烈地工作。群眾們握拳振臂揮舞，忘情大唱：「織吧！織吧！」

呂底亞人實在應該早點賣廣告，並尋求合作贊助者，因爲這會是古希臘電視史上水準最高的織布對戰擂台賽。

隨著比賽進行，雅典娜和阿拉克妮之間的垃圾話也繼續噴發……不過是以掛毯成果來表現啦。雅典娜織出一幕眾神完全沐浴於燦爛榮光的場景，他們全部坐在奧林帕斯山的議會廳裡，彷彿訴說著：「我們是最優秀的，其他人都靠邊站。」她織繪出雅典衛城上的神廟，表示聰明的凡人都應該榮耀眾神。

接著，雅典娜又在布上織出一些附加圖樣，都是值得引以爲戒的警告圖樣。如果你靠近一點仔細看，會看到所有曾經膽敢與眾神比美的知名凡人，他們後來要不是變成各種動物，就是在馬路上被車子撞扁。

而在另外一邊，阿拉克妮則織出很不一樣的風貌。她織繪出眾神曾做過的每一件荒謬又可怕的事，像是宙斯變成一隻公牛而綁架歐蘿芭公主；她也織出波塞頓變成一匹種馬，追逐狄蜜特變成的白色母馬；然後是可憐的梅杜莎，她是接受波塞頓求愛的無辜女孩，後來雅典娜把她變成醜陋可怕的怪物。她讓眾神顯得很愚蠢，而且邪惡、幼稚，對凡人毫無益處……唉，我都不好意思說了，她實在有一大堆題材可以發揮啊。

掛毯織好之後，群眾完全不敢吭聲，因爲兩張掛毯都太驚人了。雅典娜的掛毯非常莊嚴雄偉，令人屏息，會讓你充分感受到奧林帕斯眾神的力量。阿拉克妮的掛毯則是對眾神的所作所爲提出最嚴厲的批判，令你在同一時間既想大笑、大哭，又忍不住燃起一把怒火……不過看起來還是非常美麗。

雅典娜來來回回看著兩張掛毯，努力想判定那一塊織得比較好。

這故事的有些版本會告訴你，最後由雅典娜贏得比賽，但那不是事實。事實上，雅典娜不得不承認，兩張掛毯的織造品質平分秋色，眞的一樣好。

「打成平手，」她心不甘情不願地說：「你的技巧，你的技術，你的用色……無論我多麼想找到出錯的地方，終究是找不到。」

阿拉克妮想要站起來挺直身子，但是剛才費力織布耗盡她的元氣。她的雙手非常疼痛，背也很痠，更因費盡心力而駝背了。「那現在怎麼辦？再戰一次嗎？除非你害怕……」

雅典娜再也無法按捺內心的怒火。她取出自己織布機上的梭子，那根木條有點像正方形的球棒。「很好，我要好好教訓你這個侮辱天神的人渣！」

碰！碰！碰！

阿拉克妮來不及逃去躲起來，於是女神直敲這位凡人織布匠師的頭。剛開始，群眾都很害怕；接著，他們的反應就像一般人類一樣，本來看到其他人遭到毆打會很害怕又緊張，但漸漸就笑起來，開始取笑阿拉克妮。

「教訓她！」有人大叫。

「對呀，小女孩，瞧瞧誰才是老大？」另一個人說。

其實這群凡人本來以驚歎的目光看待阿拉克妮的作品，而且已經在她的小屋外站了好幾天，渴望能免費拿到她織的掛毯，但同樣的一群人眼睜睜看著雅典娜出手教訓，此時卻轉而抨擊她、叫罵她、嘲笑她。

很殘酷嗎？確實沒錯。但如果你問我的看法，我會說，那群民眾所呈現的人類樣貌，其實就像阿拉克妮的掛毯所描繪的天神樣貌一樣，非常眞實，也是非常嚴厲的批判。

最後，雅典娜的怒氣漸漸平息。她轉過身，看見所有的凡人對著阿拉克妮又是嘲笑、又是指指點點，這才意識到自己可能懲罰得太過嚴厲了。

「夠了！」女神對群眾大喊：「你們對自己人這麼快就翻臉啦？阿拉克妮至少有一點才華！你們這些人又有什麼特點？」

趁著雅典娜忙於責備群眾，阿拉克妮掙扎著站起來。她身上每一寸肌膚都疼痛不堪，但受到最大傷害的莫過於她的自尊心。編織是她人生唯一的樂趣，雅典娜卻把它奪走了。阿拉克妮再也不可能對自己的工作重拾樂趣，而她本來那麼努力取悅的鎭民，如今也反過來指責她。她的雙眼因爲羞恥、恨意和自憐而刺痛流淚。她衝到織布機旁邊，拾起一大團絲線，多到足以做成臨時的繩索。她打出一個套索，放在自己的脖子上，然後把繩索的另一端拋過她上方的橫梁。

等到雅典娜和群眾終於發現時，阿拉克妮已經吊在天花板上試圖自殺。

「傻女孩。」雅典娜說。她一方面滿心同情，但也很討厭自殺，覺得那是懦弱的行爲。「我不會讓你死掉。你會活著，而且永遠不停地編織。」

她把阿拉克妮變成一隻蜘蛛，從那之後，阿拉克妮和她的孩子們就一直編織著蜘蛛網。蜘蛛恨透了雅典娜，雅典娜也以討厭蜘蛛作爲回報。不過蜘蛛也很討厭人類，因爲阿拉克妮永遠忘不了自己受到嘲笑時的羞恥與憤怒。

所以，這個故事帶給我們什麼樣的啓示呢？囉唆的老派人士會說：「千萬不要拿自己和天神比較，因爲你絕對不可能那麼厲害。」然而這樣說是不對的。

因爲阿拉克妮眞的就是那麼厲害。

也許我們學到的教訓是這樣：「你應該要知道何時可以自吹自擂，何時又該把嘴巴閉緊一點。」或者是這樣：「即使你的天分和雅典娜一樣好，有時候人生就是不公平啊。」或者也許是這樣：「千萬不要亂送免費的掛毯。」

就讓你自己決定吧。

那場比賽的兩張掛毯一樣美，後來雅典娜把兩張掛毯都撕爛了。因爲坦白說，經過那次事件之後，我覺得每個人的心情都不太好吧。

你可能會對雅典娜有一種印象……嗯，該怎麼準確地說呢？她或許是智慧女神，但不是每一次都能做出最聰明的抉擇。

就說一件事好了，她的自我意識很強。舉例來說，她發明笛子的經過就是這樣。有一天她走在雅典附近的樹林裡，聽到一窩蛇嘶嘶叫著，於是她心想，嘿，一根長長的管狀物豈不是可以發出聲音？就這樣，她構想出一種新的樂器。她把蘆葦桿挖成中空狀，上面鑽一些洞，從一端吹氣，美妙的樂音就流瀉出來了。

剛開始，她對自己的笛子非常自負。她其實不是掌管音樂的女神，不過也可以發明出新的好聽聲音。她帶著自己的笛子回到奧林帕斯山上，急著拿給其他天神看，不過她一開始吹奏，其他女神就開始吃吃竊笑，交頭接耳。

雅典娜吹到一半停下來。「有什麼好笑的？」

「沒什麼。」阿芙蘿黛蒂說，她是愛之女神。

「親愛的，音樂很美妙。」希拉一邊說，一邊努力忍住笑意。

唉，說實在的，其他女神經常受到雅典娜的威嚇，因爲她太聰明、太強大了。自然而然地，她們會在背地裡取笑她，並且盡可能把她摒除在小圈圈之外。雅典娜也不喜歡其他女神，認爲她們多半都很愚蠢、很膚淺。不過她也想與其他女神打成一片，因此一聽到她們竊笑，她就忍不住發飆。

「你們爲什麼要笑？」雅典娜質問。

「嗯……」狄蜜特壓抑笑意，「只是因爲你吹笛子的時候，眼睛會變鬥雞眼，臉頰會鼓起來，而且嘴巴又嘟成很好笑的形狀。」

「像這樣……」阿芙蘿黛蒂作勢示範，盡可能模仿雅典娜的笛子臉，看起來實在有點像便祕的鴨子。

天神和女神們爆笑成一團，讓雅典娜又羞又驚。你一定會想，身爲智慧女神，她大可一笑置之，不必讓這種事激怒吧，不過她實在太火大了，於是把笛子丟開，任憑它滾向大地。

她甚至發出詛咒。「有誰膽敢再吹奏那個東西，」她自言自語：「就讓最可怕的厄運降臨在他身上！」

後來還眞的有人拿起笛子，不過那是後話了……

經過那次事件以後，雅典娜對自己樣貌的意識愈發強烈。身爲戰士女神，她下定決心永遠不結婚。她不想讓任何男性宣稱是她的主子，也沒有時間投入那些愚蠢的小情小愛，如同阿芙蘿黛蒂老是說長道短的那種愛情。

也因爲這樣，雅典娜對自己的隱私非常敏感。有一天晚上，她決定去希臘中部的一個游泳池，就是要去放鬆一下。她裸身下水，正在瀑布下方沖洗身子，享受片刻的平靜和安寧時，突然聽見吱吱喳喳的低語聲。

她望向河岸邊，看到一位凡人老兄瞪著她，他驚嚇得下巴合不起來，兩隻眼睛瞪得比德拉克馬金幣還要大。

雅典娜失聲尖叫。

那位老兄也跟著尖叫。

雅典娜朝他的眼睛潑水，同時大喊：「瞎掉！」說時遲那時快，那男人永遠喪失了視力，雙眼變成純白色。他跌跌撞撞地向後退，撞到一棵樹，然後跌坐在地上。

「小……小姐！」他哭喊著：「我……我很抱歉！我不是……」

「你是誰？」雅典娜質問著。

那可憐的傢伙解釋說他名叫特瑞西亞斯（Teiresias），只是剛好從最近的城邦底比斯來這裡走一走。他完全不曉得雅典娜在這裡，而且眞心覺得非常非常抱歉。

雅典娜的怒氣漸漸平息，因爲這男人說的顯然是實話。

「你必須保持瞎眼，」她說：「因爲任何男人見到我裸體都必須接受懲罰。」

特瑞西亞斯像是噎住了。「唔……好吧……」

「不過呢，」雅典娜繼續說：「既然這是意外一場，我會補償你失去的雙眼，賜給你其他天賦。」

「像是……得到另一對眼睛嗎？」特瑞西亞斯問。

雅典娜忍不住笑出來。「算是吧。從現在開始，你能夠理解鳥類的語言。我會給你一根拐杖，而有了鳥類的協助，你就可以隨意行走，幾乎像是自己擁有視力一樣。」

我不太確定這到底要怎樣才能辦到。我有點擔心那些鳥兒會耍他，像是對他說：「再往前走一點。左轉。好了，向前跑！」結果他就衝出懸崖，或者一頭撞向紅磚牆。不過對特瑞西亞斯來說，這項安排顯然行得通，那些鳥把他照顧得好好的。這也表示雅典娜眞的可以冷靜下來，她施行的懲罰也就不會太過分。

然而，只有一件事她絕對無法忍受，就是有男子與她調情。於是我們要準備講她和赫菲斯托斯的故事了。好吧，深呼吸一下，因爲接下來的故事要變得很詭異囉。

好，赫菲斯托斯就是那個跛腳的鐵匠天神。關於他的事，等一下會再多講一點。

現在呢，你只需要知道的是，自從幫忙雅典娜從宙斯的額頭跑出來以後，赫菲斯托斯就愛上她了。這還滿合理的，因爲他們都對手工藝和工具很感興趣，也都會思考得比較深刻，而且很喜歡解決機械方面的問題。

問題在於雅典娜非常討厭風花雪月的事，她從來都不願意與男生牽手，更別提與某人結婚了。就算赫菲斯托斯長得英俊帥氣，雅典娜也會拒絕他，然而赫菲斯托斯根本醜到一個不行，他的醜陋程度可以說達到工業強度的A級，外加超級噁心。

他努力用自己的方法與雅典娜調情，就像是「嘿，寶貝，想不想去看看我收藏的榔頭？」之類的。

雅典娜總是加緊腳步從他身邊走開，但是赫菲斯托斯依舊跛著腳追上去。雅典娜並不想尖叫或逃跑，畢竟她又不是無助的凡人少女，也不是那些愚蠢的「粉紅公主」女神，動不動就昏過去或眨眨眼睫毛或之類的。她可是女戰神耶！

她只是不斷從赫菲斯托斯身邊走開，或者厲聲要他滾遠一點。最後，那個可憐的傢伙汗流浹背、瘋狂喘氣，因爲要拖著他那雙瘸腿走來走去並不輕鬆。一逮到機會，他向雅典娜撲過去，伸展雙臂抱住她的腰。

「求求你，」他懇求著說：「你是和我最速配的女性！」

他把整張臉埋進雅典娜的裙子裡，又流眼淚又流鼻水，於是他有一些天神汗水和鼻涕抹到雅典娜的腳上，也就是她的裙子沒遮住的地方，惹得她大喊「好噁啊！」之類的話。

她把赫菲斯托斯踢開，趕緊從附近隨便抓來一塊布，也許是手帕或餐巾等等，把腳上那些天神黏液擦掉，然後將這塊噁心的布丟出奧林帕斯山，只見它飄啊飄的慢慢飄落到大地上。

然後她趕緊跑開。

這應該就是故事的結局了，不過那塊布發生了一些詭異的變化。那塊布同時沾上雅典娜和赫菲斯托斯身上的成分，於是不知道為什麼，等它飄啊飄的碰觸到大地，就已經長成一個凡人的小男嬰了。

在奧林帕斯山上，雅典娜聽見了嬰兒的哭聲。她努力不去理會，可是她內心的母性本能居然不斷激盪，連她自己也覺得驚訝。於是她飛到地面，抱起那個嬰兒。她心裡明白這嬰兒是怎麼生出來的，其實她覺得整件事根本是噁心透頂，但無論如何都不能怪這個小男嬰。

「我想，嚴格來說你是我的兒子，」她決心這麼想，「雖然我還是處女女神。我會說你是我一個人的兒子，我為你取名為艾瑞克宗紐斯（Erikthonius）。」

（幫小孩子命名只有一次機會耶，而她選的名字竟然長這樣？不要問我的意見喔。）

「如果我要把你撫養長大，」她繼續說：「首先應該要讓你也擁有不死之身。我知道該怎麼做……」

她取來一個木箱子，把嬰兒放進裡面。接著，她創造出一條魔法蟒蛇，也把牠放進箱子裡。（附帶一提，這種事你絕對不應該在家裡模仿喔。）有這條大蛇纏繞在身上，小男嬰艾瑞克宗紐斯睡得很香甜。

「好了，」雅典娜說：「在箱子裡待幾天，這條蟒蛇會增強你的天神特性。你會除去凡人之身，最後成為天神的一份子！」

她蓋上木箱，把它帶到雅典的衛城，當然啦，那裡是她最神聖不可侵犯的地方。她把箱子交給雅典首任國王凱克洛普斯（Kekrops）的女兒們。

「千萬別打開箱子！」她警告公主們：「箱子必須一直關著，否則會發生不好的事。」

公主們答應了，但是只過了一個晚上，她們就止不住好奇心。她們很確定聽到箱子裡有嬰兒的聲音，不時發出咕咕聲和咯咯聲，她們很擔心小孩子會出問題。

「什麼樣的女神會把小嬰兒放在箱子裡啊？」其中一位公主嘀咕著說：「我們最好去查看一下吧。」

公主們打開箱子，發現一條蛇纏繞在嬰兒身上。我也不知道她們為何嚇成那樣，也許是看到裡面發出天神的光芒還是什麼的，總之那些女孩嚇瘋了，她們扔下箱子，直直衝出衛城的懸崖，一個個垂直墜落而死。

至於那個小嬰兒，他沒事，不過他還來不及變成不死天神，咒語就遭到破解了。那條蛇呼溜溜跑掉，雅典娜只好來接這個孩子。她簡直氣瘋了，但是眼看那些公主已經死去，再也無法責罵她們，雅典娜只好報仇在她們父親凱克洛普斯國王的身上。等到艾瑞克宗紐斯長大後，他把凱克洛普斯踢下王位，接替成爲雅典國王。正因如此，歷代的雅典國王才會喜歡說他們是赫菲斯托斯和雅典娜的後代，不過雅典娜一直都是處女之身。

所以，不要對我說雅典娜沒有小孩，因爲就是有這樣的故事足以反駁那種說法。況且，我不就是與雅典娜的女兒約會嗎？而我還滿確定她絕對不是從某條骯髒手帕蹦出來的。

嗯。說實在的，關於這點，我從來沒問過她。

哎喲，別提了。反正我也不想知道。

12 你愛上了阿芙蘿黛蒂

嗯，不是開玩笑喔。這句話是命令句。懂了嗎，阿芙蘿黛蒂有一條魔法腰帶，可以讓任何人一眼就愛上她。如果你看到她，而她希望你愛上她，你一定逃不了。

至於我呢，我還算幸運。我看過她，但是我猜想，她並沒有興趣贏得我的讚美什麼的，所以我還是恨她入骨。

你們有些人可能會這樣想：「我的老天！她那麼漂亮！你爲什麼會恨她啊？」顯然你沒有見過這位女士。

阿芙蘿黛蒂從爬出海洋那一刻開始，就是個麻煩人物。我是說，她是眞的爬出海洋喔。

阿芙蘿黛蒂並沒有父母。鏡頭拉回到克羅諾斯把烏拉諾斯的遺骸碎屑扔進大海那時候，當時天空之神的不死神血與鹹水混合在一起，形成一大團泡沫，最後凝固成一位女神。

換句話說，阿芙蘿黛蒂是在史上第一場謀殺事件之後誕生的，這也就稍微透露出她的眞正天性。

她在地中海漂流了一段時間，尋找恰當的上岸地點，最後終於相中了塞浦路斯島。這個決定讓海豚和魚類鬆了一口氣，因爲這位到處游動的赤裸女神渾身散發金光，已經快把他們搞瘋了。

阿芙蘿黛蒂從海中上升，走過沙灘。她的腳邊開出花朵，鳥兒聚集在附近枝頭唱著甜美的歌聲，小兔子、小松鼠、小雪貂和其他可愛動物也全都聚集在她身邊嬉戲，簡直像是迪士尼的卡通啊。

要描述阿芙蘿黛蒂其實很困難，因爲她是世界上最美麗的女性。這對不同人來說可能代表不同的意義。她是金髮、深褐色頭髮或者紅髮？膚色白皙或黝黑？藍眼珠、綠眼珠或者褐色眼珠？你自己選吧，只要想像成你心目中最有吸引力的女性，阿芙蘿黛蒂看起來就是那個模樣。爲了讓凝視她的每一個人受到吸引，她的外表會跟著改變。

有一天，季節女神荷萊三姊妹剛好在塞浦路斯聚會，也許是要規劃雜貨店的「當季商品」走道上要放哪些商品吧，這我不太確定。

她們看到阿芙蘿黛蒂走過來，結果完全忘了手邊正在忙的事情。

「噢，哇，你好漂亮！」夏天女神說。

「是嗎？」阿芙蘿黛蒂問，雖然她早就知道了。她只是想聽別人把這句話說出來。

「美得目眩神迷！」春天女神說：「我們應該帶你去見奧林帕斯眾神。」

「還有其他天神？」阿芙蘿黛蒂很吃驚，「我是掌管愛和美麗的女神，你們還需要其他天神做什麼？」

秋天女神和春天女神互相使了個眼色。

「呃……還有很多事啊，」秋天女神說：「不過帶你去奧林帕斯山之前，我們應該要讓你穿上衣服。你不會冷嗎？」

「不會，」阿芙蘿黛蒂說：「我爲什麼要把自己包起來？」

秋天女神好想尖叫說：「因為你美到太誇張了，這樣會讓其他人心情很差啦！」但是她沒這樣說。「如果你像這樣出現，會讓所有天神都因為欲望高漲而陷入瘋狂。我是說……他們真的會瘋掉喔。」

「喔。」阿芙蘿黛蒂不高興地噘起嘴。「可是我沒有帶任何東西可以穿啊。」

荷萊三姊妹負責打點這一切。她們召喚出一些魔法衣裳，而且舉辦了一場時裝秀。春天女神為阿芙蘿黛蒂提供一套復活節的兔子裝，秋天女神認為阿芙蘿黛蒂打扮成萬聖節女巫會很不錯，但這些計畫都遭到否決。最後，夏天女神做了一套漂亮的白色薄紗連身裙，而且三姊妹在阿芙蘿黛蒂頭上放了一頂精緻的金色王冠，在她的耳垂別上金色耳環，並在她頸上佩帶一條金色項鍊。

穿上衣服後，阿芙蘿黛蒂看起來甚至更令人驚豔了，這點讓秋天女神勃然大怒；不過三位季節女神勉強擠出微笑。「太完美了！我們帶你去奧林帕斯山吧。」

現在，你可能對奧林帕斯山眾神了解得夠多了，可以猜出阿芙蘿黛蒂出現時，他們會有什麼樣的反應。

女性的反應非常快，像是：我恨她。

男生則是變得全然笨拙，舌頭伸得老長，還得努力不讓口水流下來。

「與你結婚會是我的榮幸。」詩歌與箭術之神阿波羅說。

「不，是我的榮幸！」戰神阿瑞斯咆哮著說。

「我的榮幸啦！」波塞頓大喊。

「你已經結婚了耶！」宙斯怒氣沖沖地說：「會是我的榮幸。」

「你也已經結婚了！」希拉大聲抗議：「你老婆是我！」

「詛咒啊！」宙斯說：「呃，我是要說，當然啦！親愛的。」

眾神吵成一團、彼此推擠，而且搶著送各種禮物給阿芙蘿黛蒂，希望贏得她的青睞，與她結婚。波塞頓「剛好」忘了自己的太太安菲屈蒂，答應給愛之女神吃她想吃的所有海鮮、給她一群馬，還有一組像男女對錶一樣的三叉戟。

阿波羅造了幾句爛爛的日本俳句向阿芙蘿黛蒂獻殷勤，並誓言要幫她上免費的射箭課。阿瑞斯則提議帶她搭乘戰車浪漫兜風，而且一路壓過他敵人的死去屍體。

其他女神都覺得噁心死了，她們開始對男生們大叫，要他們趕快長大，不要老是表現得像笨蛋一樣。

整個奧林帕斯議會瀕臨開戰邊緣。而在此同時，阿芙蘿黛蒂只是站在旁邊眨著長長的睫毛，那樣子像是在說：「搞得這樣一團混亂，只是爲了我這個小可愛嗎？」不過她的心裡其實樂透了。

最後，希拉向後退一步，深呼吸一口氣，心裡明白她的天神家庭即將分崩離析。身爲掌管家庭生活的女神，希拉不能允許這種事發生，雖然她自己其實也很想掐死其他天神。

她瞥了王座廳的遠端角落一眼，那裡有一位天神沒有參與這場爭執。他坐在陰影裡，安靜且沮喪，因爲知道自己沒有機會加入爭奪阿芙蘿黛蒂的行列。

希拉的臉上浮現一抹微笑。她想到一個點子，而我可以從個人經驗告訴各位，只要希拉想到某個點子，你就應該以最快的速度趕緊逃跑。

她舉起雙臂，大聲喊說：「安靜！」

眾神全都嚇呆了，紛紛從爭辯中停下來。

「我有個解決方法，」希拉說：「身爲掌管婚姻的女神，我有責任爲我們親愛的新朋友阿芙蘿黛蒂挑選最好的丈夫。我敢說，我的丈夫，宙斯天神，一定會支持我的決定……必要的話不惜動用武力。」

「我會支持嗎？」宙斯說：「我是說……是啊，親愛的，我當然會支持！」

「嗯，然後呢？」阿瑞斯問：「我可不可以很乾脆地說，母親，您今天看起來眞漂亮。誰可以和阿芙蘿黛蒂結婚？」

「我的兒子……」希拉開口說。

阿瑞斯聞言喜形於色。

然後希拉指著房間的遠端。「赫菲斯托斯，鐵匠天神。」

赫菲斯托斯一聽，嚇得從他的王座摔下來，連他的拐杖都匡啷滾過地板。

看著他掙扎著站起來，阿瑞斯氣炸了，他大喊：「什麼?!爲什麼『那個』可以和『這個』結婚？」

阿瑞斯作勢指著光芒四射的阿芙蘿黛蒂，而她也萬分震驚地瞪著鐵匠天神，看著他的扭曲雙腿，他那張殘缺醜惡的臉，他身上汙漬斑斑的連身工作服，以及他臉上沾了好幾頓飯渣的落腮鬍。

「他們非常相配啊，」希拉說：「一位美麗的女性需要一位工作勤奮、說話直率、嚴肅正經的丈夫保護她生活安穩！」

我敢說，這是史上第一次用「生活安穩」來做爲懲罰的手段。

「而且，」希拉繼續說：「阿芙蘿黛蒂必須立刻結婚，否則為了爭奪她而產生的吵鬧打鬥永遠都不會結束。我們不能讓天神議會為了一位女性而陷入混亂，對吧，宙斯天神？」

「唔？」宙斯無法專心，正在研究阿芙蘿黛蒂的美麗手臂。「噢！的確不行，親愛的。你說的完全正確。」

雅典娜站起來，一雙灰眼珠閃爍著看好戲的殘酷眼神。「我認為這是個絕妙的點子。畢竟我是智慧女神啊。」

「沒錯！」狄蜜特附和說：「阿芙蘿黛蒂完全應該嫁給像赫菲斯托斯這樣的好丈夫。」男性天神們不再發牢騷了。他們全都想要與阿芙蘿黛蒂結婚，可是也不得不承認希拉說得有道理。假如有任何一位正派的天神與她結婚，其他天神絕對不會停止搶奪，而且會覺得忿忿不平。然而，如果阿芙蘿黛蒂是與赫菲斯托斯結婚的話……嗯，他是個笑話，大家都不會嫉妒他。

此外，如果阿芙蘿黛蒂陷在不快樂的婚姻裡，那豈不是就開放了各式各樣的可能性，有機會成為她的祕密男友？

「那麼，就這樣決定了，」宙斯說：「赫菲斯托斯，到這裡來！」

鐵匠天神一拐一拐走向前，一張臉顯現出「超紅辣椒芝多司」的顏色。

「赫菲斯托斯，你願意接受這位女性，吧啦吧啦諸如此類的嗎？」宙斯問。

赫菲斯托斯清清喉嚨。「親愛的阿芙蘿黛蒂小姐，我知道我並不是，呃，非常英俊……」

阿芙蘿黛蒂沒有回答。她太忙著讓自己看起來美麗絕倫，同時又表現得一副很厭惡的樣子，那功夫實在不簡單啊。

「我不是很擅長跳舞，」赫菲斯托斯腳上的金屬支架吱嘎作響，「我既不機智風趣，也沒有什麼魅力。而且我的嗅覺也不太好。不過我保證會是忠誠的丈夫。我很擅長修理房屋裡外的各種東西，而且假如你需要一把十字扳手，或者一台砂帶磨光機……」

「嗯。」阿芙蘿黛蒂說著，勉強壓下噁心的感覺。

「嗯，我覺得這樣說已經夠好了！」宙斯說：「現在，我鄭重宣布你們成爲夫婦！」

於是，阿芙蘿黛蒂就這樣與赫菲斯托斯結了婚，而這場名人之間的「蘿斯戀」，徹底占據奧林帕斯山狗仔報紙的頭條新聞長達一千年之久。

他們有沒有從此過著幸福快樂的生活？

哈哈哈哈哈。沒有。

阿芙蘿黛蒂總是盡可能躲她的丈夫躲得遠遠的。他們從來沒有生下一子半女。阿芙蘿黛蒂倒是生了很多小孩……只不過都不是和赫菲斯托斯生的。她剛結婚不久，就與戰神阿瑞斯搞外遇，這變成奧林帕斯山最不能談論的公開祕密。

阿芙蘿黛蒂沒有忙著在她丈夫背後搞七捻三的時候，就是忙著讓其他所有天神和凡人悲慘不幸……呃，我是說，幫助大家探索愛情的樂趣！

阿芙蘿黛蒂在奧林帕斯眾神之間找到自己的定位，成爲掌管美麗、喜悅、甜言蜜語、電視肥皀劇、煽情羅曼史小說，以及愛情（這是當然的啦）的女神。她必須出門旅行時，就會駕著由一群雪白鴿子拉動的金色戰車，不過有時候眾神要奔赴戰場，阿芙蘿黛蒂則會搭乘她男朋友阿瑞斯駕駛的戰車，阿瑞斯即使忙著殺人，也會繼續抓著轠繩不放。

阿芙蘿黛蒂有一群隨從，稱爲厄洛特斯（erotes），他們是長著翅膀的小愛神。他們的首領是厄洛斯，他是阿芙蘿黛蒂的兒子，也是掌管性吸引力的天神，同時是阿芙蘿黛蒂的職業殺手。每當她想要讓某人瘋狂墜入愛河，就會派厄洛斯拿著魔法弓箭去射那位可憐的呆瓜。到了後來，厄洛斯就變成著名的丘比特（Cupid）了。他到現在還是會出現在品質粗糙的情人節海報上。你可能會覺得他很蠢，不過只要阿芙蘿黛蒂派他跟蹤你，那可不是開玩笑的喔，他可以讓你與任何一個人墜入愛河。

如果阿芙蘿黛蒂喜歡你，她可能會讓你愛上某個很有魅力的好人。萬一她生氣了，就可能會讓你愛上你所認識面目最可憎的人，或者愛上一隻玩具捲毛小狗，甚至一根電線桿。

阿芙蘿黛蒂最喜歡的把戲就是讓人愛上某個不愛他們的人，她認爲那是最有趣的樂子。假如你曾經瘋狂迷戀某個根本不會注意你的人，那一定要怪阿芙蘿黛蒂。我猜想，女神認爲這樣一來就會有更多人向她祈禱，像是這樣：「噢，求求您！請讓他（她）注意我一下吧！我會拿一盒上好的巧克力獻祭給您，我保證！」

事實上，古希臘那時候根本還沒有巧克力，不過阿芙蘿黛蒂非常愛吃蘋果，那是她的神聖水果，也許是因爲蘋果既漂亮又香甜，和她本人一模一樣。（請在這裡插入咯咯咯的笑聲。）

她還有一大堆其他的神聖植物和動物，其中一些算是有道理，其他的則令人想不通。玫瑰是她的一種神聖花朵，也因此，我們到現在還用玫瑰花當作浪漫的禮物。她也喜歡黃水仙，還有……聽仔細囉，萵苣。沒錯。大家認爲這種超級浪漫的粗食是阿芙蘿黛蒂的神聖沙拉食材。這是有原因的，等一下我們會再講到這部分。不過呢，哪天你拌著凱薩沙拉，一邊撕著羅蔓萵苣葉，一邊開始感覺到浪漫又多情的話，現在你就知道爲什麼會那樣啦。

阿芙蘿黛蒂的神聖石頭是珍珠，畢竟珍珠來自海洋，阿芙蘿黛蒂也來自海洋。她最喜歡的動物是兔子（因為牠們會生出很多、很多、很多的小兔子！），還有鵝，所以你有時候會看到阿芙蘿黛蒂的圖像描繪她側坐騎著鵝。

為什麼是鵝啊？不知。那一定是超大的一隻鵝。

我只知道，萬一我看到阿芙蘿黛蒂騎著一隻鵝，一定會爆笑出來。然後她可能會詛咒我，結果我的訂婚對象就會是一九七二年份的雪佛蘭高角羚老爺車之類的東西。

阿芙蘿黛蒂是很受眾人歡迎的女神，因為每個人都渴望戀愛，然而她和凡人或她的同伴天神們總是處不好。

舉例來說，有一次她很嫉妒雅典娜，因為每個人都稱讚雅典娜的編織技巧。只要眾人的目光不是聚集在她身上，她就不高興。

「喔，編織又沒什麼了不起，」阿芙蘿黛蒂說：「只要我願意，我也辦得到。」

「真的嗎？」雅典娜露出微笑。「想不想挑戰我看看啊？」

從來沒聽說過雅典娜和阿芙蘿黛蒂舉辦盛大的編織比賽嗎？主要是因為比賽並沒有那麼盛大。事實上根本是一場大災難。

愛之女神對編織一無所知。她並不是雅典娜，甚至連阿拉克妮都比不上。除了惹出麻煩以外，她從來沒有用自己的雙手做過任何東西。

雅典娜忙著織出漂亮的掛毯時，阿芙蘿黛蒂則是拚命讓自己纏在絲線裡、雙腳捆在凳子上，而且整個頭塞進織布機裡。

「反正我又不喜歡編織！」她氣呼呼地大喊，而她的丈夫赫菲斯托斯則是忙著割斷絲線放她出來。

從那之後，阿芙蘿黛蒂就儘量避免批評其他女神。事實上，她有時候甚至還會助她們一臂之力。

我有沒有提過她的魔法腰帶？那東西有時候稱爲「束腰」，因爲她會穿在連身裙裡面，於是男生就不會發覺自己受到蠱惑。不過呢，她的束腰並不像那些用來擠壓肥肉、用布料和鋼圈製成的醜醜束衣，而是非常精緻的腰帶，繡上很多求愛和浪漫的情景，以及美麗的人們做著美麗的事。（想也想得到，阿芙蘿黛蒂並不是自己繡出那條腰帶，否則看起來一定很像幼稚園小朋友的傑作。）

總之，希拉曾經向她商借那條腰帶，那還滿需要勇氣的，畢竟她們兩人相處得不太好。

「噢，親愛的阿芙蘿黛蒂，」希拉說：「你願不願意幫我一個超大的忙？」

阿芙蘿黛蒂笑得很甜。「當然好啊，我最好的婆婆！你都爲我做了那麼多事，我怎麼能拒絕呢？」

希拉的眼睛抽筋了一下。「很好，我想借你的魔法腰帶。」

阿芙蘿黛蒂傾身靠過來。「相中了哪個帥氣凡人嗎？」

「才不是！」希拉氣到滿面通紅。她可是掌管婚姻的女神耶，絕對不會偷吃！她努力讓自己冷靜下來。「我是說……不是啦，當然不是。我和宙斯吵架了，他變得不可理喻，不肯和我說話，甚至不願意和我一起待在同一個房間裡。不過，假如我穿上你的腰帶……」

「你會變得魅力無法擋！」阿芙蘿黛蒂點頭如搗蒜，「喔，親愛的婆婆，好高興你來找我幫忙，我已經有好一段時間都想提供一些美容祕方給你，但是又不想踰越我的分際。你身爲像主婦一樣穩重的女神，實在很難看起來不像……主婦。」

希拉咬牙切齒地說：「是啦，呃……腰帶呢？」

阿芙蘿黛蒂把那條魔法愛情束腰借給希拉，於是希拉毫無困難就讓宙斯與她和好了。在詩人荷馬的口中，希拉「迷醉了他的腦袋」。而就我個人來說，我並不喜歡自己的腦袋受到迷醉，不過假如你爲宙斯感到難過的話，大可不必啊。

偶爾在一些場合，就算宙斯本人向阿芙蘿黛蒂請求幫忙，也絕對不是爲了變漂亮，更不是爲了愛情。

你還記得凡人剛出現的初期，泰坦巨神普羅米修斯曾經拿火種給人類嗎？嗯，即使宙斯懲罰了普羅米修斯，用鎖鍊把他拴在岩石上，並叫一隻會吃肝臟的大鷹陪伴他，天空之神還是怒氣未消。

他環顧四周，仍舊想遷怒其他人懲罰一番，於是他決定：「你知道嗎？我乾脆懲罰所有人吧，凡人接受了火種禮物，因此所有人都要承受苦果。而我會想出某種偷偷摸摸的方式來懲罰他們，他們就不會怪我造成那些問題。我甚至會解決那些問題，那他們就會怪罪普羅米修斯的家人……這樣一來，我的復仇行動豈不是更有樂趣！」

原來是普羅米修斯有個弟弟，名叫艾比米修斯（Epimetheus），他肯定是個超級大笨蛋。

宙斯即將把普羅米修斯放逐到酷刑地之前，普羅米修斯曾經警告他弟弟：「艾比米修斯，你的態度要保持冷淡。宙斯可能會想要懲罰你，因爲你和我有關係。千萬不要接受眾神送的任何禮物！」

「冷蛋？」艾比米修斯說：「我很喜歡吃冷的蛋啊。」

「你沒救了，」他哥哥咕噥著說：「小心一點就是啦！我得走了，我被處罰了岩石和大鷹什麼的……」

宙斯決定送一個帶有陷阱的禮物給艾比米修斯。如果他能誘使艾比米修斯打開禮物，就會有一群惡靈逃出來，對凡人造成各式各樣的麻煩。凡人會去找神諭尋求解答，他們每次都這樣，而神諭會說：「噢，那全是艾比米修斯的錯。」宙斯就可以在背後偷笑了。

問題是，宙斯沒辦法讓艾比米修斯收下任何禮物。艾比米修斯謹記哥哥的警告，拒絕收受來自陌生人或天神的禮物。宙斯派荷米斯去艾比米修斯的家，帶著糖果訊息禮物，結果沒用。赫菲斯托斯假扮成有線電視業務員，想要提供免費的高畫質電視機上盒給艾比米修斯，裡面包含所有的精選體育頻道，但艾比米修斯回絕了。

宙斯簡直大抓狂，對其他天神抱怨連連。「這傢伙，艾比米修斯，我只是要他收下一個蠢禮物，把它打開，然後對人類族群釋出悲慘和死亡！這樣的要求很過分嗎？可是他那麼頑固！有什麼點子嗎？」

眾神很不自在，都在他們的王座上扭來扭去。

最後阿芙蘿黛蒂終於說：「天神宙斯，也許你應該試試不同的方法……男人無法拒絕的某種方法。」

「我已經試過免費的有線電視啦！」宙斯說：「還包括精選的體育頻道！」

「不是啦，陛下。」阿芙蘿黛蒂眨眨她的長睫毛。「我是指『愛情』。也許艾比米修斯需要的是妻子啊，如果你能在他家裡放進一位妻子，她就可以收下你想送的禮物。假如全都安排得剛剛好……」

「我喜歡這點子！」事實上，宙斯根本沒聽見她說的半個字，只忙著呆呆凝視她，心裡想著，哇，她好漂亮。不過其他天神全都點頭如搗蒜，因此宙斯判斷她的提議必然很不錯。

依照阿芙蘿黛蒂的指示，眾神根據草稿創造出完美的女性。赫菲斯托斯提供黏土和技術竅門塑造出她的身體，雅典娜賜給她聰明和好奇心，而最重要的是，阿芙蘿黛蒂將美貌和魅力灌注到她身上，讓人難以抵擋她的誘惑力。

他們爲她取名爲潘朵拉（Pandora），這個字約略帶有「天賦恩賜」或「十全十美」的意思。有些傳說表示潘朵拉是有史以來第一位女性，她出現之前，所有人類都是男性。我也不知道，但我覺得那樣聽起來沒有說服力，而且很無趣。不管怎樣，她的完美度是「十分」，這點由阿芙蘿黛蒂掛保證。潘朵拉會成爲眾神惡作劇的終極武器。

眾神把潘朵拉放到艾比米修斯的家門口，拉動門鈴，然後一邊咯咯笑著一邊跑開。艾比米修斯打開門，一眼就看到這位美麗的女性對他微笑。

「嗨，我是潘朵拉，我愛你。」潘朵拉說：「我可以進去嗎？」

「好。」艾比米修斯說。

他完全忘了普羅米修斯的警告。這位超美的小姐絕對不可能是什麼惡作劇吧！

艾比米修斯和潘朵拉很快就訂婚了，比大家口中所說的「拉斯維加斯婚禮」還要快。

眾神沒有受邀參加婚禮，不過阿芙蘿黛蒂賞賜一件禮物。由於禮物署名要給潘朵拉，所以艾比米修斯不能拒絕簽收。

那是一個很大的陶罐，可以用來儲存東西，頂部有個軟木塞，而且把手周圍打了一個大大的白色絲綢蝴蝶結。

「噢，親愛的，你看！」潘朵拉說：「這剛好可以裝我們的橄欖油！」

艾比米修斯嘀咕一聲，他還是有點懷疑。「我不能打開它。」

「你丈夫說得對，」阿芙蘿黛蒂認眞地點頭，「不行喔，潘朵拉……這罐子只是要用來做擺飾，千萬別打開，你絕對不會想知道裡面裝了什麼東西。」

阿芙蘿黛蒂離開後，潘朵拉飽受好奇心的煎熬。那不是她的錯，眾神本來就把她創造成很有好奇心。她滿腦子想的都是要打開那個陶罐。

潘朵拉打算忍個幾天，但是一天早上，她丈夫去屋外的花園時，她坐在陶罐前瞪著它，試圖想像裡面到底有什麼東西。眾神爲什麼會送她一個禮物，卻告訴她絕對不能打開？聽起來實在很不對勁啊！

「我非得看看裡面有什麼東西不可，」她喃喃說著：「喔，一定很棒！」

她拔開軟木塞。

結果一點都不棒。

宙斯在陶罐裡塞了不計其數的惡靈，它們爭先恐後湧出，散布到全世界，爲人類民族帶來了悲慘、病痛、香港腳、饑荒、口臭和死亡。突然間，身爲人類變得比以前糟糕一千倍，而且要活下去再也不是容易的事。人類本來可能會因爲絕望而全部自殺，就像發狂的雅典公主們跳出懸崖那樣，不過陶罐裡保留了一位好精靈，也許因爲宙斯還是有點羞恥心吧。代表希望的精靈艾碧思（Elpis）留下來陪伴人類，人類才不至於完全放棄，而是永遠都相信未來可能會變好。

如果你曾經感到懷疑，疑惑人類爲什麼會面臨這麼多痛苦，其實全都是因爲那個蠢罐子的關係。終歸一句話，我們眞應該說：「潘朵拉，做得好啊！眞是謝謝你喔。」

回顧以前那個時代，當時的作家（全都是男性）會說：「看吧？這個故事告訴我們，女人是麻煩的來源！全是她們的錯！」

艾比米修斯和潘朵拉。亞當和夏娃。這種怪罪女性的遊戲已經持續了很長的時間。

不過我實在不懂，我們爲什麼要批評潘朵拉多管閒事，而不是批評她太認眞遵守命令之類的呢？天神創造她的目的就是要她打開那個罐子啊。

我眞正的疑惑是：阿芙蘿黛蒂到底在想什麼？如果她知道潘朵拉這整件事會讓女性留下永久的汙名，爲什麼要參與呢？就我看來，我認爲她其實並不關心結果會怎樣，只想把潘朵拉打扮得很漂亮而已。她想要證明，愛情確實能夠克服其他天神辦不到的事，就算會造成全球大災難也在所不惜。

阿芙蘿黛蒂，做得好啊！眞是謝謝你喔。

還是要說句公道話，阿芙蘿黛蒂創造的事物並不是全都那麼壞。

有一次，她對一位名叫比馬龍（Pygmalion）的雕刻家起了惻隱之心，比馬龍住在塞浦路斯，那裡是她最心愛的島嶼。這位先生對當地的女性不感興趣，因爲在他眼裡，她們看來全都既無禮又粗魯，任何人只要有錢、有體面的戰車，她們就會跟那種人出去。她們不相信有眞愛。事實上，她們大多數人根本不相信眞的有阿芙蘿黛蒂存在，而這讓比馬龍非常生氣。

他深深以這位「家鄉」女神爲傲，雖然他還沒有因此找到自己的「天生一對」。他打從心底相信，每個人的生命中都有最適合自己的眞命天子或眞命天女。

閒暇時光，比馬龍雕刻出一座眞實大小的阿芙蘿黛蒂象牙雕像，因爲她是比馬龍心目中完美女性的化身。

他把雕像刻得那麼美，連他自己看了都忍不住感動落淚。對比馬龍來說，所有女性相較之下都顯得很醜。

噢，爲什麼我找不到像這樣的女性呢？他在心裡對自己這樣說。她一定很仁慈、和善、忠誠、美好，就像阿芙蘿黛蒂一樣！

我猜他一定和阿芙蘿黛蒂本尊非常不熟。

當地舉辦阿芙蘿黛蒂祭典時，比馬龍前去女神的神廟獻上一份豐厚的祭禮，包括玫瑰花和珍珠（可能還帶了一些萵苣吧）。

他實在太過害羞，不敢坦承內心眞正的願望：他想與自己的象牙女孩結婚。不過他也知道這樣很蠢，你不可能和一座雕像結婚啊！於是，他轉而祈求：「喔，阿芙蘿黛蒂，請讓我找到一位像你一樣美好的女性，像我工作室裡的象牙雕像一樣美麗！」

遠在奧林帕斯山上，阿芙蘿黛蒂聽見他的祈求了。她大大的嘆了一口氣。「噢，聽起來好可愛喔！」

比馬龍回到家中，對著他的象牙雕像凝視許久。漸漸地，他突然有種無法克制的衝動，想要親吻雕像。

「這樣太蠢了，」他責備自己，「那只是一座雕像啊。」

然而他實在忍不住了。確定周遭沒有人看見之後，他走向象牙女孩，在她嘴上留下深深的一吻。

結果完全出乎他的預料，她的嘴唇竟然很溫暖。他又吻了一次，等他後退時，眼前的象牙女孩竟然不再是象牙，她變成活生生、有呼吸的女性，而且她實在太美了，美到令比馬龍感到心痛。

「我愛你！」她說。

等到比馬龍恢復神智，立刻向他的完美女性求婚。他們結了婚，生了幾個孩子，從此過著幸福快樂的生活。

還滿詭異的，對吧？這個故事連象牙女孩叫什麼名字都沒告訴我們。阿芙蘿黛蒂可能會說：「噢，那不重要啦！她長得像我啊，你們只需要知道這點就夠了！」

對……啦。

所以，阿芙蘿黛蒂是那種「有她就不好過、沒有她又不行」的奧林帕斯天神之一。她一次又一次向眾神和凡人伸出援手，但是她也惹出一卡車的麻煩。

宙斯一度對她的雞婆干預簡直忍無可忍。他把自己與凡人女性鬧出緋聞的責任全部推給阿芙蘿黛蒂，這比自己承擔責任要簡單多了。

他坐在王座上，對自己喃喃抱怨：「愛之女神笨死了，又害我惹上麻煩，惹老婆不高興！阿芙蘿黛蒂老是在別人不方便的時候害人家墜入愛河。我應該要讓她愛上某個卑微的凡人，看她喜不喜歡這樣。」

想出這個點子，讓宙斯的心情好多了。他對阿芙蘿黛蒂施了個咒語。我不曉得那是怎麼辦到的，也許是在她的神飲裡面滴進什麼東西，或者用他的閃電嘗試什麼電擊休克療法之類的。不管是用哪一種方法，總之宙斯讓阿芙蘿黛蒂徹頭徹尾愛上一個凡人，他的名字叫作安契塞斯（Anchises）。

安契塞斯長得很帥，不過他只是牧羊人，所以阿芙蘿黛蒂與他簡直是天差地別。然而，有一天她從奧林帕斯山向下俯瞰，看見這傢伙在草原上懶洋洋地閒晃，只是無聊地看顧他的羊群，結果女神竟然徹底愛上他。

「噢，神聖的我啊！」她大叫：「牧羊人這麼帥！爲什麼我以前沒有注意過？我一定得去和那個牧羊人在一起，不如現在就去！」

她考慮派遣兒子厄洛斯幫她傳遞訊息。也許他可以帶一張紙條去給安契塞斯，上面寫著：你喜不喜歡阿芙蘿黛蒂？＿＿喜歡＿＿不喜歡

不過，她覺得還是別這樣比較好。安契塞斯可能會很害怕，不敢和愛之女神約會。更糟的是，萬一她以眞實的形貌出現在他面前，可能會把他嚇跑，或者不小心殺了他。他那可憐的心臟可能會嚇到停止跳動，或者整個人爆炸起火燃燒，那可就毀了他們的第一次約會啊。

她決定把自己假扮成凡人少女。

她好好洗了個熱水澡，穿上絲質連身裙，並灑上帶有花香的香水。她飛到大地上，模仿洋娃娃的嬌羞模樣走向安契塞斯，對他說：「我只是剛好穿著最好的衣服路過綿羊牧場啦。」

安契塞斯一看到她，眼睛都要凸出來了。「哇，你一定是女神。你是哪一位？雅典娜？阿蒂蜜絲？說不定根本是阿芙蘿黛蒂？」

女神一下子就臉紅了。她好高興人家認出她，但是不敢承認自己是誰。「才不是呢，傻瓜。我只是超級美麗的凡人少女，剛好路過這裡，而且……噢，哇！你是安契塞斯？我聽說過你的好多事！」

安契塞斯皺起眉頭。「眞的嗎？」

「全部都知道！我是你的大粉絲，我們應該要結婚！」

安契塞斯應該已經意識到自己要走運了。平常不會有什麼美得冒泡的女孩向他走來，而且一開口就是求婚。不過他很孤單，而且親戚們老是嘮叨著要他結婚。想像看看，如果他帶這位小姐回家，眞不知道他們會怎麼想啊！

「好啊，當然好！」他說：「我會把你介紹給我爸媽認識，他們就住在那邊。」

事情就這樣接續發展下去，安契塞斯與這位神祕的凡人小姐結了婚，也度過了美好的蜜月旅行。

然後有一天早上，阿芙蘿黛蒂醒來，宙斯的愛情咒語已經打破了。她這才意識到自己做了什麼事，感到非常難堪。她根本就不該受騙上當，與這麼卑微的凡人結婚！這本來是她對其他天神玩弄的把戲啊！

她火速穿好衣服，正當繫上涼鞋的綁帶時，安契塞斯醒了。他發現自己的新娘全身發光。

「呃……蜜糖？」他問：「你確定自己眞的不是女神嗎？」

「噢，安契塞斯！」阿芙蘿黛蒂哭著說：「我好抱歉！一定是有人施加魔法在我身上，否則我絕對不會愛上像你這樣的人。」

「喔……謝謝。」

「這跟你沒關係。都是我的錯！我不能與凡人結婚，你一定能體諒吧。不過別擔心，等我們的孩子生下來……」

「我們的孩子？」

「噢，對啊，」女神說：「我的繁殖力超強，我敢說一定懷孕了。總之，寶寶會是男孩，我會撫養他直到五歲，然後再帶他來見你。他會成爲你們這些人的偉大王子，讓你非常以他爲榮。不過你一定要答應我，絕對不會對任何人說出他母親的眞實身分！」

安契塞斯答應了。面對遭到拋棄和離婚，他變得有點自暴自棄，不過他守住了阿芙蘿黛蒂的祕密。五年後，他的兒子從奧林帕斯山來找他。兒子名叫埃尼亞斯（Aeneas），未來他也確實成爲特洛伊城的偉大王子。後來特洛伊城敗亡，埃尼亞斯航行前往義大利，成爲一群新人民的首位領袖，他們稱自己爲「羅馬人」。

至於安契塞斯，他年紀大了之後，不再那麼小心翼翼，有一天和好兄弟們聚會，不小心說溜嘴，講出埃尼亞斯的媽媽其實是阿芙蘿黛蒂。

謠言很快就傳開了，這讓愛之女神覺得很糗。她向宙斯抱怨說：「這全都是你惹出來的大禍！」

爲了讓事情順利解決，宙斯劈出一道閃電把安契塞斯炸成一團灰燼，懲罰他不守承諾。

又是一個快樂的故事結局！

經歷那件事之後，阿芙蘿黛蒂會戒除凡人男子嗎？

如果你的答案是「不」，就表示你學到教訓囉。

接下來要講她的最後一個故事，顯示阿芙蘿黛蒂自己的詛咒最後反過來咬她一口。

有一位希臘公主名叫士麥那（Smyrna），她拒絕膜拜阿芙蘿黛蒂。女神簡直氣瘋了，於是詛咒士麥那……你知道詛咒什麼嗎？實在是既恐怖又噁心，我根本說不出口。

就這樣說吧，士麥那懷孕了，那實在很糟糕，糟糕到她的父王發現後，揮舞著劍，追著她跑過樹林，嘴裡尖聲大喊：「我要殺了你！我要殺了你！」

士麥那哭著對眾神說：「求求您們！這不是我的錯！救救我！把我變不見吧！」

眾神沒有照著做，倒是把她變成一棵沒藥樹。我很確定士麥那一定感激涕零啊。

九個月後，樹幹裂開來，一個小男嬰滾出來。阿芙蘿黛蒂聽見樹林裡傳來小孩的哭聲，覺得有一點點罪惡感。她飛下山，把小男嬰撿起來。他眞的好可愛，於是阿芙蘿黛蒂決定留下他，偷偷撫養他。

爲什麼要偷偷撫養呢？因爲阿芙蘿黛蒂很愛吃醋，這個小孩又這麼討人喜歡，女神不想和任何人分享他的愛。不過由於照顧小嬰兒有一大堆事要忙，阿芙蘿黛蒂的社交行程又排得很滿，她很快就體認到自己不可能全心照顧小嬰兒。

她下定決心，看來必須找個值得信任的人來當保姆。她選擇泊瑟芬，冥界的女神。這個決定看似有點奇怪，不過泊瑟芬住在下面的厄瑞玻斯，所以奧林帕斯山上不會有誰知道這個嬰兒的存在。泊瑟芬相當孤單，她很高興有個可愛的小嬰兒能讓自己振作起來。而在阿芙蘿黛蒂的眼中，泊瑟芬沒什麼威脅性……我的意思是說，拜託喔！你有沒有看過她的髮型？她的服裝？她根本沒有任何條件足以讓阿芙蘿黛蒂吃醋啦。

阿芙蘿黛蒂將寶寶命名爲阿朵尼斯（Adonis），再把他放進箱子裡，以後這就是他的培養箱了。（又是一個把寶寶放在箱子裡的故事。我不知道這樣是要怎麼養孩子，不過再說一次喔，千萬不要嘗試在家裡用箱子養嬰兒，沒用的啦。）兩位女神輪流照顧孩子，在阿芙蘿黛蒂位於塞浦路斯的祕密小窩和泊瑟芬的冥界宮殿之間來回傳遞；於是，阿朵尼斯漸漸長大，他總是忘了家庭作業放在哪裡，也不記得他的足球鞋放在哪一個家。

最後，他長大成爲英俊的年輕人。

不對，這樣講實在太保守了。阿朵尼斯長大之後，成爲有史以來最英俊的年輕人。他到底長成什麼樣子？我也不知道。我通常不會對其他男生多看幾眼，抱歉啊。不過各位只要想像最酷、最有型、最帥氣的超紅名人就行了，阿朵尼斯絕對比那樣更帥氣。

到了某個階段，簡直像是一下子就到了，泊瑟芬和阿芙蘿黛蒂兩位女神同時體認到，阿朵尼斯再也不是個小孩子。他是個很有潛力的男朋友人選。也因爲這樣，大戰就此爆發。

「他是我的。」泊瑟芬說：「大多數時間都是我照顧他。」

「沒這回事！」阿芙蘿黛蒂說：「是我在那棵樹裡發現他的！況且，他顯然比較喜歡我。你不覺得嗎，小甜心蛋糕？」

阿朵尼斯吞了一口口水。「呃……」

其實沒有正確的答案。我是說，如果是你，你會選誰呢？阿芙蘿黛蒂是世界上最美麗的女神，但是，嗯……她是阿芙蘿黛蒂啊，每個人都想和她在一起，而如果你是她的男朋友，世界上其他所有的傢伙都會恨透你。更何況，阿芙蘿黛蒂又不是以「忠實」而聞名的女神。

泊瑟芬的美麗則是很有自己的風格，特別是在春天，她獲准到上面世界蹓躂的時候；然而，她待在冥界的歲月已經讓她變得有點冷酷、蒼白，而且有一點點嚇人。她也很少愛上凡人。她絕對很愛阿朵尼斯，但是阿朵尼斯不太確定自己想不想成為泊瑟芬的男朋友，如果那意味著要待在厄瑞玻斯的陰暗宮殿裡，周遭滿是鬼魂和殭屍男管家的話。而且，阿朵尼斯很確定黑帝斯不會喜歡這種安排。

「我……我沒辦法決定，」阿朵尼斯說：「你們兩位都很棒。」

於是，兩位女神帶著阿朵尼斯登上奧林帕斯山，要求宙斯解決這個問題。

宙斯的雙眼閃閃發光。「阿朵尼斯，你這傢伙眞是幸運啊。」

阿朵尼斯並沒有覺得非常幸運，只覺得好像生日派對上有一堆餓昏的小朋友搶吃蛋糕，而他就像是剩下來的最後一塊小蛋糕，不過他還是點點頭，神情緊張。「是的，先生。」

「解決方法很簡單，」宙斯說：「就像『分時度假』嘛！」

阿芙蘿黛蒂沉下臉。「男朋友可以這樣分嗎？」

「當然啦！」宙斯說：「每一年，阿朵尼斯有三分之一的時間和你在一起，三分之一的時間陪伴泊瑟芬，而另外三分之一的時間留給他自己，隨他高興做什麼都可以。」宙斯拍一拍阿朵尼斯的肩膀。「男孩子總得有一些時間好好放鬆一下，離開小姐們的身邊。兄弟，我這樣說對吧？」

「我……我想是吧，兄弟。」

宙斯瞬間變臉。「千萬不要叫宇宙之神『兄弟』。除此之外，我想這問題全部解決了！」

計畫實行了一陣子，不過泊瑟芬分到的時間剛好落在冬天，所以她得到的是這項協議最差的一部分，而且阿朵尼斯也不喜歡冥界。他大多數的時間都必須躲在衣櫥裡，或者跳到泊瑟芬的床底下，免得黑帝斯敲她房門進來時會撞見，畢竟黑帝斯並不知道泊瑟芬有這位祕密男朋友。

到最後，阿芙蘿黛蒂運用她的甜言蜜語和魅力徹底贏得阿朵尼斯的心。她說服阿朵尼斯一年剩餘的閒暇時間也和她在一起，於是她得到三分之二的時間，不但可以得意洋洋地看著泊瑟芬，也能知道哪一位女神比較好。過了一陣子之後，阿芙蘿黛蒂和阿朵尼斯成爲快樂的一對，甚至一起生了個女兒，這女孩名叫波蘿伊（Beroe）。

這段關係的結局怎麼樣？當然很慘啦。

有一天，阿朵尼斯去外面樹林打獵，他沒有和阿芙蘿黛蒂在一起的時候很喜歡打獵。他的獵狗聞到動物的氣味，於是跑到前面去追。阿朵尼斯拿著長矛跟在後面，等他趕上時已經跑得很累，而且喘不過氣。

說來不幸，他的獵狗圍困的是一隻野豬，那是他所遇過最難纏、最兇惡的動物。這則故事的一些版本是說，那隻野豬是戰神阿瑞斯放出去的，這可能有道理，因爲野豬是阿瑞斯的神聖動物，而阿瑞斯又是阿芙蘿黛蒂的天神男友。另一些版本則說，狩獵女神阿蒂蜜絲把野豬放在阿朵尼斯必經的路上。或者也可能是泊瑟芬，畢竟她覺得很吃味，有種遭到拋棄的感覺。其實幾乎任何一位天神都有可能，因爲我之前也說過，如果你和阿芙蘿黛蒂約會，其他每一個人都會恨你入骨。

無論實情是哪一個，總之野豬衝向阿朵尼斯，用牠的獠牙刺進你所能想像最痛的地方；聽起來也許很好笑，不過阿朵尼斯終究流血過多而死。

過了一陣子之後，阿芙蘿黛蒂駕著她的白鴿驅動戰車飛過附近，發現阿朵尼斯的身體已經失去了生氣，連忙衝到他身旁。

「不！」她痛哭叫喊著：「噢，我可憐的完美男人！就算死了，你還是這麼好。」

她把阿朵尼斯的身體放在一大片萵苣葉上，就因為這樣，萵苣才會成為她的神聖植物。希臘人稱萵苣是「死人的食物」，他們認為你如果吃了太多萵苣，就會變得懶洋洋、軟趴趴的，無法體驗愛情的美好，如同死去的阿朵尼斯一樣。

總之，阿芙蘿黛蒂用神飲灑遍了阿朵尼斯的全身，於是他化為血紅色的花朵，稱為銀蓮花（anemones），這個名稱來自希臘文的「風」（anemoi）這個字。只要有微風吹動銀蓮花，紅色花瓣就會隨風飄動，散發出甜甜的香氣，提醒阿芙蘿黛蒂不要忘了阿朵尼斯的氣息。

面對阿朵尼斯的死，阿芙蘿黛蒂傷心了幾乎有一整天之久。接著，她回頭去找天神男友阿瑞斯，正是很可能要對這件事負起責任的那一位。

阿芙蘿黛蒂很氣阿瑞斯嗎？沒有。因為阿瑞斯本來就是那樣的人。

如果你想認識這位老兄，他會在下一章現身。不過呢，請把你的防彈背心和突擊步槍準備好，阿瑞斯可是不會手下留情的喔。

13 阿瑞斯，超級男子漢

阿瑞斯就是那種傢伙。

他就是會偷走你的午餐錢、在校車上嘲笑你、在更衣室拿女生平底鞋給你的那種人。那種傢伙會在學校的美式足球比賽打斷其他人的骨頭、每一堂課的成績都只拿到D⁻，不過還是很受大家歡迎，因爲他會在廁所裡把那些瘦巴巴的同學耍得團團轉，大家覺得那樣很好笑。

假如那些惡霸、流氓和暴徒要膜拜天神，他們膜拜的一定是阿瑞斯。

他一出生，父母親就知道他不是好惹的。希拉和宙斯很想要好好愛他，因爲他是兩人的第一個愛的結晶，可是這個小嬰兒既不會裝可愛、發出咕咕聲，也不會哭著找媽媽，而是一天到晚抓狂暴怒，不斷揮舞他的小小拳頭。

希拉想要抱著他去給宙斯看看，但是幾乎抓不住他。「陛下，」她說：「這是你剛剛出生的兒子。」

宙斯伸出手想逗弄小嬰兒的臉頰，結果阿瑞斯用雙手抓住他爸爸的手指，用力扭轉。「劈啪！」小嬰兒拍打自己的小小胸膛，大吼一聲：「吼嗚！」

宙斯查看自己的永生不死手指，只見手指頭以一個奇怪的角度懸垂著。「你知道嗎？……也許我們該幫這男孩找個保母。」

「好主意。」希拉說。

「一位高大、強壯的保母。有著無窮的耐心……而且保了高額的醫療保險。」

他們聘請了一位女士，名叫塞蘿（Thero）。她一定是很像山精靈之類的，因爲長得非常粗壯，沒什麼事情煩得了她。塞蘿把阿瑞斯帶到色雷斯王國，那是希臘北部一塊遍地岩石的嚴酷土地，到處都是積雪、鋸齒狀的山地和好戰的部族，絕對是養育「戰鬥天神寶寶」的最佳地點。

在成長的過程中，阿瑞斯從來不曾哭著要奶瓶或奶嘴，而是都吼著要鮮血。他從很早就開始學習用石頭丟砸小鳥，把牠們從天空中打下來。他會扯掉昆蟲的翅膀，藉此練習細微的動作技巧。他學習走路把花朵踩扁、把小動物壓爛時也會不斷地狂笑。在此同時，塞蘿會坐在附近的岩石上，讀著她訂閱的奧林帕斯八卦雜誌，一邊讀、一邊大喊：「把它放下吧，你這個小罪犯！」

沒錯，那眞是很快樂的時光啊。

阿瑞斯終於長大成人，回到奧林帕斯山，取得他在奧林帕斯議會的正當地位。當然啦，他也成爲掌管戰爭的天神。（順便友善警告一下：假如你問他是不是電玩遊戲《戰神》裡面那位老兄，他會把你的手臂撕下來，然後用你的手臂把你打成豬頭。）他也成爲掌管暴力、殺戮、武器、強盜、搶劫、夷平城市和老式家庭娛樂的天神。

此外，他也掌管力量和男子氣概，這還滿好笑的，因爲他有好幾次眞的與另一位天神來個一對一單挑，最後卻像懦夫一樣逃之夭夭。我想，典型的惡霸就是這樣吧。還記得風暴巨人泰非斯前來踢館嗎？第一個飛也似逃走的就是阿瑞斯。另一次，在特洛伊戰爭期間，他的腹部遭到希臘凡人的長矛刺中，他憤怒狂吼，聽起來好像集合了一萬人的聲音；接著，他轉頭就飛回奧林帕斯山，對宙斯抽抽噎噎地哭著說：「不公平！不公平！」

宙斯叫他閉嘴。

「如果你不是我兒子，」天空之神抱怨說：「我會早在好幾年前就剝奪你的神性，把你踢到路邊去了。你什麼也不會，只會惹麻煩！」

奧林帕斯家庭的相處方式好窩心喔。

雖然偶爾表現得很懦弱，阿瑞斯依舊是個惹人生氣的大壞蛋。步入戰場時，他會身穿金色的盔甲，渾身燃燒著熾烈刺目的光芒。他的雙眼冒出熊熊怒火，再加上作戰頭盔，絕對令大多數凡人望而生畏，也就不必提眞正戰鬥了。他最喜歡的武器是青銅長矛，盾牌總是滴著鮮血和血塊，因爲他就是這麼友善親切的傢伙。

不想走路時，阿瑞斯會駕著一輛戰車，由四匹噴火駿馬負責拉動。他的雙胞胎兒子，恐懼之神佛波斯（Phobos）和恐怖之神戴摩斯（Deimos），平常會幫他駕駛戰車，他們總是手握韁繩，一邊互相開玩笑，一邊計算著戰車壓扁了多少人。「如果你壓扁那排弓箭手，就可以得到五十分！撞翻那個老兄則可以得到一百分！」

所以你就看得出來，阿瑞斯的神聖動物爲何是野豬了，因爲野豬會攻擊任何事物，幾乎不可能殺得死，而且極其凶狠。

他有一種神聖鳥類是禿鷲，畢竟禿鷲會在戰鬥之後啄食屍體。而他最喜歡的爬蟲類是毒蛇，你會在許多阿瑞斯的圖像裡看到他手拿一條蛇，不然就是盾牌上畫著一條蛇。

阿瑞斯並沒有神聖花朵。原因你自己想吧。

阿瑞斯在奧林帕斯山有一間公寓，他很喜歡和女朋友阿芙蘿黛蒂一起賴在那裡；此外，他在色雷斯山區有自己的堡壘，那是有史以來第一個也是超強的男生祕密基地。

那個城堡完全用鋼鐵打造而成，有著黑色的金屬高牆、金屬大門、黑色高塔、布滿尖釘的塔樓，還有一棟所有窗戶都裝上鐵柵的中央要塞。室內幾乎照不進陽光，彷彿陽光不敢照進去似的。

在要塞裡，每一條走廊和每一個房間都高高堆滿了來自各個戰役的戰利品，阿瑞斯宣稱有些戰利品是他自己掠奪而來，有些則是由凡人戰士獻祭給他。他大概收藏了幾千萬把劍和盾牌，足以讓印度的全部人口都武裝起來；另外還有成堆的毀損戰車和圍城工具、舊旗幟、長矛和箭矢。如果你要製作一個跨界電視節目，想要報導有囤貨癖的人，同時又是世界末日的活命主義者，攝影小組絕對會想去拍攝阿瑞斯的堡壘。

他在那裡收藏了很多價值不菲的東西，光是槍枝的收藏就可能價值好幾百萬。不過，那棟堡壘由許多好戰的次要天神負責看守，包括惡作劇天神、憤怒天神、威脅天神、逼車天神、粗魯動作天神等等；阿瑞斯也在大門口貼上一些標語，像是寫著：「別找看門狗了！小心主人！」

希臘人不太常膜拜阿瑞斯，他們對阿瑞斯的看法其實和宙斯差不多。阿瑞斯是奧林帕斯家庭的一份子，大家非得容忍他不可，有時候甚至很怕他。不過他是真的很愛發牢騷，很討人厭，而且老是害別人死掉。

是啦，其實也有例外。你說斯巴達城邦嗎？沒錯，他們愛死阿瑞斯了。這是當然的啦，在希臘，斯巴達人是男人中的男人，他們早餐吃的是釘子和類固醇，所以我想他們會這樣還滿有道理的。

斯巴達城中央有一座阿瑞斯的雕像，全身用鎖鍊緊緊捆住，他們的理論是說，假如能把阿瑞斯緊緊拴住，他就不能懲罰斯巴達人，於是斯巴達人必定勇敢無畏、贏得勝利。

雖說如此，但是把戰神緊緊拴住？聽起來好硬碰硬啊。

斯巴達人也會用活人獻祭給阿瑞斯，所以你就能了解他們爲何與阿瑞斯相處融洽，即使這種祭典會對斯巴達的觀光業造成重創，他們也在所不惜。

而在北方的色雷斯，也就是阿瑞斯長大的希臘北部土地，凡人的膜拜對象是一把劍，以之代表阿瑞斯。也許他們在劍刃上畫了一張笑臉，稱它爲阿瑞斯先生吧，我也不知道啦。總之，到了該獻祭綿羊、牛隻或活人的時候，他們就會將那把神聖的劍磨得銳利，然後大肆殺戮一番。

還有其他的阿瑞斯粉絲俱樂部嗎？那就是亞馬遜女人國。她們的文化是由女性掌權，那些女士眞的很懂戰鬥技巧。她們最早的一個人是阿瑞斯的半神半人女兒，阿瑞斯讓最初的亞馬遜女王擁有一條魔法腰帶，等於是把超厲害的戰鬥技巧賜給她，而後繼任的每一位亞馬遜女王都將魔法腰帶代代相傳。

每次要上戰場時，阿瑞斯總會特別找來亞馬遜人相助。那些女戰士超喜歡爹地戰神，她們在附近的島嶼爲他建造一座神廟，由一些阿瑞斯的神聖鳥類鎭守其中。想像一下，那裡有六百萬隻的大群渡鴉，牠們身上的每一根羽毛都像一支飛鏢，幾乎像剃刀那麼銳利，只要有足夠的力量讓那些羽毛全部飛出，就足以把一艘船的船身切成碎片……嗯，那個島看守得好嚴密啊。

如果那樣還不夠有戰神之愛，阿瑞斯還有兩片神聖樹林，一片在希臘中部，另一片則在名爲「科爾奇斯」的土地上，位於遙遠東方的黑海岸邊。這兩片樹林都是黑暗的橡樹森林，你可以去那裡祈求贏得戰爭的勝利；不過你要很勇敢喔，因爲那兩片樹林各由一隻巨龍負責鎮守著。

那兩隻巨大的怪物都是阿瑞斯的兒子。但誰是他們的媽媽啊？天神怎麼會生出巨龍兒子呢？這我也不知道，不過那兩隻巨龍絕對是遺傳了他們老爸的好勝性格，它們會攻擊任何移動的物體，而且很愛吃人肉大餐。如果你努力收集到巨龍牙齒（那些牙齒會一直掉落替換，有點像鯊魚的牙齒），可以把牙齒種在地上，於是幫你自己種出一些「地生人」，他們是一種骷髏戰士。

撿牙齒的時候祝你好運囉。那兩隻巨龍從來不睡覺，會噴毒液，聽力超強，又極度討厭凡人跑到它們附近撿紀念品，而不去「神聖樹林紀念品店」花錢購買。

後來，那兩隻巨龍都被殺死了，實在是令人感到十分悲傷……嗯，可能只有阿瑞斯無動於衷吧。

希臘中部的巨龍寶寶率先遭到殺害。有個名叫卡德摩斯的傢伙到處晃盪，他帶領一群移民，想要找地方建立新城邦。德爾菲神諭告訴他要跟著一隻特別的牛，等到那隻牛因爲筋疲力竭而倒下，那個地方就是建設他們新城邦的最佳地點。

我不知道。你會跟隨一位跟著牛走路的老兄嗎？卡德摩斯的追隨者顯然不在意，他們緊跟著卡德摩斯，直到他那頭特別的牛因爲體力不支倒下，所有人立刻爆出歡呼聲。

「就是這個地點！」卡德摩斯說：「咱們開始建城吧！喔，我們把這隻牛宰了，獻祭給天神，各位覺得如何？」

到了這時，那頭牛恐怕很希望自己能繼續往前走，但是太遲了！這群移民開始著手建設。經過幾小時後，卡德摩斯和他的建築工人覺得又熱又渴。

「我需要喝水！」其中一個傢伙說：「你有沒有帶冰桶或其他東西？」

卡德摩斯沉下臉。他就知道，眞應該帶個冰桶才對，方圓數公里的範圍內都沒有看到便利商店。他朝地平線方向掃視一番，終於看到遠方有一叢濃密的橡樹林。

「樹木需要大量的水，」他說：「那裡一定有河流或是泉水。」他指著手下的幾個人。「你們五個帶一些桶子去那片樹林，取點水回來給大家。路上如果看到，嗯，像是肯德基或之類的店，也很不錯喔。」

你也猜得到，那片樹林正是阿瑞斯的神聖樹林。

好吧，那裡確實有泉水。泉水從樹林正中央的洞穴冒出來，注入一個清澈的水池，而那裡剛好也是巨龍喝水的地方。

那五個傢伙帶著水桶進入樹林。

他們發現那個洞穴了。

「地上那所有尖尖的白色東西是什麼啊？」其中一人問。

「是箭尖嗎？」另一人猜著說。

「才不呢，看起來很像龍牙。」第三個人說。

他們全都神經兮兮地笑起來。根本沒有「龍」這種東西，對吧？

接著，巨龍從洞穴裡面衝出來，把他們全部吃掉。

只有一個傢伙逃出來，可能因爲龍已經吃得太飽，懶得追他吧。

那傢伙跌跌撞撞逃回工作地點，滿心驚駭地尖聲說：「龍！很大！吃人！」所有的移民都聚集過來，卡德摩斯讓倖存者冷靜下來，並請他說明全部經過。接著，卡德摩斯抓起他所仰賴的長矛。「再也沒有巨龍能吃掉我的工人。」

而在群眾的最後方，有一位祭司清清喉嚨。「唔，先生？這片樹林聽起來非常像是阿瑞斯的神聖樹林喔，假如你殺了戰神的巨龍……」

「我必須殺了它！」卡德摩斯說：「那頭牛叫我在這裡建設城邦，我不能讓一隻巨龍住在我隔壁！老先生，難道你否認那隻死牛的智慧？」

「喔……沒有啦，先生，沒有。」祭司決定閉上嘴巴。

卡德摩斯帶著長矛，大步走進樹林，而由於他是主其事的人，因此直接走去找巨龍（巨龍還眞的吃太飽，根本懶得奮戰一場），將長矛直直刺入巨龍的腦袋。

就在此時，卡德摩斯身旁閃現一道燦亮的光線，女神雅典娜現身了。

「卡德摩斯，做得好！」女神說：「你已經殺死了阿瑞斯的巨龍！」

卡德摩斯嚇得瞪大眼睛。「那麼……我沒有惹上麻煩？」

「噢，你的麻煩可大了！」雅典娜興高采烈地說：「總有一天，阿瑞斯會來報仇。但現在呢，你受到我的保護，我需要你創建一個偉大的城邦，叫做『底比斯』。」

「就是那頭牛倒下的地方嗎？因爲神諭說得還滿精確的。」

「沒錯，沒錯，那很好。不過一開始最要緊的事呢，你需要一群優秀的戰士來保衛你的新城邦。取走這隻龍的牙齒，像播種一樣把它們種在地上，然後用一點血液澆上去，看看會發生什麼事！」

雅典娜消失了。

卡德摩斯不知道該不該偷取巨龍的牙齒，特別是他似乎已經登上阿瑞斯的搗蛋鬼名單了，不過他還是聽從雅典娜的命令。他把牙齒種好之後，一大群超精英的骷髏戰士從地底下彈出來，他們便成爲新建的底比斯軍隊第一批士兵。

卡德摩斯建立起他的城邦。經過了一段時間，凡事都很順利，眾神甚至賜與一位次要女神當他的妻子，她叫哈摩妮雅（Harmonia），是阿芙蘿黛蒂和阿瑞斯的女兒。哈摩妮雅變成凡人，與卡德摩斯共同生活，這對凡人來說是相當大的榮耀。

阿瑞斯很不高興。首先，這個叫卡德摩斯的傢伙殺了他的巨龍。其次，其他天神有點像是表示：「噢，不行，你不能殺他！卡德摩斯命中註定要建設一個重要的城邦！」

說得好像底比斯有多麼重要似的。拜託喔！「底比斯」，這是什麼名字啊？一點都不像「斯巴達」那麼酷。更何況埃及已經有一個城市叫做底比斯了，現在希臘又來一個底比斯，大家會搞混耶！

最後，還有一件事比其他事更嚴重：其他天神竟然讓那個殺死巨龍的混蛋與阿瑞斯的女兒結婚！一點都不好玩。

爲了自己的女兒著想，阿瑞斯努力保持冷靜，不過他實在恨透這個女婿。終於有一天，他看到卡德摩斯出了城，走向神聖樹林，凝視著好幾年前他殺死巨龍的那個地點。

不知什麼原因，這個舉動讓阿瑞斯徹底氣炸。

戰神現身在卡德摩斯的面前。「你這個無賴，看什麼看啊？要看清楚你是在哪裡殺死我的龍嗎？你很討厭爬蟲類，啊？哼，你猜怎麼樣？你也是其中之一！」

轟！阿瑞斯把卡德摩斯變成一條蛇。

說來不幸，哈摩妮雅王后剛好走過來看看丈夫怎麼樣了，結果看到事發經過，她氣得尖聲叫喊：「爸！你在做什麼？」

「他活該！」阿瑞斯咆哮著說。

「我愛他啊！把他變回來！」

「喔，你選擇他而不要我？真的是這樣嗎？那好，也許你會想要和他在一起！」砰！他把自己的女兒變成一條蛇，於是底比斯國王和王后唏哩呼嚕溜走了。

阿瑞斯就這樣報仇了。不過等到卡德摩斯蛇和哈摩妮雅蛇死掉以後，宙斯把他們的靈魂送到埃利西翁，於是他們可以永遠平靜幸福地住在一起。（千萬不要告訴阿瑞斯喔，他很可能會去下面那裡，重新再好好詛咒他們一次……）

至於阿瑞斯的另一片神聖樹林，也就是在科爾奇斯那一片，那裡的狀況有點不一樣。當地的國王是個名叫埃厄忒斯（Aeetes）的傢伙（我所能描述的最接近發音，應該是「挨餓特撕」吧）。他賴以成名的最大原因，就是金羊毛（與我有親戚關係的那張魔法綿羊皮地毯）最終跑到他的王國內，讓當地不再有疾病、敵人入侵、股市崩盤、歌手小賈斯汀跑去搗蛋，也不再有任何的天然災害了。

埃厄忒斯並不是阿瑞斯的兒子，不過他是第一流的膜拜香客。他會特地引發戰爭，盡可能殺死最多的人，如此一來才能在「阿瑞斯回饋計畫」多拿到一些點數。很快的，埃厄忒斯國王就掠奪到各式各樣的戰利品。

阿瑞斯派遣他的第二隻巨龍兒子去看守金羊毛，金羊毛掛在一棵橡樹上，位於埃厄忒斯的那片神聖樹林裡。巨龍只有看到埃厄忒斯才會表現得很友善，所以它會讓國王撿牙齒。接著，埃厄忒斯前往專門的「阿瑞斯田園」種下牙齒，讓自己得到一群新的骷髏戰士，需要的話就可以派上用場。不過，他那時候當然是沒有什麼「強鹿牌」好用耕耘機啦，所以阿瑞斯送給國王一具特殊的犁，是由會噴火的金屬公牛拉動。而為了不讓國王身上著火，阿瑞斯又給他一套盔甲，具有防火、防彈、什麼東西都防的功能，那是阿瑞斯在攻打巨人的戰役中搶來的。（這又是另一段值得大書特書的故事了。）

彷彿有了這些金屬公牛、骷髏戰士和巨龍還不夠安全似的，埃厄忒斯沿著整個區域周圍又建造了一道牆，因此沒有人能夠接近田園或樹林。再考慮到他的科爾奇斯王國其實位於已知世界相當邊緣的地方，任何人能偷走他的金羊毛的機率實在是非常渺茫。

而當然啦，某人還真的偷走了金羊毛，那位老兄的名字叫作傑生。不過那也是說來話長的一段重要故事，有機會再說吧。至於現在呢，我們要把埃厄忒斯留在科爾奇斯，讓他全心全意、沾沾自喜、自信滿滿地膜拜阿瑞斯，同時心裡想著，是啊，我很酷。

但即使是戰神，也不能一天到晚殺人卻不必受罰。有時候，阿瑞斯必須向其他天神解釋自己的所作所為；事實上，他是第一次也是唯一一次「天神謀殺案大審判」的被告，可以說是《法網遊龍：奧林帕斯山》影集的試播版。

事情的經過大概是這樣：波塞頓有一個半神半人的怪兒子，名字叫做哈利耳荷提俄斯

（Halirrhothius）。我不打算大聲嚷嚷說這位老兄是我的兄弟，光是他的名字應該就能讓你知道這人怪怪的；聽起來很像什麼耳鼻喉科毛病的名稱吧。我想，只要叫他哈利就好了。

總之，哈利住在雅典，他愛上一位漂亮的雅典公主阿爾西佩（Alicippe），而她剛好是阿瑞斯的女兒；然而阿爾西佩一點都不想和哈利扯上關係。波塞頓的兒子？好噁！

哈利不願輕言放棄。他跟著阿爾西佩到處跑，在臉書上追蹤她的最新動態，破壞她與別人的約會，基本上就是表現出恐怖情人的樣子。

然後有一天晚上，哈利在一條巷子裡堵到阿爾西佩，一看她想要逃走，哈利竟然把她打倒在地。阿爾西佩開始一邊尖叫亂踢，一邊大喊：「救命啊！」

她想到最後一招，喊著：「爸！阿瑞斯！」

還眞的有用。

阿瑞斯以迅雷不及掩耳之勢出現在巷子裡，從阿爾西佩身邊拉開那個年輕人。

「想要與我的女兒亂搞？」阿瑞斯吼得超大聲，害那個年輕人的臉頰啪啦啪啦鼓動，簡直違反地心引力的作用。

「抱歉，閣下！」哈利說：「我放棄！不要傷害我！」

「噢，我不會傷害你，」阿瑞斯向他保證，「我會殺死你！」

戰神拔出一把刀，把哈利戳成「半神半人瑞士洞洞起司」。然後，他把那個年輕人打倒在地，還朝著他那沒有生命的屍體額外多踢好幾下。

當時的情景實在太殘忍，連續幾週都有媒體大幅報導。所有凡人電視台名嘴都在問：「天神以暴力對待凡人……這會不會太過頭了？」基本上全是對奧林帕斯山的負面報導。

波塞頓要求阿瑞斯接受謀殺罪名的審判，畢竟哈利是波塞頓的兒子。

阿瑞斯氣炸了。「那是自衛耶！」

波塞頓嗤之以鼻。「自衛？那男孩向你投降了，然後你猛刺他六百下，還踐踏他的臉。那怎麼能叫自衛？」

「我是保衛我女兒啊，你這個藤壺鬍！你的笨蛋兒子打算強暴她耶！」

波塞頓和阿瑞斯捲起袖子準備打架；那應該很輕鬆愜意，因為我老爸一定可以完全制服那白痴……不過宙斯站出來阻止他們。

「夠了！」他厲聲喊著。「順應大家的要求，我們會舉辦一場審判。我會擔任審判官，其他天神則組成陪審團。」

他們在雅典的一座山丘上審判阿瑞斯。宙斯很當一回事，還傳喚目擊證人，聽取各種證詞。如果判決阿瑞斯有罪，我還真不知道結果會怎樣；也許宙斯會把他扔進塔耳塔洛斯，或者判他從事一千年之久的社區服務工作，像是沿著高速公路撿垃圾之類的。不過到最後，眾神判定阿瑞斯無罪。他確實有點處置過當，竟然那樣亂砍哈利的身體，不過那傢伙的確侮辱阿瑞斯的女兒在先，那是不對的。不過只有眾神可以像這樣全身而退吧！

他們舉行審判的地點如今還在喔，如果你要去雅典，不妨找找看。那裡稱為「亞略巴古」（Aeropagus），意思是「阿瑞斯之丘」，古代的雅典人在山頂上建造一座法庭，專門用來審判謀殺案。我猜想，他們認為那個地方如果很適合審判阿瑞斯，一定也很適合審判他們凡人的神經病和斧頭殺人狂之類的吧。

就我個人來說，我同意阿瑞斯有權利保護他的女兒，不過我也認為波塞頓應該一拳打斷他的鼻梁，只因為那樣一來，場面就會變得很精彩了。

再多講一個戰神的故事好了，因為我希望這一章的結尾讓他看起來徹底的失敗。（關於這一點，坦白說，實在不難做到啊。）

有一次，名叫歐杜士（Otis）和艾非亞特士（Ephialtes）的巨人兄弟檔決定要毀滅眾神。為什麼呢？可能是大地之母蓋婭授意的吧，也可能只是因為他們很無聊。一般稱呼這對雙胞胎兄弟為「阿洛代伊」（Alodai），這名稱的字面意思是「摔角手」。我是不知道他們臉上有沒有合乎身分的摔角手濃妝啦。

就像大多數的巨人一樣，他們……呃，很巨大。他們開始扯掉山丘，把那些山一座座堆疊起來，目的是要堆出一座攻擊高塔，從那上面扔擲巨石摧毀奧林帕斯山。回想起過去，宙斯也是用同樣的方法摧毀奧特里斯山。

眾神從他們的宮殿向下俯望，發現那兩個巨人正在堆疊山丘，堆得愈來愈高、愈來愈近。宙斯說：「應該有誰去阻止他們一下吧。」

「對呀。」希拉附和著說。

沒有人自願去。在當時，對抗風暴巨人泰非斯的慘敗經歷才剛過不久，所有的天神受到極大的震撼，都還有一點驚嚇過度，因此要再與兩個大巨人打架的提議實在不是很吸引人。

最後，希拉說：「阿瑞斯，你是戰神，應該去和他們對戰。」

「我？」阿瑞斯拔高聲音說：「我是說……只要我願意，顯然一定可以摧毀他們。不過，為什麼是我？雅典娜是女戰神，派她去啊！」

「喔，不過我很聰明，」雅典娜說：「聰明到派你代替我去。」

阿瑞斯咒罵一聲，但他一定辯不過雅典娜。他穿戴盔甲，跳上戰車，高速駛下奧林帕斯山的山坡，一邊喊叫，一邊揮舞他的長矛。

巨人看起來沒有特別的反應，他們等候已久，準備發動攻擊。事實上，他們特別爲這個場合製作了一些超強力鎖鍊，布置成陷阱，也就是沿路鋪設在戰車必經的路上，上面蓋了一些樹枝和碎石之類的東西。

阿瑞斯衝過來時，兩個巨人分別跳向道路兩側，然後猛力拉扯鎖鍊的兩端，產生一條絆腳索，阿瑞斯的馬想躲都躲不掉。

轟！

馬兒飛出去，戰車也炸碎成一百萬片。阿瑞斯沒有綁好安全帶，所以他彈飛到一百公尺外，摔向地面，如果他是凡人，這時候脖子肯定摔斷了。趁他還頭暈腦脹的時候，兩個巨人用他們的巨大鎖鍊把他緊緊捆起，使勁拖走。

「噢，好慘啊，」雅典娜從奧林帕斯山往下一瞥，如此說著：「他們把阿瑞斯綁走了。」

「哇，眞丟臉。」波塞頓打了個呵欠。

「我們應該幫幫他。」希拉說，不過連她的語氣聽起來也不是很熱心。

眾神還沒決定該怎麼辦時，阿洛代伊雙胞胎已經消失在山裡。他們把阿瑞斯帶去一個遙遠的洞穴，把他塞進一個巨大的青銅罐，他就在那裡面待了足足十三個月，幾乎無法呼吸，而且熱到汗流浹背。

阿瑞斯努力想要扯斷鎖鍊，但實在捆得太緊了。他大吼大叫、語出威脅，但是隨著他的力氣變得愈來愈弱，既沒有神飲可喝，也沒有神食能吃，他只能在罐子裡嗚咽啜泣，懇求放他出去。

宙斯嫌麻煩，懶得發動一場搜救任務。

而阿洛代伊雙胞胎不斷送來各種勒贖的要求。「打開你們的大門，否則我們會殺掉你們的兒子！不對，一定會殺掉！我們說到做到！好吧，不然支付價值一百萬德拉克馬的黃金怎麼樣？眞的喔，我們會傷害他！快點啦，各位！我們把你們的兒子關在罐子裡耶！你們不希望他回來嗎？」

兩位巨人從奧林帕斯山得不到半點回覆。阿瑞斯可能已經衰弱到消失不見了，這對我來說其實還滿好的；不過雙胞胎巨人有個繼母名叫厄里玻亞（Eriboea），她是好心腸的人，很同情阿瑞斯的處境；也或者她只是不想再聽到阿瑞斯在罐子裡哭個不停吧。

有一天晚上，她偷偷爬出洞穴，找到傳訊天神荷米斯。

「嘿，」她說：「我可以帶你去阿瑞斯受困的地方，你可以溜進來救他。」

荷米斯皺起眉頭。「我一定要去救他嗎？」

「嗯……如果你不去，我的繼子絕對不會死心，他們會一直提出勒贖條件喔，」厄里玻亞說：「然後，他們會把那座用很多山堆起來的圍攻高塔蓋好，從那裡摧毀奧林帕斯山。」

荷米斯嘆了一口氣。「噢，好吧。好啦。」

於是，荷米斯偷偷溜進洞穴，把阿瑞斯救出來。他們飛回奧林帕斯山，眾神看到阿瑞斯竟然變成這麼虛弱、蒼白、憔悴的模樣，都覺得既憤怒又難爲情。他們很討厭阿瑞斯，但是沒有任何人可以這樣對待一位奧林帕斯天神。

眾神振作起來，團結在一起，最後合力殺死阿洛代伊雙胞胎。

至於阿瑞斯呢，他終究還是恢復好戰的模樣，假裝那個事件從來都沒有發生過；但是從那以後，他對待戰俘總是特別好。如果你虐待自己的俘虜，阿瑞斯就會找上你，來一場推心置腹的談話。

此外，阿瑞斯也對罐子產生由衷的恐懼。

我想，我會好好挑個很棒的罐子送他當耶誕禮物吧。

14 赫菲斯托斯做金駱馬給我（其實沒有）

如果你想看赫菲斯托斯的嬰兒時期照片，恐怕找不到。

他出生的時候奇醜無比，連他親愛的媽媽希拉都像丟垃圾一樣把他丟出奧林帕斯山。假如眞的有人曾經幫他拍下嬰兒時期的照片，一定會顯示出其貌不揚的小赫菲斯托斯穿越雲層向下急墜，臉上露出驚訝的表情，像是叫著：「媽咪，爲什麼把我丟下去？」

接下來怎麼樣了？呃，希拉是希望再也不要看到這個小孩了。

但最後赫菲斯托斯還是回來了，他就像回力鏢一樣，飛回來還正中希拉的額頭。我喜歡這傢伙。

小嬰兒赫菲斯托斯掉進大海，在那裡，五十位海精靈的首領忒提絲把他救起來。後來眾神把宙斯五花大綁準備叛變時，把宙斯放開的那位小妞就是忒提絲。

總之，忒提絲爲這個可憐的小男孩感到難過，於是她決定在一個祕密的海底洞穴裡撫養他長大。

忒提絲並不介意他長得醜，她平常身邊圍繞著水母、海鰻和鮟鱇魚，所以對她來說，赫菲斯托斯看起來也沒那麼醜。他的雙腳確實扭曲變形，而且太過細瘦，如果沒有拐杖或支架就無法支撐他的體重；他的體毛也長得太濃密，一天之內要刮五次鬍子，而且早在嬰兒時期就已經是這樣了；他整張臉紅通通的而且凹凸不平，彷彿睡在非洲殺人蜂的蜂巢裡似的。不過他的上半身非常強壯健康，也有靈巧的雙手和敏銳的心智。隨著年輕的天神漸漸長大，他在建築和工藝方面非常有天分，很像大獨眼巨人。只要給這孩子一桶樂高積木，一個小時之後回來看，他就已經造出一具功能強大的長程彈道飛彈了。

好消息是，忒提絲並不想接管整個世界，她只希望有珠寶首飾就好。她請赫菲斯托斯打造出精緻的黃金項鍊、別緻的珍珠和珊瑚手鐲，以及會發亮的霓虹頭冠，還會顯示各種訊息像是「新年快樂」和「誠徵廣告」等等字樣，於是每一次去參加派對，她總是會場上最閃亮的一位。

赫菲斯托斯在海底住了九年，擔任忒提絲的私人鐵匠。他很喜歡這些工作，也深愛他的養母，但是在內心深處，他一直都很想對希拉復仇。

閒暇的時候，他努力製作一件特別的家具，是要送給他那位危險媽媽的危險禮物，然後他夢想有一天能夠重返奧林帕斯山。

最後，他的製作計畫終於完成了，該是對忒提絲說再見的時候了。

「親愛的養母，」赫菲斯托斯跪在忒提絲腳邊，這對他來說並不容易，畢竟他的雙腳既扭曲又萎縮，而且固定在黃金支架裡，「我必須回家，在眾神之間取得我的地位。」

忒提絲一直都知道這一天終究會到來，但她還是哭了。「他們不懂得欣賞你，」她提出警告，「他們只會用你的長相來評斷你。」

「那麼他們就是傻瓜，」赫菲斯托斯說：「我一點都不在意別人的想法。我母親拋棄我，她必須為那樣的羞辱付出代價。」

忒提絲無法反駁，只能祝福赫菲斯托斯好運，於是這位天神轉身出發，踏上前往奧林帕斯山的征途。他騎著驢子爬上山，因為他很喜歡驢子。驢子長得醜陋又頑固，貌似滑稽，但是既強壯又堅毅，赫菲斯托斯很欣賞這樣的特質。況且，如果你低估一隻驢子或虐待牠，牠很有可能把你的整排牙齒踹進你肚子裡。

赫菲斯托斯的背後則有一整隊的負重驢子慢慢行走，牠們身上背負著要送給天神們的特殊禮物。

赫菲斯托斯直直騎進奧林帕斯山的王座廳，其他眾神看得目瞪口呆，鴉雀無聲。

「那是誰啊？」阿瑞斯問。

希拉的喉嚨深處發出古怪的聲音。「不可能吧？」

「母親！」赫菲斯托斯滿臉堆笑，「是我啊，赫菲斯托斯！」

宙斯被他的神飲嗆到。「他剛才是不是叫你『母親』？」

赫菲斯托斯從驢子上爬下來，雙腳支架吱嘎作響。「喔，父親，她沒提過我的事嗎？」

（事實上，宙斯不能算是他父親，畢竟希拉完全靠一己之力製造出這個嬰兒，不過赫菲斯托斯認為不需要計較這種技術性問題。）

「她可能是疏忽了，」赫菲斯托斯笑得很怪異，「你知道嗎，我還是小嬰兒的時候，希拉從奧林帕斯山上把我扔下去。不過安啦，親愛的父母親，你們也看得出來，我還活著呢！」

「喔，」希拉說：「這麼……好。」

赫菲斯托斯講述他在海底長大的故事。「而且我帶了很多禮物來！」他從驢子背上打開一件件大包裹。「是送給每一位天神的新王座！」

「王座！」阿瑞斯高興得跳起來，興奮得手舞足蹈。

其他天神本來有一點小擔心，不過一看到赫菲斯托斯的精緻手藝，大家都變得超興奮。宙斯得到一座純金的座椅，兩邊的扶手都附有杯架，腰部有靠墊，而且內建了放置閃電的架子。狄蜜特的王座是用金色和銀色的玉米稈編製而成。波塞頓得到一張海軍椅，而且有地方可以放他的三叉戟和釣魚竿。阿瑞斯的鋼鐵王座裝上皮墊，兩個扶手則有一大堆令人不安的尖刺和倒鉤鐵網。

「我愛死了，」阿瑞斯說：「這是科林斯人的皮革嗎？」

「事實上，是凡人的皮膚。」赫菲斯托斯說。

阿瑞斯感動得熱淚盈眶。「這是最棒的禮物……我，我簡直……」

所有天神的新王座都附有三百六十度旋轉的輪子，所以過沒多久，奧林帕斯眾神便在宮殿裡溜來溜去，坐在他們的座椅裡快樂得轉圈圈。

「這些全都是你做的？」阿波羅撫摸著他的椅背，那形狀像是一座巨大的豎琴，「真是太驚人了！」

「是啊，」赫菲斯托斯說：「我是掌管鐵匠和工匠的天神，幾乎沒有做不出來的東西。」

他對希拉露出微笑。「母親，您不試試您的王座嗎？」

希拉站在她的新椅子旁邊，那張椅子的材質是剛玉，硬度超高，半透明的白色材質微微發亮，兼具白銀和鑽石的特性。希拉從來沒有見過像這個王座這麼美麗的事物，但她不敢坐上去。她實在無法相信赫菲斯托斯會對她很友善。

然而，所有其他天神都在房間裡轉圈圈，開心得不得了，於是她最後終於放寬心。「非常好，我的……呃，我的兒子。這個王座非常美麗。」

她慢慢坐下。突然間，一條條隱形的纜繩把她捆得很緊，讓她無法呼吸。

「啊——」她喘不過氣來。

她試圖變換身形，但是無效。她愈掙扎，纜繩就捆得愈緊，於是她只好盡可能放鬆。隱形的纜繩勒得非常緊，讓她整張臉變成紫色，雙眼暴凸，而且體內所有的神血都擠到雙手和雙腳裡。

「母親？」阿瑞斯問：「你爲什麼坐成那樣都不會動？而且，爲什麼你的雙手和雙腳全都腫成發亮的金色啊？」

希拉只能以微弱的聲音嗚咽著說：「救命。」

眾神全都轉頭看赫菲斯托斯。

「好啦，」宙斯氣呼呼地說：「你做了什麼好事？」

赫菲斯托斯挑了挑他的超濃密眉毛。「怎麼了，父親？我以爲你會贊成。這下子你的太太會安靜得多。事實上，她從此以後再也不能離開那張椅子了。」

希拉嚇得發出短促的吱吱叫聲。

「是你把我扔掉的，」赫菲斯托斯提醒她：「我既醜陋又殘廢，所以你把我丟到山下。親愛的母親，我要你也嘗嘗那樣的痛苦。想想看，如果你對我好一點，我可以幫你做出多少有用的東西啊，於是你可能就會了解，你扔掉的是很有價值的東西。你永遠不該以外貌來評斷一位天神的價值。」

講完這段話，赫菲斯托斯一拐一拐走向他的驢子，跨上驢背準備離開。

沒有一位天神試圖阻止他。也許他們很擔心萬一出手干預，他們自己的王座會炸開，或者座位上會冒出食物調理機的銳利刀片。

赫菲斯托斯一路騎下山到凡人世界，在一個希臘城邦裡開了自己的商店。他在那裡製作馬蹄鐵、釘子等等，都是不需要花太多腦筋就做得出來的簡單物件。他曾經希望自己的復仇行動能讓心情好一點，但是並沒有。他變得比以前更空虛、更憤怒。

同時在奧林帕斯山，希拉的嗚咽聲已經讓其他天神聽得很煩了。他們試過所有方法想讓她脫身，像是可以剪斷螺栓的強力剪、用閃電劈、用培根油脂和超強防鏽劑稍微潤滑，但全都沒有用。

最後宙斯終於說：「眞是夠了。阿瑞斯，去把你弟弟找來，說服他把你母親放開。」

阿瑞斯露出殘酷的微笑。「喔，我會說服他的，沒問題。」

阿瑞斯立刻準備好他的戰車，披上燃燒的金色盔甲，手持他的血紅長矛和滴血的盾牌。他的兩個兒子佛波斯和戴摩斯爲戰車套上噴火駿馬，他們就出發了。

他們駕著戰車穿越許多凡人城市，讓大眾驚慌失措，甚至把擋路的每一個人都踩扁。他們衝進赫菲斯托斯鐵匠鋪的院子裡，那位跛腳天神正在修理一只茶壺。

馬匹憤怒狂吼並噴出火焰，佛波斯和戴摩斯也散發出一波波超級恐懼的波濤，讓附近的鄰居總共心臟病發六十五次。

阿瑞斯拿著長矛指向赫菲斯托斯。「你會釋放希拉！」

赫菲斯托斯抬頭看了一眼。「阿瑞斯，走開。」他又繼續敲打手上的茶壺。

佛波斯和戴摩斯彼此互看一眼，滿心困惑。

阿瑞斯揮動手上的長矛。他預期的反應並不是這樣。他決定再試一次。「釋放希拉，否則就面對我的天譴吧！」

阿瑞斯的馬向赫菲斯托斯的全身猛烈噴火，但是火焰只讓他覺得很癢。

鐵匠天神嘆了一口氣。「阿瑞斯，首先呢，我不會回應你的威脅。第二，你只是因為打過很多架，就覺得自己很強？試試看在鐵工廠幹活一整天吧。再威脅我一次，我就讓你瞧瞧什麼叫做『很強』。」赫菲斯托斯伸展雙臂和胸膛，強健的肌肉不斷抖動。

「第三，」他繼續說：「我是掌管火的天神。我非這樣不可，畢竟我是以熔化金屬維生啊。我曾經在海底下的火山內部鑄造鐵器和青銅武器，所以你不需要叫你那些可愛的小馬來嚇唬我。」

赫菲斯托斯朝阿瑞斯揮揮手，那動作活像是要把一隻蒼蠅揮開。這時，地上突然轟隆冒出一道火牆，然後湧向戰神的戰車。等到火焰熄滅時，馬兒的鬃毛燒個精光，戰車的車輪也倒下來變成橢圓形；佛波斯和戴摩斯的頭盔在他們頭頂上像煎蛋一樣熔化，全身皮膚也蓋著一層細細的碳末碎屑。

阿瑞斯的盔甲冒著煙，頭盔上的漂亮飾羽正在悶燒。

「最後一次機會，」赫菲斯托斯說：「滾開。」

阿瑞斯立刻轉身逃走，他的戰車拖著歪向一邊的輪子匡啷匡啷亂叫，在空中留下了一道「炭烤戰神」的氣味，你絕對不會聞錯。

奧林帕斯眾神又試過很多手段，希望說服赫菲斯托斯釋放他的母親。他們每次都派出不同的使者。

但是赫菲斯托斯不願接受遊說。

在奧林帕斯山上，宙斯攤開雙手，嘆口氣。「嗯，我想，希拉得永遠待在那個受到詛咒的王座上了。」

「唔啵咿！」希拉說，她的整張臉都因爲充血而漲成金色。

這時候，最意想不到的英雄走向前來，他是掌管葡萄酒的天神戴歐尼修斯。「別擔心，」他說：「我可以料理赫菲斯托斯。」

其他天神都看著他。

「就憑你？」阿瑞斯質問：「你有什麼招數？用上等的夏多內白酒威脅赫菲斯托斯嗎？」

戴歐尼修斯露出微笑。「你等著瞧。」

戴歐尼修斯飛下去到大地上。他開始在鐵匠的店鋪附近晃來晃去，沒有向赫菲斯托斯提出任何要求。他沒有語帶威脅，也沒有施展任何苦肉計，只是一直在碎碎唸，講些有趣的故事，而且表現得很友善。

唉，我自己與戴歐尼修斯的相處經驗完全不是這樣，不過他顯然也可以是個很有魅力的人，只要他力求表現就可以。他以前本來是凡人，最近才變成天神，所以他不像其他奧林帕斯眾神那麼盛氣凌人。他並不介意與人類和醜陋的鐵匠一起廝混。結果他與赫菲斯托斯相處得很不錯。

一起鬼混幾個星期之後，戴歐尼修斯說：「老兄，你也工作得太辛苦了吧。你需要休息一下了！」

「我喜歡工作。」赫菲斯托斯低聲咕噥。

事實是，打鐵的工作可以讓他暫時忘記內心的痛苦。儘管向希拉復仇成功，赫菲斯托斯依舊無法擺脫內心的憤怒和悲痛。他仍然是遭到拋棄的天神，沒有變得比以前更快樂。

「今天晚上我要帶你出門，」戴歐尼修斯說：「我們會造訪酒館，我要向你介紹我創造出來的東西，那稱爲『葡萄酒』。」

赫菲斯托斯沉下臉。「那是一種機器嗎？」

戴歐尼修斯的雙眼閃閃發亮。「嗯……它有自己的用途啦，等著瞧喔。」

嗯，各位同學……葡萄酒是一種含酒精的飲料，是給大人喝的飲料。

「咦，波西．傑克森先生，」你會說：「我們不能喝點葡萄酒嗎？」

不，同學們，不行。葡萄酒很危險喔，我不希望你們任何人喝酒，至少等到三十五歲以後再說吧。就算到了三十五歲，你也應該取得醫師的處方籤，還有你父母的許可，而且喝酒要有節制（例如一個月牛飲一次之類），而且喝了酒絕對不可以操作重型機械！

好吧……我想，這樣算是善盡我的法律責任了吧。繼續講故事。

那天晚上，戴歐尼修斯帶赫菲斯托斯出門去喝酒。過沒多久，赫菲斯托斯的眼淚就滴進他的杯子裡，他把自己的人生故事一股腦說給戴歐尼修斯聽。

「我……我愛你，老兄，」赫菲斯托斯哭著說：「其他人都不了解我。嗯……除了這些傢伙以外。」赫菲斯托斯指著他碗裡的鹹花生。「他們了解我。可是……沒有其他人了解。」

「嗯。」戴歐尼修斯滿心同情地點點頭。「那樣一定很難熬，住在海底，遭到你自己的母親狠心拋棄。」

「你一點都不了解。那很……」赫菲斯托斯吸吸鼻涕，努力搜尋恰當字眼，「很難熬。」

「完全正確，」戴歐尼修斯說：「你知道怎麼樣可以讓你的心情比較好嗎？」

「喝更多葡萄酒？」赫菲斯托斯猜測說。

「嗯，可能會吧。不過還有一種方法，原諒。」

「啊，你說什麼？」

「希拉是個老巫婆，」戴歐尼修斯說：「相信我，我眞的了解。不過我們是一家人啊，我們眾神，大家必須團結在一起。」

赫菲斯托斯瞪大雙眼看著自己的杯子。「她像丟一顆壞掉火星塞那樣把我丟出去耶。」

「我不太知道火星塞是什麼啦，」戴歐尼修斯說：「不過我要說的還是一樣，你不能永遠抱著怨恨不放。如果一直悶著，嗯……就算是最好的葡萄酒，到最後也會變成醋啊。你的復仇行動有沒有讓心情變得比較好？」

「其實沒有，」赫菲斯托斯皺起眉頭，「我需要更多葡萄酒。」

「不，」戴歐尼修斯很堅定地說，這實在很不像他的個性啊，居然拒絕讓某人喝一杯，「你需要立刻和我一起回到奧林帕斯山，把希拉放開。當個好人，讓所有人知道你比她好。」

赫菲斯托斯咕噥幾聲，喃喃自語，咒罵他碗裡的花生，但他知道戴歐尼修斯說得沒錯。他騎上驢子回到奧林帕斯山；這眞的很危險唷，因爲他很可能因爲「酒醉駕驢」而讓警察叫到路邊去。

幸虧最後平安抵達，戴歐尼修斯走在他旁邊。赫菲斯托斯靠近希拉身邊，其他天神也全部圍過來。

「母親，我原諒你，」赫菲斯托斯說：「我會放開你，不過你必須許下承諾，從今以後再也不會拋棄小嬰兒。每一個人都有各自的天賦，無論他們長成什麼模樣。你同意嗎？」

「唔哇嘰嗚咿。」希拉說。

王座背後有個隱密的消除按鈕，赫菲斯托斯按下按鈕，希拉就自由了。

這個故事的一些版本是說，赫菲斯托斯要求一項代價才能放希拉走。據說波塞頓（他很討厭雅典娜）建議赫菲斯托斯請求宙斯把智慧女神嫁給他，後來才會有赫菲斯托斯對雅典娜窮追不捨、結果噁心巴啦的手帕事件。

關於這點我無法證實。如果問我個人的意見，我認為赫菲斯托斯實在是對「仇恨母親」非常厭倦了。而經過這個事件之後，他和戴歐尼修斯一直是相當好的朋友，赫菲斯托斯和希拉也放下兩人之間的仇恨了。

事實上，赫菲斯托斯下一次再惹上麻煩，就是為了要幫助他媽媽。

把畫面向前快轉到眾神反叛宙斯的時候。你可能還記得（或者可能不記得了），宙斯重獲自由後，立刻著手懲罰發動叛變的幾位「神渣」；阿波羅和波塞頓有一陣子失去他們的不死之身，希拉則是被捆起來，吊掛在深淵上方。

在那整段期間，赫菲斯托斯都沒有選邊站。他認為發動叛變是個愚蠢的主意，不過也沒有人費心問過他的意見就是了。結果宙斯沒有懲罰他。然而，鐵匠之神對於宙斯把他媽媽綁起來、倒吊在深淵上方像活餌一般，感到非常不以為然。

赫菲斯托斯日日夜夜都能聽見希拉的淒厲叫聲。他心想，宙斯就可以把希拉綁起來，而且沒有人反對；但是他之前綁起希拉時，每個人都把他當成什麼罪大惡極的惡棍，一想到這點，他就非常火大。而且說不定，只是說不定，赫菲斯托斯已經開始愛他媽媽一點點了……至少足以讓他不想看到媽媽吊掛在「混沌」的咽喉上方。

一天晚上，他再也受不了了。他下了床，抓起他的工具組去救他媽媽。只要準備一些鉤爪、安全背帶、樹枝剪和一些繩索，而當然還要有一些萬用膠帶，他就能把希拉的繩子砍斷，拉她到安全的地方。

希拉無法用言語訴說她的感激。她哭著抱住赫菲斯托斯，答應再也不說他醜，也絕對不再討厭他了。

宙斯當然很不高興。他發現實情之後，大踏步走進赫菲斯托斯的房間，不但渾身電力劈啪作響，臉色也像雷雨雲一樣黑暗。

「你沒有得到我的允許！」宙斯怒吼著：「你必須學習尊重我的權威！」

大多數老爸只會大吼大叫很久，或一拳把你打倒在地，或是沒收你的 Xbox 遊樂器。宙斯則是抓住赫菲斯托斯的腳踝，使勁一拉讓他摔倒在地，然後把他拖到最近的窗戶邊。

這時，赫菲斯托斯的身體已經很強壯了，但是雙腳依舊軟弱無力。他一旦失去平衡，就沒辦法好好保護自己。

況且，宙斯又是個肌肉強健的猛男，他每個星期都會在健身房待上六小時左右，努力鍛煉他的上半身肌肉。

宙斯大喊：「工具男，莎喲娜啦！」然後把赫菲斯托斯扔到山下去……又來了！

赫菲斯托斯花了一整天向下墜落，這也讓他有足夠的時間仔細思索自己怎麼會有這麼可怕的父母親。最後，他掉落在蘭姆諾斯島上，發出驚人的「吭噹！」一聲。撞擊力道對他變形的身體、殘廢的雙腿或醜陋的臉龐沒有任何修正功效，而是讓他不死之身的每一塊骨頭都摔到骨折，在原地躺了非常非常久，完全動彈不得，只能感受著令人眼冒金星、灼熱難當、極度煎熬的痛楚。

後來，當地有個名叫新提亞人（Sintians）的部族發現他，他們不是希臘人，平常沿著愛琴海沿岸當海盜維生。他們在希臘人的口中聲名狼藉，不過倒是對赫菲斯托斯非常親切。他們把赫菲斯托斯帶到村子裡，盡最大的努力照顧他；正是因為那樣，赫菲斯托斯後來成為他們的守護神。他在蘭姆諾斯島設立一座新工廠，那裡也成為他的總部。在那之後的好幾百年之間，希臘人去蘭姆諾斯島上參觀，都會去看赫菲斯托斯第二次掉落大地的地點，他們相信墜落地點的土壤具有神奇的療效，可能是因為滲入許多天神神血的關係吧。只要在你的皮膚上抹一點蘭姆諾斯島的泥土，你的瘀青就會消失不見，傷口也會癒合。據說那裡的泥土甚至可以治療蛇毒。

所以，下一次如果有眼鏡蛇咬到你，就不用擔心啦！只要立刻訂機票直飛蘭姆諾斯島，吃下一坨泥巴就行了。你會沒事的。

赫菲斯托斯終於康復了。最後他打道回府，返回奧林帕斯山。從那以後，他和宙斯都很提防彼此，不過他們都假裝那個「工具男，莎喲娜啦」事件從來沒有發生過。我猜宙斯也對自己的反應過度感到很抱歉，赫菲斯托斯則是不想再那麼莽撞了，一想到又要被扔出奧林帕斯山，他覺得煩都煩死了。

赫菲斯托斯大多數時間待在蘭姆諾斯島上他自己設立的幾座工廠，不然就是待在海底，或者前往散布在地中海裡的其他島嶼。只要你看到有哪座火山開始沸騰、冒煙、噴出岩漿，就有很大的機會看到赫菲斯托斯住在那裡，以噴發的火山加熱他的鑄鐵爐。

由於赫菲斯托斯利用火山為他的工廠提供能源，因此他也是掌管火山的天神。事實上，「volcano」（火山）這個單字就是來自他的羅馬名字「Vulcanus」，或者寫成「Vulcan」（譯作兀兒肯或瓦肯）。喔，不是啦，他不是電影《星際大戰》裡面那種尖耳朵的瓦肯老兄喔；還是說瓦肯老兄是出現在《星際爭霸戰》影集裡？那兩部片我老是分不清楚。

他的神聖動物是驢子，這是當然的，不過他也很喜歡狗。他最喜歡的鳥類是鶴，可能因為鶴的雙腿也是瘦成皮包骨，看起來很奇特，而且與身體的其他部分都很不搭嘎，有點像是某位鐵匠。

一般來說，赫菲斯托斯是以他的工藝技術而聞名。閱讀那些古代希臘作家寫下的故事，看到他們寫了一頁又一頁，鉅細靡遺介紹赫菲斯托斯製作的每一件盾牌或每一組盔甲，描述每一種顏色和裝飾圖樣，他使用的金屬扣眼大小，用了多少釘子和……呼……呼……呼……對不起，我光想到那些就睡著了。

我只是要讓你知道一些基本資訊。總之赫菲斯托斯真的很厲害。他為所有的天神打造王座，而大多數的王座都沒有裝陷阱啦！他還打造出一批魔法三腳桌，每隻桌腳都有輪子，可以在奧林帕斯山到處跑，為大家不斷送上飲料和開胃小菜之類有的沒的。如果你待在奧林帕斯山，嘴裡說著：「啊，我的 iPhone 放在哪裡？」過不了多久就會有一張三腳桌滑到你身邊，一打開它的抽屜，就會看到你的 iPhone 躺在裡面。那些小玩意兒真是既靈巧又方便。

赫菲斯托斯也打造出最棒的盔甲和武器。是沒錯，大獨眼巨人和鐵勒金都是很優秀的工匠，不過誰都比不上鐵匠天神。像是海克力士、阿基里斯，所有最厲害的希臘英雄都只用「赫菲斯托斯牌」的裝備。我想赫菲斯托斯根本不用支付代言費用給他們。

他為奧林帕斯眾神製造戰車，裝設比較好的懸吊系統，而且全輪驅動，輪子上裝有轉動葉片，甚至把各式各樣的選配零件全部裝上去。從珠寶到宮殿，他什麼都設計得出來，例如特別幫希歐斯（Chios）國王建造出一整棟地下宅邸，完全像是祕密碉堡。

不過，赫菲斯托斯真正的專長是自動機械，也就是機械生物，基本上可說是第一批機器人。在赫菲斯托斯的工廠裡，他用黃金打造出一群機器女助理。他也幫阿波羅的神廟做了同樣的四個女機器人，於是她們可以用四部合音的方式吟唱阿波羅的讚美詩歌。赫菲斯托斯接受阿基諾俄斯（Alcinous）國王委託，做了一對金屬看門狗（一隻是金的，另一隻是銀的），比真正的狗更聰明也更兇惡。他幫拉俄墨冬國王製造金色的藤蔓，而且真的可以生長。至於米諾斯國王，他幫忙打造出巨大的金屬士兵，名叫塔羅斯（Talos），負責日以繼夜巡邏宮殿周圍。金屬馬、金屬牛、金屬人，只要你說得出名稱，赫菲斯托斯都做得出來。假如我哪一天真的變成國王，絕對要向他千拜託萬拜託，幫我打造出一整群會亂噴酸口水的超巨大黃金駱馬。

好啦，抱歉。我又離題了。

接下來我恐怕應該要告訴各位，赫菲斯托斯發現自己的妻子阿芙蘿黛蒂背著他外遇時，究竟有何反應。這是個悲傷的故事，其中並不包含駱馬，不過阿芙蘿黛蒂和阿瑞斯真的是丟臉丟到家，得到極大的羞辱，而這絕對是好事一樁。

阿芙蘿黛蒂壓根兒不想與赫菲斯托斯結婚。這位愛之女神是外貌協會成員，而赫菲斯托斯的外貌根本一無可取。

赫菲斯托斯努力想要當個好丈夫，但那無濟於事。他們才剛結完婚，阿芙蘿黛蒂就開始與戰神阿瑞斯眉來眼去，而且唯一不知道這件事的似乎就只有赫菲斯托斯。

他爲什麼一點都沒發現？我不知道。也許他想要相信阿芙蘿黛蒂可以愛上他；也許他盤算著，假如自己表現得好，她就會愛上他。他確實注意到其他天神都在他背後竊竊私語、低聲偷笑，但是赫菲斯托斯本來就對他們的竊笑習以爲常。

等到阿芙蘿黛蒂生了第一個孩子，他終於開始懷疑有點不對勁。赫菲斯托斯早就預期寶寶會像他一樣殘廢，或者至少帶有一點他的特質，像是畸形的頭啦、長滿肉瘤的臉啦，或者有濃密鬍鬚也可以。

可是那個小男嬰厄洛斯實在太完美了，既英俊又健康，而且長得和阿瑞斯也太像了。

哼，赫菲斯托斯心想，這可眞詭異啊。

阿芙蘿黛蒂的第二個孩子是女孩，名叫哈摩妮雅，她看起來又和赫菲斯托斯一點也不相干。這位鐵匠開始覺得很不自在。每一次他指著哈摩妮雅說「我女兒」時，其他天神看起來都一副拚命忍住笑意的模樣。而且，爲什麼阿芙蘿黛蒂和阿瑞斯彼此一直在交換心照不宣的眼神啊？

後來，掌管太陽的泰坦巨神赫利歐斯實在很同情赫菲斯托斯。赫利歐斯每天駕著他的「把妹神器」太陽戰車，從空中將一切看在眼裡，即使是不想看到的也都看了，所以他當然親眼見到阿芙蘿黛蒂和阿瑞斯做出「不只是朋友」的舉動。

一天晚上，他把赫菲斯托斯拉到一旁說：「老兄，要對你講這件事眞是不容易啊。你的太太欺騙你。」

赫菲斯托斯感覺好像有一把超過一公斤重的超級大榔頭痛擊他的臉，是那種品質非常好的榔頭喔，裝有玻璃纖維握把，還有雙面重壓鍛造的鋼製鎚頭。

「欺騙我嗎？」他問。「不可能！」

「有可能，」赫利歐斯冷冷地說：「我親眼看過。不是特別去看喔！可是，嗯，他們那樣就很難不看到嘛。」

太陽泰坦巨神向他說明，阿芙蘿黛蒂和阿瑞斯趁著赫菲斯托斯在鐵工廠工作時，經常偷偷溜進鐵匠天神的公寓。就在他自己的臥房裡，他們亂搞起來眞的很「頑皮」啊。

赫菲斯托斯覺得自己的心好像歷經重新鍛造的過程。他的心因爲極度悲傷而熔解，也因爲憤怒變得超級火燙，接著又冷卻下來變得堅硬，變得更強韌、銳利。

「謝謝提醒。」他對赫利歐斯說。

「我可以幫上什麼忙嗎？想不想讓他們來個超慘的曬傷？」

「不，不用了，」赫菲斯托斯說：「我來處理就好。」

赫菲斯托斯回到他的工廠，製作一張非常特殊的網子。他製作的金色細線比蜘蛛網還要細，但是張力比橋梁的纜繩還要強大。他對這張網子施了魔法，於是可以把捕獲的所有東西徹底黏住，而且網子變硬的速度比水泥更快，可以使捕獲的獵物動彈不得。

他一拐一拐走進自己臥房，把網子撐在四根高聳床柱的上方，看起來很像隱形的頂篷。接著，他在床單上面設置一條由壓力啓動的引線。

他拖著腳步走進客廳，阿芙蘿黛蒂正在閱讀最新出版的煽情羅曼史小說。

「親愛的，我要去蘭姆諾斯島！」赫菲斯托斯大聲宣布：「我要在那裡待個幾天。」

「哦？」阿芙蘿黛蒂從書本上抬起頭，「你是說，幾天嗎？」

「沒錯。想你喔，再見！」

阿芙蘿黛蒂笑得燦爛。「好，祝你愉快！」

赫菲斯托斯打包他的工具箱，跨上驢鞍，立刻出發。在此同時，阿瑞斯正從附近陽台觀察一切。戰神一確定赫菲斯托斯眞的離開此地前往蘭姆諾斯島，馬上就衝進鐵匠的公寓，阿芙蘿黛蒂已經等得不耐煩了。

「嗨，寶貝，」阿瑞斯說：「想我嗎？」

他們遁入臥房，但是不想花時間好好「頑皮」一下了。一脫到只剩內衣褲，他們就迫不及待跳上床，於是陷阱彈跳射出。

金色的網子掉在他們身上，簡直像蒼蠅紙一樣黏。兩位天神拚命掙扎、驚聲尖叫。說老實話，阿瑞斯的尖叫音調居然比阿芙蘿黛蒂還要高。不過呢，他們終於徹底黏在床上，完全無法動彈，也不能變換形狀。

這時，赫菲斯托斯已經原路折返，突然衝進臥房裡，雙手各拿一把斧頭。

「爹地回來啦。」他咆哮著說。

他本來打算在他們身上複製克羅諾斯的下場，把這臥房變成恐怖電影的血淋淋場景，但是後來決定不要。赫菲斯托斯心想，讓這對愛侶一直維持這個樣子，大概就是讓他們最驚嚇、也最羞恥的做法吧；就讓他們困在偷情的行為裡。阿芙蘿黛蒂的妝都花了，頭髮也亂蓬蓬，四肢張得很開、緊貼在床上，極不雅觀，像是整個人撞上汽車擋風玻璃的姿勢，而阿瑞斯則在她旁邊又尖叫又啜泣，身上什麼衣服也沒穿，只剩一雙紅襪子，以及電影《特種部隊》款式的拳擊短褲。

赫菲斯托斯邁開大步走進奧林帕斯山的王座廳，天神都聚集在那裡準備吃午餐。

「先別急著吃，」他對大家說：「我有東西要給你們看，可能會讓你們很想大聲叫罵喔。」

出於好奇，眾神跟著他回到臥房。他們瞪大眼睛看著赫菲斯托斯最新創作完成的表演藝術作品。

「看見沒？」赫菲斯托斯詢問大家：「這就是我努力當個好丈夫的回報啊。我前腳才剛離開，這兩個就開始搞七捻三了。我自己的太太很討厭我，因爲我既殘廢又醜陋，所以她就在我背後偷吃……跟這個笨蛋。這讓我覺得很不舒服，讓我非常想吐。這是不是你們看過最噁心的事呢？」

其他天神鴉雀無聲。荷米斯開始不斷發抖，拚命想讓自己平靜下來。

宙斯對自己說：「我不能笑。我不能笑。」

接著他迎上狄蜜特的目光，結果就完蛋了。

「嗚哈！嗚哈——哈！」他彎下腰，笑到無法遏抑，覺得肋骨都快笑斷了。其他所有的天神也都跟著笑起來。

「『特種部隊』耶！」阿波羅尖聲大叫：「喔喔，我根本沒辦法……哈哈哈哈！」

「阿芙蘿黛蒂，」雅典娜咯咯笑著說：「你看起來眞是美呆了！」

眾神笑到停不下來，沒多久他們就全部在地上打滾，一邊忙著抹眼淚，一邊忙著用手機拍照，然後立刻上傳到 Tumblr。

剛開始，赫菲斯托斯簡直氣炸了。他想叫所有人要嚴肅看待這件事。他非常痛苦，而且很丟臉！

接著，他稍微深呼吸一下，然後就明白了：不對，是阿芙蘿黛蒂和阿瑞斯才丟臉吧！其他天神會讓這個八卦流傳好幾個世紀之久。每一次這對愛人走進王座廳，奧林帕斯眾神就會嘻嘻笑，只能盡量忍住不笑出聲，而且馬上回想起阿芙蘿黛蒂那蓬亂的頭髮，以及阿瑞斯那件愚蠢的拳擊內褲和紅襪子。每一次大夥兒在家族團聚的場合要講一些超丟臉的八卦，這件事絕對是「超丟臉八卦第一名」。

過了很久很久之後，眾神才慢慢笑完、冷靜下來。

「好吧，」波塞頓一邊說，一邊擦乾眼淚，「這實在太好笑、太歡樂了。不過啊，赫菲斯托斯，你也該放開他們了。」

「不行，」赫菲斯托斯咕噥著說：「為什麼不讓他們留在這裡當永久展示品？」

宙斯清清喉嚨。「赫菲斯托斯，我以為大家早就說好了，以後再也不要把彼此捆綁起來。你已經報仇了，放開他們吧。」

赫菲斯托斯看了他父親一眼。「好吧。阿芙蘿黛蒂可以離開……不過呢，我以前做給她當嫁妝的所有禮物，你全部都要還給我。我再也不要讓她踏進我公寓一步，我不要她出現在我的生命中。她一點都不配當我的妻子。」

宙斯臉色發白。回顧那個時代，如果你想要與某位女性結婚，就必須給她的家人一大批禮物，稱為「聘禮」。嚴格來說，阿芙蘿黛蒂沒有爸爸，所以當初是由宙斯把她的手交給新郎，這就表示宙斯得到了赫菲斯托斯做的所有酷炫東西。假如赫菲斯托斯把那些聘禮討回去，意思是這段婚姻就此告終，也表示宙斯必須把那些青銅烤麵包機、整組高爾夫球桿、電漿電視和其他一大堆好玩的玩意兒全部還回去。

「呃……這個嘛，」宙斯說：「我認爲阿芙蘿黛蒂可以待在這個網子裡。」

「宙斯！」希拉氣得大罵。她不喜歡阿芙蘿黛蒂，但是也不能同意女神遭到監禁。

「好啦，好啦，」宙斯說：「赫菲斯托斯可以把聘禮討回去。阿芙蘿黛蒂正式從赫菲斯托斯的生命中被踢出去了。」

「說得好像她曾經待過似的。」赫菲斯托斯低聲抱怨。

波塞頓依舊一副很爲難的樣子。儘管他的成長背景與阿瑞斯很不一樣，但他們兩位通常相處得還不錯。波塞頓覺得自己應該爲戰神說點話，畢竟沒有其他天神會站出來幫他。

「你也必須把阿瑞斯放開，」波塞頓說：「這樣才對。」

「哪裡對？」赫菲斯托斯大吼著：「他在我的臥房裡，把我當成笨蛋，你還想跟我談什麼是對的？」

「嘿，」波塞頓說：「我懂啦。不然就開個價碼，看他欠你的值多少。我會親自爲阿瑞斯擔保，他會付的啦。」

阿瑞斯發出嗚嗚的哭聲，但是他不敢反對。黃金絲網真的開始擦傷他細嫩的肌膚了。

「好，」赫菲斯托斯說：「如果波塞頓保證會支付，我就可以同意。我要上好的盔甲、武器，還有阿瑞斯堡壘裡的戰利品，而且要讓我自己挑選，總共裝滿一百輛貨車。」

這眞的是懲罰的代價，因爲阿瑞斯對那些戰利品視之如命，不過他還是點頭同意。

赫菲斯托斯讓那兩個愛人離開了。如同他的預期，這個八卦在奧林帕斯山的餐桌上再三傳述，傳了大概有好幾個世紀之久，所以阿瑞斯和阿芙蘿黛蒂一直是大家的笑柄。而阿芙蘿黛蒂和赫菲斯托斯再也沒有生活在一起。他們這樣嚴格來說算是離婚了嗎？我也不知道，不過他們除了名字曾經連在一起，其實不能算是結過婚吧。

經歷那個事件之後，赫菲斯托斯比較能與其他女性輕鬆自在地建立關係了，他也和許多女性生了小孩。另外，從此以後，他超討厭阿芙蘿黛蒂和阿瑞斯生的小孩，即使那些小孩沒什麼好討厭的……

來舉個好例子吧，哈摩妮雅。我之前提過她，她是個次要的女神，變成凡人之後與卡德摩斯國王結婚，後來他們兩人都變成蛇。

像是這輩子的運氣不夠差似的，哈摩妮雅也收到了赫菲斯托斯送來的結婚禮物，但那禮物帶有詛咒。赫菲斯托斯討厭哈摩妮雅，因爲哈摩妮雅老是讓他想起阿芙蘿黛蒂偷吃阿瑞斯的事。那並不是哈摩妮雅的錯，不過呢，唉，就算是赫菲斯托斯這種比較好的天神，有時候也會像個混蛋。

哈摩妮雅與卡德摩斯結婚時，赫菲斯托斯爲她打造一條黃金項鍊作爲結婚禮物。你想像不出比那更美麗的珠寶首飾了，精緻的黃金項鍊布滿珍貴的珠寶墜飾，不過項鍊上也施加了很嚴重的魔法咒語。它爲哈摩妮雅帶來厄運（這還滿明顯的，畢竟她後來被變成一條蛇），不過這條項鍊還是代代相傳給她的後代子孫。她的後代只要戴過這一條項鍊，每一個人身上都發生一些可怕的悲劇。我們不會講得太詳細，不過這就能讓你看出赫菲斯托斯也有黑暗的一面。假如你找到他做的其中一條項鍊，請務必要仔細查看上面刻的字，如果上面刻的是：「哈摩妮雅，恭喜！」趕緊把那東西丟遠一點！

甩掉阿芙蘿黛蒂之後，讓赫菲斯托斯第一次振作起來的原因，是遇上一位名叫阿格萊亞（Aglaia）的女神，她是慈善三女神（Charities）之一；提到「慈善」，我說的並不是美國慈善超市或者救世軍組織。慈善三女神是三位神聖的姊妹，負責掌管恩典和愉悅。她們擔任阿芙蘿黛蒂的侍女，所以赫菲斯托斯開始與她們其中一位約會時，阿芙蘿黛蒂一定覺得超火大。那就像是說：「對啦，我甩了你，然後我要和你的侍女出門約會。等著瞧吧。」

總之，赫菲斯托斯和阿格萊亞生了好幾個天神女兒。

接下來，赫菲斯托斯又和一堆凡人公主約會，生了一大票半神半人小孩，他們後來都成爲這個或那個希臘城邦的國王。

他甚至與一位精靈陷入意亂情迷，她名叫埃特納（Etna），就是西西里島那座埃特納火山的女神。如果你還記得前面的故事，宙斯曾經用那座火山把風暴巨人泰非斯壓得扁扁的。我不知道赫菲斯托斯爲何想要與稍微壓扁的山精靈約會，不過他們終究生了一些小孩，合稱爲「帕利考」（palikoi），他們是掌管溫泉和噴泉的精靈。如果你有機會去美國的黃石國家公園看那個「老忠實」噴泉，記得要喊一下：「赫菲斯托斯向你說哈囉！要常常打電話給你老爸啦，你這懶鬼！」

在赫菲斯托斯的那些小孩之中，最有趣的是一對雙胞胎男孩，那是他與海精靈卡拜蘿（Kabeiro）所生的孩子。大家都叫他們「卡拜蘿雙胞胎」（Kabeiroi），這名稱由他們母親而來，不過他們眞正的名字是阿爾康（Alkon）和歐里梅敦（Eurymedon）。（喔，不用，你不必爲了考試硬背他們的名字。假如你的老師說的是另一組名字，那你的老師是『錯的』。）

卡拜蘿雙胞胎與赫菲斯托斯非常相像，意思是他們很擅長做金屬加工，長得也超級醜陋。有些地方把他們描述爲侏儒，其實可能只是站在他們老爸身邊看起來稍微矮一點而已。他們會在蘭姆諾斯島上的鐵工廠幫忙，有時候以赫菲斯托斯的名義去參加戰役。有一次，他們與戴歐尼修斯一起東征，當時戴歐尼修斯揮軍印度，結果他們惹上了麻煩，最後得出動赫菲斯托斯前去救援。

你不曉得酒神戴歐尼修斯曾經在印度掀起戰爭？好啦，我們以後會稍微講到一點，不過現在呢，我有點想讀幾首詩。

你想讀詩嗎？不想？

嗯，太可惜了。阿波羅已經等得不耐煩了。他要我趕快寫他的章節，既然他是最酷的奧林帕斯天神（雖然這是他自己說的），各位也就不能讓這位「黃金男孩」等太久啦。

15 阿波羅的歌舞射箭秀

你不得不同情阿波羅的媽媽。

懷孕已經夠辛苦了（不是說我知道懷孕的感覺啦，但是我媽媽對我說過一百萬次），而阿波羅的媽媽是泰坦巨神麗托，她當時懷了雙胞胎，要分娩的時候又不能去醫院，反而得拚命逃跑，從一個島嶼逃到另一個島嶼，背後有一條巨蟒和滿心想復仇的女神窮追不捨。

一旦知道整件事又是宙斯的錯，你會覺得很驚訝嗎？

這個「雷屁孩」愛上了麗托，也說服她生小孩絕對不會有問題。

「希拉永遠不會發現啦！」宙斯向她保證。

宙斯向太多不同的女性說過這樣的謊話，恐怕連他自己都相信了。

希拉當然會發現。她從奧林帕斯山向下瞥見美麗的麗托懷了身孕，看見她散發著健康的神采，坐在草地上輕拍隆起的腹部，對肚子裡尚未出生的寶寶唱著歌。

希拉不禁自言自語起來：「她居然敢那麼快樂？咱們來瞧瞧，如果處於永恆的痛苦之中，她能有多快樂！」天后希拉伸開雙臂，對她下方的整個大地呼喊：「世界，聽我說！大地之母蓋婭，聽我說！等到麗托要生產時，我禁止任何有根的土地接納她。哪一片土地膽敢反抗我，我會對它發出永恆的詛咒！麗托將會沒有床可以躺下，沒有地方可以休息！因為偷走我丈夫，她將被迫到處流浪，找不到地方可以生產，永遠停留在懷孕和即將生產的狀態，為了她所犯的罪孽而承受巨大的痛苦懲罰！哈，哈，哈！」

是啊，希拉讓自己內心那位「西方邪惡女巫」完全浮現出來。地面隆隆作響，大地每一塊有根土地的所有自然精靈都做出承諾，答應絕不會幫助麗托。嗯，你可能會想，麗托為什麼不乾脆買一艘船，在海面上生產呢？她為什麼不去水底下，或遁入下面的厄瑞玻斯，甚至租一架直升機，飛到三百公尺的高空中生產？

我想啊，希拉很可能把這所有的一切全都納入詛咒裡面了。她創造出不可能突破的情境，使得麗托只能在堅實的地面上生產，然而所有的堅實地面都不准接納她。希拉就是這麼詭計多端。

等到麗托懷孕七個月時，她開始有初期的產兆。

「噢，這下可好，」她呻吟著說：「這些孩子就是不能等！」

她想要躺下來，但是大地劇烈搖晃，樹木爆出火苗，地面綻開裂縫，麗托不得不跑去尋找安全的地方，然而無論她移動到哪裡，都找不到安全的地方可以休息。她搭船前往另一個島嶼，可是同樣的情況再三發生。她在整個希臘和附近地區找了十幾個不同的地方，可是每到一個地方，當地的精靈都明白表示拒絕幫助她。

「抱歉，」她們說：「如果讓你靠岸，希拉會對我們發出永恆的詛咒。只要是根植於大地的土地，都不能允許你生下孩子。」

「可是，那就意味著每一塊土地都不行啊！」麗托抗議著。

「是啊，就是這個意思。」精靈們告訴她。

麗托從一個地方漂泊到另一個地方，身體承受著極大的痛苦與折磨，肚子裡的孩子們也愈來愈沒耐心。麗托覺得自己好像吞下一顆超級膨脹的海灘球，再外加兩隻兇猛的野貓。

絕望之餘，她前往德爾菲，那裡曾是她母親菲碧的聖地。麗托認爲神諭會願意庇護她。

但她的運氣太差了，已經有一條叫做匹松（Python）的巨蟒占據了神諭的洞穴。牠是從哪裡來的啊？你一定會很愛這個：「匹松」的希臘文意思是「腐爛」。宙斯曾經用洪水淹沒整個世界，大量的食物泡水之後產生潰爛、腐臭的黏液，而怪物匹松便是從那些黏液裡生出來的。聽起來很吸引人吧！

總之，匹松溜進那個地區，自言自語說著：「嘿，這是個好洞穴，有一大堆美味多汁的凡人可以吃！」牠立刻把祭司和預言者大口吞掉，然後只要有朝聖者前來求助，牠也把那些人吞個精光。接著，牠蜷縮起身子好好打個盹。

麗托進入洞穴時大吃一驚，眼前有一條足足三十公尺長的巨蟒，那巨蟒簡直像校車一樣粗，棲身在她母親最喜愛的神聖地點。

「你是誰？」麗托厲聲質問。

「我是匹松，」匹松說：「而你一定是早餐！」

巨蟒撲向麗托，她連忙躲開，但她看起來實在太開胃了，不但胖胖的，行動又很緩慢，於是匹松追了她好幾公里遠。好幾次匹松幾乎要抓到麗托，害她差點沒辦法回到船邊。

而這整段期間，宙斯又在哪裡呢？他躲起來了。希拉的天后級嘔氣不是開玩笑的，宙斯可不想成爲她的天譴目標，只好讓麗托承擔所有的責任。好傢伙。

麗托繼續航行，最後她突然想出一個瘋狂的點子。她要求船長航行到提洛斯島。

「可是，夫人，」船長說：「提洛斯島是個漂浮的島嶼！誰都不曉得它每天究竟會漂到哪裡去。」

「那就找出來啊！」麗托尖叫著說。生產的劇痛讓她雙眼布滿痛苦的紅色血絲。

船長咕噥一聲。「目標提洛斯島，全速前進！」

神經緊繃好幾天後，他們終於發現那地方了。看起來像是正常的島嶼，有海灘、丘陵、樹林等等，然而提洛斯島沒有附著在大地上，而是像超大型的救生圈一樣隨著海浪漂動，它在地中海到處漂來漂去，偶爾還會撞上其他島嶼，或者從一時不察的鯨魚頭上壓過去。

船隻逐漸靠近時，麗托強迫自己站在船頭。她其實劇痛難耐，幾乎無法思考，不過還是對提洛斯島的自然精靈總管大聲呼喚：「喔，偉大的提洛斯島，只有你能夠幫助我！請讓我靠岸，在你的島上生下孩子！」

島嶼隆隆作響，有個聲音從山丘上迴盪傳來：「如果那樣做，我會遭到希拉的嚴厲制裁。」

「她不能傷害你！」麗托大喊：「她的詛咒特別針對根植於大地的土地，而你這個島嶼沒有根啊！更何況我的小孩一出生，他們就會保護你，有兩位奧林帕斯天神當你的守護神。考慮看看吧，提洛斯島會成為他們的神聖之地，你會有專屬的宏偉神廟，也可以終於在某個地點安頓下來，光是觀光業就能讓你變成百萬富翁！」

提洛斯島審慎考慮著。這個島嶼對於到處漂泊已經感到很厭倦了，一直隨著海浪高低起伏，島上的森林精靈常常會暈船。

「好吧，」那聲音說：「靠岸吧。」

麗托一找到地方躺下來，整個世界就因為期待而激動顫抖。不是每天都有兩位奧林帕斯新天神出生啊。所有的女神，喔，當然希拉除外，全都衝到麗托身邊，幫助她分娩。

麗托生了兩個漂亮的寶寶，男孩取名叫阿波羅，女孩則叫阿蒂蜜絲（Atemis）。他們是在七月七日生下的，這時麗托也剛好懷孕七個月，所以他們的神聖數字是十三。（開玩笑的啦，他們的神聖數字是七。）

我們會稍微談到阿蒂蜜絲，不過阿波羅連一丁點時間都不浪費，立刻搶盡風頭。他才剛從奶瓶裡喝到神飲，就從媽媽的懷裡跳下來，自己用雙腳站著，笑得開懷。

「嘖嘖，各位親朋好友？」他說：「我的名字是阿波羅。快點，我需要一把弓和一堆箭！還有，再來個樂器會很不錯。有沒有人已經發明了七弦琴？」

女神們面面相覷，滿臉困惑。即使是奧林帕斯眾神，也很不習慣看到小嬰兒像這樣滿臉堆笑，還會講完整的句子，甚至要求武器之類的東西。

「呃，我從來沒聽過七弦琴。」狄蜜特坦承說。

事實上，七弦琴還要再過一段時間才會發明出來，不過那是另一則故事了。

阿波羅聳聳肩。「好吧，吉他還行，或者烏克麗麗也可以。只要不是斑鳩琴就好，拜託。我絕對不彈斑鳩琴。」

女神們連忙跑去找這小孩想要的東西。赫菲斯托斯幫他做出一把漂亮的金色彎弓，還有一整桶魔法飛箭。他們能找到的最棒樂器則是「奇拉斯」，很像小喇叭。

女神們回到提洛斯島時，阿波羅已經長得好大了，看起來幾乎像是五歲小孩，雖然他才剛出生不到一天。他有一頭金色長髮、超漂亮的古銅色皮膚，而且雙眼亮閃閃的很像燦爛陽光。他幫自己找到一件希臘長袍，是用黃金織成，全身閃亮得難以逼視。

他把弓箭和箭筒掛在肩膀上，再抓起奇拉斯，用那支小喇叭吹出一段美麗的旋律，然後開始清唱。

「噢，我是阿波羅，我好酷！啦啦啦，押韻得很酷！」

老實說，我對他唱的東西不予置評，不過他宣布自己將成為掌管箭術、歌唱和詩歌的天神。他也宣稱自己是掌管預言的天神，要為所有可憐的凡人小勞工解讀宙斯的意旨以及神諭的話語。

他終於唱完後，女神們為了表達禮貌而拍拍手，不過她們還是覺得眼前的整個景象十分詭異。提洛斯島倒是很高興有了新的守護天神，於是在原地生根，將自己固定在海中，再也不隨處漂流了。這個島長滿了金色花朵，向「黃金天神」阿波羅表達敬意。如果你現在造訪提洛斯島，還是能看到一片片的野生花海蔓延在廢墟之間，不過幸好阿波羅沒有常常在那裡吹奏小喇叭。

阿波羅的成長速度超級驚人，不到一星期就變成正常的天神大小，這也表示他完全跳過學校階段，直接拿到榮譽畢業證書，而且就此停在二十一歲的模樣，永遠維持如此青春的外貌，再也沒有變老。如果你問我的意見的話，這樣是滿不賴的。

他的第一個行動是要為他媽媽報仇；當初她只是想要找到地方生小孩，卻遭受那麼大的痛苦和折磨。可惜他無法殺死希拉，畢竟她是天后，不過聽說巨蟒匹松曾經把他媽媽趕出德爾菲，阿波羅不禁怒火中燒。

「我馬上回來。」他對麗托說。

阿波羅飛往德爾菲（沒錯，他已經會飛了），把匹松叫出來。

「喲，大蛇！」

匹松睜開眼睛。「你要幹嘛？」

「唱一首歌給你聽，歌頌我的厲害！」

「喔，拜託，乾脆馬上殺了我吧。」

「好啊！」阿波羅拉開弓箭，對準巨蟒的兩眼之間射去。接著，他還是唱了一首歌曲，歌頌自己的厲害。他把巨蟒的屍體丟進洞穴底下的裂隙裡，巨蟒就在那裡永久腐爛，而且噴出各式各樣很「酷」的氣味。

阿波羅就此接管了德爾菲的神諭，歡迎祭司和朝聖者重返此地。由於神諭曾經屬於他的外祖母菲碧，所以大家有時候叫他「菲碧的阿波羅」。負責講述未來預言的主祭司則稱爲「匹提雅」（Pythia），這名稱是由巨蟒「匹松」轉化而來；女祭司會有這樣的稱呼，也可能因爲她會說很多蠢話吧。總之，她都是直接轉述天神阿波羅所說的預言，所以那些字句往往都是謎語或蹩腳詩，或者兩種特色兼具。

女祭司棲身在巨蟒死去的洞穴內。通常她會坐在一張三腳凳上，剛好位於一條大裂隙旁邊，那條裂隙會噴出噁心的火山氣體，聞起來很像死蛇的臭味。只要獻上祭品，匹提雅祭司就會講述你的命運，或者解答任何疑惑。那並不表示你一定聽得懂答案，如果你聽得懂，恐怕是不會喜歡那個答案吧。

阿波羅前往奧林帕斯山，向眾神要求占有一席之地，而即使是希拉也不敢反對。他看起來眞的是如假包換的……天神。

他完全就像影集《海灘遊俠》裡的救生員那麼高大、健壯、黝黑。他把金髮留長，綁成男子樣式的髮髻，這樣才不會干擾射箭。他總是身穿閃亮長袍、背著黃金弓箭在奧林帕斯山晃來晃去，一路對女士眨眼、與男士擊掌，或者有時候是對男士眨眼、與女士擊掌，反正阿波羅不拘泥這種細節，他認爲大家全都瘋狂愛他。

他很擅長詩歌和音樂……或者至少，有些人很愛。至於我呢，我比較一頭熱的喜歡搖滾樂，不過隨便啦，這不重要。阿波羅在宴會上總是相當受歡迎，因爲他有很多法寶可以娛樂大家，像是唱歌、幫你算命、甚至要點弓箭方面的把戲，例如一箭射穿十幾顆乒乓球，或者射中戴歐尼修斯頭頂上的酒杯等等。

阿波羅也成爲掌管牧羊人和牧牛人的天神。爲什麼呢？你問倒我了。阿波羅顯然很喜歡吃頂級牛排，所以飼養了全世界肉質最好的牛群。所有人都想偷那些牛，但是阿波羅特別派遣重兵看守。如果有誰靠近他的神聖牛群，很可能會引發「牛隻世界大戰」。

阿波羅如果氣瘋了，他可不會草草解決，只要一拉弓、一射箭，任何凡人無論逃到天涯海角都逃不過他的懲罰。他的箭會在空中轉彎，無論多遠的目標都一定能命中。假如阿波羅在希臘閒逛，聽見有某個傢伙在西班牙說：「阿波羅很蠢！」……砰！就會死一個西班牙人。而且阿波羅那些箭是隱形的，所以其他凡人永遠都不知道那傢伙究竟是怎麼死的。

在古希臘時代，只要有人在某個時候突然莫名其妙死掉，大家就會猜測那是阿波羅做的好事；或許是某種懲罰，也說不定是要獎勵那傢伙的某個仇家。

考量上述情節，接下來這個聽起來就有點奇怪了。阿波羅也是掌管醫療的天神。假如你需要ＯＫ繃或止痛藥，阿波羅一定會幫你的忙；此外他也擁有治好瘟疫和流行病的力量。面對一整個軍隊或一整個國家，他大可治好所有人，也可以把全部的人殺個精光。如果惹他生氣，他會射出一支很特別的箭，在目的地炸成一大團汙濁的煙霧，散播可怕的天花、黑死病或炭疽病。假如像電影《殭屍啓示錄》之類的情節出現在周遭，你就知道整件事該怪誰了。

阿波羅這位天神掌管的事物眞是五花八門，連希臘人自己都搞不太清楚。他們常常會這樣說：「唔，我忘了編籃子是哪一位天神掌管的。一定是阿波羅啦！」

也許就因爲這樣，到後來，希臘人和羅馬人漸漸只叫阿波羅是太陽神。事實上那是赫利歐斯的工作，不過凡人好像忘了赫利歐斯，而是決定把太陽戰車交給阿波羅。既然阿波羅老是全身俗豔、像太陽一樣金光閃閃，這好像也說得通啦。

不過在這本書裡，我們還是不要把他想成太陽神，這位老兄已經有夠多的事要忙了。況且，一想到如果是阿波羅駕著太陽戰車，我就快瘋了，因爲想也知道，他這傢伙幾乎永遠都在講手機，而且把收音機音量開到最大，重低音喇叭讓整輛戰車喀喀喀抖個不停。他還會戴上帥氣的墨鏡，對路過的小姐們搭訕著說：「你好啊？」

總之，他的正字標記就是弓箭，這不意外。到後來七弦琴發明出來（有點像比較小的豎琴），也成爲他的象徵。

關於阿波羅，你還需要知道一個重點：千萬不要低估這傢伙。哪天他可能又變成負責掌管五行打油詩、腦殘芭樂歌和急救課程的天神喔，再隔一天又是掌管化學武器和毀滅世界瘟疫的天神，害你以爲這是波塞頓人格分裂的結果。

阿波羅絕對不會毫無理由亂殺人。他只是不需要充分的理由而已。

舉例來說，有一次他媽媽麗托跑去德爾菲看他，在路上受到巨人提堤俄斯（Tityos）的騷擾。我知道，提堤俄斯，這名字眞遜，不過我也沒辦法。

總之，提堤俄斯是個令人作嘔的大爛貨。他是宙斯最可怕的怪物孩子之一，而他媽媽是典型的凡人公主，名叫伊拉拉（Elara）。伊拉拉懷孕時，宙斯爲了把她藏起來不讓希拉發現，想出一個絕妙點子，他把伊拉拉藏在地底下的洞穴裡。但是洞穴裡有某種蒸汽，讓伊拉拉腹中的孩子變得非常醜陋，而且長得太巨大，她的肚子根本裝不下這孩子。這實在有點噁心，不過……總之，「喀——蹦！」伊拉拉死了。然而那孩子繼續長大，結果整個洞穴變成他的育嬰箱。這時，好心的「泥巴臉」蓋婭本尊決定要當提堤俄斯的代理媽媽，讓他完成「黑暗面」的修煉。等到提堤俄斯終於從大地冒出來，已經變得不太像宙斯的兒子，反而像是科學怪人手下怪物的兒子。

總之，後來是希拉控制了提堤俄斯，她認爲可以利用這個巨人，達成她對麗托等待已久的復仇行動。

「嗨，提堤俄斯。」有一天希拉對他說。

「血！」提堤俄斯尖叫著說：「肉和血！」

「好啦，」希拉說：「那些都很棒，不過呢，也給你一個漂亮老婆怎麼樣？」

「肉！」

「好吧，也許晚一點再說。有個女性很快會往這邊走過來，準備前往德爾菲。如果有高壯的巨人想劫持她，把她拉進巨人的地下巢穴，她會很愛喔。有興趣嗎？」

提堤俄斯抓抓他的巨大腦袋。「血？」

「哎呀，當然有啊，」希拉微笑說：「如果她反抗，你就把全部的鮮血喝光光吧！」

提堤俄斯同意了，於是希拉給他一塊餅乾獎勵他很乖，並叫他躺在通往德爾菲的路上乖乖等待。過沒多久，麗托就來了，提堤俄斯跳出來抓住她。

多虧有以前遭遇巨蟒匹松的練習，麗托對於逃離怪物魔掌的經驗可多了，況且這一次她又沒有懷孕。她巧妙躲開巨人，全速衝刺跑向德爾菲。

「喂，兒子？」她大喊：「快來這裡幫點小忙好嗎？」

阿波羅聽見他媽媽的呼喚，連忙抓起弓箭發射出去。咻咻！提堤俄斯倒地而亡，一支金色的箭直直射穿他的心臟。

但是對阿波羅來說，這樣的復仇未免太快了一點。他到下面的冥界去見黑帝斯說：「這傢伙，提堤俄斯……我猜他還算是半神半人吧，不太確定。總之，如果他的靈魂出現了，幫我好好折磨他一下，用點厲害的手段……像是宙斯對付普羅米修斯那種方法，只是不要用巨鷹，說不定來點禿鷲或之類的。」

「禿鷲這類的嗎？」黑帝斯問。

「沒錯！太棒了！」

黑帝斯一定覺得沒什麼創意，因為他完全按照阿波羅的建議。提堤俄斯的靈魂現身時，這巨人被控襲擊麗托，於是將他遣送至刑獄，用鎖鍊緊緊捆住，給他一個不斷再生的肝，再把肚子剖開，於是禿鷲可以永無止盡地大吃特吃。（我想啊，普羅米修斯後來一定會提起違反著作權法的訴訟。）

還有一次，阿波羅為了報復他所遭受的羞辱，執行了一場大屠殺。聽起來似乎很公平，對吧？底比斯的王后名叫尼俄比（Niobe），這位女士生了十四個小孩，有七位男孩、七位女孩。這些孩子們全都很健康、迷人，學校成績也非常好，所以尼俄比總是拿這些孩子大肆吹噓。你可能也遇過這樣的媽媽，例如你說：「嗯，我在昨天晚上的足球比賽踢進一球。」然後她會說：「喔，那很棒啊。我的十四個孩子全都是他們各自球隊的隊長喔，而且所有成績都拿A，還會拉小提琴。」這種時候你只想巴她的頭。

嗯，尼俄比就是那樣的女士。有一天，底比斯舉辦榮耀麗托的節慶活動，祭司們讚美這位泰坦巨神既美麗又勇敢，而且不只生出一位，而是生出兩位誰與爭鋒的優秀天神，阿波羅和阿蒂蜜絲。聽著祈禱文繼續這樣頌唸下去，尼俄比王后再也忍不住了。

「喔，那又沒什麼特別的！」她對聽眾們說：「我不覺得麗托比我漂亮又勇敢到哪裡去啊，更何況她只生了兩個小孩，我可是生了十四個優秀孩子呢！」

好——吧。這招實在很笨。

在半個世界外，阿波羅和阿蒂蜜絲聽見那些羞辱的話，抓起手邊的弓箭馬上飛過去。他們降落在底比斯，一波恐懼的浪濤席捲整個城邦，除了王后和她的家人以外，所有人立刻變成石頭。

「你很以自己的孩子為榮，是嗎？」阿波羅怒吼著：「也許，我們需要幫你建立一下正確的觀念。」

他射出七支黃金箭，把尼俄比的七個兒子全部當場射死，接著阿蒂蜜絲也射死了七個女兒。尼俄比的丈夫，也就是底比斯國王，憤怒得嚎啕痛哭，他拔出自己的劍，衝向阿波羅，於是天神也把他射倒在地。

尼俄比實在太震驚，心都碎了。她逃到小亞細亞（現在我們稱那裡是土耳其）的一座山上，哭了一年又一年，到最後變成岩石。希臘人以前會去西庇羅斯山造訪那個地點，當地有一座漸漸風化的女性砂岩立像，立像的兩眼會滲出水。也許她到今天還在那裡喔。

至於她那些死去的家人，足足有九天的時間沒有下葬，屍體就躺在底比斯的街道上，引來許多蒼蠅，最後變得比……呃，巨蟒匹松，還要更噁心。之所以如此，是因為整個城邦的所有居民都凍結成雕像了。

後來宙斯很同情底比斯人，於是他把人們解凍，讓他們好好埋葬國王一家人。從此以後，底比斯人再也不敢羞辱麗托，不過我也很確定，阿波羅和阿蒂蜜絲在當地的人氣也不會太高啦。

然而，阿波羅總是可以找到更新、更可怕的手法來懲罰人們。

其中最可怕的是他對付羊男馬西亞斯（Marsyas）的手段。

這位長了山羊腳的老兄住在弗里吉亞，位於小亞細亞境內，相當接近尼俄比變成石頭的地點。有一天，馬西亞斯沿著河岸邊小跑步，心裡想著自己的事，突然看到一件奇怪的樂器躺在草叢裡。那剛好是雅典娜做的笛子，也是世上第一支笛子；也許你還記得其他女神取笑雅典娜吹奏那支笛子的動作，於是雅典娜把笛子扔出奧林帕斯山，而且詛咒任何人吹了那支笛子都會遭遇很可怕的命運。

嗯，可憐的馬西亞斯對那一切根本一無所知，又不是說雅典娜在笛子上面貼了一張警告標語。於是羊男撿起笛子開始吹奏。由於笛子裡充滿女神的氣息，吹出來的樂音非常迷人；過沒多久，馬西亞斯便把指法弄熟了，吹奏得非常美妙好聽，結果方圓幾公里內的自然精靈全都跑來聆聽。

他很快就開始辦起簽名會。他有六首曲子登上「告示牌」排行榜冠軍單曲寶座，他的YouTube頻道吸引了超過七百萬人訂閱，第一張專輯也在小亞細亞地區獲頒白金唱片的榮銜。好啦，我可能講得太誇張了，不過他的音樂眞的很流行，而且聲名遠播。

阿波羅並不喜歡那樣，因爲他在告示牌排行榜只有五首冠軍單曲。他才不想讓什麼蠢羊男成爲《滾石雜誌》的封面人物，應該由他登上封面才對啊。

阿波羅降臨弗里吉亞。他隱形起來，飄浮在群眾上空，這時眾人正聚在一起，聆聽馬西亞斯的演奏。毫無疑問，那傢伙眞的很厲害，而這又讓阿波羅更加火大。

他靜靜等待、聆聽，心裡知道只是時間遲早的問題……

結果來得還滿快的。有個眼裡冒出小星星的精靈粉絲在前排尖叫：「馬西亞斯，你是新一代的阿波羅！」

這份讚美讓馬西亞斯沖昏了頭，他對那位精靈眨眨眼。「謝謝，寶貝。不過認眞說起來，各位比較喜歡誰的音樂呢？阿波羅的？還是我的？」

群眾瘋狂叫喊……直到眼前出現一道炫目金光，阿波羅現身在舞台上。所有人立刻變得鴉雀無聲。

「馬西亞斯，眞是個好問題！」阿波羅大叫：「算是提出挑戰嗎？因爲聽起來很像喔。」

「呃……阿波羅陛下……我沒有……我不是……」

「一場音樂比賽，你是這個意思嗎？」阿波羅咧嘴大笑，「我接受！我們會讓觀眾們選擇誰比較好。爲了讓比賽有趣一點，輸的人可以任憑贏的人隨意處置，什麼代價都可以要求，什麼懲罰都可以執行！有沒有讓你很心動啊？」

馬西亞斯臉色慘白，但是群眾們又喊又叫表示同意。還眞有趣啊，本來是笛子音樂會，怎麼突然之間變成公開處決會了？

馬西亞斯沒有什麼選擇的餘地，只能盡力吹出最美妙的音樂。他的笛樂讓精靈們熱淚盈眶，聽眾群裡的羊男們也哭了，他們手拿火炬高舉在空中，像小小山羊一樣激動地咩咩叫。

接著，阿波羅用他的七弦琴彈奏歌曲（到了這時，七弦琴已經發明出來了，這件事稍後會再提到）。他彈撥著七弦琴，口中跟著吟唱，隨後彈了一段輝煌燦爛的獨奏。前排的女孩們聽得暈陶陶，聽眾也熱切歡呼吼叫。

實在很難判斷哪一方贏了這場比賽，兩位音樂家都一樣才華洋溢。

「嗯……」阿波羅抓抓頭，「那就進入延長加賽吧，讓大家瞧瞧誰的彈奏技巧最花稍。」

馬西亞斯不禁皺起眉頭，滿心疑惑。「花稍的彈奏技巧？」

「沒錯，你也知道啊，就是很炫的指法！特技演奏！你會這些嗎？」

阿波羅把七弦琴拿到腦後，根本不必看琴弦就彈出一段旋律。群眾陷入瘋狂。接著，阿波羅的手臂像風車一樣旋轉畫圈，然後跪在地上滑到舞台的另一端，高速彈出一連串十六分音符，接著按下七弦琴的「殘響」效果器按鈕，再跳進觀眾席讓聽眾接住他，同時劈哩啪啦瘋狂彈奏一段獨奏，再由群眾把他推回舞台上。

熱烈掌聲大概持續了一小時才漸漸平息。阿波羅對馬西亞斯咧嘴微笑。「你辦得到嗎？」

「用笛子？」馬西亞斯哭著說：「當然不行！這樣不公平啊！」

「那我就贏了！」阿波羅說：「我有個懲罰方法很適合你喔。嘿，馬西亞斯，你覺得自己很特別，不過你只是一時的流行而已。我會永遠都很有名，也有不死之身，而你呢？閃閃發亮的東西不見得都是黃金喔，看起來很好的東西不見得眞的很好，只要把外表剝掉，你只不過是非常普通的羊男而已，只是血肉之軀。我會向群眾證明這一點。」

馬西亞斯嚇得往後退，嘴巴裡好像塞滿巨蟒的黏液，簡直快吐了。「阿波羅陛下，請讓我深深致歉……」

「我要活生生剝掉你的皮！」阿波羅興高采烈地說：「我要剝掉你的皮膚，於是大家都可以看見表皮底下究竟有什麼！」

你還沒吐出來嗎？

是啊，眞是超恐怖的。

馬西亞斯死狀甚慘，只因爲他大膽做出與阿波羅一樣好的音樂。羊男的遺體埋在音樂比賽現場附近的一個洞穴裡，而他的鮮血流成一條河，沿著山坡向下流去。

阿波羅終於成爲《滾石雜誌》的封面人物，看著他微笑的表情，你絕對看不出這傢伙竟然把羊男的皮膚拿去縫製窗簾。

關於阿波羅的最後一件事，他是非常堅定的單身主義者，而且這傢伙極受女士們的歡迎。喂，他是會發動大屠殺又會彈七弦琴的神經病耶！這種人不會有太大的魅力才對吧？

根據一些傳說，九位謬思女神的每一位都曾與他約會，這群女神各自掌管不同的藝術類別，像是悲劇、喜劇、寫實劇等等之類。阿波羅無法在這九位之間做抉擇，因爲她們全都太可愛了，於是他發誓永遠不結婚，只要到處約會就好。

只有一次，他居然愼重考慮打破自己的誓言。他墜入情網，後來心碎了，而一切全是他自己的錯。

一天下午，阿波羅走過奧林帕斯山宮殿，恰巧遇見厄洛斯，阿芙蘿黛蒂的兒子。這位「愛情職業殺手」坐在窗台邊，正在幫自己的弓重新上弦；那孩子看起來好年輕，他的愛情弓箭也好小一把，阿波羅見狀忍不住笑起來。

「喔，我的天神啊！」阿波羅抹掉眼角的淚水，「你叫那個是『弓』？那些箭看起來根本是飛鏢嘛，你怎麼射得到東西？」

厄洛斯快要氣炸了，不過他努力擠出微笑。「我用得很順手啊。」

「小子，這才叫做弓！」阿波羅拿出他自己的金色長弓，那是赫菲斯托斯製作的。「我的敵人光是看到我靠近就嚇得發抖。不管多遠的距離，我只要射出一箭就能摧毀任何目標！而你呢……呃，我猜你只能殺殺那些膽小的沙鼠吧。」

阿波羅大步走開，邊走邊笑個不停。

厄洛斯氣得咬牙切齒。他自言自語說著：「大人物先生，咱們走著瞧。你也許可以撂倒你的敵人，不過我可以撂倒你本人。」

隔天早上，阿波羅走在色薩利的河邊，一邊隨意彈奏七弦琴，一邊享受陽光；就在這時，厄洛斯射出一支箭，正中阿波羅的心房。

說巧不巧，當時正好有一位水精靈在附近沐浴，她是當地河神的一個女兒，名叫達芙妮

（Daphne）。不管以誰的標準來看，達芙妮都稱得上非常漂亮，其實大多數的水精靈都很漂亮。不過阿波羅第一眼看到她，就覺得達芙妮甚至比阿芙蘿黛蒂還要美麗，而且他曾約會過的所有女性頓時相形失色。阿波羅決定他非和達芙妮結婚不可。

說來不幸，達芙妮和許多聰明的精靈一樣，很久以前就發誓絕對不和天神約會，因爲她們有不少朋友因此吃虧上當。也許應該說，不是每一次都那麼倒楣啦，只是機率差不多高達百分之九十九點九。

「嘿！」阿波羅向她叫喚：「你叫什麼名字？」

達芙妮從水中跳出來，趕緊裹上長袍。「我叫……我叫達芙妮，求求您，請離開。」

「喔，達芙妮求求您請離開。」阿波羅說：「我愛你！嫁給我，我會讓你成爲全宇宙最幸福快樂的水精靈。」

「不要。」

「一定要！來嘛，讓我親親你。我會證明我的感情，還有……嘿，你要去哪裡？」

達芙妮嚇得趕快跑。

阿波羅跑得很快，但是達芙妮跑得更快。阿波羅背著沉重的長弓和七弦琴，又讓愛情搞得暈頭轉向，所以他一直停下來，想要爲達芙妮編寫全新的三行俳句。

然而，達芙妮終究跑累了。她跑到懸崖邊，向下望去是一座峽谷。阿波羅從她背後跑上山，這下子沒辦法走回頭路了。

於是她只有兩種選項：跳下去摔死，或者答應與阿波羅結婚。耳裡聽著阿波羅滔滔不絕唸著愛情的詩句，達芙妮覺得跳出懸崖似乎是比較好的選擇。

絕望之餘，她決定做最後的嘗試。「噢，蓋婭，所有自然精靈的守護者，請聽我說！請救救我，我不要成爲這位天神的女朋友！」

蓋婭很同情達芙妮。等到阿波羅到達懸崖邊，振臂準備擁抱水精靈時，達芙妮突然變成一棵月桂樹。阿波羅發現自己抱著樹幹，他親吻的手臂已經變成樹枝，雙手撫摸的頭髮也已經變成一片片樹葉。

阿波羅絕望地嗚咽哭泣。「喔，美麗的水精靈！我永遠不會忘了你，你是我唯一的眞愛啊！你應該當我的妻子！我沒能贏得你的愛，但是從現在開始直到時間終結，你會是勝利的象徵。你的葉子將會裝飾在我頭上，而我絕對會引發一波全新的時尙趨勢！」

也就是因爲這樣，你常常會在圖像中看到希臘人和羅馬人的頭上戴著月桂冠。這是阿波羅創造的流行，月桂葉成爲榮耀的標記。如果你贏得某項競賽或運動比賽，就可以戴上月桂冠。萬一是征服了敵國，那就會得到更多月桂冠！假如你不想再締造更多偉大的功績，也已經累積夠多的月桂冠可以塞進床墊裡，你就可以退休了，並舒舒服服睡在月桂冠上面！

這一切都是因爲阿波羅太吹噓他那把又大又炫的黃金長弓而造成的結果。笑到最後的傢伙是厄洛斯。不過整體說來，阿波羅還眞是吹噓得有道理。他確實是世上最優秀的弓箭手，只有另一位弓箭手與他一樣厲害，說不定還更厲害。

那就是他的姊姊阿蒂蜜絲。如果你想知道她的故事，那好吧。不過呢，各位同學，大家要表現得乖一點，我得先警告各位：阿蒂蜜絲可是連一丁點的幽默感都沒有喔。

16 阿芾蜜絲派出「死豬」

阿芾蜜絲並不是仇恨所有的男性，她只是仇恨大多數男性而已。自從出生那一刻開始，她就知道一個鐵錚錚的事實：男生都不是好東西。

當然啦，她曾經有七個月的時間與雙胞胎弟弟阿波羅一起待在子宮裡等待出生。與阿波羅獨處那麼久的時間，足以讓任何人對「男性」這個性別產生很壞的印象。

阿芾蜜絲先出生，可能是因爲她急著想逃出去吧。她立刻就長成六歲女孩的體型大小，然後看看圍繞在四周的其他女神，她們聚集在那裡幫忙麗托生產。

「很好，」阿芾蜜絲說：「我會幫忙讓弟弟生出來。他是個討人厭的傢伙。煮一些開水！多拿一些床單來！我要刷手！」

是眞的喔，阿芾蜜絲幫忙媽媽生出自己的弟弟。從那一刻開始，她就成爲掌管分娩的女神，也是新生兒和小孩子的守護神（還有另一位女神艾莉西雅也掌管分娩，她們共同負擔這項職責）。阿波羅一出生就開始跳舞唱歌、述說自己有多厲害，阿芾蜜絲見了只是退後一步，忍不住翻白眼。

「他一直都像這樣，」她對荷絲提雅傾吐：「在子宮裡待了七個月，他就是不肯閉嘴。」

荷絲提雅和氣地笑笑。「那麼你呢，親愛的？你也唱歌跳舞嗎？」

「呃，不。不過我有一些計畫。你可以帶我去見我爸嗎？」

荷絲提雅帶著小阿蒂蜜絲匆匆離開，前往奧林帕斯山。她父親宙斯正坐在他的王座上，聆聽幾位風神每週一次的雲層構造報告。那實在是超無聊的時刻，宙斯很高興有事情可以轉移注意力。

「嘿，你們看！」宙斯說著，打斷南風風神針對低壓帶的投影簡報。「那是荷絲提雅，還有……誰的小孩。請進！」

荷絲提雅走進王座廳，手裡牽著阿蒂蜜絲。「宙斯陛下，這是您剛出生的女兒，阿蒂蜜絲。如果您很忙，我們可以等一下再來。」

「忙？」宙斯清清喉嚨，「不忙，不忙！那些事很重要，是天氣報告，不過眞該死，他們當然可以等一下！」

他把那些風神全部噓走，然後向阿蒂蜜絲伸開雙臂。「小傢伙，來爸爸這邊！讓我好好的看看你！」

阿蒂蜜絲身穿一襲及膝的簡單長袍，有點像長版T恤，同時繫著一條腰帶。她留著及肩的頭髮，像烏鴉一般黝黑，一雙銀灰色的眼珠非常漂亮而突出。我用了「突出」這個詞，是因為你會有一種感覺，如果阿蒂蜜絲生氣起來，那雙眼睛可能會把你瞪到死。

她其實出生還不滿一天，不過看起來已經是小學生的模樣。就算站在九、十歲的孩子群中，她都顯得個子很高，完全可以稱霸小學四年級的籃球隊。她走近王座時，對宙斯展露出無邪的笑容，徹底融化他的心。

「爹地！」她撲進宙斯的懷裡，「我愛你，我愛你！你是世上最棒的爹地！」

也許她不是那麼喜歡男性，但她完全知道該怎麼把自己的父親玩弄於手掌心。

宙斯開心地咯咯笑。「哇，把我嚇呆了，我從來沒看過像你這麼可愛的小女神！來，甜甜小蛋糕，告訴宙斯爹地，你想要什麼生日禮物，說出來就有喔。」

阿蒂蜜絲眨眨她的大眼睛。「什麼都可以嗎？」

「什麼都可以！我對冥河發誓！」

啊！關鍵詞說出來了。你可能會想，眾神應該會比較聰明，不會隨隨便便對冥河發誓，可是宙斯似乎永遠都學不到教訓。這下子無論阿蒂蜜絲要求什麼，他都非答應不可了。

有些女孩可能會想要一匹小馬，或新手機，或是和她們的姊妹淘一起去百貨公司購物玩耍。有些女孩可能要求去看當紅男孩團體的演唱會，甚至希望買到前排座位的票；不然就是與某個超帥的男孩子出去約會，譬如說，我也不知道，像是波西．傑克森或之類的人。（怎樣啦？這是有可能的啊。）

阿蒂蜜絲則對上面那些事一點興趣也沒有，她完全知道自己想要什麼。也許是因爲她媽媽麗托的關係，麗托準備生產的時候一直四處奔波，從一個島嶼漂泊到另一個島嶼；也說不定是因爲雙胞胎生下來之前，巨蟒匹松差點就把麗托吞下肚的關係；無論眞正的原因是什麼，總之阿蒂蜜絲有個躁動不安的靈魂，她想要漫遊全世界，到處獵殺最危險的生物，而且她鐵了心，永遠都不想懷孕。懷孕帶給媽媽那麼多的麻煩，阿蒂蜜絲完全看在眼裡。她很樂意幫助別人分娩，可是她自己一點都不想經歷這一遭。

「父親，請讓我成爲永遠的處女，」阿蒂蜜絲說著，一邊用手指頭玩著宙斯的鬍鬚，「我永遠都不想結婚。我想要一把弓和很多箭……等一下，這件事當我沒說。如果是你給我的，一定不會是品質最好的弓箭。我會去找獨眼巨人，請他們幫我量身打造客製化的武器。不過你可以賜給我一群隨從，像是海精靈、河精靈、樹精靈……那些什麼鬼的，還是凡人女孩也可以？隨便什麼女孩，只要想加入我的行列，都可以變成我的隨從，唯一的條件是要像我一樣保持處女之身。她們可能差不多九歲的時候就應該下定決心，那時候她們對男孩子還沒有興趣，因爲在那之後，她們全都會分心，對我來說就沒有用處了。我想，我們可以先從八十位隨從開始，好嗎？然後再看看情況如何。她們可以跟著我去打獵，幫我清理獵物，照顧我的獵犬。喔，講到這裡讓我想起來！我也需要獵犬。」

她深呼吸一口氣。「我也希望你能准許我去全世界各地獵殺所有危險的動物。我希望所有的山區都是我的聖地，因爲我大多數的時間都會待在那些地方，前往遙遠的野地。至於城邦嘛……不知道，只要隨便挑個古老城邦作爲我的神聖地點就好，反正我只會在婦女需要我幫忙分娩，或者小孩子需要守護神的時候才會進城。」她睜著大大的銀色美眸對宙斯微笑。「還有……好啦，我想就是這些了。」

宙斯皺起眉頭，一時之間呆若木雞。

接著他大笑起來。「好樣的，你眞是我的女兒！很有雄心壯志！」他親吻阿蒂蜜絲的額頭，然後扶著她站起來。「你知道嗎？只要生出像你這樣的孩子，我就會覺得，應付希拉的天譴是完全值得的。我的小甜心，你要求的每一件事，我都會給你。而且不只是那樣喔，我還會給你很多很多城邦。我有預感，你會變成超人氣女神！」

宙斯的預言非常正確。各式各樣的人們都膜拜阿蒂蜜絲，包括懷孕的女性、小小孩、爲人父母者、希望遠離噁心男子並受到保護的年輕處女，當然還有想打獵的所有人；在當時，這些人全部加起來可是一大堆呢。無論男女，只要你想打獵，阿蒂蜜絲都會協助你，前提是你不可糟蹋野外環境，而且你眞的用得到自己獵殺的目標。她同時是掌管野生動物的女神，所以如果你發神經，毫無目的就殺死太多動物，阿蒂蜜絲會有幾件事要和你好好聊聊。

與宙斯一番懇談之後，阿蒂蜜絲去找獨眼巨人，他們當時在利帕里島上一座赫菲斯托斯的鐵工廠工作。她請求獨眼巨人們幫忙打造一把特殊的銀色獵弓，以及滿滿一整桶帶有魔法的金銀飛箭。

接著，她去拜訪潘（Pan），他是掌管野地的羊男天神。她向羊男天神收養他最好的獵犬，組成自己的獵犬隊；這些獵犬有些是黑白相間，有些毛色微紅，有些則是像大麥町一樣全身斑點，不過牠們全都凶猛好鬥，跑起來比風還快，而且每一隻都非常強壯，足以撂倒成年的雄獅。想像一下這種狗組成一整群，一定所向披靡吧。

接下來，阿蒂蜜絲組成她自己的隨從群。那並不困難，許多精靈和凡人女孩都很想自由自在生活在野地裡，從此再也不需煩惱結婚那檔事。也許你會這樣想：「喔，可是我總有一天會想結婚啊！」是沒錯啦，可是回顧當時，大多數的女孩並不能自己選擇結婚對象。你爸爸會這樣說：「喂，去和那傢伙結婚，他給我的聘金是最多的。」那位老兄究竟是不是胖子、老頭、長得很醜、體味聞起來像發酵一個月的乳酪等等都不重要，你一點選擇的餘地也沒有，非得嫁給他不可。

阿蒂蜜絲的隨從再也不必煩惱這種事了，而且她們永遠不必心驚膽跳地看著背後，擔心有哪個害了相思病的天神正打算撲倒她們。阿蒂蜜絲的獵女隊禁止生人靠近，如果有誰想要綁架她們，或甚至向她們調情，最後會發現自己犯下了大錯，淪爲阿蒂蜜絲那把銀色獵弓的瞄準目標。每一趟出獵，阿蒂蜜絲通常只會帶著大約三十名隨從；如果一次帶了八十名女孩，根本不可能躡手躡腳接近獵物吧。其餘的隨從也許會分批出去打獵，或者待在營區內宰殺獵物，也可以晾曬皮革、準備營火等等，反正就是自然派的人會在露營時做的那些事。因爲我住在曼哈頓，對那些事實在所知不多啊。

阿蒂蜜絲很早就知道自己需要長途跋涉，而且必須快速移動，有時候甚至要比一般女神以雙腳移動的速度還要快，因此她覺得如果能有一輛戰車會很不錯，只是不確定該用哪一種動物來拉車。馬是波塞頓的專利，況且那些馬已經馴化了；阿蒂蜜絲想要深具野性、跑起來速度又快的動物。

然後有一天，她看到一群鹿。

你心裡會想：「哇，鹿耶。想起來就覺得好興奮喔。」

不過，她眼前的這群鹿是五隻巨大的雌鹿，這群成年雌鹿的體型竟然像公牛一樣碩大，鹿蹄和鹿角都是由純金構成。阿蒂蜜絲怎麼知道那是眞正的黃金，而不是噴漆或塗上顏色？因爲她是掌管野生動物的女神嘛，無論如何就是分辨得出來。

她轉身對隨從們低聲說：「那群健壯的鹿很適合幫我拉動戰車。小姐們，這會是我們第一次盛大的圍捕行動！」

是這樣的，像鹿這種無害的動物，阿蒂蜜絲盡量不殺牠們，她多半只殺死會傷害人們的動物，像是熊、獅子或者發怒的野豬等等。她有許多聰明的技巧可以活捉動物但不會傷害牠們。她的隨從中有一位精靈名叫布里托瑪爾提斯（Britomartis），她非常擅長製作網子，後來阿蒂蜜絲甚至讓她成為次要女神，人稱「網子女士」。（她打不打籃球？我也不知道耶。）

布里托瑪爾提斯布置了許多陷阱和暗網，然後阿蒂蜜絲的隨從們開始製造聲音。結果正如她們的設想，大多數體型正常的鹿都逃走了，只剩下那些長著金鹿角的巨型雌鹿轉過頭來面對敵人，同時保護牠們的同伴。

其中四隻雌鹿直直衝向暗網而落入陷阱，然而最聰明的一隻趕在最後一秒鐘突然轉向，衝向安全的地方。

「主人，」布里托瑪爾提斯說：「我們該不該去追那一隻？」

阿蒂蜜絲露出微笑。「不必。四隻鹿來拉動我的戰車就綽綽有餘，第五隻靠她自己爭取到自由。她是聰明的雌鹿！從今以後，她擁有我的保佑，我不准任何獵人傷害她。」

那隻幸運的雌鹿活了很長的時間，她常常在希臘一個名叫刻里尼亞的地區自由活動，變得非常有名，人稱「刻里尼亞雌鹿」。後來，海克力士曾經奉命要抓住她，不過那就要另外從頭講起了。

到了這時，阿蒂蜜絲所需的東西已經萬事俱備。她有武器、隨從、獵犬，而且她也有戰車，由頭上頂著十四K金鹿角的魔法雌鹿負責拉動。這位女神大多數時間都在山區四處漫遊、獵殺怪物，看到任何人以不必要的殘酷方式對待動物或不尊重荒野就加以懲罰。她偶爾會現身於城鎮探望小孩子、協助母親們分娩，也許趁機辦一場小型選秀會，招募一些可能願意加入獵女隊的年輕女孩。

從某些方面來看，阿蒂蜜絲和弟弟阿波羅實在非常相似。他們都是超厲害的弓箭手；阿蒂蜜絲是年輕處女的守護神，阿波羅則是年輕男子的守護神；兩位天神都有療癒的力量；碰到失禮不敬的凡人，都會用迅雷不及掩耳的死亡之箭或可怕的疫病懲罰他們。後來，阿蒂蜜絲也以「月亮女神」的稱號為人所知，取代了泰坦巨神西倫的地位，原因就和阿波羅取代了太陽泰坦巨神赫利歐斯一模一樣。有時你會看到阿蒂蜜絲的頭巾上有個銀色的新月形標誌，如果不是意指她是月亮女神，就是表示她用萬用膠帶把一支回力鏢黏在額頭上。好啦，第一個選項比較有可能。

然而在其他方面，阿蒂蜜絲則與阿波羅完全相反。阿波羅不管和誰都能約會，阿蒂蜜絲則沒時間玩那種無意義的鬧劇。可以說，她對愛情魔法完全免疫。

她弟弟阿波羅喜歡玩音樂，阿蒂蜜絲則是比較喜歡夜晚的蟋蟀鳴聲、營火的劈啪燃燒聲、貓頭鷹的呼呼叫聲，以及河流的潺潺水聲。阿波羅喜歡吸引別人注意他，阿蒂蜜絲則寧可獨自溜進荒野，身邊只有她的隨從。

她的代表符號是什麼呢？一點都不意外：獵弓、鹿，有時候是新月。

你可能以為只有女性會膜拜她，其實男性也同樣尊敬她。斯巴達人常常向她祈求狩獵的成果豐碩，以及能成功贏得射箭比賽之類的。先警告一下，底下要說的事很噁心喔。為了榮耀她，人們會把一個年輕小伙子綁在阿蒂蜜絲的祭壇上，用力鞭打他，直到血流滿地為止。他們為什麼認為這樣可以取悅阿蒂蜜絲呢？這我也不確定。我有沒有提過斯巴達人是超級瘋狂大怪胎？

其他希臘人則是獻祭山羊給她，或甚至是狗。

我知道，你很想問說：「獻祭狗嗎？」阿蒂蜜絲很愛狗，但為什麼有人會獻祭狗給她，這我也不知道。希望阿蒂蜜絲爲了表達她的不悅，會送一場可怕的瘟疫降臨在那些白痴頭上。

她在整個希臘都有超高人氣，不過最宏偉的神廟坐落在小亞細亞的以弗所。那個城邦是由亞馬遜人所創建，這樣想起來還滿合理的。亞馬遜不是由女戰士建立的國家嗎？她們完全領會阿蒂蜜絲的理念。

阿蒂蜜絲確實大多數時間都在狩獵，不過非得出征不可時，她也是非常優秀的戰士。舉例來說，巨人雙胞胎阿洛代伊攻擊奧林帕斯山時，不是用好幾座山堆成圍攻高塔嗎？後來把他們撂倒的就是阿蒂蜜絲。

過程是這樣的。戰神阿瑞斯從青銅罐裡逃出來之後，那對雙胞胎巨人開始吹噓說他們要怎樣接管奧林帕斯山，讓眾神變成他們的奴隸。艾菲亞特士要希拉當他的妻子，歐杜士則要強迫阿蒂蜜絲嫁給他。

那些話傳回阿蒂蜜絲耳中，她說：「好吧，那兩個必須立刻就死。」

其實她大可拿起獵弓，從遠方就撂倒他們，不過她想要親自靠近一點，這樣才能看到他們臉上的痛苦表情。

她衝下山，不斷射箭騷擾他們，總共射中雙腿、雙手，還有一些非常敏感的部位。雙胞胎巨人試圖用他們的巨矛刺中阿蒂蜜絲，不過她的動作實在太快了。

最後，她從兩個巨人之間跑過去，而雙胞胎同時想要刺她，不過她在千鈞一髮之際躲開了，於是兩個巨人互相刺中對方而變成一整串。兩個巨人都死了，問題迎刃而解。這也構成電影《奧林帕斯山最搞笑戰役》最棒的一段幕後花絮。

不過呢，如果需要殺戮，阿蒂蜜絲多半是讓野生動物代替她出手。

有一次在卡呂東這個希臘城邦，國王俄紐斯（Oineus）這位老兄忘了對阿蒂蜜絲獻上適當的祭品。那是收穫的時節，卡呂東人理應把第一批收成的成果獻給眾神，像是榨出橄欖油獻給雅典娜，焚燒一些穀類獻給狄蜜特，也獻祭一些沾上塔塔醬的炸魚條給波塞頓。

但是他們忘了阿蒂蜜絲。其實她只需要果園裡幾顆蘋果就好了，就算只有檸檬也能勉強接受，但是她的祭壇竟然什麼也沒有。

「很好，」她喃喃自語說著：「這或許是要羞辱我，但是我可不會善罷干休！」

她召來豬史上最凶狠殘暴的一頭野豬。

這頭野生的公豬足足有犀牛那麼巨大，眼珠子是血紅色的，眼中燃燒著熊熊火焰。牠的豬皮宛如鋼板一樣厚，外面覆蓋的鬃毛更像矛尖一樣堅硬，所以牠即使只是擦過你身邊，也會把你割成一堆碎肉條。牠的嘴巴會射出閃電和酸雲，使得沿途的萬事萬物全部凋萎和燒焦，而且牠的巨大獠牙幾乎像剃刀一樣銳利……嗯，假如你和牠的距離近到可以看見牠那兩根獠牙，那表示你可能早已經烤焦了。

牠是「死亡之豬」，簡稱「死豬」。

阿蒂蜜絲把死豬放到卡呂東的原野上，牠將所有的果樹連根拔起、踐踏田地，而且把所有笨到想對抗他的動物、農夫和士兵全都殺了。

這時候，國王俄紐斯是真心希望他沒忘了獻給阿蒂蜜絲一些蘋果。他轉身看著兒子梅利埃格（Meleager）說：「兒子啊，你是這個王國最優秀的獵人！我們該怎麼辦？」

「獵殺那頭野豬！」梅利埃格說：「阿蒂蜜絲是掌管狩獵的女神，對吧？要讓她原諒我們，唯一的方法就是發動有史以來規模最大也最危險的一場狩獵行動。假如我們能以勇氣和技巧撂倒那頭野豬，她一定會原諒我們。」

國王俄紐斯皺起眉頭。「但是她也可能會更生氣啊，更何況，你不可能光憑自己的力量就殺死那頭怪物！」

「不能只靠我自己，」梅利埃格表示同意，「我要召集全希臘最厲害的所有獵人！」

於是國王將消息發布出去，並提供獎賞。很快的，從世界各地而來的獵人們齊聚在卡呂東，展開「第一屆希望也是最後一屆卡呂東野豬狩獵活動」。

阿蒂蜜絲沒有讓他們輕鬆愜意就達到目的。其中有個傢伙名叫墨普索斯（Mopsos），他是希臘最強的標槍手，對野豬投擲長矛的力道極爲驚人，恐怕足以射裂青銅盾牌。但是阿蒂蜜絲讓他的矛尖在半空中就掉了下來，結果矛桿只是弱弱地掉到怪物身上彈開，一點破壞力都沒有。

另一位名叫安開俄斯（Ankaios）的獵人笑彎了腰。「用那種方法不可能打敗死豬啦！看好了，學著點！」他高舉自己的雙刃斧頭。「我會讓你瞧瞧，什麼才叫做眞男人的戰鬥！小姐女神的這頭野豬不配跟我打！」

他衝過去，把斧頭高舉在頭上，野豬則是挺起獠牙，直直刺向安開俄斯的褲襠。安開俄斯死了，而他這場「沒褲襠的奇蹟」也永遠留在世人心中。

梅利埃格王子在許多朋友的協助下，最後終於殺死那頭野豬。他們眞的非常勇敢，不過阿蒂蜜絲依舊不滿意，於是她讓其他獵人充滿嫉妒心。梅利埃格將野豬皮剝下來，高高懸掛在宮殿裡，作爲這場英勇狩獵的大獎，不過眾人紛紛爭搶殺死野豬的功勞，甚至大打出手。

這場紛爭最後演變成大規模的內戰，數百人因而戰死，這一切全都是因為國王忘了給阿蒂蜜絲幾顆水果而引起的。說眞的，也才不過十二位天神而已，俄紐斯，下一次不要忘了製作一張核對清單啊！

所以，沒錯，如果你忘了獻上祭品，阿蒂蜜絲會殺了你喔。不過呢，假如你很想保證自己死得超級痛苦，不妨入侵她的私人空間試試看。

有位名叫阿克泰翁（Actaeon）的獵人就犯了這種低級錯誤。說也奇怪，他平常眞的很尊敬阿蒂蜜絲，總是準時獻上祭品，而且呈獻最好的獵物給女神，努力當個好獵人。他是由奇戎（Chiron）一手養育長大並訓練他狩獵技巧，奇戎就是那位知名的半人馬，教出最優秀的所有希臘英雄（咳咳，我也是，咳咳）。阿克泰翁養了一群狗，有五十隻，他如果沒有在奇戎的洞穴裡學習怎麼當英雄，就是在外面與那些狗一起追蹤危險生物的下落，並帶一些野豬培根回家加菜。

一天晚上，阿克泰翁在山區因爲一整天打獵而累壞了。他躺在一塊岩石上準備睡覺，從那塊岩石可以俯瞰一個湖泊，旁邊有瀑布直瀉湖中。狗群也蜷縮在他背後的草地上。他拉起毯子蓋住頭，漸漸睡去，直到早晨聽到一些聲音才醒過來。

阿克泰翁揉揉惺忪睡眼，向下俯瞰湖面，眼前的景象讓他以爲自己還在作夢。有一大群美麗的女子正在瀑布底下洗澡，而且好像……沒穿衣服。其中最美麗的一位，看起來與阿克泰翁在神廟裡看過的阿蒂蜜絲雕像一模一樣。她身材高大，留著一頭黑髮，銀色眼珠炯炯有神。看見她洗澡的模樣，讓阿克泰翁全身的血液在耳朵裡砰砰作響。

唉，這時阿克泰翁如果只是默默爬走，他應該就沒事了。阿蒂蜜絲根本沒有發現他的蹤影。阿克泰翁大可躡手躡腳離開，懷著這個天大的祕密活到七老八十，之後一想起這件事就覺得自己超幸運的。我的意思是說……他既不是跟蹤狂，也沒想過要當間諜啊。

但是事與願違。當然不會那樣發展啦，阿克泰翁非得有貪念不可。

他繼續觀看，結果愛上了阿蒂蜜絲，下定決心非與她結婚不可。

他當然知道阿蒂蜜絲是永遠的處女，不過那是因為她還沒有遇見他啊！

阿克泰翁非常尊敬她，總是虔心敬獻。他熱愛狩獵和動物……他們有這麼多共同點，為什麼他以前從來沒想過呢？

他從睡覺的地方跳起來，大聲喊著：「尊貴的女士，請原諒我！」

阿蒂蜜絲的隨從們驚聲尖叫，紛紛爬上岸抓起她們的衣服和獵弓。阿蒂蜜絲只是瞇起眼睛，一點都沒有想要遮掩自己。她走向瀑布頂端的阿克泰翁。

「你是誰？」她質問著。

「尊貴的女士，我叫阿克泰翁。我是優秀的獵人，而且一直都膜拜您。」

「真的嗎？」阿蒂蜜絲的語氣聽起來沒有很熱切，「可是，我在洗澡的時候，你竟敢在旁邊偷看？」

「那個……那完全是意外。」阿克泰翁的脖子開始覺得好癢，感覺好像布滿了跳蚤。這個時候，他覺得沒那麼有自信了，不過此刻要退出已經太遲。「您的美麗……激勵我說出心裡的話。我一定要擁有您！嫁給我吧！」

阿蒂蜜絲歪著頭，一圈銀色的光暈圍繞著她全身。

「你一定要擁有我，」她說：「你認為我是你的寵物嗎？」

「不……不是，尊貴的女士。」

「你認為自己是獵人，而我是你和那群狗一起獵回去的某種獵物嗎？」

「呃，不是。可是……」

「阿克泰翁，讓我點醒你。」女神說：「我是獵人，也永遠是獵人。而你才是獵物。沒有哪個男人看過我的裸體還能好好活著。」

阿克泰翁痛到全身扭曲。就在他的眼睛上方，他的額頭爆裂開來，冒出兩支沉重的角。他的手指頭全部黏合起來變成偶蹄，背部彎曲伸展，雙腿變細，靴子也縮小，變成硬硬的蹄。

阿克泰翁變成一頭鹿，一頭漂亮的十六叉角公鹿。

阿蒂蜜絲發出高頻率的哨聲，於是阿克泰翁的五十隻獵犬紛紛從睡夢中醒來。牠們到處都聞不到主人的氣味，不過呢，哇，那頭巨大的雄鹿聞起來好香啊！阿克泰翁努力想命令他的狗群乖乖不動，卻發不出半點聲音。那些狗不認識他了。如同鹿平常會有的反應，他連忙逃走，但是狗兒奔跑的速度實在太快。

於是，牠們把自己的老主人撕扯成碎片。

狗群吃乾抹淨之後，四處尋找阿克泰翁，可是完全找不到半點蹤跡。牠們連聲吠叫，發出哀鳴，顯得非常悲傷，但是終究只能自己找路回到奇戎的洞穴。而這位半人馬一看到阿克泰翁的衣服碎片塞在狗兒的牙縫裡、鮮血沾在狗兒的毛皮上，心裡有數一定是發生慘劇了。他曾經警告過那蠢孩子，千萬不要去招惹阿蒂蜜絲啊。為了安撫狗群，奇戎做了一個阿克泰翁的模型假人，套上那位獵人的舊衣服，就像是稻草人一樣，於是狗兒們以為自己的主人依舊活跳跳。

我覺得奇戎眞是好人，爲了狗兒這麼用心，但是這害我不免好奇，他會不會也做了一個「波西傑克森稻草人」塞在某個衣櫥裡，緊急的時候可以拿出來用。我不確定自己想不想知道眞正的答案。

那並不是唯一一次有某個傢伙撞見阿蒂蜜絲洗澡。下一次則是個小男孩，名叫希普里歐提斯（Sipriotes），他只是到處晃來晃去，在錯誤的時間出現在錯誤的地點而已。

他看到全身赤裸的女神時，居然驚訝地大叫；不過他只是小孩子嘛。他沒有要求與阿蒂蜜絲結婚，只是立刻跪下懇求女神大發慈悲。

「求求您，女士，」他說話的聲音像蚊子叫，「我不是故意的，不要把我變成鹿，不要讓狗把我撕成碎片！」

阿蒂蜜絲不太高興，畢竟她是小孩子的守護神啊。

「呃，希普里歐提斯，」她說：「問題是這樣的，男人只要看見我的裸體，都不能活著。」

「可是……可是……」

「既然你是男性，我就得殺了你。除非，當然啦，你不是男的……」

希普里歐提斯眨眨眼。「您是說……等一下，您說什麼？」

「死掉，或者變性，你自己選。」

實在是沒有太多選擇啊。希普里歐提斯不想死，所以，劈啪！阿蒂蜜絲把「他」變成了「她」，而從此以後，女孩希普里歐提斯就與阿蒂蜜絲的獵女隊快快樂樂生活在一起了。

對你來說夠詭異了嗎？喔，還有更詭異的！

另一次，阿蒂蜜絲的一位隨從，名叫卡莉絲托（Kallisto），讓宙斯看上眼了。嗯，阿蒂蜜絲的隨從們理應是誰都不能碰的，不過現在談到的是宙斯，況且只要看到卡莉絲托一眼，眞的就很難忘懷。

當時她是阿蒂蜜絲最疼愛的隨從，她們兩位有許多方面都很相似，例如動作都很俐落、身強體壯，而且對男孩完全沒有興趣。卡莉絲托一加入獵女隊，她們就變成最要好的朋友，而卡莉絲托也像阿蒂蜜絲所有的隨從一樣，發誓永遠都維持處女之身，但是宙斯對她打起了鬼主意。

有一天他從奧林帕斯山向下俯瞰，發現卡莉絲托獨自待在一塊空地上，正在輕鬆地享受日光浴。

「這是我的好機會！」宙斯對自己說：「我只要想個好辦法靠近她，她就不會跑掉。那女孩的動作超快的。唔……」

宙斯變身，讓自己看起來和阿蒂蜜絲一模一樣。

我知道，這一招超卑鄙的吧？不過就像我之前說的，這傢伙爲了追女人，可以說一點羞恥心也沒有。他居然像這樣假扮成自己的女兒！

假阿蒂蜜絲從容走進空地。「嘿，卡莉絲托，你在幹嘛？」

「親愛的主人！」卡莉絲托跳起來站好，「我只是在休息。」

「我可以加入嗎？」假阿蒂蜜絲問。

卡莉絲托注意到女神的眼神好像怪怪的，不過她還是說：「嗯，當然好。」

假阿蒂蜜絲靠過來，抓住卡莉絲托的手。「你眞是非常漂亮，你知道吧。」假阿蒂蜜絲親吻她，我不會說那是親在臉頰上的友善之吻。卡莉絲托拚命地掙扎想要逃開，可是宙斯緊緊抓住她，宙斯比她強壯多了。

「親愛的主人！」卡莉絲托失聲尖叫：「你在做什麼？」

宙斯變回原形，卡莉絲托尖叫得更淒厲。

「好啦，好啦，」天空之神說：「親愛的，阿蒂蜜絲不需要知道這些，這會是我們之間的小祕密喔！」

於是，宙斯再一次證明他自己是個天神混球。是啦，沒錯，他很可能會聽到我說這些，然後又大抓狂。這不會是我第一次惹到「打雷先生」，不過呢，嘿，我是有話直說嘛。

如果眞正的阿蒂蜜絲在附近聽到這段對話，一定會衝過來救卡莉絲托，不幸的是卡莉絲托完全落單，宙斯就得逞了。

在那之後，卡莉絲托覺得太丟臉，於是她什麼都沒說。她很怕自己其實也有錯。專業小提醒：如果有卑鄙小人攻擊你，那絕對不是你的錯，一定要找某個人說出來喔。

不過卡莉絲托把祕密藏在心底，希望藏得愈久愈好。她努力假裝什麼事都沒發生。可憐的是，她懷孕了，這不可能永遠隱藏得住。幾個月後有個大熱天，辛苦追逐怪物一整天後，阿蒂蜜絲和大家想去游泳。她們全部跳入湖裡，只有卡莉絲托沒有行動。

「怎麼了？」阿蒂蜜絲叫著：「來嘛！」

卡莉絲托羞愧得滿臉通紅。她伸手放在肚子上，這時候肚子已經開始隆起。她不敢脫掉衣服，那樣一來阿蒂蜜絲一定會發現。

阿蒂蜜絲察覺到事有蹊蹺。突然間，她終於明白卡莉絲托最近爲何總是很疏遠，而且神情悲傷。

女神的心向下一沉。

「卡莉絲托，居然是你？」她問：「我有那麼多的隨從，居然是你打破誓言？」

「我……我不是故意的！」卡莉絲托說著，一顆淚珠滾下她的臉頰。

「是誰？」阿蒂蜜絲追問：「是英俊的戰士？難言善道的英雄？我弟弟，阿波羅？還是，不會吧……拜託告訴我不是他。」

「是……是你啦！」卡莉絲托哭著說。

阿蒂蜜絲瞪著她。「拜託你再說一次。」

卡莉絲托把整個過程和盤托出，泣訴宙斯如何以阿蒂蜜絲的形體出現在她面前。

女神氣得火冒三丈。她好想掐死她父親宙斯，但如果你老爸是宇宙之王，能做的事實在不多。她看著卡莉絲托，同情地搖搖頭。

「你是我的最愛，」阿蒂蜜絲說：「如果你立刻跑來找我，我可能還會幫你。我會幫你找個富有、英俊的丈夫，讓你安頓在你選擇的城邦裡展開全新生活。我會讓你從獵女隊光榮退休，你也可以平平靜靜離開。宙斯的攻擊不是你的錯。」

卡莉絲托哭得很傷心。「可是我不想失去你！我想要留下來！」

阿蒂蜜絲覺得自己的心也碎了，可是她不能表現出來。她對隨從們早已訂下規矩，那些規矩不容打破，就連她最要好的朋友也不能。「卡莉絲托，你的罪過是不讓我知道這個祕密。你對我不忠，也對獵女隊的姊妹們不忠，因爲你對我們不誠實。你自己再也不是處女時，也等於汙蔑了我們全體處女的名聲。那是我無法原諒的罪過。」

「可是……可是，阿蒂蜜絲……」

「不要再說了！」阿蒂蜜絲指著卡莉絲托，於是這位年輕女孩開始變形。她的體形變大，四肢變短變粗，原本遮掩身型的衣服也變成令人窒息的棕色粗厚毛皮。卡莉絲托變成一隻棕熊了。她想要說話，卻只能發出吼叫聲。

「快走吧，」阿蒂蜜絲說著，努力不哭出來，「你的新形體會提醒你，從此以後再也不要出現在我面前。如果我又看到你，必定殺無赦。快走！」

卡莉絲托連跑帶跳穿越樹林。她生下一個人類兒子，名叫阿卡斯（Arkas），後來回到凡人世界，最終成爲國王。但生下孩子之後沒多久，卡莉絲托就遭到獵人射殺。

宙斯覺得有點自責，於是把卡莉絲托接到天上變成一個星座，也就是大熊星座，彷彿這樣做就能補償她被毀掉的人生。

阿蒂蜜絲實在有點奇怪。在經過卡莉絲托事件之後，阿蒂蜜絲接下來兩位最要好的朋友都是男性，我也不太知道她爲什麼會這樣。也許她認爲，男性朋友們不會比卡莉絲托帶給她更大的傷害；或者如果會，至少她也不會太過驚訝，畢竟男性天生就是混蛋。或者說不定她是想對自己證明，她絕對不會違背自己的處女誓言，即使與她認爲最有趣的男性在一起，她都不會動心。

她的第一位男性朋友是奧利安（Orion）。他過往的人生相當灰暗，就說一件事好了，他是巨人，可是以巨人來說，他算是很矮的，也許只有兩百一十公分左右，看起來實在很像人類，所以常常差點被誤認成人類。有很長一段時間，他在希歐斯國王手下擔任王室獵人的工作，後來奧利安與國王的女兒發生一點小麻煩，等到國王發現，就用燒紅的鐵塊把奧利安弄瞎了，接著把奧利安踢出他的王國。

奧利安在希臘各地掙扎求生，直到偶然間遇到了鐵匠天神赫菲斯托斯，奧利安把自己悲慘的遭遇告訴赫菲斯托斯。這位巨人的語氣聽起來眞的很後悔，而赫菲斯托斯自己經歷過的悲慘遭遇和得到的第二次機會也夠多了，於是這位天神爲奧利安設計製作了一對機械眼珠，讓他重見光明。

奧利安退隱後住到提洛斯島，就是在那裡遇見阿蒂蜜絲。阿蒂蜜絲認爲奧利安是個很好的人，也不曾想要隱瞞自己過往的罪孽，而且他擁有高超的狩獵技巧。眼睛看不見的那些日子，奧利安的其他感官變得非常敏銳，而那對機械眼又讓他得到極佳的夜視能力，能夠在夜間追蹤狩獵目標。他成爲有史以來加入阿蒂蜜絲獵女隊的第一位男性成員。

我不曉得其他隨從對這件事有什麼看法，畢竟獵女隊從來不曾男女合隊。但是奧利安不曾想要什麼花招。大家洗澡時，他與女孩們保持距離；他也像大家一樣幫忙分擔各式各樣的雜務。過沒多久，他就成爲阿蒂蜜絲的忠實朋友。

唯一的問題是：奧利安的狩獵技巧好像太好了一點。有一天，他獨自外出，結果情況有點失控，他射殺了十六頭熊、十二隻獅子，還有好幾種叫不出名字的怪物。接著，他開始射殺無害的動物，像是鹿、兔子、松鼠、鳥和袋熊等等。也許他只是亂射一通，也可能因爲阿波羅把他惹毛了，因爲阿波羅不喜歡這位老兄陪在他姊姊身邊那麼久。

總之，奧利安身邊很快就出現堆積如山的一大堆袋熊屍體。他用松鼠的鮮血塗在自己臉上，再拿樹葉塞進頭髮裡，開始尖聲叫喊：「我會殺光全世界的動物！全部殺光光！去死吧，你們這些愚蠢的毛茸茸動物！」

這實在不太符合獵女隊崇尚自然的宗旨，而且也讓大地之母蓋婭很不高興。奧利安叫得太大聲，即使蓋婭還在睡覺也不得不注意到，她自言自語地說：「你這無賴，很想要殺點什麼嗎？試試看這個吧。」

就在此時，奧利安背後的地面突然裂開，跳出一隻巨大的蠍子。巨人轉過身，那蠍子的毒刺剛好刺中他的胸口。

這就是奧利安的結局。阿蒂蜜絲到處找他，終於找到他那冰冷而無生氣的屍體，而因爲某種古怪的原因，他的周圍堆滿了成千上萬隻死去的毛茸茸小動物；見到這樣的情景，阿蒂蜜絲再度心碎了。這一次是由阿蒂蜜絲把奧利安接到天上變成獵戶星座，附近伴著一隻蠍子，於是他的故事會恆久流傳下去。

我想，這故事告訴我們一個教訓：千萬不要亂殺小兔子、小松鼠和小袋熊，牠們又沒有惹到你，更何況你可能會發現，牠們有一位非常要好的超大蠍子朋友喔。

阿蒂蜜絲的最後一位好朋友，是名叫希波呂托斯（Hippolytos）的王子。這傢伙長得很帥又有魅力，而且對談戀愛一點興趣都沒有，只想把所有的時間都拿來打獵。換句話說，他眞是最適合阿蒂蜜絲的男性了。她允許希波呂托斯加入獵女隊，而這對她的一些女性隨從來說肯定是很大的挑戰。這傢伙太有吸引力了，對他來說絕對不是好事。

不過希波呂托斯眞的是模範隨從，他完全遵守自己的誓言，正眼都不瞧小姐們一眼。

然而不是大家都喜歡這樣。遠在奧林帕斯山上，愛之女神阿芙蘿黛蒂就義憤填膺。

「這是在開我玩笑嗎？」她尖聲說：「像他那麼帥的傢伙，旁邊有八十個漂亮女人晃來晃去，而他一點都不感興趣？這眞是莫大的羞辱！這樣一點都不ＯＫ！」

等到下一次希波呂托斯回家探望他父親鐵修斯國王（關於這位老兄又有另一大篇故事可以講），他們也是針對這點大吵一架。父親希望希波呂托斯趕快結婚，這樣才能生孩子，等他當上國王才能讓家族的姓氏傳承下去之類的吧啦吧啦吧啦。

希波呂托斯說：「不要！我想要待在阿蒂蜜絲身邊打獵！」

鐵修斯覺得很挫折，忍不住大吼：「如果你那麼愛她，爲什麼不和她結婚？」

「老爸，她是處女女神啊！你從來都不聽人家說！」

他們吵得愈來愈激烈，這是因爲遠在奧林帕斯山上，阿芙蘿黛蒂幫忙煽風點火、助長吵架情緒的關係。沒錯，她是愛之女神，不過愛與恨的差別其實沒有想像中那麼大，二者都很容易失控，也很容易由愛生恨、由恨生愛。相信我，這點我了解得很。

到最後，鐵修斯拔劍出鞘，殺了他自己的兒子。

哇。

國王當然既震驚又羞愧。他把王子的屍體放到宮殿的地窖裡，私底下舉行了葬禮。在此同時，阿蒂蜜絲也聽說這項消息，匆匆趕赴他的墳墓。

她滿腔怒火，淚流滿面，捧起希波呂托斯的遺體。「不！不，不，不！我再也不要失去最要好的朋友了，絕對不要！」

她帶著希波呂托斯的遺體，飛出那個城邦。她找遍了整個希臘，終於找到全世界最好的醫生，是個叫作阿思克勒庇俄斯（Asklepios）的傢伙。他是療癒天神阿波羅的兒子，不過阿思克勒庇俄斯的醫術甚至比他老爸還厲害，可能是因爲他全心全意鑽研醫術，而阿波羅還要花時間到處調情，以及在各地公園舉辦多場音樂會。

「阿蒂蜜絲姑姑！」阿思克勒庇俄斯說：「眞高興見到你！」

阿蒂蜜絲把希波呂托斯的遺體放在他腳邊。「阿思克勒庇俄斯，我需要你把希波呂托斯治好！求求你！這實在超出我的力量之外。」

「唔，」阿思克勒庇俄斯說：「他有什麼問題？」

「他死了。」阿蒂蜜絲說。

「狀況很嚴重，差不多都是永遠救不回來了，不過我會看看可以怎麼處理。」

阿思克勒庇俄斯混合了一些藥草煮成一帖藥劑，強迫餵進死去王子的嘴裡，結果他立刻就醒過來了。

「多謝命運三女神！」阿蒂蜜絲開心地說：「阿思克勒庇俄斯，你是最厲害的高手！」

「呵，沒問題啦。」

事實上，還眞的有問題。阿芙蘿黛蒂向宙斯抱怨連連，她眞是輸不起啊。接著黑帝斯也抱怨，他說阿思克勒庇俄斯不能因爲有人要求就把死人救活，那樣會在凡人世界和冥界引發大混亂。宙斯認同這個看法，於是他用閃電劈向阿思克勒庇俄斯，取走他的性命。正是因爲這樣，到了今天，你不能懇求醫生把你死掉的親戚重新救活；宙斯宣布，以後不准再使用那種層級的醫療手段了。

至於希波呂托斯呢，阿蒂蜜絲確保他活得好好的，而且趕快把他送去義大利，他在那裡的一座阿蒂蜜絲神廟擔任祭司，活到很高壽。

經歷過那個事件以後，阿蒂蜜絲決定再也不和自己的隨從太過親近了，那對他們來說實在太危險。此外，對於邀請男性加入獵女隊，她也變得十分謹慎。

那對我來說一點問題也沒有。我很喜歡阿蒂蜜絲，但是我和大自然處得不太好，更何況我也不喜歡打獵。我是很喜歡女孩子啦，不過我的女朋友如果聽說我要和八十個漂亮女生一起在荒郊野外晃來晃去，絕對不可能點頭答應。

她的占有慾還滿強的哩。

17 荷米斯得去少年感化院

列出荷米斯這位天神沒有掌管的事情好像比較快，因爲這傢伙管的事情也太多了。

他是掌管旅行的天神，因此是所有用路人的守護神，這就包括了商人、信差、大使、旅行表演者，還有把家禽家畜帶到市場上販賣的畜牧業者。另外也包括強盜、小偷、流浪漢，以及退休人士組成的討厭車隊，他們常常成群結隊開著露營車去南部度冬。

荷米斯負責引導死者的亡靈前往冥界。他也爲宙斯提供私人聯邦快遞服務，帶著他老闆的訊息全球走透透，而且保證隔夜送達。這位天神同時掌管（請先深吸一口氣）商業、語言、竊盜、起司漢堡、詐欺、滔滔雄辯、筵席、起司漢堡、好客、看門狗、鳥占、體操、體育競賽、起司漢堡、起司漢堡、骰子算命等等。

好啦，我在裡面偷偷塞進好幾個起司漢堡，只是要看看你有沒有仔細閱讀這段。而且，我好餓喔。

基本上，荷米斯掌管的所有事和所有人都是你可能會在旅行途中碰到的，其中包括好事，也包括壞事。所以你出門旅行的時候，最好禱告荷米斯剛好心情不錯，否則你有可能得要睡在機場，或者可能因爲汽車爆胎而困在路邊。古希臘人每隔一段時間就必須出門上路，因此荷米斯成爲值得好好尊敬的重要天神。

他這麼重要，你也就很難相信他出生在洞穴裡，而且才剛出生十二個小時就遭到逮捕。

荷米斯的媽媽名叫美雅（Maia），她很努力不讓荷米斯惹上麻煩。美雅是泰坦巨神，她是阿特拉斯的女兒。在她懷了宙斯的小孩之後（這讓她成為……是第四百五十八號女友嗎？有沒有人記錄下來？），盡可能保護自己，免得落入宙斯大多數女友的下場——遭到希拉的詛咒和騷擾。

美雅躲在希臘中部庫勒涅山的洞穴內，也在那裡生下可愛的小荷米斯。她很明白這個孩子是天神嬰兒，因此覺得自己最好小心一點。你永遠沒辦法判斷小嬰兒天神何時會開始跳舞啦、唱歌啦，或者拿弓箭亂射別人（她早已聽說過麗托和阿波羅的事）。美雅細心照顧小嬰兒荷米斯，把他緊緊裹在毯子裡，於是他不能動，也沒辦法惹麻煩。美雅把他放進編織籃裡當作搖籃，開始唱起搖籃曲，歌曲大意是各個天神和他們最喜歡的動物，因為回顧當時，哄小嬰兒的歌曲多半都是唱著農場動物之類的內容。她唱著阿蒂蜜絲和她的狗，波塞頓和他的馬，阿波羅和他那群神聖母牛……那是全世界最優質也最好吃的牛喔。過沒多久，荷米斯就安靜睡著了。美雅拖著蹣跚步伐走向自己的床，倒頭就睡，因為分娩過程實在是太辛苦了。

荷米斯一發現媽媽開始打呼，立刻睜開眼睛。

這位小小天神在毯子裡拚命掙扎。「有沒有搞錯啊？」他喃喃說著：「才剛出生三十分鐘，我就得穿上約束衣？老媽一定是完全沒辦法信任我。這位女士很聰明。」

他終於勉強脫身，跳出搖籃。荷米斯看起來還是像新生兒，不過那只是因為他還沒準備開始長大。他認為小嬰兒比較容易偷偷溜走，等到變成比較大的小孩就沒那麼簡單了。他伸展一下手臂，跳了幾下開合跳熱身一番，再把身上的尿布拉高一點。

「唱了那一大堆牛的事，害我好餓啊，」他說：「我可以去吃牛排啦！」

他偷偷溜出洞穴，心想要找到阿波羅的牛群應該不是很困難。他才剛走出幾步，就絆到某個很硬的東西。

「哦嗚！」荷米斯跪倒在地，然後發現原來他踢到一隻烏龜。

「嘿，小兄弟，」荷米斯說：「你是我不小心遇到的第一種動物！我覺得你會是我的神聖生物之一。你覺得如何？」

烏龜只是呆呆瞪著他。

「你的外殼很棒耶，」荷米斯彎起指節敲一敲烏龜的背殼，「整個花花的很漂亮。啊，我把你帶進洞穴裡好不好？在那裡我可以看得清楚一點。我不會傷害你。」

就嬰兒來說，荷米斯相當強壯。事實上和任何人比起來，他眞的超強壯的。他搬起烏龜，把牠帶進洞穴裡。仔細看過牠的龜殼後，荷米斯突然想到一個點子。他想起剛才媽媽唱搖籃曲時，她的歌聲在洞穴裡反覆迴盪，變得比較嘹亮和圓潤，荷米斯覺得那樣很好聽。這副龜殼說不定也有同樣的聲音放大效果，就像是小型的洞穴……如果裡面沒有烏龜的話。

「小兄弟，你知道嗎？」荷米斯說：「我改變主意了，我怕自己會傷害你喔。」

強烈警告以下有噁心情節。荷米斯砍斷烏龜的頭和四隻腳，然後用他媽媽的湯勺把烏龜的其餘部分挖出來。（唉，對不起啦。回顧當時，人們一天到晚宰殺動物，以便得到肉類、獸皮、外殼或之類的。我朋友派波就是因爲這樣才會開始吃素。）

總之，荷米斯把龜殼挖空之後，便朝裡面吹風。聲音低沉迴盪，但是與他的想像不太一樣。在洞穴外面，他聽到貓頭鷹、蟋蟀、青蛙以及一大堆其他動物發出各種不同音調的聲音，而且可以同時一起聽到。荷米斯希望有同樣的效果，也就是同時發出各式各樣的聲音。

透過火光照耀，他看到一些細細長長的綿羊肌腱，美雅準備把那些肌腱晾乾，用來當縫衣線或類似的用途。

荷米斯心想，嗯哼。

他用腳踩住肌腱的一端，然後用手拉緊，再以另一隻手撥動它，於是那條內臟弦線開始振動。他把弦線拉得愈緊，音調就愈高。

「噢，好耶，」他說：「這個行得通。」

他朝媽媽看了一眼，確定她繼續沉睡。接著，荷米斯開始動手。他從媽媽的織布機取下兩根木頭暗榫，插進龜殼中，然後像兩支角一樣從頸部的洞口伸出來。他再把第三根暗榫橫跨在前兩根上面固定住，也就是架在兩根支架之間，所以看起來有點像美式足球的球門形狀。他在頸部頂端和龜殼底部之間裝上七條弦線，再把每一條弦調整成不同的音高。他彈撥那些弦線，聲音聽起來美妙極了。荷米斯就這樣發明出世界上第一件弦樂器，他決定稱之爲七弦琴（lyre）。爲什麼？可能因爲他是個騙子（liar）吧，我也不知道。

如果他再多花幾個小時，說不定就會發明出木吉他、低音大提琴和電吉他；不過到了這時，荷米斯眞的很餓了，於是他把新做出來的七弦琴用搖籃裡的毯子包起來藏好，然後出發去找那些美味的魔法母牛。

他爬到庫勒涅山頂（嘿，那對光溜溜的小嬰兒來說其實沒什麼困難啦），向下俯瞰整個希臘，一邊觀察一邊聆聽。到了晚上，阿波羅把他的牛群藏得很好，藏在皮埃里亞一片祕密草原，位於庫勒涅北方將近五百公里處，不過荷米斯的感官非常敏銳。過沒多久，他就聽見遙遠的一聲：「哞……」

另一隻牛說：「噓，我們要躲好啦！」

第一隻牛說：「對不起。」

而在山頂上，荷米斯笑了。「哈！牛牛，我要去逮你們了。」

五百公里？那有什麼問題！荷米斯不到一小時就跑到了；這聽起來可能真的很奇怪，一個新生兒天神衝過大半個希臘，他的兩隻手還沾著烏龜血呢。幸好當時是黑漆漆的晚上，沒有半個人看到他。

荷米斯到達祕密草原後，看到那麼多美味、碩大又肥滋滋的健康小母牛，口水都要流下來了；總共有好幾百隻，全都在長草區裡靜靜吃著青草。那個地方位於山腳下和地中海的沙灘之間。

「我不想太貪心，」他對自己說：「也許只要帶走五十幾隻就好。可是要怎麼樣隱藏我的行蹤啊？」

他不可能把五十隻牛塞進布袋裡，就這樣偷偷溜走吧。而如果他把這些牛趕著跑，阿波羅一定很容易追蹤到這麼多動物的蹄印。

荷米斯看著海邊，然後他發現附近有一些紫薇樹。他還不是很確定到底該怎麼做，不過先從紫薇樹折下一些細枝和嫩枝。他回想起媽媽美雅的洞穴，那個搖籃是個編織籃，於是他開始用這些細枝和嫩枝編織成大型的蹼狀物。他把腳套進兩隻蹼，就這樣創造出史上第一雙雪鞋……這實在是太厲害了，畢竟希臘從來不下雪的啊。

荷米斯在草地上試走一兩步，然後到沙地上走一走。鞋墊只留下寬大而模糊的印子，完全看不出他雙腳的眞實形狀和大小。

太棒了，他心想。這樣可以掩護我。至於那些牛呢……

他穿著新鞋子跋涉穿越草原，努力發出噓聲驅趕牛群，把其中最肥美、最多汁的牛隻與其他分開。他把那五十隻牛驅趕到海灘上。

到達沙灘上之後，荷米斯彈彈手指並吹口哨，要牛群注意他這邊。等到五十隻牛全部看著他，尾巴對著大海，他就說：「好了，各位，現在向後退！向後退！」

有沒有試過讓五十隻牛同時倒退走？這很不簡單喔。荷米斯努力讓牛隻的注意力集中在他身上，一邊吹著口哨，一邊發出向後退的指令，像是：「嗶，嗶，嗶！」同時揮舞手臂，就這樣逐漸向水邊走去。牛隻笨手笨腳向後退，直直走進海浪裡。接著，荷米斯叫牛群轉向南方，驅趕牠們在海浪裡走了好幾百公尺遠，才又帶牠們爬上乾燥陸地。

荷米斯回頭看，他眞得好好感謝自己的詭計多端。看起來好像是有五十頭牛從大海跑出來，加入主要的牛群裡，因此誰都無法找出失蹤的牛隻究竟跑到哪裡去了。荷米斯沒有留下任何腳印，也就很難追蹤到他。

他領著牛群往南走，穿越希臘的一片片田野。

這個時候已經過了午夜，因此荷米斯判斷沒有人會看到他。但是他運氣不太好，有一位年紀很大的凡人老農夫出來巡查他的葡萄園；這位農夫名叫巴圖斯（Battus），也許巴圖斯只是因爲睡不著，也說不定他總是在半夜修剪葡萄藤，總之老先生看到這個小嬰兒帶領五十頭牛沿路走來，嚇得眼珠子差點掉出來。

「這是什麼？」他用發抖的聲音說：「怎麼可能？」

荷米斯勉強擠出笑容。「吃飽沒？」他考慮要殺了這個老頭子，因爲不希望有任何目擊者。不過荷米斯是盜賊，並不是殺人狂，更何況他的雙手已經沾滿了無辜烏龜的鮮血。「我只是帶我的牛出來散步啦。老伯伯，你叫什麼名字？」

「巴圖斯。」巴圖斯不敢相信自己的談話對象竟然是個小嬰兒，也許他根本還躺在床上睡覺，這一切只是一場夢。

「這個嘛，巴圖斯，」荷米斯說：「如果你能忘記你曾經看見我，那是最好不過了。如果有誰問起，要說我從來沒有出現在這裡喔。只要你能這樣說，等我到奧林帕斯山取得一席之地，一定會好好保佑你。這樣好嗎？」

「呃……好吧。」

「太好了。而且，嘿，你的腰帶上是不是有一把刀？能不能借給我？」

巴圖斯把他用來修剪藤蔓的刀子交給小嬰兒天神，於是荷米斯帶著他的牛群繼續前進。

最後，荷米斯終於找到一個很棒的洞穴，可以把偷來的牛群全部藏進去。他把其中四十八頭牛圈在裡面，等待以後再吃，或者說不定可以拿到黑市去賣掉，他還沒有做最後的決定。然後，他用那個老先生的刀宰了最後兩頭牛。

又來了，這景象實在滿血腥的。一個小嬰兒天神手拿刀子，把牛隻大卸八塊，但是荷米斯面不改色。他升起一堆火，把肉質最好的部位獻祭給奧林帕斯眾神（當然也包括他自己啦），然後把其他肉塊放到火堆上燒烤一番，用鮮美多汁的牛肉塡飽肚子。

「哇噢，太好吃了！」荷米斯一邊打嗝一邊稱讚，「好傢伙，居然這麼晚了。或者該說還很早，我最好趕快回家。」

他到附近的溪流清洗一番，因爲覺得他媽媽不會想要看到自己剛生下的小嬰兒渾身是血。接著，只是爲了好玩啦，他拿了兩根牛骨，把中間挖空變成笛子，再把兩支笛子的一端接在一起變成V字形，於是就可以同時一起吹奏了（因爲只吹一支笛子實在很無聊）。他挺著飽脹的圓滾滾肚子，搖搖擺擺走回家，一邊走一邊吹奏他新做好的雙笛，讓自己保持清醒。他趕在日出之前回到美雅的洞穴，爬進他的搖籃，把V型笛塞進毯子裡與七弦琴放在一起，然後就沉沉睡去。就算他是小嬰兒天神，來到世界上的第一夜也夠漫長的了。

隔天早上，阿波羅飛到皮埃里亞去數他的母牛。他總是喜歡以欣賞讚歎他的牛隻展開每一天的生活。

他發現五十隻牛不見了，簡直要瘋掉。他橫衝直撞大吼大叫：「牛牛，這邊！牛牛，這邊！」他發現有許多蹄印直通大海，一副他的牛隻曾經下海游泳又跑回來似的，但這實在說不通啊。他看到沙子上有很多淺淺的巨大印子，很像是某個體重極輕的傢伙踩著四十公分長的超大鞋子走來走去，不過還是一樣，根本完全說不通。

阿波羅整個早上到處尋找，最後他遇到老農夫巴圖斯，巴圖斯還在修剪他的葡萄藤。經歷那場「小嬰兒說話事件」後，巴圖斯根本無法入睡。

「老先生！」阿波羅叫著：「你有沒有看到五十隻牛朝這裡走過來？可能是由一個巨人帶著走，他的體重非常輕，而且穿的是四十公分的大鞋子？」

巴圖斯的身子縮了縮。他不擅長說謊，而阿波羅立刻就看出農夫似乎有所隱瞞。

「我可能得加一句，」阿波羅說：「我是天神喔，告訴我實話可能是非常明智的決定。」

巴圖斯重重嘆了一口氣。「是個小嬰兒。」

阿波羅皺起眉頭。「啊，你說什麼？」

巴圖斯把事情經過告訴他，由於實在太詭異了，阿波羅覺得他說的一定是事實。阿波羅知道最近只有一位天神剛出生，他曾經聽到謠言說，泰坦巨神美雅昨天晚上在庫勒涅山生小孩。（阿波羅總是不會錯過最新的八卦謠言。）剛出生的小嬰兒似乎不太可能跑到將近五百公里以外變成偷牛賊，不過阿波羅自己也是打從一出娘胎就開始唱歌跳舞，所以也不是完全不可能啦。

他飛到美雅的洞穴，把這位泰坦巨神媽媽叫醒。

「你的小孩偷了我的母牛！」他對美雅說。

美雅揉揉眼睛，再看看小嬰兒荷米斯，他依舊躺在搖籃裡，身上緊緊裹著毯子……不過他的肚子看起來真的變大了，而且嘴角是不是好像沾了一滴牛排醬？

「呃，你一定是找錯嬰兒了，」美雅說：「他整個晚上都在這裡啊。」

阿波羅哼了一聲。「一定是他，你看他的臉頰沾了牛排醬！我的母牛很可能藏在這附近。」

美雅聳聳肩。「那麼你就找找看吧。」

阿波羅簡直把整個洞穴給掀了，搜索鍋子裡、織布機後面、鋪蓋卷下面，但是五十隻牛完全沒有躲在這些地方，眞是太意外了。

最後，阿波羅大步走向小嬰兒的搖籃。「好啦，小子，從實招來，我的牛到底在哪裡？」

荷米斯睜開眼睛，盡可能裝出最可愛的模樣。「咕，咕？」

「裝得還眞像，」阿波羅哼了一聲，「我可以聞到你呼出牛肉的味道啦。」

荷米斯拚命忍住咒罵的衝動，早知道應該吃一點薄荷糖才對。

「親愛的阿波羅表哥，」他興高采烈地說：「早安啊！你覺得是我偷了你的牛嗎？你難道看不出我只是小嬰兒嗎？」

阿波羅掄起拳頭。「你這個小無賴，牠們到底在哪裡？」

「我不知道啊，」荷米斯說：「像我這樣的小小孩，怎麼藏得住五十隻牛？」

「哈！」阿波羅大叫：「我從來沒說總共有五十隻！」

「啊，烏龜笨笨。」荷米斯喃喃說道。

「你因爲犯了竊盜罪而遭到逮捕！」阿波羅說：「我要把你帶去奧林帕斯山，接受宙斯的審判！」

阿波羅拎起整個搖籃飛上奧林帕斯山。他把搖籃放在宙斯面前，說明這個剛出生的小嬰兒是偷牛賊，其他天神紛紛忍不住咯咯發笑，不過宙斯要他們安靜。

「這個嬰兒是我的兒子，」宙斯說：「我確定他很神通廣大。嗯，荷米斯，你偷了阿波羅的母牛嗎？」

荷米斯在搖籃裡站起來。「沒有，父親。」

宙斯挑挑眉毛。他一副若無其事的樣子，拿起一支閃電，摸摸閃電的尖端。「我給你一點時間重新想想你的答案喔。你有沒有偷阿波羅的牛？」

「有的，父親。但是坦白說，我只殺了兩頭牛，其他的牛都很安全又健康。而且我屠宰那兩頭牛的時候，第一頭牛的肉全部敬獻給眾神喔。」

「然後其他全都進了你的肚子裡！」阿波羅怒吼著。

「嗯，我也是眾神之一嘛！」荷米斯說：「不過當然啦，你們全部的天神也分了一杯羹！我絕對不會忘記要尊敬自己的長輩。」

眾神議論紛紛，不時點頭。這個小嬰兒可能是小偷，但至少是個很有禮貌的小偷。

「這太荒謬了！」阿波羅大叫：「宙斯父王，他偷了我的東西，把他關進少年感化院啦！用鎖鍊把他捆起來，拖去做苦工！」

宙斯拚命忍住笑意。他知道自己必須處事公正，但也忍不住讚歎荷米斯的膽大妄爲。「荷米斯，你要立刻說出你把阿波羅的牛群藏在哪裡，然後因爲你殺了兩頭牛，無論阿波羅要求什麼代價，你都要照辦。」

「我要把他扔進塔耳塔洛斯！」阿波羅氣得大吼：「那就是我要求的代價！」

宙斯聳聳肩。「你們兩個自己去協調。好啦，你們走吧。」

荷米斯嘆了一口氣。「如您所願，父親。阿波羅，你駕車，我來指出方向。」

於是阿波羅又拎起搖藍，與荷米斯一起飛出去。小嬰兒天神向阿波羅指出他藏牛的那個祕密洞穴，不過他一邊指、一邊繞路，而且拚命動腦筋想著如何躲過懲罰。

阿波羅終於看到遺失的那些牛，這時他稍微冷靜下來，不過還是很生荷米斯的氣。

「該去塔耳塔洛斯啦，」阿波羅怒吼著：「我要從這裡把你扔進深淵……」

荷米斯從搖籃的毯子裡拿出他的七弦琴，開始漫不經心地彈奏。

阿波羅聽得入迷，不敢打斷荷米斯，直到他一曲彈畢。

「這是什麼……哪裡……怎麼會……」

「噢，這個嗎？」荷米斯若無其事地說：「我叫它七弦琴，是我昨天晚上發明出來的喔。」

他的手指在琴弦上飛快撥動，彈奏出宛如瀑布一般的連串美麗音符。

「我一定要有這個！」阿波羅說：「我是掌管音樂的天神啊。求求你！我……我一定要擁有這個！」

「喔，可是你要把我扔進塔耳塔洛斯，」荷米斯很傷心地說：「一旦到了下面那個黑暗的地方，我會需要七弦琴讓自己振作起來。」

「別提塔耳塔洛斯了，」阿波羅說：「把七弦琴給我，我們之間就扯平了。」

「唔，」荷米斯說：「而且我也可以留下其他這些牛嗎？」

「什麼?!」阿波羅驚訝地問。

荷米斯又彈了另一段旋律，簡直像穿透樹林的陽光一樣明亮悅耳。

「好啦，好啦！」阿波羅說：「很好，留著那些牛。只要給我七弦琴就好。」

「太棒了！」荷米斯把七弦琴扔給阿波羅。

接著，小嬰兒天神又拿出他的雙笛，他決定稱它爲「排簫」。他開始吹奏排簫，阿波羅的嘴巴完全閉不起來。

「別跟我說又是你發明的！」

「唔？」荷米斯停下來，「噢，是啊，這只是我吃完晚餐之後想到的小玩意兒啦。這是要賣錢的喔……只要有合適的價格就賣。」

荷米斯吹了一小段莫札特的曲子，然後吹了一些男孩團體「一世代」的金曲，阿波羅忍不住大叫：「我一定要有這個！女孩們聽了一定會瘋掉！我會給你……嗯，我的公寓裡有一些很棒的魔法用具，像是我用不到的傳令權杖啦，還有一些飛天鞋，還有一把劍。那三樣東西全是你的了！」

荷米斯考慮了一下。「再加上預言的能力，那就成交啦。」

阿波羅怒目而視。「那我辦不到，預言是我的看家本領耶。這樣好了，我會給你用骰子算命的能力，可能不是很炫，不過那是很棒的宴會小把戲，你可以靠它賺點小錢。」

「成交。」

「成交！」

於是阿波羅和荷米斯從此變成好朋友。阿波羅忘了偷牛那回事，甚至不介意取得七弦琴和排簫的時候完全是被敲竹槓。荷米斯則擁有自己的牛群，也因此他後來成爲掌管牧牛者的天神。他有一雙長了翅膀的飛天鞋，讓他飛得比任何一位天神都快。他有一把刀是用剛玉和黃金打造而成，刀刃極爲鋒利，幾乎什麼東西都砍得斷。他也得到一支傳令權杖，就像人類的信差從一個城市前往另一個城市也會拿著類似的權杖，以顯示他們擁有外交豁免權，只不過荷米斯的權杖具有魔法力量。一般來說，傳令權杖有兩條白色絲帶纏繞在上面，荷米斯的權杖則是以兩條活生生的蛇取而代之。這支權杖還有另一種力量，它能讓任何人睡著，也能把人喚醒，這對於盜賊天神來說眞的很有用。這把「使者之杖」的希臘文是「caduceus」。其實我只是想讓你多背一個很複雜的單字啦。

喔對了，還記得老先生巴圖斯嗎？就是告發荷米斯那位。荷米斯後來飛回那片農田，把巴圖斯變成一根石柱。至今巴圖斯依舊豎立在那裡看著道路，心裡可能希望自己從來沒看到那個偷牛的蠢嬰兒。

荷米斯後來長大成年（幾天之後就長大了，變成堂堂正正的天神）。他出現的時候通常顯現為帥氣的青少年模樣，一頭黑色鬈髮，剛開始要長出細細的鬍子。而當然啦，身為天神，他其實可以變身成他想要顯現的任何模樣。

他也成為宙斯的傳令使者，有時候甚至為老闆處理一些見不得人的下流勾當。而這其實是荷米斯最喜歡的工作！

我們來舉些有趣的例子吧。有一次，宙斯愛上一位名叫愛歐（Io）的河精靈（沒錯，她的名字就是Io，只有母音I和O。我猜她家可能有點窮，所以取名字的時候負擔不起子音）。愛歐的外貌美若天仙，但是宙斯追她追得很辛苦，很難說服她出去約會。她總是與一大群精靈朋友在一起，所以無法採取突擊戰術，她也完全不理會宙斯的簡訊。宙斯送花束和糖果給她，而且做出漂亮的暴風雨想討她歡心；他努力了無數個星期，整個人都栽進去了。

最後，愛歐終於同意與宙斯在樹林裡單獨見面，宙斯大概像這樣大喊：「太棒了！」可惜希拉已經得到風聲，也許是那群精靈有誰通風報信吧。

總之，宙斯現身於林間空地，愛歐身穿一襲雪白耀眼的連身裙等候他，微笑著對他說：「嗨，帥哥。」

宙斯興奮得都快哭出來了，不過他一握住愛歐的手，就聽見樹林裡傳來熟悉的聲音。「宙斯！」希拉尖叫著：「你這個一無是處的大騙子，你在哪裡？」

宙斯慘叫一聲，把愛歐變成他心裡想到的第一個東西：一隻母牛。

這實在很不好，居然把你的女朋友變成一隻小母牛。這有點像是玩什麼「聯想遊戲」：巧克力……很好吃。陽光……很溫暖。愛歐……母牛！也說不定是希拉的聲音讓他聯想到母牛，畢竟母牛是希拉的神聖動物。

總之，等到希拉氣呼呼地衝進空地，只見到宙斯神色自若，斜倚著一隻碩大的白色母牛。

希拉瞇起眼睛。「你在幹嘛？」

「啊？喔，哈囉，親愛的！沒什麼啊，完全沒做什麼。」

「那隻母牛是怎樣？」

「母牛？」宙斯一副到現在才發現愛歐似的，「喔，這隻母牛嗎？嗯，沒什麼。有什麼問題嗎？」

希拉握緊拳頭，用力到指節都發白了。「那隻母牛不會剛好是你的女朋友吧？那麼聰明變成這樣？」

「哈，哈！噢，拜託，親愛的。你知道我才不會……呃，不是啦，當然不是。」

「那爲什麼會有母牛在這裡？」

一串汗珠從宙斯的臉頰滾滾流下。在驚慌之餘，他脫口說出：「這個是禮物啊！是要送你的禮物！」

「禮物喔。」

「嗯，對啊，」宙斯努力擠出微笑，「畢竟……母牛是你的神聖動物，對吧？我想讓你有個驚喜啦，不過呢，嗯，如果你不喜歡，我可以退還回給母牛商店。」

希拉覺得宙斯滿肚子的大便比那母牛還多，不過她決定跟著宙斯繼續玩下去。

「哇，謝謝啊，親愛的，」她說：「眞是太棒了，我現在就把牠帶走。」

「你……你眞的要？」

「對啊。」希拉露出冷酷的微笑。她召喚出一條魔法繩索，套住可憐的愛歐的脖子。「我想，我會把她放進我在邁席尼的神聖森林裡，她在那裡非常安全，也會受到嚴密的保護。她叫什麼名字？」

「呃……愛歐。」

「那麼，走吧，愛歐。」希拉帶著母牛離開，嘴裡輕輕唱著歌：「愛歐，愛歐，我們要去樹林囉。」

她一離開，宙斯就咒罵自己的運氣真差。他狠狠地猛踹石頭，而且召喚閃電炸爛樹木。「就差這麼一點點而已！」他大喊：「我必須把那隻母牛救回來。我怎麼會知道有誰可以偷出牛啊……？」

當然啦，他趕緊把荷米斯叫來。

聽著宙斯解釋來龍去脈，荷米斯不禁笑開懷。「不用擔心，老闆，我可以偷偷溜進那片樹林，然後……」

「沒有那麼簡單喔，」宙斯提出警告，「希拉說那隻母牛會受到嚴密的保護，我恐怕知道她說的是什麼意思。她會叫那個新來的巨人幫她看守，是個叫阿古士（Argus）的老兄。」

荷米斯皺起眉頭。「所以咧？我要不是偷偷溜過他身邊，就是殺了他啊。我有一把刀。」

宙斯搖搖頭。「這傢伙既高大又強壯，而且動作超快，如果是正面對決，你絕對打不倒他，就算有你那把刀也一樣。至於偷偷溜進去嘛……想都別想，那個傢伙連腦袋後面都長了眼睛，而且……」

荷米斯笑了。「這種話我以前也聽過啦。」

「不，我的意思是他的腦袋後面眞的有眼睛啦！而且雙手雙腳也有，根本全身都有眼睛，他有一百雙眼睛。」

「那太噁了吧！」

「我就說嘛，很噁吧？可是他從來不休息，永遠都朝四面八方緊緊盯著。如果由他來看守愛歐……」

荷米斯抓抓頭。「不用擔心啦，老闆，我一定會想出辦法。」

於是他就起飛出發。他到達希拉的神聖樹林時，看到愛歐那頭白色母牛拴在一棵橄欖樹上，而站在她旁邊的就是那個巨人阿古士。

正如宙斯的描述，阿古士全身布滿了眼睛，全都眨呀眨朝四面八方觀看，讓人看了頭昏眼花、快要發瘋，荷米斯都覺得有點噁心想吐。阿古士大概有三百公尺高，而且這老兄顯然鍛鍊得非常精實，手裡握著一支巨大的木棒，其中一端布滿鐵釘。荷米斯很想知道阿古士的手掌上有沒有眼睛，如果有的話，像這樣整天握著粗大木棒，難道不會變成熊貓眼嗎？

荷米斯改變身形，讓自己看起來像是普通的凡人牧羊人，他的使者之杖也變形成一支普通的木手杖。他閒晃到樹林裡，輕鬆地吹著口哨，然後看到阿古士的時候表現得很吃驚。

「喔，哈囉！」荷米斯露出微笑，「哇，你長得這麼高啊！」

阿古士眨眼眨了好幾百次。他很習慣人們取笑他的眼睛，但這個牧羊人似乎既不害怕也不覺得噁心。巨人不太確定該怎麼反應比較好。

荷米斯撥撥前額。「天氣好熱，對吧？介不介意我坐下來休息一下？」

沒有等待允許，荷米斯就自顧自地舒服坐在草地上。他把手杖放在旁邊，然後偷偷叫它開始對阿古士施魔法。使者之杖發送出「睡覺」的一波波訊號，讓阿古士開始昏昏欲睡，很像你大熱天吃完營養午餐之後，下午上第一堂課的感覺。

睡吧，使者之杖似乎這樣說著。

可是阿古士這個大塊頭有很多很多的眼睛啊，他也受過特別的訓練，不會隨隨便便就睡著。荷米斯估計大概要花好一番工夫，所以他必須拖延時間。

「老兄，我過了很精實的一天！」他對巨人說著，同時拿出一壺水。「過來吧，我的朋友，我什麼都跟你說！也很願意分一些透心涼的冰水給你喝！」

阿古士眞的很渴，他已經在亮晃晃的大太陽底下站了一整天，只爲了看守這隻蠢母牛，這是希拉交代的事。不過這母牛好無聊啊。

不過呢，他正在値班，因此只能搖搖頭。阿古士不喜歡說話，因爲那樣會讓別人看到他嘴巴裡的眼睛，甚至整個舌頭也布滿了眼睛！

荷米斯開始絮絮叨叨講起話來。他是掌管旅行的天神，所以知道一大堆有的沒的趣事，而且從全世界聽來各式各樣的笑話。傳訊者也必須伶牙俐齒、口才便給，所以荷米斯眞的很了解該如何炒熱氣氛。他以天神界最近發生的一個八卦消息想要逗阿古士開心。

「我聽說有個叫荷米斯的天神偷了阿波羅的牛群！」荷米斯笑得合不攏嘴。接著，他平鋪直敘講那個故事，彷彿講的是別人的事。

而同一時間，使者之杖也繼續發出一波波的魔法，讓空氣中充滿一層層的濃重睡意，彷彿是一張非常舒適的毛毯。

經過半小時之後，阿古士扔下手中的木棒。他坐到荷米斯旁邊，也喝了一些水。

「睡吧。」使者之杖暗暗地說。

又過了一小時之後，阿古士的眼皮變得愈來愈重。他知道自己應該要堅守崗位，但是已經忘記爲什麼要這樣了。他的想像力飄盪在荷米斯述說的一則則有趣故事之間。

最後，荷米斯開始唱起搖籃曲。「我還是小嬰兒的時候，我媽媽曾經唱這首歌給我聽。」他唱起出生那一晚在搖籃裡聽到的那首歌，唱到阿蒂蜜絲的狗、波塞頓的馬和阿波羅的母牛。

阿古士的頭向下點了一次，兩次……碰！他的眼睛全部閉起來了，巨人也開始打呼。

荷米斯繼續唱著歌。他非常非常緩慢地站起來，同時拔出大刀，偷偷爬到阿古士背後，砍下巨人的頭顱。

「晚安安！」荷米斯興高采烈地說。（我收回之前說的話。荷米斯也是會殺人的啊。）

荷米斯放開母牛愛歐，把她帶回宙斯身邊。

希拉大怒，不過她無法證明現場到底怎麼了。宙斯樂不可支。荷米斯則是下個月的薪水支票多了一些紅利獎金。而可憐的愛歐……等到宙斯厭倦與她約會後，希拉把她永遠變成一頭母牛，而且派了一隻牛虻不斷叮她，因此愛歐的餘生必須到處漂泊，從這個鄉下流浪到那個鄉下。

不過，母牛就是這樣嘛！至少荷米斯把他的工作做得很好，而且得到莫大的滿足啦。

18 戴歐尼修斯的提神飲料

我把這傢伙留到最後才講，是因為如果我說了他任何壞話，他很可能會把我變成一隻鼠海豚。而且坦白說啦，我也不確定能不能說出他的任何好話。

好吧，我豁出去了……

好一陣子之前，我曾對你說過瑟蜜蕾公主的故事，她懷著宙斯的小孩卻蒸發掉了，對吧？總之，宙斯必須救那個還沒成熟的胎兒，於是把胎兒縫在他的右大腿裡面，讓胎兒能繼續活著。

（是啦，我知道，天神的生活也太無聊了，這只是又一個例子而已。）

幾個月之後，胎兒漸漸長大，在宙斯的大腿裡很不舒服，於是宙斯判斷這孩子可以出生了。他把縫線拆開，結果這孩子活跳跳跑出來，而且非常健康，眞是驚人。

宙斯拿毯子把小嬰兒包起來，不過他對於養育小嬰兒根本一無所知，於是趕緊把荷米斯叫過來。

「嘿，」宙斯說：「把這個嬰兒帶下去凡人世界，我記得瑟蜜蕾有個姊妹還是什麼的，找到她，要求她把這孩子撫養長大。」

「沒問題，老闆。」荷米斯接過小嬰兒，全身上下打量了一番。「他是天神，還是半神半人？或者其他？」

「還不確定，」宙斯說：「咱們等著瞧吧。不過這段時間我可不想幫他換尿布。」

「就聽你的。他叫什麼名字？」

孩子開始尖叫大喊。

「暫時啦，」宙斯想了想決定說：「就叫他巴克斯（Bacchus）吧。」

荷米斯笑了。「就是希臘文很吵的意思？很好。」

「還有一件事。希拉一定會到處找他，因爲他之前塞在我的大腿裡，所以希拉還沒有機會整他，不過希拉會注意到這個大腫塊已經不見了。」

「是啊，那個腫塊還滿明顯的。」

「如果巴克斯的阿姨能把他當女孩子一樣撫養長大，說不定是最好的方法，只要一段時間就好。也許那樣會讓希拉追蹤不到氣味。」

荷米斯不禁皺起眉頭。他看不出把這嬰兒當成女孩子養大有什麼好處，希拉才沒有這麼好騙呢，不過荷米斯知道最好不要反駁老闆的話。

「知道了，」他說：「我出發啦！」

荷米斯不費吹灰之力就找到小嬰兒的阿姨伊諾（Ino）和姨丈阿泰瑪斯（Athamas）。他們同意撫養巴克斯與他們自己的孩子一起長大，而這個男孩的成長速度也與一般人類相同（不像天神那樣長得超快）。所有人都認爲他一定是半神半人，不過這反而讓宙斯更加憂慮，他覺得希拉一定會想辦法把那孩子撕成碎片。

伊諾和阿泰瑪斯遵照要求，讓巴克斯穿上女孩子的衣服，也守住他身分的祕密。在生命中的前幾年，巴克斯感到非常困惑，他不明白養父母爲何私底下會說「他」，而公開場合則說

「她」。剛開始，他還以為大人對待所有的小孩都是這樣。

後來等到他三歲時，希拉出現了，她終究發現這孩子住在哪裡，於是從奧林帕斯山飛下來，準備展開復仇行動。宙斯發現大事不妙時，只剩下幾秒鐘可以採取對策，他匆匆忙忙把巴克斯變成山羊，讓希拉認不出來。但是巴克斯的養父母就沒有這麼幸運了，希拉找到伊諾和阿泰瑪斯，處罰他們陷入非常狂暴的精神錯亂狀態。

阿泰瑪斯姨丈以為自己的長子勒阿耳科斯（Learkhos）是一隻鹿，於是用弓箭射殺他。伊諾阿姨以為他們的次子墨利科爾忒斯（Melikertes）需要洗個熱水澡，是眞正滾燙的熱水澡，於是伊諾把他淹死在一盆滾燙的沸水裡。事後伊諾和阿泰瑪斯才發現自己的所作所為，悲傷絕望之餘，他們雙雙跳下懸崖，筆直墜落而死。

那個希拉……她還眞是重視美滿家庭的價值啊。

宙斯拚死救回巴克斯，也把他變回小孩子的模樣，不過這段經歷讓巴克斯的心靈受到很大的創傷。他體會到「精神錯亂」可以拿來當成一種武器，以及山羊是好動物（事實上，山羊就成為他的神聖動物之一）。他也體認到，光是穿上不一樣的衣服，並不能把你的眞實面貌掩蓋住。後來，對自己性別認同感到困惑的人都會膜拜他這位天神，因為戴歐尼修斯認同這樣的人。

總之，宙斯到處尋覓新的養父母。又來了一件驚人的消息：只要聽說過希拉對伊諾和阿泰瑪斯的懲罰，沒有太多人志願當他養父母啊。最後，宙斯飛去希臘本土的尼薩山，說服那裡的精靈幫忙撫養巴克斯。宙斯說只要能幫他這個忙，他就會讓精靈們變成不死之身，這樣的交易條件似乎很難拒絕。於是，大家都知道年輕的巴克斯是「宙斯的天神兒子，住在尼薩山」，簡稱爲「尼薩山的天神」（Dios of Nysa，Dios 是天神的意思），後來這就演變出他的新名字：戴歐尼修斯（Dionysus）。不過大家還是叫他巴克斯，就是很吵的意思，特別是他吃了豆類或甘藍菜之後。你大概不會想知道箇中細節吧。

戴歐尼修斯在尼薩山長大，由精靈們當他的養母，羊男們則充當養父。羊男們相當狂野又沒規矩（這不是故意要觸怒我的羊男朋友喔），所以戴歐尼修斯的個性變得有一點「脫離常軌」也就不意外了。

戴歐尼修斯偶爾會和附近田園的凡人孩子一起玩耍，而他會對植物耍一些魔法把戲，讓他變得很受歡迎。他很早就發現自己可以搗碎植物的任何部分，做出能喝的神飲，無論用細枝、葉子、樹皮、根部等部分都可以。扁柏樹糖漿？沒問題。小茴香汁？好喝啊！

其他孩子會出一些考題來考他，像是：「來打賭，你不能用那叢有刺的荊棘做出飲料！」於是戴歐尼修斯挑選一塊石頭，把一些枝條搗碎，受傷的植物就會流出金黃色的汁液。戴歐尼修斯拿杯子把汁液裝起來，加入一些水攪一攪，放一把迷你小雨傘，於是……喔耶，每個人都有一杯冰冰涼涼的荊棘氣泡飲料可以喝啦！

這是娛樂用的小把戲，但都還不是戴歐尼修斯早期流傳的那些食譜，畢竟小茴香汁並沒有變得那麼普遍。

後來有一天，戴歐尼修斯與最要好的朋友一起在樹林裡閒晃，他是年輕的羊男，名叫安普洛斯（Ampelos）。他們發現一大叢濃密的藤蔓盤繞在榆樹的枝幹上，位在頭頂上方大約六、七公尺高處。戴歐尼修斯站在原地看呆了。

「怎麼了？」安普洛斯問。

「上面那個藤蔓，」戴歐尼修斯說：「是哪一種植物？」

安普洛斯瞇起眼睛仔細觀看。他覺得那個藤蔓看起來沒什麼特別的，很粗壯、堅硬，綠色的葉子相當寬大，而且沒有看到果實或花朵。「嗯，不是常春藤，也不是忍冬。不知道，以前從來沒看過。走吧！」

但是戴歐尼修斯站在原地呆若木雞。感覺上，這種植物好像有哪方面很重要，重要到足以改變整個世界。

「我得靠近一點看一下。」戴歐尼修斯想辦法爬上榆樹的樹幹，但他的爬樹技巧實在太遜了，一下子就屁股重重落地，跌到樹葉堆裡。

安普洛斯笑得前俯後仰。「如果這對你真的那麼重要，我上去摘啦。攀爬的任務就交給羊男吧。」

戴歐尼修斯突然擔心得打了個寒顫。他不想讓安普洛斯爬到那上面去，但是又很想要取得藤蔓。

「小心一點喔。」他說。

安普洛斯翻了翻白眼。「我爬過比這個更高的樹哩！」

年輕羊男沿著樹幹往上爬，很快就坐到榆樹的枝幹上。「輕而易舉啊！」他開始拉動藤蔓，讓末端像繩索一樣，往下垂到戴歐尼修斯可以摸到的地方。「抓到了嗎？」

戴歐尼修斯跳起來抓到藤蔓。

沒有人知道接下來究竟發生什麼事。也許是戴歐尼修斯抓住藤蔓的力道太大了，也說不定是安普洛斯放手放得太慢，無論實情如何，總之安普洛斯突然間失去平衡，摔了下來，而且鉤到藤蔓。

六公尺並沒有很遠，不過也夠遠了。安普洛斯掉下來的時候，頭朝下撞到石頭，發出令人揪心的「啪」一聲。

戴歐尼修斯哭喊得驚天動地。他緊緊抱住自己的朋友，但是年輕羊男的眼神已經變得暗淡而空洞，他失去了呼吸，黏稠的鮮血與頭髮糾結成團，也染紅了藤蔓的葉子。

安普洛斯死了。

戴歐尼修斯哭得稀哩嘩啦。如果他沒有吵著要那個笨藤蔓，他的朋友就不會死。他的悲傷混雜著憤怒。他呆呆看著綠色葉子上的羊男鮮血，咆哮著說：「藤蔓，你要為這件事付出代價！你要結出最甜美的果實，以彌補這麼心痛的損失。給我結出果實來！」

藤蔓為之顫抖。安普洛斯的身體已經消散成薄霧，而羊男的鮮血浸潤到植物內，冒出一串一串的小小果實，而且立刻轉變為成熟的暗紅色。

戴歐尼修斯創造出世界上第一株葡萄藤。

他抹去臉上的淚水。他必須讓好友之死變得有意義。他會好好研究如何運用這種新植物。

葡萄看起來非常多汁，於是戴歐尼修斯採下好幾串果實。他帶著果實前往附近的溪床，找到兩塊扁平的石頭，用這兩塊石頭把葡萄壓碎，發明出有史以來最早的葡萄榨汁器。

戴歐尼修斯把腰帶上隨身攜帶的飲水杯拿出來，收集起汁液。他在陽光下舉起那杯汁液，然後對著葡萄汁咻咻咻施展魔法，直到那些汁液發酵成……別的東西。某種新東西。

他拿起來啜飲了一口，結果舌頭上的味蕾差點爆炸。「這個，」他很明確地說：「絕對是好東西。」

戴歐尼修斯稱它為「葡萄酒」。他做出一批葡萄酒，足夠裝滿他的瓶子，然後再次回頭，百般留戀地看著安普洛斯死去的地方。這時葡萄藤開始瘋狂伸展，蔓延到整片樹林都是，而且恣意綻放花朵，也結出更多的葡萄果實。

戴歐尼修斯點點頭，稍感安慰。如果他能做決定，他一定要讓整個世界長滿葡萄藤，用來紀念安普洛斯。

戴歐尼修斯回到尼薩山他居住的洞穴，拿出他的發明給其中一位養母看，她是名叫安布洛希亞（Ambrosia）的精靈。沒錯，她的名字就是「神食」（Ambrosia）那個字，不知道為什麼她要這樣取名，不過至少比叫「小餅乾」（Cookie）或「士力架肉桂餅」（Snickerdoodle）好多了吧。

安布洛希亞啜飲一小口葡萄酒，嚇得雙眼圓睜。「太好喝了！咦，安普洛斯去哪裡了？」

「喔……」戴歐尼修斯垂頭喪氣，「他死了，從樹上跌下來。」

「太慘了！」安布洛希亞又喝了一小口。「不過這真的是好東西！」

她很快就拿葡萄酒給所有精靈朋友們喝，羊男們也統統跑來看她們在吱吱喳喳傻笑什麼。過沒多久，整個山區就變成一場超大型派對，大家跳舞、唱歌、點燃火把，而且喝很多很多的葡萄酒。戴歐尼修斯不停製作葡萄酒送給大家喝，但實在是供不應求，最後只好教羊男和精靈們自己製作；到了那天晚上結束時，山上的所有人都變成釀酒專家。

羊男們很快就發現，葡萄酒喝太多是會喝醉的，一喝醉就無法有條理地思考、無法直視前方，走路也無法筆直前進。不知道為什麼，他們覺得這樣還滿有趣的，於是開始喝個不停。有一位年紀很大的羊男名叫希勒諾斯（Silenos），他伸手攬著戴歐尼修斯的肩膀。「你，先生，你是天神！不對，我是要說。什麼的天神呢……再說一次這東西叫什麼？」

「葡萄酒。」戴歐尼修斯說。

「葡萄酒天神！」希勒諾斯一邊打嗝一邊說：「還有沒有？」

哎呀，各位同學，這又是個好機會，我要再次提醒大家，葡萄酒是給大人喝的！那眞的很難喝，而且會完全搞砸你的人生。除非你至少四十歲了，否則千萬不要嘗試！

「唉喲，可是波西啊，」你會發牢騷（懂吧，是發牢騷喔，不是發酒瘋）說：「聽羊男們喝酒的樣子，好像很好玩啊！」

各位同學，聽起來可能很好玩啦，不過羊男常常都滿蠢的（還是一樣喔，不是故意要冒犯我的好兄弟格羅佛）。你也沒有看過那些羊男到了隔天早上的樣子，他們往往頭痛欲裂，而且在樹林裡歪歪倒倒的，一邊走一邊狂吐，吐到胃都要翻出來了。

不過呢，精靈和羊男們覺得戴歐尼修斯實在太厲害了，因此認爲他一定是天神。他的發明確實就是那麼厲害。

也許你心裡會想……好吧，那是葡萄酒，很了不起啦。但爲什麼戴歐尼修斯這樣就夠格當上天神？如果我發明出鮪魚沙拉，難道也可以當上天神嗎？

不過呢，葡萄酒眞的是飲料科技史上的一項重大突破。

當時的人們是可以喝水啦，不過喝水也可能會殺了你。特別是在各個城邦，那裡充滿了細菌和其他人的垃圾，還有……嗯，我實在不想詳細討論這個。就這麼說好了，水眞的很噁心。當時還沒有人發明罐裝汽水，甚至也沒有茶和咖啡，所以你幾乎就只能喝水或牛奶；即使是牛奶，你也得趕快喝掉，否則很快就腐敗了，畢竟當時沒有冰箱這種東西。

然後，戴歐尼修斯出現了，而且發明了葡萄酒。只要把葡萄酒裝在瓶子裡，它就不會壞掉，如果多放個幾年，有時候還會變得更好喝。你也可以加水稀釋葡萄酒，喝起來的口感比較不會那麼強烈，而且裡面所含的酒精還是可以殺死細菌之類的微生物，所以比喝普通的水要安全許多。你甚至可以添加蜂蜜，讓口味變得比較甜一點，或者也可以換用不同種類的葡萄來改變風味。

基本上，這可以說是古希臘時代的超級飲料。

除此之外，如果只喝一點點葡萄酒，會讓你有微醺的愉快感覺。假如喝很多，則會有點頭昏眼花，而且變得瘋瘋癲癲。有些人喝的酒夠多，甚至以為自己能看到天神。（再提醒一次：千萬不要在家嘗試，你不會看見希臘天神的。喝太多的話，嘔吐的時候可能會近距離把你的馬桶看得很清楚，但是絕對不會看到天神。）

關於這種新式飲料的謠言傳得很快。尼薩山的精靈和羊男跑遍各地鄉間，只要有誰願意聆聽，他們就不停介紹葡萄酒的神奇妙用，以及做出葡萄酒的天神戴歐尼修斯。他們在路邊設置試喝攤位，還提供初學者工具組，裡面包括一條葡萄藤盆栽、製作葡萄搾汁器的使用說明書，而且附上免費的消費者服務熱線電話。

戴歐尼修斯變得家喻戶曉。每天晚上，就連一般的凡人也開始跑來尼薩山參加超大型派對。他們確實喝酒喝太多，也變得太過狂野，但他們不只是為了好玩而已。戴歐尼修斯的追隨者認為自己是虔誠的信徒，他們自稱為「巴神信徒」，也就是巴克斯的狂熱粉絲，舉辦派對就等於他們上教堂的方式。他們深信這種活動可帶著他們更加接近所有的天神，因為戴歐尼修斯註定要成為第十二位奧林帕斯天神。

戴歐尼修斯對這一切有何感想呢？

有點緊張吧。他還很年輕，很沒有安全感，也不知道自己究竟是不是眞正的天神。另一方面，他倒是很高興看到人們這麼喜歡他發明的新飲料。藉由推廣葡萄酒的知識，他覺得自己對這個世界做出一點貢獻，也對先前經歷的所有苦難比較能夠釋懷了，那些苦難包括他還沒出生媽媽就死了、希拉把他的養父母逼瘋，當然還有他最要好的朋友安普洛斯死在樹林裡。

後來有一天，他的追隨者聚集在他身邊，提出一個點子。

「我們必須變成主流！」其中一位羊男向大家說明：「我們應該要去最近的大城邦，讓那裡的國王站在我們這邊。你可以提議成爲他們的守護神，於是他們會爲你建造神廟，你的名聲也會傳播得更快！」

最近的國王是個名叫萊克爾葛斯（Lycurgus）的老兄，他領有尼薩山腳下的一個濱海城鎮。羊男們建議從那裡著手，支持一下在地產業等等。

戴歐尼修斯不確定自己是否準備好要登上電視頻道的黃金時段節目了，不過他的追隨者非常熱情，他們絕對不接受「不要」這樣的答案。

「這是很棒的主意啊！」他們向他保證。

然而戴歐尼修斯沒多久就發現，這眞是很爛的主意。

萊克爾葛斯是全方位的邪惡大王。

他很享受鞭打弱小動物的樂趣，像是鞭打狗、馬、倉鼠，以及擋到他的路的任何動物。事實上，他有一條特製的鞭子專門作爲這個用途，那條黑色的皮鞭足足有三公尺長，而且鑲滿了鐵釘和割人的玻璃碎片。

如果附近剛好沒有倉鼠，他會鞭打自己的僕人。有時候，他還會趁著臣民進入王座廳陳情請願時鞭打他們，純粹只是覺得好玩。

「國王陛下，喔啊啊啊啊！我的鄰居殺了我的馬，而且……喔啊啊啊啊！我希望他能賠償我所蒙受的損失。喔啊啊啊啊！喔啊啊啊啊！」

這樣會讓前來覲見的臣民們很快就離開了。

但是戴歐尼修斯與他的追隨者對這些一無所知，他們之前全心全意在尼薩山舉辦派對。眾人興高采烈地列隊走進城鎮，向周遭發送免費的葡萄、葡萄藤和一杯杯葡萄酒，同時敲鑼打鼓唱著歌，慢慢走上人行道。戴歐尼修斯注意到鎮上的人們神色緊張，而且很多人身上都有遭到鞭打的疤痕。其實戴歐尼修斯不喜歡，但他的追隨者依舊大聲嚷嚷著說他是天神，同時不斷歌頌他、在他身邊手舞足蹈。他們讓戴歐尼修斯穿上昂貴的紫色長袍，頭上戴著常春藤葉編成的王冠。他理應是最新一位奧林帕斯天神，也是葡萄酒的主宰和派對天王。假如他不好意思而逃走，則大家一切的努力很可能就白費了。

一行人浩浩蕩蕩進入王室宮殿。

在平常的日子裡，萊克爾葛斯可沒有見過上百位羊男和精靈蜂湧進入他的屋子，而且氣氛像舉辦派對一樣。有好一會兒，他實在太過震驚而呆若木雞。

戴歐尼修斯走向王座，在心裡不斷排練自己要說的台詞。

「萊克爾葛斯國王，」他說：「我是葡萄酒之神戴歐尼修斯，他們是我的追隨者。」

國王瞪著他。這男孩看起來沒有比十四、五歲大多少，留著黑長髮，臉蛋非常漂亮，幾乎有點像女孩子，萊克爾葛斯心裡這麼想。

「你是天神，」國王冷冷地說：「我懂了。那麼，到底什麼是葡萄酒？」

戴歐尼修斯的追隨者紛紛舉起手上的酒杯互道乾杯，有些人則拿葡萄藤盆栽和葡萄酒瓶放在王座的台階上。

「葡萄酒是一種新的飲料，」戴歐尼修斯向他解釋：「不過它不只是飲料而已，也是一種宗教體驗！」

戴歐尼修斯開始解釋葡萄酒的其他優點，不過萊克爾葛斯舉起手示意大家安靜。

「你來這裡幹嘛？」他質問：「你想從我這裡得到什麼？」

「我們只是想要與您分享葡萄酒的知識，」戴歐尼修斯說：「如果能讓您的臣民學習種植葡萄和製造葡萄酒的技術，您的王國將會非常富庶。而且，我會成為你們這個城邦的守護天神。我只要求您幫我建造一座神廟就好。」

萊克爾葛斯的嘴巴抽動一下，他已經很久沒有這麼想笑了。「一座神廟。這樣就好喔？」

戴歐尼修斯轉換兩隻腳的重心。「呃。對。」

「這個嘛，年輕天神，我也發明過東西耶，你願不願意看看？我稱之為進階版的新鞭子，我用它來趕走『浪費我時間的人』！」

萊克爾葛斯國王開始鞭打所有人。他看到什麼就打什麼，而且打得奇準無比。

戴歐尼修斯的追隨者四散奔逃。他們沒有預期會遭到毒打，葡萄和酒杯又不能拿來防身，許多人甚至只穿了單薄的束腰外衣，因此遭到鞭打的時候眞的很痛。戴歐尼修斯的養母安布洛希亞遭到鞭子打中臉部，倒下來死在戴歐尼修斯的腳邊。

「不——！」戴歐尼修斯悲痛哀嚎。

宮殿的衛兵從四面八方包圍過來，把羊男和精靈們團團圍住，悉數逮捕。

戴歐尼修斯連忙逃走，衛兵們緊追不捨。他差點被逮到，不過最後從陽台跳進海裡，海精靈忒提絲剛好來到那裡救起他。她讓戴歐尼修斯能在水底下呼吸，並把他受傷的地方包紮好，同時等待國王的士兵放棄搜索工作。

海精靈扶著戴歐尼修斯，只見他哭得肝腸寸斷。「忒提絲，我不管做什麼事都做不好！我最親近的每個人都死了，不然就是因爲相信我而受到懲罰！」

忒提絲輕輕撫摸他的頭髮。「戴歐尼修斯，千萬別放棄。你會成爲很好的天神，但是不能讓嫉妒的凡人斷了你的去路。回去萊克爾葛斯那裡，好好地教訓他，讓他知道不能像這樣對你無禮。」

「他有那根長鞭耶！」

「你也有自己的武器啊。」

戴歐尼修斯仔細思考這句話。他的肚子裡突然像是有一把火燒了起來，很像當初吞下第一口葡萄酒的感覺。「你說得對。謝謝你，忒提絲。」

「去吧，冠軍。」

戴歐尼修斯邁開大步走出海洋，直接回到萊克爾葛斯的宮殿。

戴歐尼修斯就是在那一刻從半神半人變成完全的天神嗎？沒有人知道眞正的答案。他的演變是漸漸發生的，不過隨著支持者日益增加，他的力量確實變得愈來愈強大，等到他決定正面迎戰萊克爾葛斯的那一刻，我認爲這是他第一次眞心相信自己，如同那些「巴神信徒」

對他的信賴。

萊克爾葛斯國王端坐在王座上，正在和他的長子德律亞斯（Dryas）王子交談，王子才剛走進此地，很納悶地上為什麼到處都是死掉的羊男和精靈。

戴歐尼修斯宛如旋風般衝進來，他全身溼答答，雙眼閃耀著鋼鐵般的堅定眼神。

萊克爾葛斯比第一次看到他的時候更加驚訝了。「你又來了？」國王問：「你所有的追隨者要不是死了，就是關在大牢裡，你也要加入他們的行列嗎？」

「你會立刻釋放我那些活下來的追隨者。」戴歐尼修斯說。

萊克爾葛斯聞言大笑。「不然咧？」

「不然你的王國會變成一片不毛之地。所有的藤蔓都停止生長，所有的果實都不會成熟，所有的植物也都不會再開花。」

「哈！就這樣而已？」

「不只這些，」戴歐尼修斯冷酷地說：「還有，你會受到神智瘋狂的痛苦折磨。你還是拒絕嗎？」

「我拒絕！」萊克爾葛斯大笑著說：「那麼，你說的神智瘋狂在哪裡啊……確認收到！」

萊克爾葛斯痛苦得彎下腰。然後他又直挺挺站起來，用假聲尖叫。

他兒子德律亞斯緊張地抓住他的手臂。「爸！你還好嗎？」

萊克爾葛斯看著王子，然而他看到的卻只是一大束激烈扭動的葡萄藤。國王驚駭得踉蹌後退。「葡萄！到處都是葡萄！葡萄占領這裡了！」

萊克爾葛斯從最靠近的衛兵手上抓過一把雙刃斧頭，用力砍斷那一大束藤蔓。

「爸！」藤蔓痛哭哀號。

「葡萄，去死吧！」萊克爾葛斯瘋狂亂砍，直到哭號聲漸漸停止。那些葡萄藤斷成一節節，散落在他腳邊四周。

這時，國王的視線漸漸回復清晰，這才發現自己剛才做了什麼好事。萊克爾葛斯悲慟哭泣、跪倒在地，他死去兒子的鮮血在斧頭上鮮亮欲滴。

如果戴歐尼修斯感到一點點的懊悔，他也沒有表現出來，畢竟這是希拉教他的，用神智瘋狂來懲罰他的仇敵。戴歐尼修斯把這一套學得再精妙不過了。

「萊克爾葛斯，這是你的傲慢無禮所付出的代價，」酒神說：「除非你釋放我的追隨者，並承認我是天神，否則你的整個王國都會跟著一起受苦受難。」

「殺了他！」國王尖聲叫喊。

衛兵們一擁而上，但是戴歐尼修斯只看了他們一眼，所有人就嚇得往後退散。他們從戴歐尼修斯的眼中看出強大的力量和天神的憤怒。

「你們的國王絕對不會向我屈服，」戴歐尼修斯對他們說：「你們的土地會遭受嚴厲的懲罰，直到他……徹底消失為止。考慮看看吧。」

戴歐尼修斯大踏步走出宮殿。

接下來的幾天，整個鄉間一片乾枯。無論是城邦裡或田野間，所有的植物都枯萎了，果實全部腐爛，麵包也發霉，井裡的水變熱且充滿浮渣。農夫沒辦法種植任何東西，城裡的人也無法餵飽自己的家人。

過了兩個星期後，王室的衛兵終於蜂湧進入宮殿逮捕萊克爾葛斯國王。沒有人反對，反正本來也沒有人喜歡這位國王。衛兵們把又踢又叫的國王拖進城鎮的廣場上，將他的四肢綁在四匹馬上，然後用力拍打馬兒的屁股，命令牠們分別朝四個方向狂奔出去。

是啊，國王的死相超慘的。

鎮民釋放了戴歐尼修斯的追隨者，結果植物立刻重新開始生長，花朵紛紛綻放，葡萄藤也爬滿了宮殿的每一面牆壁，多汁的葡萄結實累累。

鎮民開始學習釀造葡萄酒，他們也建造了戴歐尼修斯的第一座神廟。戴歐尼修斯就這樣贏得他的第一場勝利。

那個事件過後，戴歐尼修斯決定帶著他的推廣活動上路。他召集了追隨者，展開「戴歐尼修斯瘋狂品酒全球巡迴之旅」。（戴先生絕對不會承認有這回事，不過他的衣櫥裡還有一整箱沒賣掉的活動T恤喔，尺寸全部都是成人的最小號。）

有些城鎮沒有抵抗，立刻就接受戴歐尼修斯和他那群醉醺醺的「巴神信徒」。如果這麼順利，則萬事看似充滿陽光與笑臉。這些城鎮會得到免費的葡萄酒和釀造知識，巴神信徒也會舉辦盛大派對，所有人都尊奉戴歐尼修斯。到了隔天早上，群眾繼續上路，留下滿地的碎玻璃杯、壓爛的派對小帽和宿醉的人們。

然而不是所有人都喜歡這位新天神和他的追隨者，像底比斯的彭透斯（Pentheus）國王就不信任戴歐尼修斯。這位天神的醉醺醺群眾看起來相當危險，而且恐怕很難控制，不過彭透斯曾經聽說萊克爾葛斯的下場，所以戴歐尼修斯來訪時，他小心翼翼對付這些人。

「給我一點時間好好思考你的提議。」國王說。

戴歐尼修斯彎腰一鞠躬。「沒問題，我們會在東邊的樹林裡舉辦狂歡晚會。我想要邀請你加入，不過……」天神露出神祕兮兮的笑容，「那不開放給懷疑者參加。但是請相信我，你會錯過超讚的派對！我們明天早上再來聽取你的答案。」

群眾平靜地離開，在樹林裡紮營。

彭透斯國王湧起強烈的好奇心。這個新天神究竟賣什麼關子？他有什麼祕密武器嗎？他的狂歡晚會為什麼不開放給外人參加？

國王的密探回來報告，許多鎮民沒有等待國王的允許，已經將戴歐尼修斯視為天神了。數百個人打算偷偷溜出城鎮，前去參加今晚在樹林裡舉辦的狂歡晚會。

「我必須對這個新來的威脅多了解一點，」彭透斯咕噥說著：「而且不能盡信二手報導。我們自己有太多人已經相信這個新的天神！所以我必須親自去偵察戴歐尼修斯的營區。」

他的衛兵警告他，這樣做可能不太好，但是國王聽不進去。他換上黑色的「忍者」裝扮，臉上塗抹油脂和灰燼，然後偷偷溜到鎮外。彭透斯抵達戴歐尼修斯營區邊緣後，躡手躡腳爬到樹上觀看狂歡晚會，內心感到既陶醉又害怕。

巴神信徒一路行過希臘各地，他們舉辦的派對也愈發狂野。其中有些凡人、精靈和羊男只是滿足地喝喝葡萄酒、聽聽音樂，還有一些人搬演鬧哄哄的搞笑劇，因為戴歐尼修斯已經成為掌管劇院的守護神。

然而有另一大群追隨者變得愈來愈瘋狂，他們堆起巨大的營火，在上面跳來跳去、玩鬧取樂；其他人喝得醉醺醺，居然舉辦「摔到死為止」的摔角比賽；還有一些人……嗯，我得讓你自己發揮想像力啦。就我個人來說，我從來沒參加過戴先生的狂歡晚會。如果我跑去，我媽應該會命令我終生禁足吧。不過呢，反正那裡就是有一些瘋狂的事情繼續進行。

戴歐尼修斯身邊最死忠的追隨者是一群精靈，稱爲梅娜德（maenads）。在狂歡會上，她們會陷入極度狂亂，感受不到痛苦，所以也完全無法控制自己，只要一想到任何事就會做。如果有梅娜德在附近，你一定要很小心，因爲她們會一秒鐘從超級開心變成超級生氣。她們非常強壯又凶惡……想像一下喝得爛醉的女巨人浩克，而且雙手都有像剃刀一般銳利的指甲，你大概就對她們的模樣有點概念。她們擔任戴歐尼修斯的保鏢和突擊隊，所以再也沒有人膽敢鞭打這位天神。

那天晚上，她們圍繞在戴歐尼修斯身邊跳舞，戴歐尼修斯則坐在暫時的木質王座上，一邊喝著葡萄酒，一邊向他的追隨者敬酒。他通常穿著同一套裝束，就是紫色長袍搭配常春藤葉王冠，此外他手持一根特別的權杖象徵他擁有的力量；那根權杖稱爲「酒神杖」，頂端有一顆松果，而周圍纏繞著葡萄藤。如果這根權杖聽起來不太像武器，那麼你可能從來沒有讓棍子上的松果狠狠打過頭吧。

總之，彭透斯從高高的樹上觀看這場狂歡晚會，開始明白這位新天神戴歐尼修斯的力量遠比他所想像的還要強大。群眾之中有數百名彭透斯自己的鎮民正在跳著舞，然後他又看到一位老太太在營火邊與一些羊男閒聊，一顆心差點跳出來。

「母親？」他喃喃說著。

他並沒有說得很大聲，但總之天神感受到他的存在了。在空地的另一端，戴歐尼修斯若無其事地站起來，拿起自己的酒杯一仰而盡，然後朝樹林這邊慢慢走來。彭透斯連動都不敢動，他知道即使想要逃走都來不及了。

戴歐尼修斯跳起來，抓住一根粗大的樹枝。那根沉重的樹枝絕對不是普通人類可以輕易彎曲的，但是戴歐尼修斯輕而易舉就把它折斷了。彭透斯國王立刻無所遁形。

音樂停下來了。數百名巴神信徒直直看著躲在樹上的密探。

「瞧瞧這裡，」戴歐尼修斯說：「國王擅自闖入，在這裡嘲笑我們的神聖儀式。」他轉身看著梅娜德和其餘晚會群眾。「我的朋友們，這個闖入者該怎麼處置呢？讓他瞧瞧！」

群眾蜂湧而至，他們把彭透斯從樹上拉下去，一下子就撕扯成碎片。就連彭透斯自己的母親也感染了派對的氣氛，加入群眾狂歡作樂的行列。

所以，是啊……葡萄酒、音樂、跳舞、偶爾出現的殘忍謀殺，戴歐尼修斯絕對很清楚該怎麼上演一場大秀。

那個事件之後，再也沒有太多的城邦敢反抗他了。戴歐尼修斯在雅典碰到一點麻煩，不過把整個情形解釋清楚以後（方法是把一大群雅典女性逼瘋），那個城邦也很歡迎他，而且開始每年舉辦慶典來崇敬他。戴歐尼修斯甚至遠行到埃及和敘利亞，到處傳播葡萄酒的神奇妙用。他確實在這裡或那裡碰到一些問題，不過我如果詳細描述戴歐尼修斯每一次把國王逼瘋的經過，或者又把哪個國王活生生剝皮，看來光是這一段就要講個一整天跑不掉。戴歐尼修斯就是有辦不完的歡樂慶典。

這時，希拉決定奮力一搏，最後一次嘗試除掉戴歐尼修斯，而且差點就成功了。她想辦法把戴歐尼修斯從他的群眾身邊支開，讓他陷入瘋狂，但是戴歐尼修斯更厲害。他騎著一頭會說話的驢子前往多多納的神諭處，宙斯在那裡把他治好了。（這件事說來話長，你也別想問出他究竟是從哪裡得到那頭會說話的驢子。）

然後有一天，戴歐尼修斯結婚了。他之所以結婚，原因是一群海盜逮到了他。

這件事發生的前一晚，巴神信徒剛在義大利海邊辦完一場特別盛大的派對。隔天早上，戴歐尼修斯醒來的時候頭痛欲裂，趁著營地裡的其他人還在睡覺，他慢慢走到海邊，想要上個廁所。

（沒錯，天神當然也需要上廁所。嗯……至少我覺得……你知道嗎？我們還是繼續往下講好了。）

總之，他真的很需要上廁所。他在那裡站了好長一段時間，一邊眺望著大海。後來有一艘船出現在地平線上，似乎愈來愈近，它的黑色風帆隨風翻騰，桅杆頂端則有一面黑色的三角旗幟劈啪翻飛。在戴歐尼修斯的注視下，那艘船放下了船錨，有一艘小艇駛向岸邊。大約有六、七位長相醜陋的老兄跳下船，朝他大步走來。

「啊啊啊！」其中一人大叫，同時拔出刀子。

戴歐尼修斯笑開懷。「喔，不會吧！你們是海盜嗎？」

戴歐尼修斯曾聽說有海盜，但是從沒遇過。他真是超興奮的。

海盜們面面相覷，一時之間頗爲困惑。

「沒錯，你這大飯桶，」拿刀的那人說：「我是這群老水手的船長，而你顯然是很有錢的年輕王子，所以我們要抓了你當人質！」

（筆記一下：這本書出版之前，要請人幫我確定一下海盜是不是這樣講話。我上一次看電影《神鬼奇航》已經是好久以前的事了。）

戴歐尼修斯樂不可支地拍拍手。「喔，那實在太讚了！」他回頭看看沙丘。「我的群眾還在睡覺，他們醒來之前，我可能還有好幾個小時的空檔喔。」

戴歐尼修斯提到群眾，讓船長狐疑地皺起眉頭，不過他根本沒看到沙丘上有半個人影，於是他認爲這個年輕王子一定是在吹牛。戴歐尼修斯看起來絕對很有錢，窮人才不會穿紫色長袍，或戴什麼常春藤葉頭冠。窮人也不會有指甲修剪整齊的雙手、長而飄逸的黑髮，還有漂亮的牙齒。事實上，船長從來沒看過長得這麼「漂亮」的男子。

「那就快走！」船長命令他：「上船！」

「耶！」戴歐尼修斯急著跳上小艇。「到了你的船上可以參觀一下嗎？我會被你們逼著走上跳板嗎？」

海盜們帶著戴歐尼修斯登上大船，揚帆啓航。他們想要把他綁起來，但是無論怎麼綁，繩子都一直鬆開掉下來。

船長問戴歐尼修斯的父親是誰，這樣他們才能去要求鉅額贖金。

「唔？」戴歐尼修斯說，並察看船上的索具，「喔，我父親是宙斯。」

那群海盜嚇得魂不附體。

最後，領航員實在受不了了。「你們看不出他是天神嗎？我是說，如果是凡人，絕對沒有人看起來像他那麼……漂亮。」

「謝謝你！」戴歐尼修斯喜形於色。「我的祕訣是每天喝葡萄酒，而且參加一大堆派對。」

領航員皺起眉頭。「我們應該送他回去，放他走。否則絕對不會有好下場。」

「我呸！」船長大叫：「他是我們的俘虜，當然要把他留下來！」

「我好愛你們這些傢伙！」戴歐尼修斯說：「可是一下子太多興奮的事，讓我眞的好累。可不可以讓我很快打個小盹？然後說不定我們可以來刷洗甲板或做點別的？」

戴歐尼修斯在一堆繩索上面蜷縮身子，開始打呼。

那些海盜覺得既然沒辦法把他綁起來，也只好讓他去睡了。等他終於醒來，太陽已經高掛天頂。

「喔，嗯，各位？」戴歐尼修斯站起來，揉揉惺忪睡眼，「有點晚了，我的群眾可能會擔心，我們可以回去嗎？」

「回去？」船長聞言大笑，「你是我們的俘虜，既然你不肯說出你眞正的父親是誰，我們就要帶你去克里特島，把你賣掉當奴隸！」

戴歐尼修斯玩海盜遊戲已經玩膩了，況且他剛睡醒，現在有起床氣。「我說過了，我的父親是宙斯。快點，讓船隻掉頭。」

「不然咧？」船長問：「你眞的要讓我死嗎？」

船隻開始劇烈搖晃。甲板上冒出許多葡萄藤，而且一路蔓延攀上桅杆。海盜們嚇得大叫，眼看著藤蔓完全包住整個船帆，甚至開始沿著索具向下扭曲蛇行。船員們嚇得四散奔逃，卻踩到結實累累的一串串葡萄而滑倒。

「大家冷靜下來！」船長大喊：「那些只是植物啊！」接著他對著戴歐尼修斯大聲咆哮：「年輕王子，你帶來的麻煩比你的價值還多，該去死一死啦！」

船長拿著刀向前挺進。

戴歐尼修斯從來沒有試過改變身形，不過現在他發現自己可以變形，簡直快興奮死了。

說時遲那時快，船長發現自己居然與一隻兩百多公斤的大熊面對面。戴歐尼修斯熊對船長縱聲狂吼，船長嚇得扔下手中的刀子，轉身快跑，但是一跑就踩到一些葡萄而滑倒了。其他船員逃往船頭，但是有一隻巨型幽靈老虎出現在前甲板上，吼叫著準備撲過來。其實那只是幻影，但是海盜們驚駭莫名。無論他們逃往哪個方向，戴歐尼修斯都能變出另一隻不同的幽靈野獸，像是獅子、美洲豹，甚至鹿角兔，反正你想得到的都可以。

最後海盜們只能跳船求生。戴歐尼修斯覺得他們很適合待在大海裡，於是把那些海盜變成海豚，看著他們驚慌游走。如果你曾看過有些海豚戴著眼罩，嘴裡尖聲叫著：「哈囉，夥計！」現在你就知道爲什麼會那樣了。

唯一留在船上的海盜是領航員，他留在舵輪旁，太過驚嚇以至於完全無法動彈。

戴歐尼修斯對他微笑。「只有你一個人認出我是天神。我喜歡你！」

領航員勉強擠出「吱」的一聲。

「你可以送我回去嗎？拜託。」戴歐尼修斯說。

「陛陛陛……下，」領航員勉強說：「我很樂意，但是沒有船員，我沒辦法航行得很遠。加上那些葡萄藤纏住索具……」

「噢，是喔，」戴歐尼修斯抓抓頭，「眞是抱歉。」

天神凝視著遠方海面。大約在東方一公里多的地方，他看到一個小島。「不然我們去那裡怎麼樣？」

「呃，陛下，那應該是納索斯。我覺得……」

「太好了。你可以在那裡把我放下來嗎？我會自己想辦法回到群眾那邊。」

於是戴歐尼修斯最後到了納索斯島，那裡除了一位漂亮的年輕小姐以外無人居住，戴歐尼修斯發現她在樹林裡的一條小溪旁邊哭得很傷心。

她的哭聲聽起來好令人心碎，於是戴歐尼修斯坐到她身旁，握住她的手。「親愛的，你怎麼了嗎？」

她似乎完全沒有嚇到，彷彿這世間再也沒有任何事能讓她留戀了。

「我……我的男朋友甩了我。」她說。

戴歐尼修斯的一顆心糾結成扭結餅的樣子。儘管她哭得兩眼腫脹通紅，而且頭髮凌亂不堪，這個女孩依舊美如天仙。

「究竟是誰這麼笨，居然忍心甩了你？」戴歐尼修斯問。

「他……他的名字叫作鐵修斯，」女孩說：「喔對了，我是亞莉阿德妮（Ariadne）公主。」

她把自己的傷心故事告訴戴歐尼修斯，說起她如何幫那個帥氣的傢伙鐵修斯逃出她父親的迷魂陣，也就是叫做「迷宮」的地方，還有鐵修斯殺了牛頭人身的彌諾陶（Minotaur）吧啦吧啦那些事。那又是另一則完整的故事了。到最後，鐵修斯答應帶亞莉阿德妮一起回到他在雅典的家，半路上他在納索斯島停下來取新鮮飲水，卻把亞莉阿德妮拋棄在海灘上，自己揚帆離開。

你以爲用簡訊分手才叫低級嗎？

戴歐尼修斯氣瘋了，假如鐵修斯剛好在附近，這位天神一定會把他變成一大串葡萄，然後用力踩扁。

天神溫柔安慰亞莉阿德妮。他召喚出葡萄酒和食物，兩人也開始聊天。戴歐尼修斯是很好的同伴。過了一陣子，亞莉阿德妮開始有了笑容，戴歐尼修斯把海盜的事情告訴她，她甚至大笑出聲。（我猜她可能有異於常人的幽默感。）

就這麼快，他們兩個墜入了愛河。

「親愛的，我會把你帶在身邊，」戴歐尼修斯向她保證：「我永遠不會離開你。等我登上奧林帕斯山的王座，你會成為我永遠的王后。」

戴歐尼修斯果然說到做到。他與亞莉阿德妮結婚，等到他終於獲得認可，成為奧林帕斯山的第十二位天神後，他讓亞莉阿德妮成為他永生不死的妻子。喔，當然啦，他偶爾還是會劈腿凡人，畢竟他是天神嘛，不過根據希臘神話所說，他們從此過著幸福快樂的生活。

戴歐尼修斯成為全職天神之前，在下方大地的最後一項大冒險是：他決定入侵印度。

為什麼？

為什麼不行？

他曾經遊歷整個地中海地區，也去過埃及和敘利亞，然而他想把葡萄酒這麼好的訊息傳播到更東邊時，卻每每受阻於憤怒的當地人，也許因為美索不達米亞地區是發明啤酒的地方吧，說不定他們不希望有其他飲料與啤酒競爭。

總之，戴歐尼修斯決定最後奮力一搏，努力拓展他的市場占有率。就希臘人所知，印度幾乎算是世界的盡頭，因此戴歐尼修斯決定到那裡去，接管當地，教那裡的人釀造葡萄酒，然後回家，最好還能趕上吃晚餐的時間。

他那些醉醺醺的追隨者總共集結了數千人。這個故事的有些版本是說，海克力士加入戴歐尼修斯的這次遠征行動，他們沿路辦了一些大型的飲酒競賽。其他版本則說，赫菲斯托斯的雙胞胎兒子，也就是卡拜蘿雙胞胎，駕著機械戰車參與戰役，而且英勇奮戰。打了幾場戰役後，他們稍微有點太英勇了一些，結果遭到敵人重重包圍；在這個節骨眼，赫菲斯托斯親自出馬，用他的天神噴火器把敵人射得東倒西歪，帶著兩個兒子安全回家。

戴歐尼修斯的金色戰車由兩隻半人馬拉著，帶領他的追隨者向前進攻。敘利亞有許多城鎮向他投降，於是這支醉醺醺的軍隊長驅直入幼發拉底河，並在那裡架起橋梁以便渡河；這是希臘人第一次到達那麼遙遠的地方。

那座橋早已不在了。不然你以爲會怎樣？那可是由一大群醉鬼搭建出來的耶，恐怕只用一個星期就垮掉了。

一切都很順利，直到部隊抵達印度。那些印度人很擅長戰鬥，他們有自己的魔法、自己的神、自己的一大堆很難對付的祕密武器。他們的聖者，也就是婆羅門，會端坐在戰場上，看似一切和平，於是戴歐尼修斯的軍隊一擁而上，認爲敵人已經束手就擒。沒想到希臘人一靠近，那些印度人會突然發射火箭，頓時火光四射，強大的光線令人眼睛睜不開，巨大的爆炸聲響也讓部隊驚慌失措。

經過幾次艱苦戰鬥之後，戴歐尼修斯終於推進到恆河，那是印度的聖河。他進攻最後一座堡壘，那是山丘上的一座巨大城堡，幾乎像雅典的衛城一樣高聳。戴歐尼修斯手下的半人馬和羊男嘗試正面攻擊，但印度人發出一些魔法爆炸攻勢，威力強大到希臘人的前線戰士全部蒸發殆盡。你如果去當時的作戰現場，說不定可以看到羊男和半人馬的燒灼殘影還留在懸崖峭壁上。

到了這時，戴歐尼修斯覺得實在是夠了。他們一路挺進印度，也把葡萄酒介紹到這裡；他還收集了各式各樣奇特的凶猛貓科動物，像是老虎和花豹；他甚至將花豹納為自己新的神聖動物，也開始披上花豹皮披肩，掀起一股流行風潮。他的軍隊取得大量寶物，而且新認識許多有趣的人，還把那些人幾乎殺光，基本上度過了一段快樂時光。

戴歐尼修斯在恆河畔豎立了兩根柱子，證明他眞的到過那裡。最後，他含淚向印度人鄭重告別，揮軍回到希臘。經過德爾菲的神諭處時，他留下大量的寶物敬拜眾神，因此在那之後有好長一段時間，德爾菲的寶物室裡收藏著巨大的銀碗，上面刻著如此字樣：「戴歐尼修斯，宙斯與瑟蜜蕾之子，從印度取得。」（有一位古希臘作家曾經看過這個，所以這不是我掰出來的喔。）

總之，戴歐尼修斯終於登上奧林帕斯山，成為最後一位主要天神。插入主題曲！插入片尾字幕！我們的攝影鏡頭從奧林帕斯山的王座廳移出，十二位天神正在那裡耍弄王座輪椅的翹孤輪絕技。然後，卡！

呼，各位同學，我們辦到了。

十二位奧林帕斯天神，我們收集到一整組了，還額外附送好幾位天神，像是泊瑟芬和黑帝斯！

好啦，如果你不見怪的話，我要去睡覺了。我覺得自己好像剛參加完戴歐尼修斯的狂歡晚會，實在是頭痛欲裂啊。

結語

所以，這些故事是希臘神話故事的基礎。

我知道你們有些人一定會抱怨，像是說：「啊，你忘了講到起司天神，他是掌管老鼠的天神！你也忘了提起乞丐褲，那是掌管超遜時尚風格的天神！」或者之類的話。

拜託喔，希臘天神大概總共有成千上萬個吧，我的閱讀障礙及注意力不足過動症實在有點嚴重，沒辦法在一本書裡講完他們每一位啦。

好吧，我可以說說蓋婭如何招募一支巨人軍隊摧毀了奧林帕斯山，我也可以說說丘比特如何追到他的女朋友，或者是黑卡蒂如何得到她的放屁臭鼬。不過呢，那得要再寫另外一整本書了。(而且拜託拜託，千萬不要把這個點子告訴出版社喔，這種寫書的苦工實在是太太太困難了！)

我們已經介紹了大多數的主要演員。萬一你與這十二位奧林帕斯天神狹路相逢，現在可能很了解該怎麼應對，才不至於被他們炸成一堆灰燼。

可能吧。

至於我呢，我和女朋友約會已經遲到了，安娜貝斯一定會殺了我。

希望你們喜歡這些故事囉，各位半神半人，請好好注意自己的人身安全。

來自曼哈頓的平安祝福

波西・傑克森

Percy Jackson

作者簡介

雷克·萊爾頓（Rick Riordan）

美國知名作家，最著名作品為風靡全球的【波西傑克森】系列。因為此系列的成功，使他成為新一代奇幻小說大師。在完成波西與希臘天神的故事後，萊爾頓緊接著的【埃及守護神】系列改以古埃及的神靈與文化為背景。而【混血營英雄】系列接續【波西傑克森】的故事，加入羅馬神話的元素。目前則以北歐神話為背景創作全新奇幻系列。

萊爾頓在創作【波西傑克森】之前，就曾以【特雷斯·納瓦荷】系列勇奪推理小說界的愛倫坡、夏姆斯、安東尼三大獎項；他也是【39 條線索】系列的策劃者與作者之一。

個人網站：www.rickriordan.com

繪者簡介

約翰·洛可（John Rocco）

美國知名插畫家與童書作家，曾在羅德島設計學校與視覺藝術學院學習插畫。他自畫自寫了四本圖畫書，其中《停電了！》一書曾榮獲凱迪克銀牌獎，並登上《紐約時報》暢銷書榜。知名暢銷作家雷克·萊爾頓的【波西傑克森】、【混血營英雄】與【埃及守護神】系列原版封面也都出自他筆下。

在成為全職童書創作者之前，他曾擔任過夢工廠動畫電影《史瑞克》的美術指導。目前與妻子和女兒住在洛杉磯。

個人網站：www.roccoart.com

譯者簡介

王心瑩

夜行性鴟鴞科動物，出沒於黑暗的電影院與山林田野間。日間棲息於出版社，偏食富含科學知識與文化厚度的書本。譯作有《我們叫它粉靈豆—Frindle》、《小狗巴克萊的金融危機》等，合譯有《你保重，我愛你》、《上場！林書豪的躍起》，並曾參與【魔法校車】、【魔數小子】、【波西傑克森】、【熊行者】等系列書籍之翻譯。

波西傑克森

希臘天神報告

文／雷克・萊爾頓　圖／約翰・洛可　譯／王心瑩

主編／林孜懃　美術設計／唐壽南
行銷企劃／陳佳美　出版一部總編輯暨總監／王明雪

發行人／王榮文
出版發行／遠流出版事業股份有限公司 104005 台北市中山北路一段 11 號 13 樓
電話：(02)2571-0297 傳真：(02)2571-0197 郵撥：0189456-1
著作權顧問／蕭雄淋律師
輸出印刷／中原造像股份有限公司
□ 2015 年 2 月 1 日 初版一刷　□ 2024 年 11 月 1 日 二版一刷

定價／新台幣 550 元（缺頁或破損的書，請寄回更換）
 Printed in Taiwan
ISBN 978-626-361-844-2
遠流博識網 http://www.ylib.com　E-mail:ylib@ylib.com
遠流雷克萊爾頓奇幻欄 http://www.facebook.com/thekanefans
波西傑克森─混血人俱樂部 http://blog.ylib.com/PercyJackson

PERCY JACKSON'S GREEK GODS

國家圖書館出版品預行編目 (CIP) 資料

波西傑克森：希臘天神報告／雷克 . 萊爾頓 (Rick Riordan) 著；王心瑩譯 . -- 二版 . -- 臺北市：遠流出版事業股份有限公司 , 2024.11

面； 公分

譯自：Percy Jackson's Greek Gods

ISBN 978-626-361-844-2(精裝)

874.59 113010715